KB107341

세계의 끝과 하드보일드 원더랜드 1

世界の終りとハードボイルド・ワンダーランド

SEKAI NO OWARI TO HADOBOIRUDO WANDARANDO 1
by Haruki Murakami

Copyright © 1985 Harukimurakami Archival Labyrinth
All rights reserved.

Originally published in Japan by SHINCHOSHA Publishing Co., Ltd., Tokyo.
Korean translation rights arranged with Haruki Murakami, Japan
through THE SAKAI AGENCY

Korean Translation Copyright © Minumsa 2020, 2023

이 책의 한국어 판 저작권은
THE SAKAI AGENCY와 독점 계약한 (주)민음사에 있습니다.

저작권법에 의해 한국 내에서 보호를 받는 저작물이므로
무단 전재와 무단 복제를 금합니다.

세계문학전집 **429**

세계의 끝과
하드보일드 원더랜드 1

世界の終りとハードボイルド・ワンダーランド

무라카미 하루키

김난주 옮김

민음사

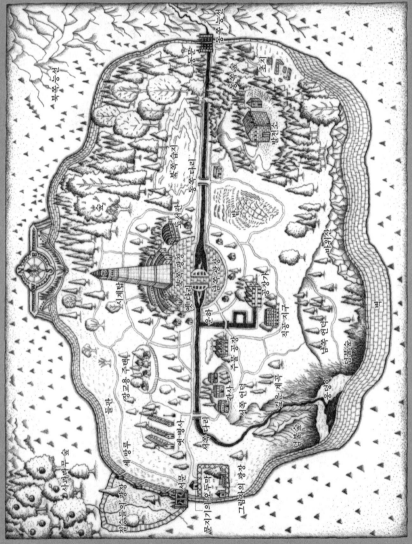

© Yoko Ochida

차례

태양은 왜 지금도 빛나지
새들은 왜 또 노래하고
그들은 모르나
세계가 이미 끝났다는 것을

— "THE END OF THE WORLD"

1 하드보일드 원더랜드

엘리베이터, 소리 없음, 비만

엘리베이터는 아주 느린 속도로 올라가고 있었다. 아마 올라가고 있을 것이라고 나는 생각한다. 그러나 정확한 것은 알지 못한다. 속도가 너무 느려서 방향 감각이 사라지고 말았다. 어쩌면 엘리베이터는 내려가고 있는지도 모르고, 어쩌면 전혀 움직이지 않는지도 모른다. 다만 내가 전후 상황을 고려해서 올라가고 있으리라 편의상 정했을 뿐이다. 그냥 추측이다. 추측의 근거라 할 만한 것은 하나도 없다. 열두 층을 올라갔다가 세 층을 내려왔거나, 지구를 한 바퀴 돌아왔는지도 모른다. 아무것도 알 수 없다.

그 엘리베이터는 내가 사는 아파트의, 진화한 두레박 같은 허접하고 단순한 엘리베이터와는 하나부터 열까지 달랐다. 하나부터 열까지 너무 달라서, 그것들이 같은 목적으로 제작되었고 같은 구조를 지녔으며 같은 이름의 기계 장치라고는 도저히 여겨지지 않았다. 그 두 엘리베이터의 존재는 내가 생각할 수 있는 가장 먼 거리만큼 떨어져 있었다.

우선 첫째로 넓이가 다르다. 내가 탄 엘리베이터는 아담한 오피스라 해도 통할 만큼 넓었다. 책상을 놓고 사물함을 놓고 캐비닛을 놓고, 거기다 작은 부엌까지 설치해도 공간이 남을 듯하다. 낙타 세 마리와 중간 크기의 야자나무도 한 그루 들여놓을 수 있을지 모른다. 두 번째로 청결하다. 그야말로 새 관처럼 청결하다. 사방의 벽과 천장은 얼룩 하나 흠집 하나 없이 반짝거리는 스테인리스이고, 바닥에는 털이 긴 모스 그린색 카펫이 깔려 있다. 세 번째로 더없이 고요하다. 내가 발을 들여놓자 소리 없이 — 말 그대로 소리 없이 — 스르륵 문이 닫히고, 그 후에는 아무 소리도 들리지 않았다. 서 있는지 움직이고 있는지도 모를 정도였다. 깊은 강은 고요하게 흐르는 법이다.

또 하나, 엘리베이터라는 물체가 당연히 갖추고 있어야 할 다양한 부속물이 대부분 없었다. 각종 버튼과 스위치류가 모여 있는 패널이 없다. 층수 버튼도 문을 여닫는 버튼도 비상 정지 장치도 없다. 아무튼 아무것도 없다. 때문에 나는 몹시 무방비한 기분이 들었다. 버튼뿐이 아니다. 층수를 나타내는 램프도 없고, 정원과 주의 사항 표시도 없고, 제작 회사의 이름이 찍힌 스티커조차 보이지 않았다. 비상용 탈출구가 어디 있는지도 알 수 없다. 그야말로 관이었다. 어느 모로 보나 이런 엘리베이터가 안전 관리법을 통과했을 리 없다. 엘리베이터에는 엘리베이터로서의 규정이 있을 것이다.

그런 아무 단서도 없는 사방의 스테인리스 벽을 가만히 노려보고 있자니, 어렸을 때 영화에서 본 후디니의 마술이 떠올랐다. 사람들은 그를 노끈과 쇠사슬로 겹겹이 묶어 커다란 트렁크에 가둔 다음 묵직한 쇠사슬로 빙빙 감은 후에 나이아가라 폭포에 떨어뜨리기도 하고, 북해의 얼음에 가두기도 했다. 나는 천천히 심호흡을 한 번 하고서 내가 놓인 입장과 후디니가 놓인 입장을 냉정하게 비교해 보았다. 몸이 묶이지 않은 건 유리했지만, 트릭을 모른다는 점이 불리했다.

생각해 보면 나는 트릭은커녕 엘리베이터가 움직이고 있는지 정지해 있는지조차 모른다. 나는 헛기침을 해 보았다. 그러나 왠지 기묘했다. 헛기침 소리처럼 울리지 않는 것이다. 말랑말랑한 점토를 밋밋한 콘크리트 벽에 던졌을 때처럼 유독 평평한 소리가 났을 뿐이다. 내 몸에서 난 소리로는 도무지 여겨지지 않았다. 혹시나 해서 다시 한번 헛기침을 해 보았지만 결과는 마찬가지였다. 나는 포기하고, 더는 헛기침을 하지 않았다.

꽤 오랫동안, 나는 똑같은 자세로 가만히 서 있었다. 그러나 아무리 시간이 흘러도 문은 열리지 않았다. 나와 엘리베이터는 '남자와 엘리베이터'라는 제목의 정물화처럼 소리 없이 정지해 있었다. 나는 조금씩 불안해졌다.

기계가 고장 났는지도 모른다, 또는 엘리베이터의 운전자 ─ 그런 역할을 하는 인간이 어딘가에 존재한다는 가정하에 하는 얘기다. ─ 가 내가 상자 안에 있다는 걸 까맣게 잊어버렸는지도 모른다. 때로 나라는 존재는 사람들에게 잊히곤 한다. 그러나 어떤 경우이든, 결과적으로 나는 이 스테인리스 밀실 안에 갇힌 셈이다. 가만히 귀를 기울여 보았지만 어떤 소리도 들리지 않았다. 스테인리스 벽에 귀를 딱 갖다 대어 보기도 했지만, 그래도 역시 소리는 들리지 않았다. 벽에 귀 모양이 하얗게 남을 뿐이었다. 엘리베이터는 온갖 소리를 빨아들이기 위해 만들어진 특수한 양식의 금속 상자 같았다. 나는 시험 삼아 「대니 보이」를 휘파람으로 불어 보았지만, 폐렴에 걸린 개의 한숨 같은 소리밖에 나오지 않았다.

나는 또 포기하고 엘리베이터 벽에 기대어, 주머니 안에 든 동전을 세며 시간을 보내기로 했다. 말이 시간 보내기이지, 나 같은 직업을 가진 사람에게 그것은 프로 복서가 늘 고무공을 쥐고 있듯이 중요한 트레이닝의 하나였다. 순수한 의미의 시간 보내기가 아니다. 행동의 반복 없이, 한쪽으로 치우친 경향을 보편화하는 건 불가능하다.

아무튼 나는 늘 바지 주머니에 동전을 한 움큼 넣어 다닌다. 오른쪽 주머니에는 100엔짜리 동전과 500엔짜리 동전을, 왼쪽 주머니에는 50엔짜리와 10엔짜리 동전을 넣는다. 1엔과 5엔짜리 동전은 바지 뒷주머니에 넣지만 원칙적으로 계산에는 사용하지 않는다. 양손을 좌우 주머니에 밀어 넣고, 오른손으로는 100엔짜리와 500엔짜리 동전의 금액을 계산하고, 동시에 왼손으로는 50엔과 10엔짜리 동전의 금액을 계산한다.

그런 작업을 해 본 적이 없는 사람은 상상하기 어렵겠지만, 처음에는 상당히 골치 아프다. 우뇌와 좌뇌가 전혀 다른 계산을 하고, 마지막에 쫙 갈라진 수박을 맞대듯 그 두 계산의 결과를 합한다. 익숙해지지 않고는 좀처럼 쉽지 않은 일이다.

정말 우뇌와 좌뇌를 분리해서 사용하는지 나도 정확하게는 잘 모른다. 뇌생리학 전문가라면 다르게 표현할지도 모르겠다. 나는 뇌생리학 전문가는 아니지만, 실제로 계산을 하다 보면 우뇌와 좌뇌를 나눠 사용하는 듯한 기분이 든다. 계산이 끝난 후의 피로감도 일반적인 계산을 하고 난 다음의 피로감과는 질이 매우 다르다. 그래서 나는 편의상, 우뇌로는 오른쪽 주머니 안의 동전을 계산하고, 좌뇌로는 왼쪽 주머니의 동전을 계산한다는 식으로 생각하고 있다.

나는 나 자신이 세계의 다양한 현상과 사물의 형상, 존재를 편의적으로 받아들이는 편이 아닌가 생각한다. 그것은 내가 편의적인 성격의 사람이라서가 아니라 ─ 물론 어느 정도 그런 경향이 있다는 점은 인정하지만 ─ 만사를 편의적으로 파악하는 편이 정통적인 방식으로 해석하는 것보다 본질의 이해에 근접하는 경우를 많이 볼 수 있기 때문이다.

예를 들어서 지구가 공처럼 둥그런 물체가 아니라 거대한 커피 테이블 같다고 생각한다 한들, 일상생활 수준에서 얼마나 큰 불편이 있을까? 물론 이는 상당히 극단적인 예일 뿐, 모든 것을 그렇게 자의적으로 재구성하려는 건 아니다. 그러나 지구가 거대한 커피 테이블이라는 편의적인 생각이, 지구가 구체라는 사실에서 발생하는 다양한 유의 사소한 문제 ─ 예를 들면 인력과 날짜 변경선과 적도처럼 별 도움이 될 것 같지 않은 ─ 를 말끔하게 배제해 주는 것 또한 사실이다. 아주 평범하게 사는 사람에게 적도 문제와 관계할 일이 평생에 몇 번이나 있단 말인가.

그래서 나는 최대한 편의적인 관점에서 만사를 바라보려 애쓴다. 세계의 존재 양식에는 실로 다양한, 더 분명하게 말하면 무한한 가능성이 포함되어 있다고 나는 생각한다. 그리고 세계를 구성하는 개개인은 가능성을 어느 정도는 선택할 수 있을 것이다. 세계는 응축된 가능성으로 만들어진 커피 테이블이다.

다시 원래 하던 얘기로 돌아가면, 오른손과 왼손으로 전혀 다른 계산을 동시에 진행한다는 건 절대 간단한 일이 아니다. 나도 마스터하기까지 상당히 오랜 시간이 걸렸다. 그러나 한번 마스터하고 나면, 바꿔 말해서 한번 요령을 터득하고 나면 그 능력은 쉽게 사라지지 않는다. 자전거나 수영과 마찬가지다. 그렇다고 연습이 불필요한 것은 아니다. 끊임없는 연습이 따라야 능력이 향상되고, 양식이 세련되어진다. 그래서 나는 늘 주머니에 동전을 넣어 다니면서 틈만 나면 계산을 하도록 유념하고 있다.

그때 내 주머니 안에는 500엔짜리 동전 세 개와 100엔짜리가 열여덟 개, 50엔짜리 동전이 일곱 개, 그리고 10엔짜리가 열여섯 개 들어 있었다. 합계하면 3810엔이 된다. 계산은 아주 간단히 끝났다. 이 정도는 손가락 수를 세는 것보다 간단하다. 나는 만족한 기분으로 스테인리스 벽에 기대어 정면의 문을 바라보았다. 문은 아직도 열리지 않았다.

왜 이렇게 오래 엘리베이터 문이 열리지 않는지, 나는 알 수가 없었다. 그러나 잠시 생각하고서, 기계 고장설과 엘리베이터 담당 직원이 나를 깜박 잊었다는 부주의설은 모두 일단 배제해도 상관없겠다는 결론에 도달했다. 현실적이지 않기 때문이다. 물론 기계 고장이나 담당 직원의 부주의가 현실적으로 있을 수 없다고 말하려는 게 아니다. 반대로 그런 일은 현실 세계에서 수시로 일어난다는 걸 나는 잘 안다. 내가 하고 싶은 말은 특수한 현실 안에서 ― 물론 이 매끈거리는 엉터리 같은 엘리베이터를 말한다. ― 비특수성은 역설적 특수성으로 편의상 배제되어야 마땅하지 않나 하는 것이다. 기계 손질을 게을리하거나 방문객을 엘리베이터에 태운 다음 조작을 잊어버리는 부주의한 인간이 과연 이렇게 정교하고 괴이한 엘리베이터를 만들 것인가.

대답은 물론 '노'였다.

그런 일은 있을 수 없다.

지금까지 그들은 지극히 예민하고 용의주도하고 꼼꼼했다. 그들은 한 걸음 한 걸음의 보폭을 자로 재면서 걷듯이 실로 세세한 부분까지 신경을 곤두세웠다. 건물 현관에 들어서자 두 경비원이 나를 가로막고 누구를 찾아왔느냐고 물었고, 방문 예정자 목록과 대조하고는 운전면허증을 확인하고, 중앙 컴퓨터를 통해 신원을 확인했으며, 금속 탐지기로 몸을 체크한 다음에야 엘리베이터에 태웠다. 조폐 공사를 견학할 때도 이렇게 철저한 검사는 받지 않는다. 그런데 이 단계에 이르러 그 신중함이 갑자기 사라졌다는 건 어느 모로나 생각하기 어려운 일이다.

그렇다면 남은 가능성은 그들이 의도적으로 나를 이런 상황에 놔두고 있다는 것뿐이다. 아마 그들은 내가 엘리베이터의 움직임을 감지하기를 원치 않을 것이다. 그래서 올라가고 있는지 내려가고 있는지 모를 만큼 느린 속도로 엘리베이터를 작동시키고 있는 것이다. 어딘가에 CCTV도 있을지 모른다. 입구에 있는 경비실에는 모니터 화면이 즐비했으니, 그중 하나에 엘리베이터 안이 비치고 있어도 놀랄 일은 아니다.

나는 심심풀이 삼아 CCTV를 찾아볼까 했지만, 잘 생각해 보면 그런 걸 찾아낸다 한들 득이 될 일은 전혀 없었다. 오히려 상대를 경계하게 할 뿐이고, 이쪽을 경계한 상대는 엘리베이터를 더 느리게 작동하려 할지도 모른다. 그런 일은 당하고 싶지 않다. 안 그래도 약속 시간에 늦었다.

결국 나는 굳이 뭘 하려 들 것 없이 느긋하게 시간을 보내기로 했다. 나는 그저 주어진 정당한 직무를 다하기 위해 여기에 왔을 뿐이다. 겁먹을 일도 전혀 없고, 긴장할 필요도 없다.

나는 벽에 기대어 두 손을 주머니에 밀어 넣고, 다시 한번 동전을 세기 시작했다. 3750엔이었다. 힘들 건 없다. 순식간에 끝난다.

3750엔?

합계가 다르다.

어디선가 실수를 하고 말았다.

손바닥에 땀이 배는 걸 느낄 수 있었다. 주머니 안의 동전을 잘못 세다니, 지난 3년 동안 단 한 번도 없었던 일이다. 단 한 번도 없었다. 어떻게 생각해도 이건 나쁜 징조였다. 이 나쁜 징조가 명백한 재앙으로 출현하기 전에, 실수를 반듯하게 만회해야 했다.

나는 눈을 감고, 안경 렌즈를 닦듯이 우뇌와 좌뇌를 텅 비웠다. 그리고 두 손을 바지 주머니에서 꺼내 손바닥을 펴고, 땀을 말렸다. 그 준비 작업을 「워락(warlock)」에서 총싸움에 임하기 전의 헨리 폰다처럼 재빨리 끝냈다. 아무래도 상관없는 일이지만, 나는 그 「워락」이라는 영화를 꽤 좋아한다.

손바닥이 완전히 마른 것을 확인한 다음, 나는 다시 두 손을 바지 주머니에 밀어 넣고 세 번째 계산을 시작했다. 세 번째 합계가 앞선 두 번의 합계 중 어느 하나와 일치하면 문제는 없다. 실수는 누구든 한다. 특수한 상황에 놓여 신경이 날카로워졌고, 나 자신을 다소 과신했다는 것도 인정해야 한다. 그 때문에 초보적인 실수를 저지른 것이다. 아무튼 정확한 숫자를 확인할 것 ― 그래야 구원이 찾아올 것이다. 그러나 내가 그 구원에 도달하기 전에 엘리베이터 문이 열렸다. 문은 아무런 사전 암시도 아무런 소리도 없이 스르륵 양쪽으로 열렸다.

주머니 속 동전에 신경을 집중하고 있던 탓에, 처음에는 문이 열렸다는 사실을 전혀 인식하지 못했다. 아니, 더 정확하게 표현하자면, 문이 열린 것은 눈에 보였는데 그것이 구체적으로 뭘 의미하는지 한동안 파악하지 못했다고 해야 할 것이다. 물론 문이 열린다는 건 그때껏 그 문 때문에 연속성을 박탈당했던 두 공간이 연결된다는 걸 의미한다. 그리고 동시에 내가 탄 엘리베이터가 목적지에 도착했다는 걸 의미하기도 한다.

나는 주머니 안에서 움직이던 손을 멈추고 문밖을 내다보왔다. 문밖에는 복도가 있고, 복도에는 여자가 서 있었다. 오동통하고 젊은 여자로, 단정하게 차려입은 핑크색 슈트에 핑크색 하이힐을 신고 있었다. 꼼꼼하고 정성스럽게 만들어진 슈트의 옷감은 그녀의 얼굴만큼이나 매끄러웠다. 여자는 확인하듯 내 얼굴을 잠시 바라보고는, 고개를 까딱 숙였다. 왠지 '이쪽으로 오세요.' 하는 신호로 보였다. 나는 동전 세기를 포기하고 두 손을 주머니에서 꺼내면서 엘리베이터 밖으로 나갔다. 내가 밖으로 나가자, 기다렸다는 듯이 등 뒤에서 엘리베이터 문이 닫혔다.

복도에 서서 사방을 빙 둘러보았지만, 내가 놓인 상황에 대해 뭔가 알려 줄 만한 것은 하나도 보이지 않았다. 알 수 있는 건 그것이 건물 안에 있는 복도인 듯하다는 점뿐이었지만, 그런 건 초등학생도 안다.

아무튼 이상할 정도로 인테리어가 밋밋한 건물이었다. 내가 탔던 엘리베이터처럼 사용된 자재는 고급스러운데 힌트가 전혀 없다. 바닥은 깨끗하게 닦인 빛나는 대리석이고, 벽은 내가 매일 아침 먹는 머핀처럼 노르스레한 흰색이었다. 복도 양쪽에는 묵직한 무게감이 느껴지는 나무 문이 줄지어 있고 각각에 방 번호를 나타내는 금속판이 붙어 있지만, 번호가 들쭉날쭉 엉망이었다. '936'의 옆이 '1213'이고 그다음이 '26'이다. 방 번호가 이렇게 엉터리로 나열되는 경우는 없다. 뭔가 정상이 아니다.

젊은 여자는 거의 말을 하지 않았다. 여자는 내게 "이쪽으로 오세요." 하고 말했지만, 그녀의 입술이 그런 모양으로 움직였을 뿐이지 목소리가 나온 건 아니었다. 나는 이런 일을 시작하기 전, 두 달 정도 독순술 강좌를 들은 덕에 그녀가 하는 말을 그럭저럭 이해할 수는 있었다. 처음에는 내 귀가 어떻게 되었나 하고 생각했다. 엘리베이터에서도 아무 소리가 나지 않고 헛기침을 하고 휘파람을 부는 소리조차 울리지 않아, 음향을 지각하는 능력을 자신할 수 없게 되었던 것이다.

나는 혹시나 해서 헛기침을 해 보았다. 그 소리는 여전히 희미했지만, 그래도 엘리베이터 안보다는 제대로 울렸다. 그래서 나는 안심하고, 내 귀에 대해 다소 자신감을 되찾을 수 있었다. 괜찮다, 내 귀가 어떻게 된 건 아니었다. 내 귀는 정상이고, 여자의 입 쪽에 문제가 있는 거였다.

나는 여자 뒤를 따라 걸었다. 뾰족한 하이힐 굽에서 나는 오후의 채석장 같은 또각또각 소리가 휑한 복도에 울렸다. 스타킹에 감싸인 그녀 종아리가 대리석 표면에 또렷하게 비쳤다.

여자는 토실토실 살쪄 있었다. 젊고 미인이면서 동시에 토실토실했다. 젊고 아름다운 여자가 살이 쪄 있으니 왠지 기묘했다. 나는 그녀를 뒤따라 걷는 내내, 그녀의 목과 팔과 다리를 바라보았다. 그녀 몸에는 마치 밤사이에 소리 없이 폭설이 내린 듯 살이 오동통하게 붙어 있었다.

젊고 아름답고 살찐 여자와 함께 있으면 나는 늘 혼란스럽다. 왠지는 모른다. 어쩌면 내가 아주 자연스럽게 상대의 식생활을 상상하기 때문인지도 모른다. 살찐 여자를 보고 있으면, 내 머릿속에는 그녀가 음식과 함께 나왔다가 접시에 남은 물냉이를 아삭아삭 씹고 있거나, 버터크림 소스의 마지막 한 방울까지 아깝다는 듯 빵으로 찍어 먹는 광경이 자동적으로 떠오른다. 본의는 아니어도 그러지 않을 수 없다. 그리고 한번 그렇게 되면, 마치 금속이 산에 부식되듯이 내 머리는 그녀의 식사 풍경으로 가득해져 여타의 기능이 제대로 작동하지 않는다.

그냥 살만 찐 여자라면 상관없다. 그냥 살찐 여자는 하늘의 구름 같은 것이다. 그녀는 거기에 떠 있을 뿐, 나와는 아무 관련이 없다. 그러나 젊고 아름답고 살찐 여자라면, 얘기가 달라진다. 나는 그녀에 대해 태도를 결정해야 한다. 요컨대 그녀와 자게 될지도 모른다는 것이다. 때문에 내 머리가 혼란스러워지는 것이라고 생각한다. 머리가 제대로 작동하지 않는데 여자와 잔다는 건 간단한 일이 아니다.

하지만 살찐 여자를 싫어하는 건 아니다. 혼란스러워진다는 것과 싫어한다는 건 같은 뜻이 아니다. 나는 지금까지 살찌고 젊고 아름다운 여자와 몇 번 잔 적이 있지만, 전체적으로 보면 결코 나쁜 체험이 아니었다. 혼란이 좋은 방향으로 흘러가면, 통상적으로는 얻을 수 없는 아름다운 결과가 주어진다. 물론 그렇게 멋지게 흘러가지 않는 일도 있다. 섹스라는 건 아주 미묘한 행위여서, 일요일에 백화점에 가서 보온병을 사는 것과는 차원이 다르다. 똑같이 젊고 아름답고 살찐 여자라도 저마다 살은 다르게 붙어 있고, 그 살이 어떻게 붙어 있느냐에 따라 어떤 때는 좋은 방향으로 흘러가고, 또 어떤 때는 표층적 혼란에 빠지고 만다.

그런 의미에서 살찐 여자와 잔다는 건 내게 일종의 도전이었다. 인간이 살찐 형태는 인간의 죽음만큼이나 무수하다.

나는 그 젊고 아름답고 오동통한 여자의 뒤를 따라 복도를 걸으면서, 대략 그런 생각을 했다. 그녀는 시크한 색감의 핑크색 슈트 옷깃 안에 하얀 스카프를 매고 있었다. 살집이 좋은 양 귓불에 매달린 직사각형 금 귀걸이는 그녀가 걸음을 내디딜 때마다 등불 신호처럼 반짝반짝 빛났다. 전체적으로 봐서 그녀의 몸짓은 살이 찐 것치고는 가벼웠다. 물론 팽팽한 보정 속옷이나 그 비슷한 것으로 효과적으로 몸을 조이고 있을지도 모르지만, 그런 가능성을 고려해도 그녀의 걸음걸이는 탄력 있고 경쾌했다. 그래서 나는 그녀에게 호감을 느꼈다. 그녀는 내 취향에 맞게 살이 찐 모양이다.

변명을 하려는 건 아니지만, 나는 그렇게 많은 여자에게 호감을 느끼지는 않는다. 오히려 잘 느끼지 않는 편이라고 생각한다. 때문에 간혹 누군가에게 호감을 느끼면, 그 호감을 슬쩍 시험해 보고 싶어진다. 그것이 진짜 호감인지 어떤지, 그리고 만약 진짜 호감이라면 어떤 식으로 기능하게 될지 그런 것을 확인해 보고 싶어진다.

그래서 나는 그녀 옆에 나란히 서서, 약속 시간에 8분이나 9분쯤 늦은 것을 사과했다.

"입구로 들어오는 절차에 그렇게 시간이 걸릴 줄은 몰랐습니다." 하고 나는 말했다. "게다가 엘리베이터가 그렇게 느릴 줄도 몰랐고요. 이 건물에 도착한 시간은 틀림없이 약속 시간 10분 전이었어요."

'알아요.' 하는 식으로 그녀가 짧고 간단하게 고개를 끄덕였다. 그녀의 목덜미에서 향수 냄새가 났다. 여름날 아침에 멜론

밭에 서 있는 듯한 향이었다. 그것은 나를 뭔지 모를 묘한 기분에 빠뜨렸다. 두 가지 서로 다른 기억이 내가 모르는 장소에서 이어진 듯, 어딘가 모르게 앞뒤가 맞지 않으면서도 정겨운 묘한 기분이었다. 때로 나는 그런 기분이 들곤 하는데, 그 대부분은 특정한 냄새에서 비롯된다. 왜 그런지는 나도 설명할 수 없다.

 "굉장히 긴 복도군요." 하고 나는 잡담이나 할 생각으로 그녀에게 말을 건네 보았다. 그녀는 걸으면서 내 얼굴을 보았다. 스물이나 스물한 살쯤이겠다고 나는 짐작했다. 또렷한 이목구비에 이마가 넓고, 피부가 곱다.

 그녀는 내 얼굴을 보면서 "프루스트." 하고 말했다. 그러나 정확하게 "프루스트." 하고 발음한 것은 아니라, 그냥 '프루스트' 하는 모양으로 입술이 움직인 듯한 느낌이 들었을 뿐이다. 목소리는 여전히 조금도 들리지 않았다. 숨소리조차 들리지 않는다. 마치 두꺼운 유리 너머에서 말을 건네는 것 같았다.

 프루스트?

 "마르셀 프루스트?" 하고 그녀에게 물어보았다.

 그녀는 이상하다는 눈빛으로 나를 보았다. 그리고 "프루스트." 하고 다시 말했다. 나는 포기하고 원래 자리로 돌아가, 그녀를 따라 걸으면서 '프루스트' 하는 입술의 움직임에 맞는 말을 열심히 찾았다. '우르도시'나 '쓰르시도', '구로우도' 같은 의미 없는 말을 잇달아 살짝살짝 발음해 보았지만, 어느 것이나 입술 모양이 딱 떨어지지 않았다. 그녀는 분명히 '프루스트' 하고 말했던 것 같다. 그러나 긴 복도와 마르셀 프루스트와의 관련성을 어디에서 찾으면 좋을지 알 수가 없었다.

그녀는 어쩌면 긴 복도의 은유로 마르셀 프루스트를 인용했는지도 모른다. 그러나 만약 그렇다 해도 그 발상은 너무도 돌발적이고 표현으로도 불친절한 게 아닐까 생각했다. 프루스트 작품들의 은유로 긴 복도를 인용한 것이라면, 나도 그런대로 얘기의 맥락을 이해할 수 있다. 그러나 그 반대는 아무래도 기묘했다.

'마르셀 프루스트처럼 긴 복도?'

아무튼 나는 그녀를 따라 그 긴 복도를 걸었다. 복도는 정말 길었다. 몇 번이나 모퉁이를 돌고, 다섯 칸이나 여섯 칸 정도 되는 짧은 계단을 오르내렸다. 보통 건물 대여섯 채 분은 걸었을지도 모른다. 어쩌면 우리는 마우리츠 에스허르 그림에 나오는 착각의 미로 같은 곳을 오락가락하고 있는지도 모른다. 아무튼 아무리 걸어도 주위 풍경은 조금도 달라지지 않았다. 대리석 바닥, 달걀색 벽, 엉터리 방 번호와 스테인리스 손잡이가 달린 나무 문. 창문은 하나도 보이지 않는다. 그녀의 하이힐 소리는 줄곧 규칙적이며 똑같은 리듬으로 복도에 울렸고, 그녀 뒤를 따르는 내 조깅화에서는 녹은 고무처럼 처벅처벅 하는 소리가 났다. 내 발소리는 필요 이상 끈끈하게 울려, 정말 고무바닥이 녹기 시작한 건 아닐까 걱정될 정도였다. 하기야 조깅화를 신고 대리석 바닥을 걷기는 처음이라서, 그런 발소리가 정상인지 비정상인지 나로서는 정확하게 판단할 수 없었다. 아마 절반은 정상이고 나머지 절반은 비정상이지 않을까, 하고 나는 상상했다. 이곳에서는 모든 것이 그 정도 비

율로 운영되는 듯한 느낌이 들었기 때문이다.

그녀가 불쑥 걸음을 멈췄을 때, 조깅화 발소리에 정신이 팔려 있던 나는 미처 알아차리지 못하고 그녀 등에 가슴을 쿵 부딪히고 말았다. 그녀 등은 잘 빚은 비구름처럼 폭신폭신 푸근했고, 목덜미에서는 예의 멜론 향수 냄새가 났다. 내가 부딪는 바람에 그녀가 앞으로 고꾸라질 뻔해서, 나는 얼른 두 손으로 어깨를 잡고 이쪽으로 끌어당겼다.

"미안합니다." 하고 나는 사과했다. "생각을 좀 하느라."

살찐 여자는 얼굴을 약간 붉히고 나를 보았다. 분명하게는 말할 수 없지만, 화가 나지는 않은 듯했다. 그녀가 "다쓰세루." 하고 말하면서 아주 살짝 미소 지었다. 그리고 어깨를 으쓱하고는 "세라." 하고 말했다. 그러나 물론 그런 소리가 난 것은 아니다. 몇 번이나 말하지만, 그녀가 그런 모양으로 입술을 벌렸을 뿐이다.

"다쓰세루?" 하고 나는 스스로에게 말하듯 소리 내어 발음해 보았다. "세라?"

"세라." 하고 그녀는 확신을 갖고 반복했다.

그 소리는 왠지 터키어처럼 들렸지만, 문제는 내가 터키어를 한 번도 들어 본 적이 없다는 점이었다. 그러니까 아마 터키어는 아닐 것이다. 머리가 점점 혼란스러워져, 나는 그녀와의 대화를 포기하기로 했다. 나의 독순술은 아직 한참 멀었다. 독순술은 아주 섬세한 작업이라 두 달 남짓 시민 강좌를 들은 정도로는 완벽하게 마스터할 수 없다.

그녀는 윗도리 주머니에서 조그만 타원형 전자키를 꺼내,

넓적한 면을 '728'이라는 번호판이 붙어 있는 문의 도어록에
딱 갖다 댔다. 찰칵 하는 소리가 나면서 도어록이 해제되었다.
꽤 훌륭한 장치다.

그녀가 문을 열었다. 그리고 문 앞에 서서 문을 밀어 연 채
로 내게 "소무토, 세라." 하고 말했다.

물론 나는 고개를 끄덕이고 안으로 들어갔다.

2 세계의 끝

황금빛 짐승

가을이 찾아오자, 그들의 몸은 긴 황금빛 체모로 뒤덮였다. 그것은 순수한 의미의 황금빛이었다. 다른 어떤 색도 거기에 끼어들지 못했다. 그들의 황금빛은 세계에 황금빛으로 태어나, 황금빛으로 존재했다. 모든 하늘과 모든 대지 사이에서 그들은 완벽한 황금빛으로 물들었다.

내가 처음 이 마을에 왔을 무렵 ── 봄이었다. ── 짐승들은 여러 가지 색의 짧은 털을 두르고 있었다. 검거나 다갈색이거나 하얀색, 또는 붉은 기가 도는 진흙색이었다. 그중 몇 가지가 얼룩덜룩 섞이기도 했다. 그렇게 각각 다른 색 털에 감싸인 짐승들은 파릇파릇 싱그러운 대지 위를 바람에 휘날리듯 조용히 서성였다. 그들은 명상적이라고 해도 좋을 만큼 고요한 동물이었다. 숨결조차 아침 안개처럼 고즈넉했다. 그들은 푸르른 풀을 소리 없이 뜯고, 그러다 싫증이 나면 다리를 접고 땅에 앉아 짧은 잠에 빠졌다.

봄이 지나고, 여름이 끝나고, 햇살이 희미한 투명함을 띠기 시작하고, 초가을 바람이 불어 강물에 잔물결이 일 무렵, 짐승들의 모습이 변화하기 시작했다. 황금빛 체모가 처음에는 군데군데, 마치 무슨 우연으로 계절에 맞지 않게 싹이 움튼 식물처럼 나타나더니, 마침내 무수한 촉수로 변해 짧은 털을 밀어내고, 마지막에는 모두 빛나는 황금빛으로 변하고 말았다. 그 의식은 시작되어 끝날 때까지 일주일밖에 걸리지 않았다. 그들의 변신은 거의 동시에 시작되고, 거의 동시에 끝났다. 일주일 후에 그들은 한 마리도 빠짐 없이 완벽한 황금빛 짐승으로 변모해 있었다. 아침 해가 떠올라 세계를 새로운 황금빛으로 물들일 때, 지표에 가을이 내려왔다.

그들의 머리 한가운데에서 뻗어 나온 긴 뿔 하나만 한없이 부드러운 하얀색이었다. 그 위태로우리만큼 가느다란 뿔은 뿔이 아니라 어쩌다 피부를 뚫고 밖으로 튀어나온 채 고정된 뼛조각을 연상케 했다. 하얀 뿔과 파란 눈만 남기고, 짐승들은 완벽한 황금빛으로 변신했다. 그들은 그 새 옷을 잠시 시험해 보듯 고개를 위아래로 몇 번이나 흔들고, 뿔 끝으로 높은 가을 하늘을 우러렀다. 그러고는 싸늘해진 강물에 발을 담그고, 목을 쭉 뻗어 빨간 가을 나무 열매를 따 먹었다.

저녁 어스름이 거리를 파랗게 물들이기 시작할 무렵이면 나는 서쪽 벽의 망루에 올라가, 문지기가 뿔피리를 불면서 짐승들을 한데 모으는 의식을 바라보았다. 뿔피리 소리는 길게 한 번, 짧게 세 번 울렸다. 그것이 규칙이었다. 뿔피리 소리가 들리면 나는 늘 눈을 감고, 그 부드러운 음색에 살며시 몸을 맡겼다. 뿔피리의 울림은 다른 어떤 소리와도 달랐다. 그 소리는 파르스름하고 투명한 물고기처럼 저녁으로 물들어 가는 거리를 스치며 보도의 돌길과 집들의 돌벽과 강변길에 죽 이어진 돌담을 그 울림으로 적셨다. 대기 속에 섞인, 눈에 보이지 않는 시간의 단층을 빠져나가듯, 소리는 고요하게 마을 구석구석까지 울렸다.

뿔피리 소리가 마을에 울려 퍼질 때, 짐승들은 태고의 기억을 향해 고개를 든다. 천 마리가 넘는 짐승들이 일제히, 똑같은 자세로 뿔피리 소리가 나는 방향으로 고개를 드는 것이다. 어느 짐승은 나른하게 금작화 이파리를 우물거리다 멈추고, 어느 짐승은 돌길에 앉은 채 발굽으로 톡톡 지면을 두드리다 그치고, 또 어느 짐승은 마지막 햇살 속에서 꾸벅꾸벅 졸다 깨어나, 모두 제각각 하늘을 향해 고개를 뻗는다.

그 순간 모든 것이 정지한다. 움직이는 것은 해 질 녘 바람에 살랑거리는 그들의 황금빛 털뿐이다. 그들이 과연 그때 무슨 생각을 하고 무엇을 응시하는지는 나도 모른다. 한 방향과 한 각도로 목을 구부리고 가만히 허공을 향한 채, 짐승들은 꼼짝도 하지 않는다. 그리고 뿔피리의 울림에 귀를 기울인다. 이윽고 소리의 마지막 여운이 엷은 어둠 속으로 사라지고 나면, 그들은 일어나 마치 어떤 기억이 떠오른 듯 일정한 방향으로 걷기 시작한다. 순간의 주술이 풀리고, 마을은 짐승들이 땅을 밟는 무수한 발굽 소리로 뒤덮인다. 그 소리를 들으면 나는 언제나 땅속에서 무수히 솟아오르는 자잘한 거품을 상상했다. 그런 거품이 거리를 감싸고, 집들의 울타리를 기어오르고, 시계탑까지 완전히 뒤덮어 버린다.

그러나 그것은 한낱 저녁나절의 환상에 지나지 않는다. 눈을 뜨면 거품은 이내 사라지고 만다. 소리는 그저 짐승들의 발굽 소리이며, 마을은 여느 때와 다름 없는 마을이다. 짐승들의 행렬은 강처럼 구불구불한 길에 깔린 돌 위를 흐른다. 누가 선두에 선 것도 아니고, 누가 행렬을 이끌고 있는 것도 아니다. 그들은 눈을 내리깔고, 어깨를 잘게 흔들면서, 그 침묵의 강을 더듬어 갈 뿐이다. 그런데도 한 마리 한 마리 사이는, 비록 눈에는 보이지 않지만 지울 수 없는 친밀한 기억의 끈으로 단단히 엮여 있는 듯 보인다.

그들은 북쪽에서 내려와 옛 다리를 건너서, 동쪽에서 강의 남쪽 기슭을 따라 내려온 동료들과 합류해 운하를 따라 공장 지대를 지나고, 서쪽을 향해 주물 공장 앞에 놓인 다리를 건넌 다음 서쪽 언덕 기슭을 넘는다. 서쪽 언덕 비탈에서는 문에서 멀리 떨어진 곳까지 갈 수 없는 늙은 짐승과 어린 짐승들이 행렬을 기다리고 있다. 그들은 거기에서 북쪽으로 방향을 틀어 서쪽 다리를 건너서 문에 이른다.

짐승들의 선두가 문 앞에 도착하면, 문지기가 문을 연다. 두툼한 보강용 철판이 가로세로로 덧대어 있는, 한눈에 봐도 묵직하고 튼튼한 문이다. 높이는 4미터에서 5미터 정도에, 상부에는 사람이 넘어갈 수 없도록 뾰족뾰족 날카로운 못이 바늘

꽃이처럼 빽빽이 박혀 있다. 문지기는 그 무거운 문을 가볍게 앞으로 당기고, 모여든 짐승들을 밖으로 내보낸다. 양쪽으로 열리는 문이지만, 문지기가 여는 건 늘 한쪽이다. 왼쪽 문은 언제나 단단히 닫혀 있다. 짐승들이 한 마리도 남김 없이 문을 지나가고 나면, 문지기는 다시 문을 닫고 자물쇠를 채운다.

서쪽 문은 내가 아는 한 이 마을의 유일한 출입구였다. 마을 주위는 7미터에서 8미터 정도 높이의 장대한 벽으로 둘러싸여 있고, 그 벽을 넘을 수 있는 건 새뿐이었다.

아침이 오면 문지기는 다시 문을 열고 뿔피리를 불어 짐승들을 안으로 들였다. 그리고 짐승들이 모두 안으로 들어오면, 똑같이 문을 닫고 자물쇠를 채웠다.

"사실 자물쇠를 채울 필요는 없어." 하고 문지기는 내게 설명했다. "자물쇠를 채우지 않아도, 내가 아니면 아무도 저 무거운 문을 열 수 없을 테니까 말이지. 몇 명이 들러붙든 불가능해. 그저 정해진 규칙이 있기 때문에 그렇게 할 뿐이야."

문지기는 그렇게 말하고 털모자를 눈썹 위까지 끌어내리더니 입을 다물었다. 문지기는 지금껏 본 적이 없을 만큼 덩치가 큰 남자였다. 드러나 보이는 살은 투실투실하고, 셔츠와 윗도리는 근육이 움찔하기만 해도 단박에 터져 나갈 듯 보였다. 그러나 그는 때로 눈을 감고 불현듯 거대한 침묵 속으로 침잠하곤 했다. 일종의 우울증 같은 것인지 아니면 몸 안의 기능이 어떤 작용으로 단절될 뿐인지 판단할 수 없었다. 그러나 아무튼 침묵이 그를 덮어 버리면, 나는 그의 의식이 돌아오기를 가만히 기다리고 있어야 했다. 의식이 돌아오면 그는 천천히 눈을 뜨고 멍한 눈길로 한참이나 나를 바라보면서, 내가 거기에 존재하는 이유를 어떻게든 이해하려 애쓰듯 무릎 위에서 손가락을 몇 번이나 비벼 댔다.

"왜 저녁때가 되면 짐승들을 불러들여 마을 밖으로 내몰고, 아침이 오면 다시 안으로 들이는 거죠?" 문지기의 의식이 돌아왔을 때 나는 그렇게 물어보았다.

문지기는 아무 감정도 담기지 않은 눈으로 잠시 나를 쳐다보았다.

"그렇게 정해져 있기 때문이야." 하고 그는 말했다. "그렇게 정해져 있기 때문에 그렇게 하는 거지. 태양이 동쪽에서 떠올라 서쪽으로 지는 것과 똑같은 거야."

문을 여닫고 남는 시간 대부분을 그는 칼날을 손질하는 데 할애하는 듯했다. 문지기의 오두막에는 크고 작은 여러 개의 손도끼와 자귀와 칼이 진열되어 있고, 그는 틈만 나면 그것들을 사뭇 조심스럽게 숫돌에 갈았다. 잘 갈린 날은 언제나 얼어붙은 듯 스산하고 하얗게 빛났다. 외부의 빛을 반사하는 게 아니라, 뭔지 모를 발광체가 그 안에 은밀히 존재해서 빛나는 것처럼 느껴졌다.

내가 죽 진열된 그 날붙이를 바라보고 있으면, 문지기는 늘 입술 끝에 만족스러운 미소를 머금고 내 모습을 주의 깊게 보았다.

"조심하라고. 건드리기만 해도 손가락이 싹둑 잘려 나갈 테니까." 문지기는 나무 밑동처럼 울룩불룩한 손가락으로 그것들을 가리켰다. "이것들은 한 무더기에 얼마 하는 흔해 빠진 싸구려와는 만듦새가 달라. 하나하나 내 손으로 두드려 만든 것들이라고. 내가 옛날에는 대장장이였거든. 식은 죽 먹기지. 손질도 빈틈없이 하고 있고, 그래서 균형감도 아주 좋아. 칼날 무게에 딱 맞는 자루를 고르는 건 쉬운 일이 아니라고. 아무거든 좋으니까 하나 들어 봐. 날에는 손대지 말고."

나는 테이블에 주르륵 펼쳐진 날붙이 중에서 가장 조그만 손도끼를 골라 손에 들고, 공중에 몇 번 가볍게 흔들어 보았다. 손목에 약간 힘을 주었을 뿐인데 — 또는 힘을 주려고 생각했을 뿐인데 — 손도끼는 마치 잘 훈련된 사냥개처럼 예민하게 반응해, 획 하는 메마른 소리를 내면서 허공을 둘로 갈랐다. 과연 문지기가 자랑할 만했다.

"그 자루도 내가 만든 거야. 10년 된 물푸레나무를 깎아 만들었지. 자루는 만드는 사람마다 취향이 다른데, 나는 10년 된 물푸레나무를 좋아해. 그보다 어려도 안 되고, 그보다 너무 자라서도 안 돼. 10년 된 게 딱 좋아. 단단하고, 물기가 있으면서 탄력도 있지. 동쪽 숲에 좋은 물푸레나무가 자라고 있어."

"이렇게 많은 날붙이를 다 어디에 쓰는 건가요?"

"쓰임새야 많지." 문지기가 말했다. "겨울이 오면 더 많이 쓰게 돼. 음, 뭐, 겨울이 오면 당신도 알게 될 거야. 이곳의 겨울은 아주 기니까 말이지."

문밖에는 짐승들을 위한 장소가 있다. 짐승들은 밤 동안 거기에서 잔다. 조그만 개울이 흐르고 있어서 그 물을 마실 수도 있다. 개울 너머로는 사과나무 숲이 한없이 펼쳐진다. 마치 해원(海原)처럼 끝없이 이어진다.

서쪽 벽에는 사다리를 타고 올라갈 수 있는 망루가 세 군데 서 있다. 비를 피하기 위한 간단한 지붕이 있고, 쇠창살 달린 창문으로 짐승들의 모습을 내려다볼 수도 있다.

"자네 말고는 아무도 짐승들을 바라보지 않아." 하고 문지기는 말했다. "뭐, 당신은 여기 온 지 얼마 안 되었으니 그럴 수밖에 없겠지만, 그래도 한동안 여기 살면서 자리를 잡으면, 짐승 따위는 관심에서 멀어질 거야. 다른 사람들처럼 말이지. 하기야 이른 봄의 일주일은 예외겠지만."

이른 봄의 딱 일주일간, 사람들은 싸우는 짐승들을 구경하기 위해 망루에 오른다고 문지기는 말했다. 수놈들은 그 시기에만 — 새 털이 돋고, 암놈들의 출산이 시작되기 직전의 일주일에만 평소의 온화한 모습으로는 상상도 할 수 없을 만큼 흉악해져 서로 상처를 입힌다. 그리고 대지에 흐르는 어마어마한 피 속에서 새로운 질서와 새로운 생명이 태어나는 것이다.

가을의 짐승들은 각자의 장소에 얌전히 앉아 있고, 황금빛 긴 털이 저녁 햇살에 빛날 뿐이다. 그들은 대지에 고정된 조각상처럼 꼼짝하지 않고 목을 쳐든 채, 하루의 마지막 빛이 드넓은 사과나무 숲속으로 기울기를 지그시 기다린다. 마침내 해가 떨어지고 저녁의 파르스름한 어둠이 그들의 몸을 뒤덮으면, 짐승들은 머리를 푹 숙여 하얀 외뿔을 땅으로 내리고, 그리고 눈을 감는다.

이렇게 해서 마을의 하루는 끝난다.

3 하드보일드 원더랜드

비옷, 야미쿠로, 브레인 워시

그녀가 나를 안내한 곳은 휑하니 넓은 방이었다. 벽은 하얀색, 천장도 하얀색, 카펫은 커피 브라운색, 모두 세련되고 품위 있는 색이다. 같은 하양이라도 품위 있는 하양과 천박한 하양은 내력 자체가 다르다. 유리창이 불투명해서 바깥 경치를 확인할 수 없었지만, 그곳으로 비치는 보안 빛이 태양빛인 건 틀림없어 보였다. 그렇다면 여기는 지하가 아니고, 따라서 엘리베이터는 올라왔다는 얘기다. 그걸 알고 다소 안심했다. 내 상상이 옳았기 때문이다. 여자가 소파에 앉으라는 식의 몸짓을 해서 나는 방 한가운데에 있는 가죽 소파에 앉아 다리를 꼬았다. 내가 소파에 앉자, 여자는 들어왔을 때와는 다른 문으로 나갔다.

방 안에 가구다운 가구는 거의 없었다. 소파와 세트인 테이블 위에는 도기 라이터와 재떨이와 담배 케이스가 나란히 놓여 있었다. 혹시나 해서 담배 케이스의 뚜껑을 열어 보았지만, 담배는 한 개비도 들어 있지 않았다. 벽에는 그림도 달력도 사진도 걸려 있지 않았다. 불필요한 것은 무엇 하나 없다.

창가에 커다란 책상이 있었다. 나는 소파에서 일어나 창문 앞까지 가서, 그 김에 책상 위를 바라보았다. 두껍고 튼튼한 통판으로 만든 책상이다. 양옆에 큼지막한 서랍이 달려 있다. 책상에는 스탠드와 BIC 볼펜 세 자루와 탁상 달력이 있고, 그 옆에는 페이퍼 클립이 한 움큼 널려 있었다. 나는 탁상 달력의 날짜를 들여다보았다. 날짜는 틀림없이 맞았다. 오늘 날짜다.

방구석에 어디에나 흔히 있는 철제 사물함이 세 개 나란히 서 있었다. 사물함은 방 분위기에는 너무도 어울리지 않았다. 지나치게 사무적이고 직설적이다. 나 같으면 방에 맞춰 시크한 목제 캐비닛을 두겠지만, 여기는 내 방이 아니다. 나는 일을 하러 왔을 뿐이지, 쥐색 철제 사물함이 놓여 있든 연분홍색 주크박스가 놓여 있든 내가 관여할 문제가 아니다.

왼쪽 벽에는 붙박이식 벽장이 있었다. 문은 세로로 길쭉한 접이식이다. 그것이 방 안에 있는 가구의 전부였다. 시계도 전화기도 연필깎이도 물 주전자도 없다. 책장도 없거니와 편지 꽂이도 없다. 대체 이 방이 어떤 목적과 어떤 기능을 지닌 방일지 짐작이 가지 않았다. 나는 소파로 돌아와 다리를 꼬고는 하품을 했다.

10분 정도 지나자 여자가 돌아왔다. 그녀는 나를 쳐다보지도 않고 사물함의 문 하나를 열더니 그 안에서 검고 번들거리는 것을 껴안듯 꺼내 테이블 위로 옮겼다. 그것은 반듯하게 접힌 비옷과 고무장화였다. 제일 위에는 1차 세계 대전 때 조종사가 썼음 직한 고글까지 놓여 있었다. 대체 무슨 일이 벌어지고 있는지 영문을 알 수가 없었다.

여자가 나를 향해 뭐라고 말을 했지만, 입술이 너무 빨리 움직여 읽을 수 없었다.

"조금만 천천히 말해 줄 수 있을까. 독순술이 그렇게 능숙한 편이 아니라서." 하고 나는 말했다.

그녀는 이번에는 입을 크게 벌리고 천천히 말했다. '그걸 옷 위에 입으세요.' 하고 그녀는 말했다. 가능하면 비옷 따위는 입고 싶지 않았지만 뭐라 투덜거리기도 귀찮아 나는 잠자코 그녀의 지시를 따랐다. 조깅화를 벗고 고무장화로 갈아 신은 다음, 스포츠 셔츠 위에 비옷을 덮어썼다. 비옷은 고무 코팅이 되어 있어 무겁고 장화는 한두 사이즈 컸지만, 나는 그 점에 대해서도 투덜거리지 않기로 했다. 여자는 다가와서 발목까지 오는 비옷의 단추를 잠그고, 머리에 모자를 푹 씌웠다. 모자를 씌울 때, 내 코끝과 그녀의 매끈한 이마가 닿았다.

"아주 좋은 향이군." 하고 나는 말했다. 향수를 칭찬한 것이다.

'고마워요.' 그녀는 내 비옷 모자의 똑딱이 단추를 코 바로 밑까지 잠갔다. 그러고는 모자 위로 고글을 씌웠다. 덕분에 나는 비 내리는 날의 미라 같은 꼴이 되고 말았다.

그리고 그녀는 벽장문을 하나 열고, 내 손을 끌어당겨 그 안으로 밀어 넣은 다음 안의 불을 켜고, 손을 뒤로 돌려 문을 닫았다. 문 안은 옷장이었다. 그러나 옷은 없고, 옷걸이와 방

충제만 걸려 있을 뿐이다. 아마 이곳은 그냥 옷장이 아니라, 옷장을 가장한 비밀 통로이거나 다른 무엇일 것이라고 나는 상상했다. 왜냐하면 내가 내 뜻과는 무관하게 비옷을 입고 옷장 안에 떠밀려 들어와야 할 아무 이유가 없기 때문이다.

그녀가 벽 구석에 있는 금속 손잡이를 만지작거리자, 달그락거리는 소리가 나면서 아니나 다를까 정면 벽의 일부가 소형 자동차 트렁크만 한 넓이로 앞쪽을 향해 휙 열렸다. 뻥 뚫린 구멍 너머는 캄캄한 어둠이고, 그곳에서 싸늘하고 눅눅한 바람이 불어오는 걸 분명하게 느낄 수 있었다. 그리 기분 좋은 바람은 아니었다. 물이 흐르는지 콸콸 소리도 끊임없이 들렸다.

"이 안에 강이 흐르고 있어요." 하고 그녀가 말했다. 강물 소리 덕분에 그녀의 소리 없는 말에 다소나마 리얼리티가 더해진 듯 느껴졌다. 사실은 목소리가 나오고 있는데 강물 소리에 지워진 듯 여겨지는 것이다. 그래서 그런지 그녀의 말이 이해하기 쉬워진 느낌도 들었다. 신기하다면 신기한 일이다.

"강을 따라 상류 쪽으로 쭉 올라가면 큰 폭포가 나와요. 그 폭포를 그대로 지나세요. 할아버지 연구실은 그 안에 있어요. 거기까지 가면 그다음은 알 수 있어요."

"거기에 가면 당신 할아버지가 나를 기다리고 있단 말이지?"

"그래요." 하고 그녀는 내게 끈 달린 대형 방수 손전등을 건넸다. 캄캄한 어둠 속에 들어가자니 도무지 내키지 않았지만, 지금 와서 그런 말을 할 수는 없었다. 나는 마음을 다지고 입을 쩍 벌린 어둠 속에 한 발을 들이밀었다. 그러고는 몸을 앞으로 숙여 머리와 어깨를 밀어넣고, 마지막으로 남은 한쪽 다리를 끌어당겼다. 버스럭거리는 비옷이 온몸을 감싸고 있어 그것만으로도 버거웠지만, 그럭저럭 몸을 옷장에서 벽 너머 쪽으로 옮길 수 있었다. 그리고 옷장 안에 서 있는 오동통한 그녀를 돌아보았다. 캄캄한 구멍 속에서 고글을 통해 바라보니 그녀는 무척 귀여웠다.

"조심해요. 강에서 벗어나거나 샛길로 빠지면 안 돼요. 똑바로." 그녀는 몸을 굽히고 나를 들여다보듯 하고서 말했다.

"똑바로 가서 폭포." 하고 나는 큰 소리로 말했다.

"똑바로 가서 폭포." 하고 그녀도 되풀이했다.

나는 시험 삼아 소리 내지 않고 '세라'라는 모양으로 입술을 움직여 보았다. 그녀도 싱긋 웃고는 '세라.' 하고 말했다. 그리고 문이 탁 닫혔다.

문이 닫히자 나는 완벽한 어둠에 갇혔다. 바늘 끝만 한 빛도 없는 말 그대로 완벽한 어둠이었다. 아무것도 보이지 않는다. 얼굴 앞에 갖다 댄 내 손조차 보이지 않는다. 나는 무언가에 얻어맞은 듯이 그 자리에 한동안 망연히 서 있었다. 마치 비닐 랩에 둘둘 싸여 냉장고 안에 던져진 다음 그대로 문이 닫혀서 갇혀 버린 생선 같은 서늘한 무력감이 나를 덮쳤다. 아무런 마음의 준비 없이 불쑥 완벽한 어둠 속에 던져져 순간적으로 온몸의 힘이 빠져 버린 것이다. 문을 닫으면 닫는다고 예고 정도는 해 줬어야 했다.

손으로 더듬어 손전등 스위치를 누르자, 어둠 속에 그리운 노란 빛이 한 줄기 똑바른 선을 그었다. 나는 우선 불빛을 발치에 비추고 그 주위를 천천히 확인해 보았다. 내가 서 있는 장소는 사방 3미터 정도의 좁은 콘크리트 바닥이고, 그 너머는 끝이 보이지 않는 깎아지른 절벽이었다. 난간도 없고 울타리도 없다. 그런 점에 대해서도 그녀가 미리 주의를 주었어야 했다고 생각하자 나는 약간 화가 났다.

콘크리트 바닥 옆에 아래로 내려가는 알루미늄 사다리가 붙어 있었다. 나는 손전등 끈을 가슴에 비스듬히 걸치고, 미끌거리는 알루미늄 사다리를 한 칸 한 칸 확인하면서 아래로 내려갔다. 아래로 내려갈수록 물 흐르는 소리가 조금씩 크고 명료해졌다. 건물 한 방의 벽장 속이 깎아지른 절벽인 데다 그 아래로 물이 흐른다는 얘기는 들어 본 적도 없다. 그것도 도쿄 한복판에서. 생각하면 할수록 머리가 아팠다. 처음에는 스산한 엘리베이터, 그다음에는 말은 하는데 목소리가 나오지 않는 살찐 여자, 그리고 이번에는 이거다. 어쩌면 나는 그 자리에서 일을 거절하고 집으로 돌아갔어야 했는지도 모른다. 너무 위험한 데다 하나부터 열까지 정상을 벗어나 있다. 그러나 나는 그대로 어둠 속 절벽을 내려갔다. 하나는 나의 직업상 자존심 때문이고, 다른 하나는 그 분홍색 슈트를 입은 오동통한 여자 때문이다. 그녀에게 왠지 마음이 쓰여 이대로 일을 그만두고 돌아가고 싶지 않았다.

스무 칸을 내려가서 잠깐 쉬면서 한숨 돌리고, 다시 열여덟 칸을 내려가자 땅이었다. 나는 사다리에서 내려와 손전등으로 주변을 조심조심 비춰 보았다. 밑은 단단하고 평평한 암반이고, 조금 앞에 너비 2미터 정도 되는 강이 흐르고 있었다. 손전등 빛 속에 마치 깃발처럼 너울너울 흔들리면서 흐르는 강물이 보였다. 흐름은 상당히 빨랐지만, 수심이나 물 색까지는 알 수 없었다. 내가 알 수 있는 건 물이 왼쪽에서 오른쪽으로 흐른다는 것뿐이었다.

나는 발치에 불을 빈틈없이 비추면서 암반을 따라 상류로 올라갔다. 때로 주변에서 무언가가 어슬렁거리는 듯한 기척이 느껴져 얼른 불을 비춰 보았지만 아무것도 보이지 않았다. 강 양쪽에 똑바로 치솟은 벽과 물의 흐름이 보일 뿐이었다. 아마도 어둠에 에워싸인 탓에 신경이 예민해진 것이리라.

5, 6분을 걷자, 물소리의 울림이 달라져 천장이 갑자기 낮아진 듯하다는 걸 알았다. 손전등을 머리 위로 비춰 보았지만, 어둠이 너무 짙어 알아볼 수 없었다. 그리고 여자가 주의하라고 언질을 주었던 대로, 양쪽 벽에 난 샛길 같은 것이 보였다. 그러나 그것은 샛길이라기보다 바위의 틈새 같은 것이었고, 그 아래로 물이 졸졸 흘러나와 가는 물줄기를 이루며 강으로 쏟아졌다. 시험 삼아 틈새로 다가가 손전등으로 안을 비춰 보았지만 아무것도 보이지 않았다. 입구에 비해 안은 의외로 넓은 듯하다는 걸 알았을 뿐이다. 안으로 들어가 보고 싶은 마음은 털끝만큼도 일지 않았다.

나는 손전등을 오른손에 꽉 쥐고, 진화 중인 물고기 같은 기분으로 어둠 속을 걸어 상류로 향했다. 물에 젖은 암반이 미끄러워, 한 걸음 한 걸음 조심하면서 발을 내디뎌야 했다. 이런 캄캄한 어둠 속에서 발을 헛디뎌 강에 떨어지거나 손전등이 망가지기라도 하면 이러지도 저러지도 못 한다.

발치에 온 신경을 집중하며 걸은 탓에, 나는 한동안 앞쪽에서 깜박깜박 흔들리는 희미한 불빛을 알아보지 못했다. 문득 고개를 들자 7, 8미터 거리 앞에 빛이 있었다. 나는 반사적으로 손전등 스위치를 끄고, 비옷의 옆트임 사이로 손을 밀어넣어 바지 뒷주머니에서 나이프를 꺼냈다. 그리고 손으로 더듬더듬 날을 펼쳤다. 어둠과 콸콸 울리는 물소리가 나를 완전히 뒤덮고 있었다.

내가 손전등을 끄자, 동시에 그 희미하고 노란 불빛도 움직임을 뚝 멈췄다. 그다음에 공중에 두 번 커다란 고리가 그려졌다. 어째 '괜찮아, 걱정할 것 없어.' 하는 신호인 듯했다. 그러나 나는 긴장을 풀지 않은 자세로 상대가 어떻게 나올지 기다렸다. 마침내 불빛이 다시 흔들리기 시작했다. 마치 지능이 고도로 발달한 거대한 발광충이 둥실둥실 공중을 떠다니면서 내 쪽으로 다가오는 것처럼 보였다. 나는 오른손에 나이프를 쥐고 왼손에는 스위치를 끈 손전등을 든 채, 그 불빛을 가만히 노려보았다.

불빛은 3미터 정도 거리까지 다가와 멈췄다가 위로 쓱 올라가서 다시 멈췄다. 불빛이 너무 가물가물해서 처음에는 뭘 비추고 있는지 잘 몰랐는데, 눈을 찡그리고 뚫어져라 보니 사람 얼굴인 듯했다. 그 얼굴은 나와 마찬가지로 고글을 끼고, 검은 모자를 푹 뒤집어쓰고 있었다. 그가 손에 든 것은 스포츠 용품점에서 파는 유의 소형 칸델라였다. 그는 칸델라로 자신의 얼굴을 비추면서 뭐라고 열심히 말했지만, 울리는 물소리 때문에 전혀 알아들을 수 없었다. 게다가 어둠 속에서 입을 어정

쩡하게 벌리고 말하는 탓에 입술의 움직임도 읽을 수 없었다.

"……해서……탓이에요. 자네의 그……미안하니까, 이것과……." 하고 남자는 말하는 듯이 보였다. 하지만 그것만으로는 뭐라는지 전혀 알 수 없다. 아무튼 위험한 사람은 아닐 것 같아서, 나는 손전등을 켜고 그 빛으로 내 옆얼굴을 비추면서 손가락으로 귀를 콕콕 찔러, 알아들을 수 없다는 뜻을 상대에게 전했다.

남자는 알겠다는 듯이 몇 번인가 고개를 끄덕이고 칸델라를 내려놓은 다음, 비옷 주머니 안에 두 손을 쑤셔 넣고 꼼지락거렸다. 그러자 내 주위에 가득했던 굉음이 마치 썰물이 갑자기 빠져나가듯 점점 약해졌다. 순간 나는 내가 기절하는 줄 알았다. 내 의식이 흐려지고 있어 머릿속에서 소리가 사라지는 것이라고. 그래서 나는 — 왜 내가 기절해야 하는지는 잘 몰랐지만 — 쓰러질 것에 대비해 몸의 각 부분에 힘을 주었다.

그러나 몇 초가 지나도 나는 쓰러지지 않았고, 기분도 아주 정상이었다. 다만 주위에서 울리는 소리가 작아졌을 뿐이었다.

"마중하러 왔소이다." 남자가 말했다. 이번에는 그 소리가 또렷하게 들렸다.

나는 머리를 흔들면서 손전등을 옆구리에 끼고, 나이프를 접은 다음 주머니에 넣었다. 정말 당치도 않은 하루가 될 듯한 예감이었다.

"소리는 어떻게 된 거죠?" 하고 나는 남자에게 물었다.

"아아, 소리, 시끄러웠을 게야. 작게 줄였어요. 미안하군. 이제 괜찮아." 남자는 몇 번이나 고개를 끄덕거리면서 말했다.

강물 소리는 이제 개울 소리만큼이나 작아졌다. "자, 이제 갈까나." 남자는 빙글 몸을 돌려 내게 등을 보이고, 익숙한 걸음으로 상류를 향해 걷기 시작했다. 나는 손전등으로 발치를 비추면서 그 뒤를 따랐다.

"소리를 작게 줄였다는 말은, 이게 인공적인 소리라는 뜻인가요?" 나는 남자의 등이 있을 듯한 언저리를 향해 고함을 질렀다.

"아니지." 하고 남자는 말했다. "저건 자연의 소리야."

"자연의 소리를 어떻게 작게 줄일 수 있죠?" 하고 나는 질문했다.

"정확하게 말하면 작게 줄이는 게 아니라." 하고 남자는 대답했다. "소리를 뽑는 거예요."

나는 잠시 망설이다가, 그 이상의 질문은 삼가기로 했다. 나는 타인에게 이런저런 질문을 해 댈 입장이 아니다. 나는 일을 하러 왔을 뿐이고 내게 일을 의뢰한 사람이 소리를 지우든 뽑든 보드카 라임처럼 휘젓든, 그런 것은 내 업무와 무관하다. 그래서 나는 아무 말 않고 잠자코 걸었다.

어찌 되었든 물소리를 뽑은 덕분에 사방은 아주 조용해졌다. 찍찍거리는 고무장화 소리까지 분명하게 들릴 정도였다. 머리 위에서 누군가가 자갈돌을 마주 비벼 대는 것처럼 기묘한 소리가 두세 번 났다가 그쳤다.

"야미쿠로 그놈들이 여기까지 숨어든 듯한 흔적이 있어서, 그래서 걱정스러워 여기까지 자네를 마중하러 온 게야. 사실 놈들은 여기까지 절대 안 오는데, 간혹 그런 일도 있어서 말이지. 골칫거리야."

"야미쿠로……." 나는 되뇌었다.

"자네도 이런 곳에서 야미쿠로와 딱 마주치면 참기 힘들 거예요." 남자는 말하고, 거대한 목소리로 헛헛 웃었다.

"뭐, 그렇겠죠." 나도 맞장구를 쳤다. 야미쿠로가 되었든 뭐가 되었든, 이런 어둠 속에서 정체 모를 것과 마주치고 싶지 않다.

"그래서 마중하러 왔어요." 하고 남자가 또 말했다. "혹시나 야미쿠로와 마주치면 안 되니까."

"고맙습니다. 친절하시군요." 하고 나는 말했다.

한참을 걸어가자 앞쪽에서 수도꼭지를 활짝 열어 놓은 듯한 소리가 들렸다. 폭포였다. 손전등으로 잠깐 비춰 봤을 뿐이라 정확한 것은 알 수 없지만, 상당히 큰 폭포인 듯했다. 만약 소리를 뽑지 않았더라면 그 소리도 엄청났을 것이다. 그 앞에 서자 물방울이 튀어 고글이 푹 젖었다.

"여기를 지나가야 하는 거죠?" 나는 물어보았다.

"그래요." 남자는 말했다. 그리고 그 이상 아무런 설명 없이 폭포 쪽으로 성큼성큼 걸어가, 그 안으로 모습을 쓱 감추고 말았다. 할 수 없이 나도 얼른 그 뒤를 쫓아갔다.

다행히 우리가 지나온 통로는 폭포 안에서 가장 수량이 적은 부분이었다. 그래도 수압은 몸이 지면에 내동댕이쳐질 만큼 셌다. 비록 비옷은 입었지만, 이렇게 일일이 물을 뒤집어쓰지 않고는 연구실을 출입할 수 없다니, 아무리 호의적으로 생각해도 어이없는 얘기였다. 아마 기밀을 유지하기 위해서이겠지만, 그래도 좀 더 세련된 방법이 있을 것이다. 게다가 나는 폭포 속에서 넘어져 바위에 무릎을 한껏 부딪히고 말았다. 소리를 뽑은 탓에, 소리와 그 소리에서 비롯되는 현실과의 균형이 완전히 무너져 혼란스러운 것이다. 폭포라는 것은 그 폭포에 어울리는 음량을 갖추고 있어야 마땅하다.

폭포 안에는 사람 하나가 지나다닐 정도의 동굴이 있었다. 동굴 속으로 쭉 걸어 들어가자 철문이 나왔다. 남자가 비옷 주머니에서 소형 계산기 같은 것을 꺼내, 그걸 문틈에 삽입하고 잠시 조작하자 문이 소리 없이 안쪽으로 열렸다.

"자, 도착했어요. 안으로 들어갑시다." 남자가 말하고 나를 먼저 안으로 들인 후에 자신도 들어와 문을 잠갔다.

"고생이 많았소이다."

"그렇지 않다고는 할 수 없겠군요." 나는 조심스럽게 말했다.

남자는 목에 끈 달린 칸델라를 매달고, 모자를 쓰고 그 위에 고글을 낀 모습으로 웃었다. 헛훗호 하는 묘한 소리가 났다.

우리가 들어간 곳은 수영장 탈의실처럼 멋없고 넓은 방이었다. 선반에는 내가 입고 있는 것과 비슷한 검은 비옷과 고무장화와 고글이 반 다스 정도 가지런히 놓여 있었다. 나는 고글을 벗고, 비옷을 벗어 옷걸이에 걸고, 고무장화를 선반에 올려놓았다. 그리고 마지막으로 손전등을 벽걸이에 걸었다.

"여러 가지로 고생을 시켜 미안하군." 하고 남자는 말했다. "그러나 경계를 게을리할 수 없어요. 우리를 노리고 어슬렁어슬렁 배회하는 놈들이 있으니, 나름 주의를 해야지."

"야미쿠로 말인가요?" 나는 넌지시 말을 유도해 보았다.

"그래요. 야미쿠로도 그 하나지." 남자는 그렇게 말하고 혼자 고개를 끄덕였다.

그리고 그는 나를 탈의실 안쪽의 응접실로 안내했다. 검은 비옷을 벗자 남자는 그냥 체구가 작고 기품 있는 노인이었다. 살이 찐 것은 아닌데, 몸이 실팍하고 탄탄해 보였다. 얼굴색도 좋아서 주머니에서 테 없는 안경을 꺼내어 끼자 태평양 전쟁 전의 거물 정치가 같은 풍모를 풍겼다.

그는 내게 소파에 앉으라고 권하고, 자신은 집무용 책상 너머에 앉았다. 실내 구조는 내가 처음 안내된 방과 완전히 똑같았다. 카펫 색도 조명 기구도, 벽지도 소파도 모두 똑같았다. 소파 테이블 위에 놓인 담배 케이스마저 똑같았다. 책상 위에는 탁상 달력이 있고, 페이퍼 클립이 똑같이 널려 있었다. 한 바퀴 빙 돌아 같은 방으로 왔나 싶을 정도였다. 사실 그럴지도 모르고, 사실은 그렇지 않을지도 모른다. 나 또한 페이퍼 클립이 어떤 식으로 널려 있었는지, 그것까지 기억하고 있지는 않다.

노인이 잠시 나를 관찰했다. 그리고 페이퍼 클립 한 개를 손에 들고 쭉 펴더니 그것으로 손톱 거스러미를 콕콕 긁어 댔다. 왼손 집게손가락의 거스러미다. 한 차례 긁어내고 나자, 그는 똑바로 편 페이퍼 클립을 재떨이에 버렸다. 나는 다음 생에 무언가로 다시 태어나더라도 페이퍼 클립은 되고 싶지 않다고 생각했다. 정체 모를 노인의 손톱 거스러미를 긁어내고는 그대로 재떨이에 버려지다니, 절대 내키지 않는다.

"내가 확보한 정보에 따르면, 야미쿠로와 기호사가 손을 잡은 모양이에요." 하고 노인은 말했다. "그러나 물론 손을 잡았다고 놈들이 완전히 결속했다고는 볼 수 없지. 야미쿠로는 신중하고, 기호사는 지나치게 앞서가고 있으니, 놈들의 결속은 아직 불완전할 거예요. 그래도 좋지 않은 조짐입니다. 여기까지 올 리 없는 야미쿠로가 이 부근에 슬금슬금 나타나고 있다는 것도 아주 곤란한 일이고. 이대로 가면 조만간 야미쿠로 천지가 될 수도 있고, 그렇게 되면 나도 몹시 곤란해요."

"그러시겠죠." 하고 나는 말했다. 야미쿠로가 대체 어떤 것인지 상상이 되지 않았지만, 기호사들이 만약 어떤 세력과 손을 잡았다면, 그것은 내게도 아주 불리한 일일 것이다. 우리와 기호사들은 안 그래도 아주 미묘한 균형을 이루며 대적하고 있기 때문에, 사소한 작용으로 모든 것이 뒤집힐 수도 있다. 나는 야미쿠로를 모르는데 그들은 알고 있다는 것만 해도 이미 균형이 깨졌다는 뜻이다. 하기야 내가 야미쿠로를 모르는 건 독립적인 말단 현장직이라서이지, 윗사람들은 벌써 오래전에 알았을지도 모른다.

"그러나 뭐, 그건 그렇다 치고, 자네만 좋다면 바로 일을 시작했으면 하는데." 하고 노인은 말했다.

"좋습니다." 하고 나는 말했다.

"에이전트에 가장 실력이 뛰어난 계산사를 보내 달라고 부탁했는데, 자네는 비교적 평판이 좋은 듯하더군. 다들 자네를 칭찬했어요. 실력도 좋고, 배짱도 있고, 일도 철저하게 한다고. 협동심이 부족한 점을 빼면, 더할 나위 없다고 말이야."

"별말씀을요." 하고 나는 말했다. 겸손이다.

헛홋호 하고 노인은 또 큰 소리를 내며 웃었다. "협동심 따위는 딱히 상관없어요. 문제는 배짱이지. 배짱이 없으면 일류 계산사가 될 수 없어. 뭐, 그만큼 돈을 많이 받기는 하겠지만."

할 말이 없어서 나는 가만히 있었다. 노인은 또 웃고는, 나를 옆에 있는 작업실로 안내했다.

"나는 생리학자올시다." 하고 노인은 말했다. "하지만 내가 연구하는 분야는 아주 광범위해서 생리학이라는 한마디로는 부족해요. 뇌생리학에서 음향학, 언어학, 종교학까지 다루고 있으니 말이지. 내 입으로 말하자니 뭣하지만, 상당히 독창적이며 귀중한 연구를 하고 있어요. 지금은 주로 포유류의 구개를 연구하고 있소이다."

"구개요?"

"입이지, 입의 구조. 입이 어떻게 움직이고, 목소리는 어떻게 나오는지 그런 걸 연구하고 있어요. 자, 이걸 좀 보라고."

그는 그렇게 말하고, 벽 스위치를 눌러 작업실의 불을 켰다. 안쪽 벽 전체에 선반이 설치되어 있고, 거기에 온갖 포유류의 두개골이 자리가 비좁다 싶게 진열되어 있었다. 기린에서 말, 판다, 쥐까지, 내가 생각할 수 있는 포유류의 머리는 전부 모여 있었다. 수를 세면 300에서 400 정도는 될 것 같다. 물론 인간의 두개골도 있었다. 백인과 흑인과 아시아인, 인디오의 머리가 각각 남녀 한 쌍씩 진열되어 있었다.

"고래와 코끼리의 두개골은 지하 창고에 있어요. 아시다시피, 자리를 많이 차지해서 말이지."

"그렇겠죠." 하고 나는 말했다. 아닌 게 아니라 고래의 머리를 진열한다면, 그것만 해도 이 방이 꽉 차 버릴 듯하다.

동물들은 모두 약속이라도 한 것처럼 입을 떡 벌리고, 쾡하게 뚫린 두 구멍으로 정면 벽을 빤히 노려보고 있었다. 연구용 표본이기는 해도, 그런 뼈들에 포위되어 있는 건 그리 기분 좋은 일이 아니다. 다른 선반에는 두개골만큼은 아니어도 다양한 형태의 혀와 귀와 입술과 후두개가 포르말린 병에 잠긴 채 죽 진열되어 있었다.

"어때요, 꽤 멋진 컬렉션이지요." 노인은 뿌듯한 듯 말했다.

"세상에는 우표를 수집하는 사람도 있고, 레코드를 수집하는 인간도 있지. 와인을 지하실에 저장해 놓는 이도 있고, 마당에 전차를 갖다 놓고 좋아하는 부자도 있어요. 나는 두개골을 수집하고 있어요. 세상은 참 다양합니다. 그래서 재미있지. 그렇게 생각지 않나요?"

"그렇긴 합니다." 하고 나는 말했다.

"나는 비교적 젊었을 때부터 포유류의 두개골에 적지 않은 관심을 갖고 있어서, 꾸준히 뼈를 수집해 왔어요. 벌써 40년 가까이 되었으려나. 뼈라는 것을 이해하려면 생각보다 긴 세월이 걸립니다. 그런 의미에서는 살이 붙어 있는 산 인간을 이해하는 편이 훨씬 쉽지. 나의 절실한 생각이에요. 하기야 자네만 한 나이에는 살 자체에 관심이 더 크겠지만." 그렇게 말하고 노인은 또 헛홋호 하고 한바탕 웃었다. "뼈에서 나오는 소리를 들을 수 있기까지 30년이 걸렸어요. 자네, 30년이라면 그게 보통 세월이 아니거든."

"소리요?" 하고 나는 말했다. "뼈에서 소리가 난다고요?"

"물론." 하고 노인은 말했다. "각각의 뼈에는 제각각 고유한 소리가 있어요. 바꿔 말하면 숨겨진 신호 같은 것이라고 할 수 있지. 비유가 아니라, 말 그대로 뼈가 얘기한다는 뜻이에요. 그리고 지금 내가 하고 있는 연구의 목적은 그 신호를 해석하는 것입니다. 그 신호를 해석하면 그다음에는 그걸 인위적으로 조절하는 것도 가능해지지."

"흠." 나는 웅얼거렸다. 자세한 것까지는 이해할 수 없었지만, 노인의 말이 사실이라면 확실히 귀중한 연구일 듯했다.

"귀중한 연구 같군요." 하고 나는 말해 보았다.

"옳은 말씀." 하면서 노인이 고개를 끄덕였다. "그러니 놈들도 이 연구실을 노리는 것이에요. 놈들이 귀가 보통 밝아야 말이지. 내 연구를 놈들이 악용하려 하고 있어요. 예를 들어서 뼈에서 기억을 수집할 수 있게 되면 고문할 필요도 없어지지. 상대를 죽여서 살을 발라내고, 뼈를 씻으면 충분하니까 말이에요."

"끔찍하군요." 하고 나는 대꾸했다.

"그러나 다행인지 불행인지, 아직 거기까지 연구가 진척되지는 못했어요. 지금 단계에서는 뇌를 꺼내는 편이 명확한 기억을 수집하는 데는 더 나은 방법이지."

"아이쿠야." 하고 나는 말했다. 뼈든 뇌든 꺼내 놓고 나면 똑같은 것 아닌가.

"그래서 자네에게 계산을 부탁하려는 거예요. 기호사들이 도청으로 실험 자료를 훔쳐 가지 못하게 말이야." 노인은 심각하게 말했다. "과학의 악용은 과학의 선용과 나란히 현대 문명을 위기 상황에 빠뜨리고 있어요. 나는 과학이란 과학 그 자체를 위해 존재해야 한다고 확신합니다."

"신념 같은 건 잘 모릅니다만." 하고 나는 말했다. "한 가지는 분명히 해야겠군요. 사무적인 절차입니다. 이번 일의 의뢰는 '조직' 본부나 에이전트가 아니고, 선생님에게 직접 받았습니다. 이건 아주 이례적인 일이죠. 좀 더 분명하게 말하면 취업 규칙에 위반될 가능성이 있는 경우입니다. 만약 위반이라면 저는 징벌을 받게 되고, 자격증도 몰수당합니다. 그건 아시는지요?"

"잘 알고 있어요." 하고 노인은 말했다. "걱정할 만도 해요. 그러나 '조직'을 통해 정식 절차를 밟아 의뢰한 겁니다. 다만 기밀을 유지하기 위해 사무 차원을 통하지 않고 내가 개인적으로 자네에게 연락을 취했을 뿐. 그러니 자네가 징벌을 받는 일은 없어요."

"보장할 수 있습니까?"

노인은 책상 서랍을 열고 서류 홀더를 꺼내서 내게 건넸다. 나는 그것을 펼쳐 보았다. 거기에는 틀림없는 '조직'의 정식 서류가 들어 있었다. 서식도 사인도 정확하다.

"좋습니다." 하고 나는 홀더를 그에게 돌려주었다. "그리고 저의 등급은 더블 스케일인데요, 문제없겠습니까? 더블 스케일이란⋯⋯."

"표준 요금의 두 배지요. 괜찮습니다. 이번 일에는 거기에 보너스를 덧붙여 트리플 스케일로 하지요."

"인심이 좋으시군요."

"중요한 계산인 데다 폭포까지 지나왔으니 말이지, 헛홋호."
하고 노인은 또 웃었다.

"일단 수치를 보여 주시죠." 하고 나는 말했다. "방식은 수치를 본 후에 정하겠습니다. 컴퓨터 레벨의 계산은 어느 쪽이 하는 겁니까?"

"컴퓨터는 여기 것을 사용할 거예요. 자네는 그 전후의 일을 해 주면 되는데. 상관없겠지요?"

"좋습니다. 저로서도 그러는 편이 품이 덜 드니까요."

노인은 의자에서 일어나 등 뒤에 있는 벽을 잠시 더듬었다. 그러자 그냥 벽으로 보였던 곳이 갑자기 쩍 벌어졌다. 참 여러 가지로 정교하다. 노인은 그곳에서 다른 서류 홀더를 꺼내고 문을 닫았다. 문이 닫히자 그곳은 다시 아무런 특징 없는 하얀 벽으로 돌아갔다. 나는 홀더를 받아들고 일곱 페이지에 달하는 자잘한 수치를 읽어 보았다. 수치 자체에는 딱히 문제가 없었다. 그냥 수치다.

"이 정도면 브레인 워시로 충분하겠습니다." 하고 나는 말했다. "이 정도 빈도 유사성이라면 가설 브리지에 걸릴 염려도 없겠죠. 물론 이론적으로는 가능하지만, 그 가설 브리지의 정당성을 증명할 수는 없습니다. 또 증명하지 못하면 오차라는 꼬리를 잘라 낼 수 없죠. 그건 나침반 없이 사막을 횡단하는 일이나 다름없어요. 모세는 해냈지만요."

"모세는 바다까지 건넜지요."

"아주 먼 옛날 일입니다. 제 경험상 이 레벨에서 기호사의 침입을 받은 예는 한 번도 없습니다."

"그렇다면 1차 전환으로 충분하다는 뜻이지요?"

"2차 전환은 위험 부담이 너무 크죠. 2차 전환을 하면 가설 브리지의 개입 가능성은 없어지지만, 지금 단계에서는 곡예 같은 것입니다. 전환 과정이 아직 확실하게 고정돼 있지 않아서요. 연구 도상에 있다고 봐야죠."

"나는 2차 전환을 말하는 게 아니에요." 노인이 말하고는 또 페이퍼 클립으로 손톱 거스러미를 콕콕 밀기 시작했다. 이번에는 왼손 가운뎃손가락이다.

"그 말씀은?"

"셔플링이야. 나는 셔플링 얘기를 하고 있는 거예요. 브레인 워시와 셔플링을 해 줬으면 해요. 그러기 위해서 자네를 부른 거니까. 브레인 워시만이었으면 굳이 자네를 부를 필요가 없었지."

"이상하군요." 나는 대답하고 다리를 바꿔 꼬았다. "어떻게 셔플링을 알고 계시죠? 그건 극비 사항이라서 외부인은 아무도 모르는 일일 텐데요."

"나는 알아요. '조직'의 윗선과 상당히 긴밀한 파이프로 소통하고 있어서 말이지."

"그럼 그 파이프를 통해서 물어보세요. 아시는지 모르겠는데, 지금 셔플링 시스템은 완전히 동결되어 있습니다. 왠지는 모릅니다. 아마 어떤 문제가 있었겠죠. 그러나 아무튼 셔플링을 사용하지 못하게 되어 있습니다. 만약 사용한 것이 발각되면 징벌 정도로 끝나지 않겠죠."

노인은 의뢰 서류가 든 홀더를 다시 내게 내밀었다.

"마지막 페이지를 잘 봐요. 셔플링 시스템 사용 허가가 나 있을 테니까."

나는 노인의 말을 따라 마지막 페이지를 펼치고 훑어보았다. 틀림없는 셔플링 시스템 사용 허가서였다. 몇 번이나 다시 읽어 보았지만, 그것은 정식 서류였다. 다섯 군데에 사인이 되어 있다. 윗사람들 생각이 대체 뭔지 짐작도 가지 않는다. 구멍을 파라고 해서 팠더니 이번에는 메우라고 하고, 메웠더니 다시 파라고 한다. 고생하는 건 늘 나 같은 현장직이다.

"이 의뢰 서류를 전부 컬러로 복사해 주십시오. 그게 없으면 여차할 시에 제가 아주 곤란한 입장에 몰리게 되니까요."

"당연히 그래야지요." 하고 노인은 말했다. "물론 복사본은 건넬 거예요. 걱정할 일은 전혀 없어요. 한 점 티끌 없이 정식 절차를 밟았습니다. 수임료는 오늘 절반, 일이 끝나면 나머지 절반을 지불하지요. 그래도 되겠는지?"

"좋습니다. 브레인 워시는 지금 여기서 하죠. 셔플링은 여러 가지 준비가 필요한 터라 브레인 워시가 끝난 수치를 집에 가져가 하겠습니다. 그리고 셔플링이 끝난 자료를 가지고 다시 여기로 찾아뵙겠습니다."

"사흘 후 정오까지는 꼭 필요한데."

"충분합니다." 나는 대답했다.

"아무쪼록 늦지 않도록." 노인은 재차 부탁했다. "그 시간을 맞추지 못하면 큰일이 벌어집니다."

"세계가 붕괴하기라도 하나요?" 나는 물어보았다.

"어떤 의미에서는 그렇지요." 노인은 뜻 모를 투로 대답했다.

"문제없습니다. 기한에 늦은 적은 한 번도 없습니다." 하고 나는 말했다. "죄송하지만 포트 한가득 뜨거운 커피와 얼음물을 준비해 주십시오. 그리고 간단히 먹을 수 있는 저녁. 시간이 오래 걸릴 것 같아서 말이죠."

아니나 다를까 그것은 시간이 오래 걸리는 일이었다. 수치의 배열 자체는 비교적 단순한데 케이스 설정의 단계 수가 많아서, 생각보다 계산하는 데 훨씬 시간이 걸렸다. 주어진 수치를 우뇌에 입력해서 전혀 다른 기호로 전환한 다음 좌뇌로 옮기고, 좌뇌로 옮긴 것을 처음 숫자와 전혀 다른 숫자로 꺼내서, 그걸 용지에 타이핑한다. 브레인 워시란 간단히 말하면 그런 작업이다. 전환 코드는 계산사에 따라 각기 다르다. 이 코드가 난수표와 전혀 다른 점은 그 도형성에 있다. 즉 우뇌와 좌뇌(물론 편의상의 구분이다. 정말 좌우로 나뉜 것은 절대 아니다.)를 어떻게 나누느냐에 열쇠가 숨어 있다. 그림으로 하면 이렇게 된다.

좌뇌   우뇌

요컨대 이 삐죽빼죽한 면이 정확하게 딱 맞아떨어지지 않으면, 전환을 통해 나온 수치를 원래 상태로 되돌릴 수 없다. 그런데 기호사들은 컴퓨터에서 훔쳐 낸 수치에 가설 브리지를 걸어 해독하려고 하고 있다. 다시 말해 수치를 분석해서 홀로그래프로 그 삐죽삐죽을 재현하는 것이다. 그 작업은 잘되는 경우도 있고, 잘되지 않는 경우도 있다. 우리가 그 기술을 고도화하면 그들도 그에 대적하는 기술을 고도화한다. 우리는 자료를 지키고, 그들은 자료를 훔친다. 고전적인 형태의 경찰과 도둑 패턴이다.

기호사들은 불법적으로 입수한 자료를 주로 정보 암시장에 흘려서 막대한 이익을 얻는다. 그러나 더욱 나쁜 것은 그들이 그 정보 중에서 가장 중요한 것을 챙겨 자신들의 조직을 위해 유용하게 써먹는다는 점이다.

우리 조직은 일반적으로 '조직'이라 불리고, 기호사들의 조직은 '공장'이라 불린다. '조직'은 원래 종합 사기업이었는데, 그 중요성이 높아지면서 반(半) 공기업의 색채를 띠게 되었다. 구조적으로는 미국의 벨 컴퍼니와 유사할지 모르겠다. 우리 같은 말단 계산사는 세무사나 변호사와 마찬가지로 개개인이 독립적으로 일하지만, 국가가 주는 면허가 필요하고, 일은 '조직' 또는 '조직'이 인가한 에이전트 사무소를 통해 들어온 것이 아니면 수락해서는 안 된다. 이는 '공장'이 기술을 악용하지 못하게 하려는 조치로, 위반했을 경우에는 징벌을 받고, 면허증을 빼앗긴다. 그러나 그런 조치가 정당한지 어떤지 나는 잘 모른다. 왜냐하면 자격을 빼앗긴 계산사들이 왕왕 '공장'으로 흡수되어 지하로 잠입, 기호사가 되기 때문이다.

'공장'이 어떻게 구성되어 있는지도 나는 모른다. 처음에는 소규모 벤처 회사로 출발했지만, 급격하게 성장했다고 한다. '데이터 마피아'라고 부르는 사람도 있는데, 다양한 지하 조직에 뿌리를 뻗고 있다는 점에서는 정말 마피아와 비슷할지도 모르겠다. 그들이 마피아와 다른 점은 정보밖에 다루지 않는다는 것이다. 정보는 깔끔하면서도 돈이 된다. 그들은 표적으로 삼은 컴퓨터를 빈틈없이 모니터링하고, 그 정보를 훔쳐 낸다.

나는 포트에 가득 담긴 커피를 마시면서 브레인 워시를 계속했다. 1시간 일하면 30분 쉬는 것이 규칙이다. 그러지 않으면 우뇌와 좌뇌의 이음매가 딱 맞아떨어지지 않아, 나온 수치가 혼탁하다.

30분 쉬는 동안에 나는 노인과 잡담을 나누었다. 입을 움직여 무슨 말이든 하는 것이 뇌의 피로를 푸는 가장 좋은 방법이다.

"이 수치들은 대체 무엇에 관한 건가요?" 하고 나는 물어보았다.

"실험 측정 수치예요." 노인이 대답했다. "내가 지난 1년 동안 연구한 성과지. 각 동물의 두개골 및 구개 용적의 3차원 영상을 수치로 전환한 것과 그 발성을 세 요소로 분해한 것을 조합했어요. 조금 전에 내가 뼈 고유의 소리를 듣는 데 30년이 걸렸다고 말씀드렸는데, 이 계산이 완성되면, 우리는 경험적으로가 아니라 이론적으로 그 소리를 추출할 수 있게 되지요."

"그리고 그 소리를 인위적으로 조절할 수도 있게 된다는?"

"그렇지." 하고 노인은 대답했다.

노인은 혀끝으로 윗입술을 핥으면서 잠시 침묵했다.

"여러 가지 일이 생겨요." 그가 잠시 후에 말했다. "실로 여러 가지 일이. 이건 내 입으로는 얘기할 수 없지만, 아마 자네는 상상도 하지 못한 일이 생길 거야."

"소리 뽑기도 그 가운데 하나인 거죠?" 나는 물었다.

노인은 또 헛홋호 하고 흥미로운 듯 웃었다. "그래요, 맞아. 인간의 두개골 고유의 신호에 맞춰 소리를 뽑거나 키울 수 있지요. 사람은 저마다 두개골의 모양이 달라서 완전히 뽑을 수는 없지만, 아주 작게 할 수는 있어요. 간단하게 말해 음과 반음의 진동을 겹쳐서 공명하게 하는 것이지. 소리 뽑기는 연구 성과 중에서도 가장 해가 없는 것이야."

소리 뽑기가 해가 없는 성과라면, 나머지는 미루어 알 법하다. 나는 세상 사람들 각자가 멋대로 소리를 지우거나 키우는 광경을 상상하고는 약간 몸서리를 쳤다.

"소리 뽑기는 발성과 청각 양쪽에서 가능해요." 노인이 말했다. "다시 말해서 아까처럼 물소리만 청각에서 소거하는 것도 가능하고, 또는 아예 발성을 소거하는 것도 가능하지. 더욱이 발성은 개인적인 것이라서 백 퍼센트 소거가 가능해요."

"그걸 세상에 발표할 생각인가요?"

"설마." 하면서 노인은 손을 내저었다. "이렇게 재미있는 일을 타인에게 왜 알리겠나. 내 개인적인 즐거움으로 하고 있는데."

그렇게 말하고 노인은 또 헛홋호 웃었다. 나도 웃었다.

"나는 아주 전문적인 학술 레벨에서만 내 연구를 발표할 생각이야. 음성학 같은 학문에는 거의 아무도 관심을 갖지 않아요." 노인이 말했다. "게다가 세상의 멍청한 학자들이 내 이론을 이해할 리가 없지. 안 그래도 학계에서는 나를 상대하려 들지 않는데."

"그러나 기호사들은 멍청하지 않죠. 그 사람들은 해석에서는 가히 천재적입니다. 그들은 선생님의 연구를 하나도 남김없이 싹 해석해 낼 텐데요."

"그 점에는 나도 조심하고 있어요. 그래서 자료와 과정을 전부 숨기고, 이론만 가설의 형태로 발표하려는 거야. 그러면 그들에게 해석될 우려가 없지. 학계는 나를 상대하지 않겠지만, 난 그런 건 아무 상관이 없어요. 100년이 지나면 내 이론은 증명이 될 테고, 그것으로 충분해요."

"흠." 하고 나는 말했다.

"그러니 모든 것은 자네의 브레인 워시와 셔플링에 달려 있는 셈이야."

"그렇군요." 나는 대답했다.

이후로 1시간, 나는 온 신경을 계산에 집중했다. 그리고 또 휴식을 취했다.

"한 가지 질문이 있는데요." 하고 나는 말했다.

"뭘까나?" 노인이 말했다.

"입구에 있던 젊은 여자요. 그, 분홍색 슈트를 입고 살집 좋은……."

"아, 내 손녀딸." 노인은 말했다. "아주 비상한 아이지. 아직 젊은데도 내 연구를 도와주고 있어요."

"그래서 제 질문은요, 그녀가 태어날 때부터 말을 못했는지, 아니면 소리를 뽑아서 그렇게 되었는지 하는 건데요……."

"아뿔싸." 하면서 노인이 한 손으로 철썩 무릎을 쳤다. "까맣게 잊고 있었군. 소리 뽑기 실험을 한 채 돌려놓지를 않았어요. 이런이런. 바로 가서 원래대로 돌려놓아야겠군."

"그러시는 게 좋겠습니다." 하고 나는 말했다.

4 세계의 끝

도서관

마을의 중심을 이룬 곳은 옛 다리의 북쪽에 있는 반원형 광장이었다. 그 반원형의 다른 한쪽, 즉 원의 아래쪽 절반은 강 건너 남쪽에 있다. 두 개의 반원은 북쪽 광장과 남쪽 광장으로 불리며 한 쌍으로 취급되지만, 실제로 보는 이에게 양쪽 광장이 주는 인상은 정반대라고 해도 좋을 만큼 달랐다. 북쪽 광장에서는 온 마을의 침묵이 사방에서 쏟아져 드는 듯 묘한 공기의 무게가 느껴진다. 그에 반해 남쪽 광장에는 느껴야 할 게 거의 없다. 거기에는 아주 막연한 결락감 같은 것만이 떠다닌다. 다리의 북쪽에 비해 인가의 수도 적고, 화단이나 디딤돌도 제대로 손질되어 있지 않다.

북쪽 광장 가운데에는 커다란 시계탑이 마치 공중을 찌르듯 솟아 있다. 하기야 시계탑이라기보다, 시계탑의 체계를 갖춘 오브제라고 표현해야 하는지도 모른다. 바늘이 한군데에 멈춘 채 원래의 역할을 완전히 방기했기 때문이다.

탑은 사각형의 석조물로, 각 면은 동서남북 방위를 나타내고 위쪽으로 올라갈수록 좁아진다. 상단 네 면에는 숫자판이 붙어 있고, 바늘 여덟 개가 각각 10시 35분 언저리를 가리킨 채 조금도 움직이지 않는다. 숫자판 조금 아래 부분에 조그만 창문이 있는 것으로 보아 탑의 내부는 비었고 사다리를 타고 위로 올라갈 수도 있는 듯하지만, 내부로 들어가는 입구 같은 곳은 어디에도 없다. 게다가 이해할 수 없을 정도로 높이 솟아 있어서, 숫자판을 읽으려면 옛 다리를 건너 남쪽으로 가야 한다.

북쪽 광장을 겹겹이 에워싸듯, 돌이나 벽돌로 지은 건물이 부채꼴 모양으로 펼쳐진다. 건물 한 채 한 채에는 이렇다 할 특징이 없고, 아무런 장식이나 표시도 없다. 모든 문은 꼭 닫혀 있고, 들고나는 사람의 모습도 없었다. 어쩌면 그곳은 우편물이 없는 우체국이나 광부가 사라진 광산, 또는 시신을 잃어버린 장례식장 같은 것인지도 몰랐다. 그러나 잠잠하기만 한 그 건물들은 신기하게도 버려졌다는 인상을 주지 않았다. 나는 그런 거리를 지나갈 때마다, 주위 건물 안에서 내가 모르는 사람들이 살며시 숨죽이고, 내가 모르는 작업을 계속하고 있을 것 같은 기분이 들곤 한다.

도서관도 그렇게 잠잠한 거리의 한 모퉁이에 있었다. 도서관이라고 해서 딱히 다른 건물과 다르지는 않다. 이 마을에 흔히 있는 석조 건물이다. 도서관임을 알리는 표시나 외견상의 특징도 전혀 없다. 음산하게 색이 바랜 해묵은 돌벽과 좁은 차양, 그리고 쇠창살 끼운 창문과 단단한 나무문만 보면 곡물 창고라 해도 통할 것 같았다. 만약 문지기가 자세한 유래를 종이에 써 주지 않았더라면, 내가 그 건물을 도서관이라고 인식하는 일은 영원히 없었을 것이다.

"자리를 잡게 되는 대로 우선 도서관에 가 줘야겠어." 문지기는 내가 마을에 도착한 첫날 말했다. "여자가 혼자 지키고 있을 거야. 그 여자에게 마을에서 오래된 꿈을 읽으라는 말을 듣고 왔다고 해. 그러면 다음 여러 가지 일은 여자가 가르쳐 줄 거야."

"오래된 꿈?" 나도 모르게 되물었다. "오래된 꿈이란 게 대체 뭔가요?"

문지기는 소형 나이프로 나뭇조각을 깎아 동그란 쐐기 혹은 나무못 같은 것을 만들다가, 손길을 멈추고 테이블 위에 널린 나무 부스러기를 모아 쓰레기통에 버렸다.

"오래된 꿈이 오래된 꿈이지 뭐겠나. 도서관에 가면 아주 지긋지긋할 만큼 있어. 마음껏 들어 보고 바라보라고."

그렇게 말하더니 문지기는 자신이 만든 동그랗고 뾰족한 나뭇조각을 찬찬히 점검하고, 이만하면 되었다 여겼는지 등 뒤에 있는 선반에 올려놓았다. 선반에는 비슷한 모양의 뾰족한 나뭇조각이 스무 개 정도 한 줄로 진열되어 있었다.

"당신이 뭘 질문하든 그건 당신 자유지만, 대답을 하고 말고는 내 자유야." 문지기는 손을 머리 뒤에 깍지 끼고 말했다.

"내가 대답할 수 없는 것도 있겠고 말이지. 아무튼 당신은 앞으로 매일, 도서관에 가서 오래된 꿈을 읽어. 그게 당신의 일이니까. 저녁 6시에 도서관에 가서, 10시나 11시까지 꿈을 읽도록. 저녁은 여자가 준비해 줄 거야. 나머지 시간은 당신 마음대로 사용해도 좋아. 아무 제한이 없어. 알겠나?"

알겠다고 나는 대답했다. "그런데 그 일은 언제까지 계속되는 거죠?"

"글쎄, 언제까지 계속될까? 나는 잘 모르겠는데. 그만둘 시기가 올 때까지겠지." 문지기는 말했다. 그리고 쌓인 장작 중에서 적당한 나무토막을 끄집어내, 또 나이프로 깎기 시작했다.

"여긴 가난하고 조그만 마을이라서 말이지, 빈둥거리는 사람을 먹여 살릴 여유는 없어. 다들 각자의 장소에서 자기 일을 하고 있지. 당신 일은 도서관에서 오래된 꿈을 읽는 거야. 설마 한가롭고 즐겁게 놀며 지낼 수 있을 거라 생각하고 여기 온 건 아니겠지?"

"일하는 건 고통스럽지 않아요. 아무것도 안 하느니 하는 쪽이 편하죠." 하고 나는 말했다.

"그거 잘됐군." 하면서 문지기는 나이프의 날끝을 노려본 채로 고개를 끄덕였다. "그럼 최대한 빨리 일을 시작하는 게 좋겠군. 자네는 앞으로 '꿈 읽기'라고 불릴 거야. 자네에게 이름은 없어. '꿈 읽기'가 이름이지. 내가 '문지기'인 것처럼 말이야. 알겠나?"

"알겠습니다." 하고 나는 대답했다.

"문지기가 이 마을에 한 사람밖에 없는 것처럼, 꿈 읽기도

66

한 사람밖에 없어. 왜냐, 꿈 읽기에게는 꿈 읽기의 자격이 필요하거든. 지금 내가 당신에게 그 자격을 줄 거야."

문지기는 그렇게 말하고는 식기 선반에서 하얗고 조그만 접시를 꺼내 테이블 위에 놓고, 거기에 기름을 부었다. 그리고 성냥을 그어 불을 붙였다. 그다음 그는 날붙이를 진열한 선반에서 버터 나이프처럼 편평하고 기묘한 모양의 나이프를 가져와 날끝을 불에 충분히 달궜다. 그러고는 불을 불어 끄고, 나이프를 식혔다.

"그냥 당신이 꿈 읽기라는 표시를 할 뿐이야." 문지기가 말했다. "그러니까 조금도 아프지 않고, 겁낼 필요도 없어. 아주 잠깐이면 끝나."

그는 내 오른쪽 눈꺼풀을 손가락으로 밀어 올리고, 나이프 끝으로 내 안구를 찔렀다. 하지만 그가 말했던 것처럼 아프지도 않고, 이상하게 두렵지도 않았다. 나이프는 마치 젤리를 찌르듯 내 안구에 소리 없이 부드럽게 파고들었다. 그는 내 왼쪽 안구에도 똑같이 표시를 냈다.

"꿈 읽기가 종료되면, 그 상처도 저절로 사라질 거야." 문지기는 접시와 나이프를 정리하면서 말했다. "그 상처가 즉 꿈 읽기의 표식인 거지. 다만 그 표식이 있는 동안은 빛을 조심해야 해. 알겠나, 그 눈으로는 햇빛을 볼 수 없어. 그 눈으로 햇빛을 보면, 나름의 대가를 치르게 될 거야. 그러니 당신이 밖을 나다닐 수 있는 때는 밤이나 구름 낀 낮뿐이겠지. 맑은 날에는 방을 가능한 한 어둡게 하고 그 안에 가만히 틀어박히는 게 좋아."

그리고 문지기는 내게 검은 유리 안경을 주고, 잠들 때 외에는 늘 이것을 끼라고 일렀다. 이렇게 나는 햇빛을 잃었다.

내가 도서관 문으로 들어선 것은 며칠이 지난 저녁때였다. 무거운 나무문이 끼익 소리를 내며 열리자, 그 너머로 긴 복도가 똑바로 뻗어 있었다. 벌써 몇 년이나 거기에 마냥 방치되어 있었던 것처럼, 먼지가 풀풀 날리는 공기가 고여 있었다. 바닥 널판은 사람들이 걷는 형태대로 닳아 파였고, 회칠한 벽은 전등 색처럼 누렇게 변색되었다.

복도 양쪽에 문이 몇 개 있었지만, 손잡이에는 쇠사슬이 걸려 있고 그 위에 하얀 먼지가 쌓여 있었다. 쇠사슬이 걸려 있지 않은 문은 제일 끝에 있는 고풍스러운 문뿐. 그 문에 끼어 있는 부연 유리창 너머로 전등 빛이 보였다. 나는 몇 번인가 그 문을 노크해 보았지만, 대답은 없었다. 오래된 놋쇠 손잡이를 잡고 살며시 돌리자, 문은 소리 없이 안쪽으로 열렸다. 그 안에는 아무도 없었다. 역의 대합실을 약간 확대한 크기의 황량하고 간소한 방이었다. 창문 하나 없고, 장식다운 장식도 없다. 소박한 테이블 하나와 의자가 셋, 석탄을 때는 구식 주물 난로가 하나 있을 뿐이다. 그리고 커다란 괘종시계와 카운터. 난로에 놓인, 군데군데 색이 벗겨진 검은 법랑 주전자에서 하얀 김이 오르고 있었다. 카운터 너머에는 입구와 똑같이 부연 유리창 달린 문이 있고, 그 안쪽에서도 역시 전등 빛이 비쳐 나왔다. 나는 그 문을 두드려 봐야 할지 어떨지 망설이다가, 결국 노크를 하지 않고 누군가가 나타나기를 잠시 기다리기로 했다.

카운터 위에는 은색 페이퍼 클립이 널려 있었다. 나는 그것을 집어 들고 한동안 만지작거린 뒤, 테이블 옆 의자에 앉았다.

여자가 카운터 너머의 문에서 모습을 보인 것은 10분이나 15분이 지나서였다. 그녀는 손에 홀더 같은 것을 쥐고 있었다. 그녀는 내 얼굴을 보자 조금 놀란 듯 순간적으로 볼을 붉혔다.

"미안해요." 그녀가 내게 말했다. "누가 온 줄은 몰랐어요. 노크를 하면 되는데. 이 안쪽 방에서 계속 정리를 하고 있었어요. 온갖 것들이 뒤죽박죽 어질러져 있어서."

나는 한참이나 아무 말 않고 그녀의 얼굴을 지그시 쳐다보았다. 그 얼굴이 내게 무언가를 떠오르게 하려는 것처럼 느껴졌다. 그녀의 무언가가 내 의식 속에 가라앉은 부드러운 앙금 같은 것을 조용히 뒤흔들고 있었다. 그러나 나는 그것이 과연 뭘 의미하는지 알 수 없었고, 언어는 먼 어둠 속에 묻혀 있었다.

"아시다시피 이곳을 찾는 사람은 이제 아무도 없어요. 여기에 있는 것은 '오래된 꿈'뿐, 그 외에는 아무것도 없어요."

나는 그녀의 얼굴에서 눈을 떼지 않고 고개를 살짝 끄덕였다. 그녀의 눈과 그녀의 입술과 그녀의 넓은 이마와 뒤로 묶은 검은 머리 모양에서 뭔가를 읽어 내려 했지만, 세세한 부분을 쳐다보면 볼수록 전체적인 인상이 흐릿하게 멀어지는 듯이 느껴졌다. 나는 그만 눈을 감았다.

"죄송하지만 혹시 이 건물에 잘못 들어온 건 아닌가요? 이 부근의 건물은 전부 비슷해서요." 그녀가 그렇게 말하고 홀더를 카운터 위의 페이퍼 클립 옆에 놓았다. "꿈 읽기가 아니면 여기에 들어와 오래된 꿈을 읽을 수 없어요. 다른 사람들은 이곳에 들어올 수 없어요."

"나는 여기에 꿈을 읽으러 왔습니다." 하고 나는 말했다. "마을에서 그렇게 하란 말을 들어서요."

"죄송하지만 안경을 벗어 줄 수 있을까요?"

나는 검은 안경을 벗고 그녀를 똑바로 마주 보았다. 그녀는 꿈 읽기의 표식이 난, 엷게 변색된 두 눈동자를 빤히 들여다보았다. 마치 내 몸속까지 들여다보는 듯한 느낌이었다.

"좋아요. 이제 안경을 끼세요." 그녀가 말했다. "커피 드실래요?"

"고마워요." 나는 대답했다.

그녀는 안쪽 방에서 커피 컵 두 개를 들고 나와, 주전자에 든 커피를 따르고 테이블 건너편에 앉았다.

"오늘은 아직 준비가 안 돼 있어서, 꿈 읽기는 내일부터 시작해요." 하고 그녀가 내게 말했다. "읽는 장소는 여기면 될까요? 폐쇄된 열람실을 열 수도 있어요."

여기서 하겠노라고 나는 대답했다.

"당신이 나를 도와주는 거죠?"

"네, 그래요. 내 일은 오래된 꿈을 지키는 것과, 꿈 읽기를 돕는 거예요."

"전에 어디선가 우리가 만난 적이 있을까요?"

그녀는 시선을 들고 가만히 내 얼굴을 보았다. 그리고 기억을 더듬어 무언가를 나와 관련지으려 시도했다. 그러나 결국 포기하고 고개를 저었다. "아시겠지만 이 마을에서 기억이란 아주 불안정하고 불확실해요. 기억할 수 있는 일도 있지만, 기억하지 못하는 일도 있어요. 당신은 기억하지 못하는 쪽에 드는 것 같군요. 미안해요."

"괜찮아요." 하고 나는 말했다. "중요한 건 아닙니다."

"하지만 물론 어딘가에서 뵈었을지도 모르죠. 나는 줄곧 이 마을에서 살고 있고, 여기는 좁은 곳이니까요."

"나는 겨우 며칠 전에 여기 왔는데."

"며칠 전?" 그녀는 놀란 듯이 말했다. "그럼 사람을 잘못 본 거네요. 나는 태어나서 지금까지 이 마을 밖으로 나간 적이 없는걸요. 나를 닮은 사람 아니었을까요."

"아마 그렇겠죠." 나는 말했다. 그리고 커피를 마셨다. "그런데 때로 이런 생각이 들곤 해요. 우리는 모두 그 옛날에 전혀 다른 장소에서 전혀 다른 인생을 살지 않았을까 하고. 그리고 그런 과거를 어쩌다 완전히 잊어버리고, 아무것도 모르는 채 이렇게 살아가고 있는 게 아닐까 하고 말이죠. 그런 식으로 생각해 본 적 없나요?"

"없어요." 그녀가 대답했다. "당신이 그렇게 생각하는 건, 당신이 꿈 읽기라서가 아닐까요? 꿈 읽기는 보통 사람과는 아주 다르게 생각하고 느끼는 법이니까."

"글쎄, 과연." 하고 나는 말했다.

"그럼 당신은 자신이 어디서 뭘 했는지 알아요?"

"기억나지 않아요." 나는 대답했다. 그리고 카운터로 향해 거기에 흐트러져 있는 페이퍼 클립을 한 개 집어 들고, 그것을 물 끄러미 바라보았다. "그래도 무언가가 있지 않았나 하는 기분은 듭니다. 그건 분명해요. 그리고 당신도 거기서 만난 듯하고."

도서관 천장은 높고, 실내는 마치 바닷속처럼 고요했다. 나는 페이퍼 클립을 손에 쥔 채 별 생각 없이 그런 실내를 멀거니 돌아보았다. 그녀는 테이블 앞에 앉아, 혼자 소리 없이 커피를 마시고 있었다.

"왜 여기에 왔는지도 난 잘 모르겠어." 하고 나는 말했다.

천장을 가만히 보고 있자니, 거기에서 쏟아지는 노란 불빛의 입자가 부풀었다 오므라들었다 하는 것처럼 보였다. 아마 내 상처 입은 눈동자 때문일 것이다. 내 눈은 무언가 특별한 것을 보도록 문지기의 손에 개조되고 말았다. 벽에 걸린 낡고 커다란 괘종시계가 천천히 고요하게 시간을 새겼다.

"아마 무슨 이유가 있어서 왔겠지만, 그것도 지금은 기억나지 않아요." 나는 말했다.

"여긴 아주 조용한 곳이에요." 그녀가 말했다. "그러니까 만약 당신이 고요함을 찾아 여기에 왔다면, 분명 여기가 마음에 들 거예요."

"그렇겠죠." 나는 대답했다. "오늘은 내가 여기서 뭘 하면 좋을까?"

그녀는 고개를 저으면서 천천히 의자에서 일어나, 빈 커피 컵 두 개를 치웠다.

"당신이 오늘 여기서 할 수 있는 일은 아무것도 없어요. 일은 내일부터 시작해요. 집에 돌아가서 그때까지 푹 쉬어요."

나는 다시 한번 천장을 올려다보고, 그녀 얼굴을 바라보았다. 그 얼굴이 내 마음속의 무언가와 단단히 이어져 있는 듯한 느낌이 들었다. 그리고 그 무언가가 희미하게 내 마음을 건드렸다. 나는 눈을 감고 멀겋게 흐려진 내 마음속을 더듬어 보았다. 눈을 감자, 침묵이 자잘한 티끌처럼 내 몸을 덮어 가는 것을 느낄 수 있었다.

"내일 6시에 여기에 오죠." 나는 말했다.

"안녕." 그녀는 말했다.

도서관을 나온 나는 옛 다리 난간에 기대어 강물 소리에 귀를 기울이며, 짐승들이 사라진 마을의 모습을 바라보았다. 시계탑과 마을을 둘러싼 벽과 강을 따라 늘어선 건물과 톱날 같은 모양의 능선이 죽 이어지는 북쪽 산줄기가 밤의 어스름한 첫 어둠에 파랗게 물들어 있었다. 물소리 외에 들리는 소리는 없었다. 새들도 이미 어딘가로 돌아간 듯했다.

만약 당신이 고요함을 찾아 이곳에 왔다면 ― 하고 그녀는 말했다. 그러나 내게는 그걸 확인할 길이 없다.

사위가 완전히 캄캄해지고, 강변길에 줄지은 가로등에 불이 들어오기 시작할 무렵, 나는 인적 없는 길을 걸어 서쪽 언덕으로 향했다.

5 하드보일드 원더랜드

계산, 진화, 성욕

소리를 뽑힌 채로 지내는 손녀딸에게 정당한 소리를 옳게 돌려주기 위해 노인이 지상으로 돌아가 있는 동안, 나는 혼자 커피를 마시면서 묵묵히 계산을 진행했다.

노인이 얼마나 이 방을 비웠는지는 잘 모른다. 나는 디지털 손목시계의 알람을 1시간—30분—1시간—30분……의 사이클로 울리게 설정해 놓고, 그 시간에 맞춰 계산하고 쉬고, 또 계산하고 쉬었다. 보이지 않도록 시계의 숫자 판은 꺼 버렸다. 시간에 신경을 쓰면 계산하기가 껄끄러워진다. 지금이 몇 시인지는 내 일과 아무 관계가 없다. 계산을 시작할 때가 일의 시작이며, 계산을 끝낼 때가 일의 끝이다. 시간에 관해 필요한 것은 1시간—30분—1시간—30분이라는 사이클뿐이다.

노인이 방을 비운 동안 두 번이나 세 번 정도 쉬었다. 휴식

시간이 돌아오면 나는 소파에 드러누워 멍하니 생각에 잠기거나 화장실에 가고, 팔굽혀펴기를 했다. 소파는 무척 편안했다. 너무 딱딱하거나 너무 부드럽지 않고, 머리에 베는 쿠션도 적당히 푹신했다. 나는 계산하러 가는 곳마다 쉬는 시간이 되면 거기 있는 소파에 눕는데, 누워서 편한 소파는 별로 없다. 대개 별 고민 없이 대충 사다 놓은 조잡한 소파이고, 언뜻 보기에 고급스러운 소파라도 정작 누워 보고 실망하는 경우가 대부분이다. 사람들이 왜 그렇게 소파를 무성의하게 선택하는지 모르겠다.

나는 평소 소파를 고르는 안목에 그 사람의 품위가 드러나는 법 — 아마 편견이겠지만 — 이라고 확신하고 있다. 소파란 모름지기 범접할 수 없는 하나의 확고한 세계이다. 그러나 그런 것은 좋은 소파에 앉으며 자란 인간밖에 알지 못한다. 좋은 책을 읽고 좋은 음악을 들으며 성장하는 것과 마찬가지다. 좋은 소파는 또 다른 좋은 소파를 낳고, 나쁜 소파는 또 다른 나쁜 소파를 낳는다. 그런 것이다.

고급 차를 몰고 다니면서 집에는 2, 3급 소파를 놓고 사는 사람을 몇 명 알고 있는데, 나는 그런 사람을 그다지 신뢰하지 않는다. 비싼 차에는 물론 그만한 가치가 있겠지만, 그래 봐야 그저 비싼 차에 지나지 않는다. 돈만 지불하면 누구든 살 수 있다. 그러나 좋은 소파를 사려면 나름의 식견과 경험과 철학이 필요하다. 돈도 필요하지만, 돈만 내면 그만이 아니다. 소파란 무엇인가에 대한 확고한 이미지 없이는 좋은 소파를 가질 수 없다.

그때 내가 드러누운 소파는 더할 나위 없는 상급품이었다. 그래서 나는 노인에게 호감을 품을 수 있었다. 나는 소파에 누워 눈을 감고, 그 기묘하게 말하고 기묘하게 웃는 노인에 대해 이런저런 생각을 해 보았다. 소리 뽑기에 대해서도 다시 생각해 보니, 노인이 과학자로서 최고 수준이라는 게 확실해졌다. 보통 학자는 소리를 자유자재로 뽑거나 넣을 수 없다. 대부분은 아마 그럴 수 있다는 발상조차 못 할 것이다. 그리고 그가 상당히 괴팍한 인간이라는 것 또한 확실하다. 과학자가 좀 괴짜이거나 사람을 싫어하는 경우는 흔하지만, 사람 눈을 피해 지하 깊은 폭포 뒤에 비밀 연구실을 만드는 선까지는 대체로 가지 않는다.

소리 뽑기와 소리 넣기 기술을 상품화하면 분명 막대한 돈이 굴러들어 오겠지, 하고 나는 상상해 보았다. 우선 콘서트홀에서 PA 장치가 싹 사라진다. 거대한 기계를 사용해 소리를 증폭할 필요가 없기 때문이다. 반대로 시끄러운 소음을 없앨 수도 있다. 비행기에 소리 뽑기 장치를 부착하면 공항 근처에 사는 사람들은 얼마나 좋을까. 그러나 그와 동시에 소리 뽑기와 소리 넣기는 군수 산업이나 범죄에 다양한 형태로 악용될 것이다. 소리가 나지 않는 폭격기, 소음총, 엄청난 소리로 인간의 뇌를 파괴하는 폭탄 등이 줄줄이 생겨나 조직적인 대량 학살을 더 세련된 스타일로 바꿔 갈 게 뻔하다. 노인도 그런 점을 잘 알기에 굳이 연구 성과를 세상에 공표하지 않은 채 간직하고 있는 것일 게다. 그렇게 생각하자 나는 또 노인에게 호감을 품게 되었다.

내가 다섯 번째 혹은 여섯 번째 사이클에 들어갔을 때, 노인이 돌아왔다. 손에 커다란 바구니를 들고 있었다.

"새 커피와 샌드위치를 가져왔어요." 노인이 말했다. "오이와 햄과 치즈가 들어 있는데, 좋아하나 모르겠군."

"고맙습니다. 좋아합니다." 나는 말했다.

"지금 바로 먹을 텐가?"

"지금 하는 사이클이 끝나면 먹죠."

손목시계의 알람이 울렸을 때, 수치 목록 7페이지 중에 5페이지까지 브레인 워시가 끝났다. 이제 조금만 더 하면 된다. 나는 일을 일단락 짓고 일어나 기지개를 쭉 편 후에 식사를 시작했다.

샌드위치는 보통 레스토랑이나 음식점에서 나오는 샌드위치의 대여섯 접시 분량이었다. 나는 그 가운데 삼분의 이를 혼자 묵묵히 먹었다. 브레인 워시를 오래 하다 보면 왠지 몹시 배가 고파진다. 햄과 오이와 치즈 샌드위치를 번갈아 입에 넣으면서, 뜨거운 커피와 함께 꿀꺽 삼켰다.

노인은 내가 세 쪽을 먹는 사이에 한 쪽을 깨작거리는 정도였다. 오이를 좋아하는지, 빵을 들어내고 오이 위에 조심조심 소금을 적당량 뿌리고 아삭아삭 씹어 먹었다. 샌드위치를 먹고 있을 때의 노인은 어딘가 모르게 예의 바른 귀뚜라미 같아 보였다.

"먹고 싶은 만큼 마음껏 들어요." 노인이 말했다. "나처럼 나이가 들면 양이 점점 줄어서, 조금 먹고 조금 움직이게 된단 말이지. 그러나 젊은 사람은 마음껏 먹어야 해요. 마음껏 먹고 점점 살이 찌는 게 좋아. 세상 사람들은 살이 찌는 걸 싫어하지만, 내 생각에 그건 잘못된 방법으로 살을 찌우기 때문이야. 그러니 살이 쪄서 건강을 잃기도 하고 아름다움을 잃기도 하는 거지. 그러나 옳게 살을 찌우면 그런 일은 절대 없어요. 인생이 충실해지고, 성욕이 높아지고, 두뇌는 명석해지지요. 나도 젊었을 때는 살이 많이 쪘더랬어요. 지금은 이 꼴이 되었지만."

헛훗호호 하고 노인은 입을 오므리듯 웃었다.

"어때요, 샌드위치 맛이 꽤 좋을 텐데."

"그러네요. 아주 맛있습니다." 나는 칭찬했다. 정말 맛있었다. 나는 소파에 대해서도 그렇지만 샌드위치에도 무척 평가가 짠 편이라고 생각하는데, 그 샌드위치는 내가 정한 기준선을 훌쩍 넘었다. 빵은 신선하면서도 쫄깃하고, 잘 드는 청결한 칼로 썰려 있었다. 자칫 간과하기 쉬운 요소인데, 좋은 샌드위치를 만들려면 반드시 좋은 칼을 준비해야 한다. 아무리 훌륭한 재료를 갖추어도 칼이 좋지 않으면 맛있는 샌드위치는 만들 수 없다. 그런데 이 샌드위치는 질 좋은 머스터드에, 양상추는 아삭아삭하고, 마요네즈는 수제이거나 수제에 가까운 것을 사용했다. 이렇게 잘 만든 샌드위치는 오랜만이다.

"손녀딸이 만들었어요, 자네에게 고맙다면서 말이야." 노인은 말했다. "그 아이가 샌드위치를 아주 잘 만들거든."

"정말 맛있습니다. 프로도 이렇게 만들기는 쉽지 않은데 말이에요."

"그거 다행이군. 그 말을 들으면 그 아이도 무척 좋아할 게야. 우리 집에 누가 오는 일이 거의 없어서 이걸 먹은 감상을 들을 기회가 전혀 없거든. 그 아이가 만든 요리를 늘 나와 그 아이 둘이 먹는 형편이라."

"둘이서 사시나요?" 하고 나는 물어보았다.

"그래요. 둘이 산 지 벌써 오래되었어. 내가 세상과 관계하지 않다 보니, 그 아이도 그런 습관이 들고 말았지. 나로서는 무척 곤란해요. 바깥세상으로 나가려 하질 않으니 말이야. 머리도 좋고 몸도 아주 건강한데, 바깥세상과 관계하려 하질 않아요. 젊을 때는 그러면 안 되는데. 성욕은 바람직한 방식으로 해소해야 해요. 어떤가? 그 아이, 꽤 여성적 매력을 갖추고 있을 텐데."

"네, 그렇죠, 그건." 하고 나는 말했다.

"성욕이란 것은 정당한 에너지예요. 이건 확실해요. 성욕을 해소하지 못한 채 쌓아 두면 두뇌도 명석함을 잃고, 몸의 균형도 무너지지. 남자나 여자나 다 마찬가지야. 여자의 경우는 생리가 불규칙해지고, 생리가 불규칙해지면 정신의 안정도 잃게 되지."

"흠, 그렇군요." 하고 나는 말했다.

"그 아이는 올바른 남자와 하루 빨리 섹스를 해야 해요. 나는 보호자로나 생리학자로나 그렇게 확신하고 있습니다." 노인은 오이에 소금을 뿌리면서 말했다.

"그녀에게, 그, 소리가 잘 들어갔나요?" 나는 질문해 보았다. 일하는 도중에 타인의 성욕 따위에 관한 얘기는 듣고 싶지 않았다.

"오오, 말하는 걸 깜박했군." 노인이 말했다. "그야 당연히 원래대로 돌아갔고말고. 그래도 생각나게 해 줘서 다행이야. 내가 소리 넣는 걸 깜박한 걸 말이야. 자네가 가르쳐 주지 않았더라면 그 아이는 앞으로도 며칠이나 소리 없이 지내야 했겠지. 나는 이곳에 틀어박히면 한동안 지상에 돌아가지 않아요. 소리 없이 지내는 게 보통 성가신 일이어야지."

"뭐, 그렇겠죠." 나는 맞장구를 쳤다.

"아까도 말씀드렸지만, 그 아이는 일반 사회와는 거의 관계하지 않으니 딱히 불편한 건 없겠지만, 전화가 걸려 오면 참 곤란하지. 내가 여기서 몇 번이나 전화를 걸었는데 통 받지를 않아서 이상하게 여기던 참이야. 정말 까맣게 잊고 있었어."

"말을 못하면 쇼핑을 하기도 곤란하겠습니다."

"아니야, 쇼핑은 곤란할 게 없어요." 노인은 말했다. "슈퍼마켓이란 게 있잖나. 거기 가면 말을 안 해도 물건을 살 수 있어요. 상당히 편리한 곳이지. 그 아이는 슈퍼마켓을 아주 좋아해서 그곳에서 종종 물건을 사요. 슈퍼마켓과 사무소를 오가면서 사는 거나 다름없지."

"집에는 가지 않나요?"

"그 아이가 사무소를 좋아해요. 부엌도 있고, 샤워실도 있고, 그냥 살기에는 지장이 없어요. 집에는 기껏해야 일주일에 한 번 정도 돌아갈 거야."

나는 적당히 고개를 끄덕이고 커피를 마셨다.

"그런데 자네는 그 아이와 용케 말이 통했군." 노인이 말했다. "어떻게 한 건가? 텔레파시나 다른 뭔가를?"

"독순술입니다. 옛날에 시민 강좌에 다니면서 독순술을 배웠어요. 당시 시간은 많은데 달리 할 일도 없었고, 혹시 도움이 될까 해서 다녔습니다."

"오호. 독순술이라." 노인은 잘 알겠다는 듯이 몇 번이나 고개를 끄덕였다. "독순술은 유효한 기술이지. 나도 조금은 할 수 있어. 어떤가, 잠시 소리를 내지 않고 얘기를 해 보면?"

"아닙니다. 그냥 얘기하는 편이 좋습니다." 나는 얼른 말했다. 하루에 몇 번이나 그런 일을 당해서야 견디기 어렵다.

"물론 독순술은 아주 원시적인 기술이라 결점도 많지. 캄캄한 곳에서는 전혀 통하지 않고, 또 늘 상대의 입을 봐야 하고 말이야. 그러나 과도적 수단으로는 유효해요. 자네가 독순술을 습득한 것은 선견지명이 있었다고 해야겠지."

"과도적 수단이요?"

"그래요." 하고서 노인은 또 고개를 끄덕거렸다. "이건 자네에게만 가르쳐 주는 건데, 앞으로 언젠가는 반드시 소리가 사라질 거야. 알겠나?"

"소리가 사라져요?" 나는 나도 모르게 되물었다.

"그래요. 완전히 무음이 될 거야. 왜냐, 인간의 진화에 따라 음성이 필요 없어질 뿐 아니라, 유해하기 때문이지. 그러니 조만간 음성은 소멸할 거야."

"호오." 나는 말했다. "그 말은 새소리나 강물 소리나 음악 소리 같은 것도 완전히 없어진다는 뜻인가요?"

"물론이지."

"왠지 적막할 것 같은데요."

"진화란 그런 것이에요. 언제나 고통이 따르고, 그리고 슬퍼요. 즐거운 진화는 있을 수 없지." 노인은 그렇게 말하고 일어나 책상 앞에 가서, 서랍에서 조그만 손톱깎이를 꺼내 소파로 돌아왔다. 그리고 오른손 엄지손가락에서 시작해, 왼손의 새끼손가락까지 열 개의 손톱을 차례대로 깎았다. "아직 연구 중이라서 자세한 얘기는 할 수 없지만, 대충은 뭐 그런 것이야. 이 일은 외부 사람에게는 절대 말을 삼가 줬으면 좋겠군. 기호사 귀에 들어가는 날에는 큰일이 벌어질 테니까."

"걱정 마십시오. 우리들 계산사는 비밀 엄수에서는 타의 추종을 불허합니다."

"그 말을 들으니 안심이 되는군." 하고 노인은 테이블에 떨어진 손톱을 엽서 끝으로 모아, 쓰레기통에 버렸다. 그러고는 또 오이 샌드위치를 집어 들어 소금을 뿌리고는 맛있게 오물거렸다.

"내가 말하자니 뭣한데, 정말 맛있다니까." 노인이 말했다.

"요리를 잘합니까?" 나는 물었다.

"아니야, 그런 건 아니고, 샌드위치 하나만 아주 잘 만들지. 다른 요리도 그런대로 괜찮지만, 샌드위치 맛에는 비할 수가 없어요."

"순수한 재능 같은 것이군요." 하고 나는 말했다.

"그렇지." 노인이 말했다. "바로 그거야. 자네는 그 아이를 충분히 이해하고 있는 것 같군. 자네라면 그 아이를 안심하고 맡길 수 있겠어."

"저에게요?" 나는 살짝 놀라서 되물었다. "샌드위치 맛을 칭찬했을 뿐인데요?"

"샌드위치가 마음에 들지 않는 건가?"

"샌드위치는 아주 마음에 듭니다." 나는 그렇게 말한 뒤 오동통한 그녀를, 계산에 방해가 되지 않을 만큼 떠올렸다. 그리고 커피를 마셨다.

"내가 보기에, 자네에게는 뭔가가 있어. 또는, 뭔가가 없고. 어느 쪽이든 같은 것이지만 말이야."

"저도 가끔 그렇게 생각합니다." 나는 솔직하게 말했다.

"우리 과학자들은 그런 상황을 진화의 과정이라고 해요. 늦든 빠르든 자네도 알게 될 테지만, 진화란 가혹한 것이지. 가장 가혹한 게 뭘 것 같은가?"

"모르겠습니다. 가르쳐 주시죠." 하고 나는 말했다.

"선별할 수 없다는 거예요. 아무도 진화를 선별할 수 없지. 홍수나 지진이나 눈사태 같은 거예요. 닥치기 전에는 알 수 없고, 일단 닥치면 저항할 수 없으니까."

"흐음." 하고 나는 말했다. "그 진화란 건, 아까 말씀하신 음성과도 관계가 있나요? 그러니까 제가 말을 할 수 없게 되는 겁니까?"

"정확하게는 그런 게 아니에요. 말을 할 수 있느냐 하지 못하느냐는 본질적으로 별문제가 아니에요. 그건 하나의 과정에 불과할 뿐이지."

이해가 잘 안 됩니다, 하고 나는 말했다. 나는 대체로 솔직한 사람이다. 알면 안다고 말하고, 모를 때는 모른다고 말한다. 불투명하게 말하지 않는다. 나는 문제의 대부분은 모호한 말투에서 비롯된다고 생각한다. 사람들이 모호하게 말하는 것은, 무의식적으로 문제가 생기기를 바라기 때문이라고 나는 믿고 있다. 그렇게밖에 생각되지 않는다.

"그러나 뭐 이런 얘기는, 여기까지 하고 끝내지." 노인은 그렇게 말하고 또 헛홋호 웃었다. 여전히 귀에 거슬리는 소리다. "괜히 복잡한 얘기를 해서 계산을 방해하면 안 되니, 이제 그만합시다."

나는 그 말에 별 이의가 없었다. 마침 시계 알람이 울려 나는 남은 브레인 워시 작업으로 돌아갔다. 노인은 책상 서랍에서 부젓가락처럼 생긴 스테인리스 막대기를 꺼내, 그걸 오른손에 들고 두개골이 진열된 선반 앞을 오락가락했다. 그리고 간간이 부젓가락으로 어느 머리를 가볍게 톡톡 두드리고는, 그 울림에 귀를 기울였다. 마치 바이올린의 거장이 스트라디바리우스 컬렉션을 죽 살펴보다가, 그 가운데 하나를 들고 피치카토로 상태를 점검해 보는 식이었다. 소리만 들어도 두개골에 대한 노인의 남다른 애정이 느껴졌다. 말로는 다 같은 두개골이지만, 참 여러 가지 음색이 있다고 나는 생각했다. 위스키 잔을 두드리는 듯한 소리도 있고, 거대한 화분을 두드리는 듯한 소리도 있었다. 각각의 두개골에 예전에는 살과 가죽이 붙어 있었고, 뇌가 — 양의 차이는 있어도 — 들어차 있었고, 식욕이나 성욕 따위의 욕구도 담겨 있었을 것이다. 하지만 결국은 모든 게 사라지고, 다양한 종류의 소리만 남았다. 잔이나 화분, 또는 도시락이나 배관, 주전자 같은, 그런 종류의 소리다.

나는 내 머리가 가죽과 살을 잃고 뇌가 제거된 채 그 선반에 진열된 모습을 상상해 보았다. 노인이 스테인리스 부젓가락으로 나의 두개골을 콩콩 두드린다. 왠지 이상했다. 노인은 내 두개골의 울림에서 과연 뭘 읽어 낼까? 그는 나의 기억을 읽어 낼까, 아니면 나의 기억 밖에 있는 것을 읽어 낼까? 어느쪽이든 상상하니 불안해지고 말았다.

나는 죽음 자체는 그렇게 두렵지 않다. 윌리엄 셰익스피어가 말했듯이, 올해 죽으면 내년에는 죽지 않는다. 생각하기에 따라서는 실로 간단한 일이다. 그러나 죽은 후에 두개골이 선반에 진열되어 부젓가락에 콩콩 얻어맞는 건 아무래도 내키지 않았다. 죽은 후까지 내 안에서 뭔가를 끄집어낸다는 생각만 해도 우울해졌다. 산다는 건 결코 쉬운 일이 아니지만, 그래도 나의 재량으로 어떻게든 해야 하는 것이다. 그러니 그런대로 상관없다. 「워락」의 헨리 폰다와 마찬가지다. 그러나 죽은 뒤에는 그냥 가만히 내버려 뒀으면 좋겠다. 나는 그 옛날이집트 왕이 죽은 후 피라미드 안에 틀어박히고 싶어 했던 이유를 충분히 이해할 수 있을 것 같았다.

그로부터 몇 시간 후에 겨우 브레인 워시가 끝났다. 시계로 재어 보지 않아서 시간이 얼마나 걸렸는지는 정확히 몰랐지만, 몸의 피로도로 보아 대략 8시간에서 9시간 정도일 것이라고 추측했다. 제법 양이 되는 작업이다. 나는 소파에서 일어나 한껏 기지개를 켜면서 몸 각 부분의 근육을 풀었다. 계산사에게 주는 매뉴얼에는 전부 스물여섯 군데의 근육을 푸는 방법이 그려져 있다. 계산을 끝내고 그 근육들만 빠짐없이 풀어 주면 두뇌의 피로가 남지 않고, 두뇌의 피로가 남지 않으면 계산사로서 수명도 길어지는 셈이다. 계산사라는 직업은 생긴 지 불과 10년도 되지 않아서 그 수명이 어느 정도인지 아직 아무도 모른다. 10년이 한도라는 사람도 있고, 20년이라는 사람도 있다. 죽을 때까지 할 수 있다고 주장하는 이도 있다. 금세 폐인이 된다는 설도 있다. 그러나 그 모두가 추측에 지나지 않는다. 내가 할 수 있는 것은 스물여섯 군데의 근육을 제대로 잘 푸는 것뿐이다. 추측은 추측이 적성에 맞는 사람들에게 맡기면 된다.

나는 근육을 다 푼 다음 소파에 앉아 눈을 감고, 좌뇌와 우뇌를 천천히 하나로 모았다. 그렇게 해서 모든 작업이 끝났다. 정확하게 매뉴얼대로다.

노인은 책상 위에 대형견의 것으로 보이는 두개골을 놓고 캘리퍼스로 세부 사이즈를 재고, 두개골 사진의 복사본에 그 수치를 연필로 기입하고 있었다.

"끝났나요?" 노인이 물었다.

"끝났습니다." 나는 대답했다.

"야, 이거 장시간 수고가 많았습니다." 그가 말했다.

"오늘은 이제 집으로 돌아가 자겠습니다. 그리고 내일이나 모레 집에서 셔플링 작업을 하고, 글피 정오까지 반드시 이곳에 가져오겠습니다. 그러면 되겠죠?"

"좋아요, 좋아." 노인은 고개를 끄덕였다. "시간은 반드시 엄수해야 해요. 정오보다 늦어서는 곤란합니다. 큰일이 벌어져요."

"잘 알겠습니다." 하고 나는 말했다.

"그리고 그 목록을 누구에게 빼앗기지 않도록 아무쪼록 조심하고. 그걸 빼앗기면 나도 곤란하고, 자네도 곤란해요."

"걱정 마십시오. 우리 계산사는 그 점에 대해서 상당히 엄격한 훈련을 받습니다. 계산이 끝난 자료를 눈 뜨고 빼앗기는 일은 없습니다."

나는 바지 안쪽에 붙인 특별한 주머니에서 중요 서류를 담는 금속제의 부드러운 지갑 같은 것을 꺼내, 거기에 수치 목록을 넣고 잠갔다.

"이건 제가 아니면 누구도 열 수 없습니다. 제가 아닌 인간이 이걸 열려고 하면 안에 든 서류는 자동으로 소멸됩니다."

"호, 꽤 잘 만들었군." 노인이 말했다.

나는 그 서류 지갑을 다시 바지 안쪽 주머니에 집어넣었다.

"샌드위치를 좀 더 들지 않겠나? 아직 조금 남아 있는데. 나는 연구를 하는 중에는 거의 식사를 하지 않아서, 남겨 두기가 아깝군."

여전히 출출해, 나는 그가 권하는 대로 남은 샌드위치를 싹 먹어 치웠다. 노인이 집중적으로 먹어 버린 탓에 오이 샌드위치는 한 조각도 없고 햄과 치즈 샌드위치만 남아 있었지만, 특별히 오이를 좋아하는 것도 아니어서 별 상관 없었다. 노인은 새 커피를 컵에 따라 주었다.

나는 또 비옷을 덮어쓰고, 고글을 끼고, 손전등을 한 손에 들고 지하도로 돌아갔다. 노인은 이번에는 따라오지 않았다.

"야미쿠로는 음파로 쫓았으니 당분간 이쪽에 얼씬하지 못할 거야. 그러니 괜찮아요." 노인이 말했다. "야미쿠로도 이쪽에 오기는 역시 두렵지. 그저 기호사들 회유에 넘어가서 그런 거라, 좀 겁을 주면 오지 않아요."

그러나 그런 말을 듣고도, 야미쿠로라는 뭔가가 땅속 어딘 가에 존재한다는 것을 알면서 혼자 어둠 속을 걸어가려니 기분이 그다지 좋지 않았다. 특히 나는 야미쿠로가 뭔지 모르고, 그들의 습성이나 형태는 물론 그들에 대한 방어책도 무엇하나 아는 게 없으니 으스스함이 한층 더하다. 나는 왼손으로 손전등을 비추고 오른손에는 나이프를 쥔 채 땅속 강을 따라 왔던 길을 되돌아갔다.

마침내 처음 내려왔던 긴 알루미늄 사다리 밑에서 분홍색 슈트를 입은 오동통한 그녀의 모습을 발견했을 때, 나는 이제 살았다 싶은 기분이었다. 그녀는 내 쪽을 향해 손전등 빛을 한들한들 흔들었다. 내가 거기에 도착하자 그녀가 뭐라고 말했지만, 강물 소리도 되살아났는지 너무 시끄러워 목소리가 전혀 들리지 않았다. 또 캄캄해서 입술의 움직임도 보이지 않아 뭐라는지 도통 알 수 없었다.

그래서 아무튼 사다리를 타고 올라가, 빛이 있는 곳으로 나 가기로 했다. 내가 먼저 올라가고 그녀가 뒤따라 올라왔다. 사다리는 몹시 길었다. 내려올 때는 너무 캄캄해서 아무것도 모르는 채 내려왔기 때문에 무섭지 않았는데, 지금 한 칸 한 칸 올라가자니 그 높이가 머릿속에 그려져 얼굴과 겨드랑이에서 식은땀이 흘렀다. 건물로 치면 3, 4층 높이는 되는 데다 알루미늄 사다리의 물기 때문에 발이 미끌거려, 조심조심 올라가지 않으면 큰일 날 수도 있다.

도중에 한숨 돌리고 싶었지만 밑에서 그녀가 따라오고 있다고 생각하면 쉴 수도 없었다. 결국 단번에 꼭대기까지 올라갔다. 사흘 후에 이 길을 되돌아 또 그 연구실에 가야 하다니, 암담한 기분이었다. 그러나 그것도 보너스에 포함된 내용이라 어쩔 수 없다.

벽장을 지나 처음 왔던 방으로 들어서자 여자가 고글과 비옷을 벗겨 주었다. 나는 장화를 벗고, 손전등을 그 옆에 내려놓았다.

"일은 잘됐어요?" 그녀가 물었다. 처음 듣는 그녀의 목소리는 부드럽고 맑았다.

나는 그녀의 얼굴을 보면서 고개를 끄덕였다. "잘되지 않았으면 돌아오지 않았지. 그게 우리의 일이니까." 하고 나는 말했다.

"소리 뽑기, 할아버지에게 말해 줘서 고마웠어요. 일주일이나 그 상태였는데, 덕분에 살았어요."

"왜 글로 써서라도 그 사실을 전하지 않았지? 그러면 많은 걸 좀 더 빨리 알아서 덜 혼란스러웠을 텐데."

그녀는 아무 대답 없이 책상 주위를 한 바퀴 빙 돌고는 양 귀에 건 커다란 귀걸이를 매만졌다.

"그게 규칙이니까." 그녀는 말했다.

"필담을 하지 않는 게?"

"그것도 규칙의 하나."

"흐음." 하고 나는 말했다.

"퇴화로 이어지는 건 전부 금지되어 있어요."

"그렇군." 하고 나는 감탄하며 말했다. 과연 모든 게 철저하다.

"당신, 몇 살이죠?" 그녀가 물었다.

"서른다섯."이라고 나는 대답했다. "너는?"

"열일곱." 하고 그녀는 말했다. "나, 계산사 만나는 거 처음이에요. 기호사도 만난 적 없지만."

"정말 열일곱이야?" 나는 놀라서 물었다.

"네, 정말요. 거짓말을 왜 해요. 정말 열일곱. 하지만 열일곱으로 보이지 않죠?"

"응, 안 보여." 나는 솔직하게 대답했다. "어떻게 보나 스무 살 이상이야."

"열일곱으로 보이고 싶지 않아서." 그녀가 말했다.

"학교에는 안 가니?"

"학교에 대해서는 말하고 싶지 않아요. 적어도 지금은. 다음에 만나면 다 알려 줄게요."

"흠." 하고 나는 말했다. 틀림없이 무슨 사정이 있는 것이리라.

"저 있죠, 계산사는 어떻게 생활해요?"

"계산사든 기호사든, 일을 하지 않을 때는 세상의 보통 사람들과 똑같은 그냥 정상적인 인간이야."

"세상 사람들이 다 보통일지는 몰라도, 정상적이지는 않아요."

"뭐, 그렇게 생각할 수도 있지." 하고 나는 말했다. "하지만 내 말은 아주 일반적이라는 의미야. 전철에서 옆에 앉아도 주의를 끌지 않고, 다른 사람과 똑같이 밥을 먹고, 맥주도 마시고……. 아, 샌드위치 고마워. 아주 맛있었어."

"정말?" 하고서 그녀가 환하게 웃었다.

"그렇게 맛있는 샌드위치는 잘 없지. 지금까지 샌드위치를 꽤 먹어 봤거든."

"커피는?"

"커피도 맛있었어."

"있죠, 여기서 커피 좀 더 마시고 가지 않을래요? 그러면 얘기도 더 나눌 수 있고."

"아니, 커피는 이제 됐어." 하고 나는 말했다. "밑에서 너무 많이 마셔서 이제 한 방울도 안 들어가. 그리고 집에 가서 빨리 자고 싶어."

"아쉽네."

"나도 아쉬워."

"그럼 아무튼 엘리베이터 있는 데까지 데려다 줄게요. 혼자서는 제대로 못 가겠죠? 복도도 이리저리 복잡하고."

"그래, 못 갈 것 같아." 하고 나는 말했다.

그녀는 책상에 있던 둥그런 모자 상자 같은 것을 들어 내게 건넸다. 나는 그것을 받아 들고 무게를 가늠해 보았다. 상자는 크기에 비해 그렇게 무겁지 않았다. 만약 정말 모자 상자라면, 이 안에는 상당히 큰 모자가 들어 있었을 것이다. 지금은 쉽게 열리지 않도록 박스 테이프로 빙빙 감겨 있다.

"이건 뭐지?"

"할아버지가 주는 선물요. 집에 가져가서 열어 봐요."

나는 상자를 두 손으로 든 채 가볍게 위아래로 흔들어 보았다. 아무 소리도 나지 않고, 무게도 느껴지지 않았다.

"깨지는 거니까 조심하라고 했어요." 그녀가 말했다.

"꽃병 같은 건가?"

"나도 몰라요. 집에 가서 열어 보면 알겠죠."

그리고 그녀는 분홍색 핸드백을 열어 봉투를 꺼내 내게 주었다. 안에는 수표가 들어 있고, 내가 예상했던 금액보다 다소 많은 금액이 기재되어 있었다. 나는 그것을 지갑에 넣었다.

"영수증은?"

"필요 없어요." 그녀가 말했다.

우리는 방에서 나와 왔을 때와 똑같은 복도를 돌고 오르내리면서 엘리베이터 있는 곳까지 걸었다. 그녀의 하이힐 소리도 똑같이 또각또각 경쾌하게 복도에 울렸다. 그녀가 살이 쪘다는 사실이 처음 봤을 때만큼은 신경 쓰이지 않았다. 같이 걷다 보니 그 사실조차 잊어버릴 것 같았다. 아마 시간이 지나 내가 그녀의 몽실몽실한 살에 익숙해진 덕분일 것이다.

"결혼했어요?" 그녀가 물었다.

"결혼하지 않았어." 나는 대답했다. "옛날에는 했지만, 지금은 아니야."

"계산사가 됐기 때문에 이혼했나요? 다들 계산사는 가정을 가질 수 없다고 하던데."

"그렇지 않아. 계산사도 가정을 가질 수 있고, 원만하게 잘

꾸려 가는 사람도 여럿 알아. 가정이 없어야 일하기 쉽다고 생각하는 사람이 더 많은 건 분명하지만. 우리 일은 신경을 많이 쓰는 데다 위험하기도 하니까, 처자식이 있으면 쉽지는 않지."

"당신은 어땠는데요?"

"나는 이혼한 다음에 계산사가 되었어. 그러니까 일과는 무관해."

"그렇구나." 그녀가 말했다. "이상한 거 물어서 미안해요. 하지만 계산사를 만나는 게 처음이라서 이것저것 물어보고 싶었어요."

"뭐, 괜찮아." 하고 나는 말했다.

"저, 계산사는 의뢰받은 일이 한 건 끝나면 바로 성욕이 들끓는다는 얘기를 들었는데, 정말이에요?"

"글쎄. 그럴 수도 있겠지. 일을 하는 동안에는 신경을 아주 다른 방식으로 사용하니까."

"그럴 때, 누구랑 자요? 정해진 사람이 있어요?"

"정해진 사람은 없어." 하고 나는 말했다.

"그럼 누구랑 자는데? 섹스에 관심이 없다거나 게이라거나, 그런 건 아니죠? 대답하고 싶지 않나요?"

"그런 건 아니야." 하고 나는 말했다. 나는 사생활을 주절주절 떠드는 타입의 인간은 절대 아니지만, 딱히 숨길 일도 아니라서 똑바로 질문하면 똑바로 대답한다.

"그때그때에 따라 여러 여자와 자."

"나랑 잘 수도 있어요?"

"아니. 아마."

"왜요?"

"그런 주의니까. 아는 사람과는 잘 안 자. 아는 사람과 자면 뒤탈이 있거든. 일로 엮인 사람과도 자지 않고. 타인의 비밀을 다루는 직업이라서, 그런 일에는 선을 그을 필요가 있어."

"내가 살찌고 못생겨서가 아니라?"

"너는 그렇게 살찌지 않았고, 못생기지도 않았어. 전혀." 내가 말했다.

"흠." 하고 그녀는 말했다. "그럼 누구랑 자요? 길 가는 여자에게 말 걸어서 자나?"

"그런 일도 가끔은 있어."

"돈 주고 사기도 하고?"

"그런 일도 있고."

"만약 내가 당신이랑 자 줄 테니까 돈을 달라고 하면 잘 거예요?"

"아마 안 잘 거야." 나는 대답했다. "나이 차가 너무 많아. 나이 차가 많은 여자랑 자면 아무래도 불안해서."

"나는 달라요."

"그럴지도 모르지. 하지만 나로서는 이 이상 문젯거리를 만들고 싶지 않아. 가능하면 조용히 차분하게 살고 싶어."

"할아버지 말이 처음 자는 남자는 서른다섯 살 이상이 가장 좋대요. 성욕이 일정량 이상 쌓이면 두뇌의 명석함이 훼손된다고요."

"그 얘기는 네 할아버지에게 들었어."

"그거 정말일까요?"

"나는 생리학자가 아니라서 잘 모르겠군." 하고 나는 말했다. "게다가 성욕의 양은 사람에 따라 아주 다르니까 그렇게 쉽게 단언할 수 없을 것 같은데."

"당신은 많은 편이에요?"

"뭐, 그냥 보통 아닐까." 나는 잠시 생각하고서 대답했다.

"나는 나의 성욕에 대해 아직 잘 몰라요." 오동통한 그녀는 말했다. "그래서 여러 가지로 확인해 보고 싶어요."

내가 뭐라 대답하면 좋을지 고민하는 사이에 우리는 엘리베이터 앞에 도착했다. 엘리베이터는 잘 훈련된 개처럼 문을 열고 내가 타기를 얌전히 기다리고 있었다.

"그럼, 다음에 봐요." 그녀가 말했다.

내가 타자 엘리베이터 문이 소리 없이 닫혔다. 나는 스테인리스 벽에 기대어 한숨을 쉬었다.

6 세계의 끝

그림자

그녀가 테이블 위에 첫 오래된 꿈을 올려놓았을 때, 그게 바로 오래된 꿈이라는 사실을 나는 한참이나 인식하지 못했다. 나는 그것을 오래도록 가만히 바라본 후 고개를 들고, 옆에 선 그녀의 얼굴을 보았다. 그녀는 아무 말 없이 테이블에 놓인 '오래된 꿈'을 내려다보고 있었다. 내 생각에 그것은 '오래된 꿈'이라는 이름에 도무지 걸맞지 않은 물체였다. 나는 '오래된 꿈'이라는 말의 뉘앙스에서 오래된 문서나, 아니면 좀 더 막연하고 두서없는 모양의 무언가를 예상하고 있었다.

"그게 오래된 꿈이에요." 그녀는 말했다. 그녀의 말투에는 내게 설명한다기보다 스스로 무언가를 확인하려는 듯한, 흐릿하고 방향을 잃은 울림이 담겨 있었다. "정확하게 말하면 오래된 꿈은 그 안에 들어 있어요."

나는 무슨 말인지 모르는 채 고개를 끄덕였다.

"손에 들어 봐요." 하고 그녀가 말했다.

나는 살며시 들어 올려, 거기에서 오래된 꿈의 흔적 같은 것을 볼 수 있을지 눈으로 더듬었다. 그러나 아무리 주의 깊게 이리저리 살펴보아도, 실마리 같은 것은 뭐 하나 발견되지 않았다. 그것은 동물의 두개골일 뿐이었다. 덩치가 큰 동물은 아니다. 뼈의 표면은 오랜 세월 햇볕에 노출되었는지 바짝 말랐고, 색도 바래서 원래의 색이 아니었다. 앞쪽으로 길게 튀어나온 턱은 무언가를 얘기하려는 순간 갑자기 얼어붙은 듯 약간 열린 채 고정되었고, 두 개의 조그만 눈구멍은 내용물을 어딘가에서 잃어버린 채 그 너머에 펼쳐지는 허무의 방으로 이어지고 있었다.

두개골은 부자연스러울 정도로 가벼워 물체로서의 존재감을 거의 상실한 듯했다. 나는 거기에서 생명의 잔상을 전혀 감지할 수 없었다. 모든 살과 기억과 온기가 사라지고 없었다. 이마 한가운데가 조그맣게 움푹 패어 있었다. 감촉이 가슬가슬한 구멍에 손가락을 대고 잠시 관찰한 후에, 나는 그것이 뿔이 뜯겨 나간 자리일 것이라고 추측했다.

"이건 마을에 사는 일각수의 두개골이지?" 나는 그녀에게 물어보았다.

그녀가 고개를 끄덕였다. "오래된 꿈은 그 안에 스며서 갇혀 있어요." 그녀는 나지막하게 말했다.

"내가 여기에서 오래된 꿈을 읽어 낸다는 말이지?"

"그것이 꿈 읽기의 일이에요." 그녀는 말했다.

"읽어 낸 것은 어떻게 하면 되지?"

"뭘 어떻게 할 필요 없어요. 당신은 그저 그걸 읽어 내기만 하면 돼요."

"도무지 모르겠군." 나는 말했다. "내가 이 뼈에서 오래된 꿈을 읽어 내야 한다는 것까지는 알겠어. 그런데 그런 다음 아무것도 안 해도 된다는 건 이해가 안 되는군. 그럼 일하는 의미가 전혀 없을 것 같은데. 일에는 뭐든 목적이 있을 테니 말이야. 예를 들어서 그걸 어딘가에 베껴 쓴다든지, 어떤 순서에 따라 정리하고 분류한다든지."

그녀는 고개를 저었다. "그 의미가 무엇인지는 나도 잘 설명할 수 없어요. 오래된 꿈을 계속 읽다 보면 당신 스스로 그 의미를 절로 알게 되지 않을까요. 하지만 어차피 그 의미란 당신의 일 자체와는 별 관계가 없어요."

나는 두개골을 테이블에 내려놓고, 멀찍이 떨어져 다시 한번 바라보았다. 무(無)가 떠오르는 깊은 침묵이 그것을 완전히 감싸고 있었다. 그러나 어쩌면 그 침묵은 외부에서 오는 게 아니라, 두개골 안에서 연기처럼 피어오르는 것인지도 모른다. 어느 쪽이든 불가사의한 침묵이었다. 그것은 마치 두개골을 지구의 중심까지 단단히 잇고 있는 것처럼 느껴졌다. 두개골은 지그시 침묵한 채 실체가 없는 시선을 허공의 한 점으로 향하고 있었다.

바라보면 볼수록 두개골이 무언가를 얘기하고 싶어 하는 듯 느껴졌다. 그 주위에는 어쩐지 슬픈 공기마저 떠도는 듯한데, 나는 거기에 담긴 슬픔을 뭐라 제대로 표현할 수 없었다.

정확한 말이 소실되고 만 것이다.

"읽기로 하지." 나는 그렇게 말한 뒤 다시 한번 테이블에 놓인 두개골을 들고 손안에서 무게를 가늠해 보았다. "어차피, 다른 선택지는 없을 것 같으니까."

그녀는 희미하게 미소 짓고는 내 손에서 두개골을 받아 들고 표면에 쌓인 먼지를 헝겊 두 장으로 정성껏 닦아 낸 다음, 더 하얘진 그것을 테이블에 내려놓았다.

"이제 오래된 꿈을 어떻게 읽는지 설명할게요." 그녀가 말했다. "하지만 나는 흉내를 낼 뿐이지, 실제로 읽지는 못해요. 읽을 수 있는 사람은 당신뿐. 잘 봐요. 우선 이렇게 두개골을 정면으로 마주 보고, 양 손가락을 관자놀이 언저리에 살며시 대요."

그녀는 두개골의 양옆에 손가락을 대고 확인하듯 내 쪽을 보았다.

"그리고 뼈의 이마를 가만히 쳐다봐요. 힘을 주고 쏘아보지 말고, 살며시 부드럽게. 하지만 눈을 떼서는 안 돼요. 아무리 눈이 부셔도 시선을 돌리면 안 돼요."

"눈이 부시다고?"

"네, 그래요. 가만히 보고 있으면 두개골이 따스해지면서 빛나기 시작할 거예요. 당신은 그 빛을 손끝으로 조용히 더듬어 가면 돼요. 그러면 오래된 꿈을 읽을 수 있을 거예요."

나는 머릿속으로 그녀가 설명해 준 순서를 다시 한번 반복했다. 그녀가 말하는 빛이 어떤 빛이고 어떤 감촉인지는 물론 상상이 가지 않았지만, 일단 순서는 기억할 수 있었다. 두개골에 대고 있는 그녀의 가느다란 손가락을 잠시 바라보는 사이에, 전에 언젠가 이 두개골을 본 적이 있다는 강한 기시감이 밀려왔다. 햇볕에 완전히 바랜 그 하얀색과 이마의 구멍을 보자, 처음 그녀의 얼굴을 봤을 때처럼 내 마음이 묘하게 흔들렸다. 그러나 그것이 옳은 기억의 단편인지, 또는 때와 장소의 순간적인 뒤틀림에서 오는 착각인지 판단할 수가 없었다.

"왜 그래요?" 그녀가 물었다.

나는 고개를 저었다. "아무것도 아니야. 잠깐 무슨 생각을 하고 있었어. 당신이 지금 해 준 설명으로 순서는 일단 기억한 것 같아. 이제는 실제로 해 보는 수밖에 없겠지."

"우선 식사를 해요." 그녀가 말했다. "작업에 들어가면 그럴 틈이 없을 테니까."

그녀는 도서관 안쪽의 조그만 부엌에서 냄비를 들고 와 난로 위에 올려놓았다. 양파와 감자가 든 야채 스튜였다. 마침내 냄비가 따끈해지고 보글보글 기분 좋은 소리를 내기 시작하자 그녀는 접시에 스튜를 담아, 호두 빵과 함께 테이블에 옮겼다.

우리는 마주 앉아 말없이 식사를 했다. 요리 자체는 소박했고, 향신료도 내가 지금까지 맛본 적 없는 것들이었지만, 절대 맛이 없지는 않았다. 다 먹고 나자 몸이 따끈해진 듯한 기분이 들었다. 그리고 그녀가 뜨거운 차를 따라 주었다. 약초로 끓인 것처럼 쌉싸래한 초록색 차였다.

꿈 읽기는 그녀가 말로 설명해 준 것만큼 쉬운 작업은 아니었다. 빛줄기가 너무도 가늘어, 아무리 신경을 손끝에 집중해도 그 미로 같은 혼란을 잘 더듬어 갈 수 없었다. 그런데도 나는 오래된 꿈의 존재를 분명하게 느낄 수 있었다. 그것은 자글 거리는 소리 같기도 하고, 두서없이 흐르는 영상의 나열 같기도 했다. 그러나 나의 손가락은 그것이 분명히 존재한다는 것을 느끼기만 할 뿐, 아직 명확한 메시지로 파악하지는 못했다.

내가 겨우 두 개분의 꿈 읽기를 끝냈을 때, 시간은 벌써 10시가 지나 있었다. 나는 이제 꿈에서 헤어난 두개골을 그녀에게 돌려준 뒤 안경을 벗고 뻑뻑해진 안구를 손가락으로 천천히 풀었다.

"피곤하죠?" 그녀가 내게 물었다.

"조금." 하고 나는 대답했다. "눈이 아직 적응이 안 돼. 가만히 보고 있으면 눈이 오래된 꿈의 빛을 빨아들여서 머릿속이 아파 와. 그렇게 많이 아픈 건 아니지만. 그러면 눈이 가물거려서 똑바로 쳐다볼 수가 없어."

"처음에는 다 그래요." 그녀가 말했다. "처음에는 눈이 적응을 못해서 잘 읽지를 못해요. 하지만 그러다 곧 적응하게 되니까 걱정할 거 없어요. 당분간은 천천히 해요."

"그러는 게 좋을 것 같군." 하고 나는 말했다.

오래된 꿈을 다시 서고에 가져다 놓은 그녀는 돌아갈 준비를 시작했다. 난로 뚜껑을 열고 빨갛게 타오르는 석탄을 조그만 부삽으로 꺼내, 모래가 담긴 양동이 안에 묻었다.

"피로를 마음에 담으면 안 돼요." 그녀가 말했다. "엄마가 언제나 했던 말이에요. 피로가 몸을 지배하더라도, 마음은 자기 것으로 지키라고 했어요."

"맞는 말이야." 하고 나는 말했다.

"하지만 사실 나는 마음이 어떤 것인지 잘 몰라요. 그것이 정확하게 뭘 의미하고, 또 그것을 어떤 식으로 사용하면 좋은지, 그런 걸요. 그냥 말로만 기억하고 있을 뿐이에요."

"마음은 사용하는 게 아니야." 나는 말했다. "마음은 그냥 거기에 있는 것이지. 바람처럼. 당신은 그 움직임을 느끼기만 하면 돼."

그녀는 난로 뚜껑을 닫고, 법랑 주전자와 컵을 안으로 들고 가 씻고, 다 씻고 나자 감이 거친 파란 코트를 걸쳤다. 짓뜯겨 나간 하늘의 조각이 오랜 시간에 걸쳐 본디 기억을 잃어버린 것 같은 칙칙한 파랑이다. 그녀는 뭔가 생각에 잠긴 채 불 꺼진 난로 앞에 서 있었다.

"당신은 다른 곳에서 여기로 왔나요?" 그녀가 불쑥 생각났다는 듯이 내게 물었다.

"그래." 나는 대답했다.

"거긴 어떤 곳이었죠?"

"아무 기억이 없어." 하고 나는 말했다. "미안하지만 나는 아무 기억도 안 나. 그림자를 내주었을 때, 옛날 기억도 함께 어딘가로 가 버린 것 같아. 아주 먼 곳으로."

"그런데도 마음을 아는군요?"

"아마 알 거야."

"우리 엄마한테도 마음이 있었어요." 그녀가 말했다. "하지만 엄마는 내가 일곱 살 때 사라져 버렸어요. 아마 당신처럼 엄마도 마음이란 걸 갖고 있었기 때문이겠죠."

"사라졌다고?"

"네, 사라졌어요. 그 얘기는 하지 말아요. 이곳에서 사라진 사람 얘기를 하는 건 불길한 일이니까요. 당신이 살았던 곳 얘기를 해 봐요. 하나쯤은 기억하겠죠?"

"내가 기억하는 건 두 가지밖에 없어." 하고 나는 말했다. "내가 살던 곳은 벽에 둘러싸여 있지 않았고, 거기 사람들은 모두 그림자를 끌고 다녔어."

그렇다, 우리는 그림자를 끌고 다녔다. 이 마을에 처음 왔을 때, 나는 문지기에게 내 그림자를 내줘야만 했다.

"그걸 몸에 걸친 채 마을에 들어갈 수는 없어." 문지기가 말했다. "그림자를 버리든, 안에 들어가는 걸 포기하든, 둘 중 하나야."

나는 그림자를 버렸다.

문지기는 나를 문 옆에 있는 공터에 세웠다. 오후 3시의 태양이 내 그림자를 또렷이 지면에 그리고 있었다.

"움직이지 말고 가만히 있어." 그리고 문지기는 주머니에서 나이프를 꺼내 예리한 칼날을 그림자와 지면 사이에 밀어 넣고, 좌우로 몇 번 흔들어 자리를 잡고서 그림자를 지면에서 깔끔하게 떼어 내었다.

그림자는 저항하듯이 아주 잠깐 몸을 떨었지만, 결국 지면에서 떼어져 힘을 잃고 벤치에 털썩 주저앉았다. 몸에서 떨어져 나온 그림자는 생각했던 것보다 훨씬 초라하고 지친 듯 보였다.

문지기는 나이프를 접었다. 나와 문지기는 한동안 본체와 헤어진 그림자의 모습을 바라보았다.

"어때, 떨어뜨려 놓고 보니까 기묘하지?" 그가 물었다. "그림자 따위는 있어 봐야 아무런 도움이 안 돼. 무겁기만 했지."

"미안하지만, 너와 한동안 떨어져 있어야겠어." 나는 그림자 옆에 다가가 말했다. "이럴 생각은 없었지만, 어쩌다 보니 이렇게 되었어. 얼마 동안만 참고 여기 있어 줘야겠어."

"얼마 동안이라니, 언제까지지?" 그림자가 물었다.

몰라, 하고 나는 대답했다.

"너, 앞으로 후회하게 되지 않겠어?" 조그만 목소리로 그림자가 말했다. "자세한 사정은 모르겠지만 사람과 그림자가 떨어지다니, 뭔가 좀 이상하잖아. 이건 잘못된 일이야. 여기도 잘못된 장소인 것 같아. 사람은 그림자 없이는 살아갈 수 없고, 그림자는 사람 없이는 존재하지 않는 거라고. 그런데 우리는 이렇게 갈라진 채 존재하고 살아 있어. 뭔가 잘못된 거라고. 너는 그렇게 생각지 않는 거야?"

"정말 부자연스럽다는 건 인정해." 하고 나는 말했다. "하지만 여기서는 애당초 모든 것이 부자연스러워. 부자연스러운 장소에서는 그 부자연스러움에 맞춰 가는 수밖에 없잖아."

그림자는 고개를 저었다. "논리적으로는 그렇지. 하지만 나는 알 수 있어. 논리를 말하기 전에, 이곳의 공기는 내게 맞지 않아. 여기 공기는 다른 곳의 공기와 다르다고. 내게나 너에게나 좋은 영향을 주지 않는 공기야. 너는 나를 버려서는 안 되는 거였어. 우리, 지금까지 둘이서 함께 잘 지내 왔잖아. 그런데 왜 나를 버린 거야?"

어차피, 이미 늦었다. 그림자는 이미 내 몸에서 뜯겨 나갔다.

"자리를 잡으면 너를 데리러 올게." 하고 나는 말했다. "일시적으로 헤어져 있는 거야. 영원히 계속되지는 않아. 우리는 다시 하나가 될 수 있어."

그림자는 조그맣게 한숨을 쉬고는, 초점 없는 멀건 눈으로 힘없이 나를 올려다보았다. 오후 3시의 태양이 우리 둘을 비추고 있었다. 내게는 그림자가 없고, 그림자에게는 본체가 없었다.

"그건 너의 희망적 추측에 불과할 것 같은데." 그림자가 말했다. "일이 그렇게 잘 풀릴 리 없지. 아무래도 예감이 좋지 않아. 기회를 봐서 도망치자. 둘이 같이 원래 세계로 돌아가자."

"원래 장소로는 돌아갈 수 없어. 방법을 모르는걸. 너도 모르잖아?"

"지금은 그렇지. 하지만 나는 목숨을 거는 한이 있어도 돌아갈 방법을 꼭 찾아낼 거야. 가끔 만나서 얘기를 하고 싶어. 만나러 와 줄 거지?"

나는 고개를 끄덕이면서 그림자의 어깨에 손을 올려놓았다가 문지기에게로 갔다. 문지기는 나와 그림자가 얘기하는 동안 광장에 떨어진 돌을 주워 모아 거치적거리지 않는 장소에 던지고 있었다.

내가 다가가자 문지기는 손에 묻은 하얀 흙을 소맷자락으로 털어 내고 커다란 손을 내 등에 대었다. 그것이 친밀감의 표현인지 아니면 커다랗고 억센 손을 내게 인식시키기 위한 동작인지는 판단할 수 없었다.

"그림자는 내가 잘 맡고 있을 테니까." 문지기가 말했다. "하루 세 끼 빠짐없이 주고, 매일 한 번은 밖으로 내보내 산책도 시키지. 그러니까 안심하라고. 당신이 걱정할 일은 전혀 없어."

"가끔 만나러 와도 되겠습니까?"

"음." 문지기는 말했다. "아무 때나 자유롭게 올 수는 없지만 만날 수 없는 건 아니지. 시기가 맞고, 사정이 허락하고, 내 기분이 내키면 만날 수 있어."

"그럼 내가 그림자를 되찾고 싶다는 생각이 들면 어떻게 하면 되죠?"

"당신이 아무래도 아직 이곳 시스템을 잘 모르는 듯하군." 문지기는 내 등에 손바닥을 댄 채로 말했다. "이 마을에서는 아무도 그림자를 가질 수 없고, 또 한번 이 마을에 들어온 자는 두 번 다시 밖으로 나갈 수 없어. 따라서 당신이 지금 한 질문은 아무 의미가 없는 셈이지."

그렇게 해서 나는 나의 그림자를 잃었다.

도서관에서 나와, 나는 그녀를 집까지 바래다주겠다고 했다.

"나를 바래다줄 필요는 없어요." 그녀가 말했다. "밤이 무서운 것도 아니고, 당신 집과는 방향도 다른데."

"그러고 싶어서 그래." 하고 나는 말했다. "신경이 좀 곤두서 있어서, 집에 가 봐야 바로 잠들 수 있을 것 같지도 않고."

우리는 나란히 옛 다리를 건너 남쪽 광장으로 갔다. 아직은 싸늘한 이른 봄날의 바람이 모래톱의 버들가지를 흔들고, 유난히 거침없는 달빛에 발밑의 돌길이 반들반들 빛났다. 눅눅하고 흐릿한 대기가 무겁게 지표를 훑고 있었다. 그녀는 묶었던 머리를 풀어 손으로 모아서는 앞으로 돌려 코트 안에 넣었다.

"머릿결이 아주 아름답군." 하고 나는 말했다.

"고마워요." 그녀가 말했다.

"전에도 머릿결 때문에 칭찬받은 적 있어?"

"아니, 없어요. 당신이 처음." 그녀가 말했다.

"칭찬받은 기분은?"

"모르겠어요." 하고서 그녀는 코트 주머니에 두 손을 넣은 채 내 얼굴을 보았다. "당신이 내 머릿결을 칭찬했다는 건 알아요. 하지만 그게 전부는 아닌 거죠? 내 머릿결이 당신의 내면에 뭔가 다른 것을 만들어서, 당신은 그것에 대해 말하고 있는 거죠?"

"아니야. 나는 당신의 머릿결 얘기를 하는 거야."

그녀는 공중에서 무언가를 찾아내려는 듯 살며시 미소 지었다. "미안해요. 당신 말투에 아직 익숙하지 않을 뿐이에요."

"괜찮아. 그러다 익숙해질 거야." 하고 나는 말했다.

그녀의 집은 직공 지구에 있었다. 직공 지구는 공장 지구의 남서쪽 구역에 있는 삭막한 장소였다. 공장 지구 자체가 거의 내버려지다시피 한 서글픈 장소다. 과거에는 아름다운 물이 흐르고 나룻배와 보트가 오가던 운하도 지금은 수문이 닫히고 군데군데 물이 말라 바닥이 드러나 있었다. 딱딱하게 군은 하얀 진흙이 거대한 고대 생물의 쭈글쭈글한 시체처럼 들러붙어 있다. 강기슭에는 짐을 싣고 부리기 위한 넓은 돌계단이 있지만 지금은 사용하는 이가 없고, 돌 틈새에는 키 큰 잡초가 단단히 뿌리 내리고 있었다. 낡은 병과 녹슨 기계 부품이 진흙 위로 고개를 내밀고, 그 옆에서는 갑판이 평평한 나무 배가 천천히 썩어 가고 있었다.

버려져서 인적조차 없는 공장이 운하를 따라 죽 이어졌다. 문은 닫혀 있고, 유리창은 사라지고, 벽에는 넝쿨이 휘감겨 있고, 비상 계단의 난간은 녹슬어 떨어지고, 온갖 곳에 잡초가 무성했다.

공장을 다 지나자 직공 주택이 나왔다. 5층짜리 낡은 건물이었다. 과거에는 돈 많은 사람을 위한 우아한 아파트였는데, 시대가 변해서 가난한 직공들이 그곳을 칸칸이 나눠 살게 되었다고 그녀는 말했다. 그러나 그 직공들도 지금은 직공이 아니다. 그들이 일하던 공장 대부분이 폐쇄되고 만 것이다. 과거의 기술은 이미 아무 쓸모가 없어져, 그들은 마을이 요구하는 자잘한 것을 필요에 따라 만들고 있을 뿐이다. 그녀의 아버지도 그런 직공 중 한 사람이었다.

운하에 놓인 마지막, 난간 없는 짧은 돌다리를 건너자 그녀가 사는 건물이 있는 지구였다. 건물과 건물 사이를 중세 성의 공방전이 연상되는 사다리 같은 다리가 잇고 있었다.

한밤중이 다 된 시간이라 거의 모든 창문에 불이 꺼져 있었다. 그녀는 내 손을 잡고, 마치 머리 위에서 사람을 노리는 거대한 새의 눈을 피하듯, 그 미로 같은 통로를 재빨리 통과했다. 그리고 한 건물 앞에 멈추어 서서 내게 안녕이라고 말했다.

"잘 자요." 나도 말했다.

그리고 나는 혼자 서쪽 언덕의 비탈을 올라, 내 집으로 돌아갔다.

7 하드보일드 원더랜드

두개골, 로런 바콜, 도서관

택시를 타고 아파트로 돌아왔다. 밖으로 나오니 해는 완전히 기울었고, 거리는 일을 끝낸 사람들로 가득했다. 게다가 부슬비까지 내리고 있어 택시를 잡는 데 시간이 꽤 걸렸다.

안 그래도 나는 택시를 잡는 데 시간이 걸린다. 위험을 피하기 위해 빈 차를 보통 두 대는 그냥 보내기 때문이다. 기호사들은 가짜 택시를 몇 대나 갖고 있고, 그런 택시에 일을 막 끝내고 돌아가는 계산사를 태워 그대로 어딘가로 데리고 가는 일이 종종 있다고 들었다. 물론 그냥 소문일 뿐인지도 모른다. 나도 그렇고 내 주위의 어느 누구도 실제로 그런 봉변을 당한 경우는 없다. 그러나 어찌 되었든 조심하는 게 최고다.

그래서 늘 전철이나 버스를 이용하는데, 그때 나는 몹시 피곤하고 졸린 데다 비까지 내려 퇴근 시간의 전철이나 버스를 탈 생각만 해도 끔찍했다. 그래서 시간이 걸리더라도 택시를 잡았다. 택시 안에서 나도 모르게 몇 번이나 꾸벅꾸벅 졸 뻔했지만, 필사적으로 참았다. 집에 돌아가면 침대에서 마음껏 잘 수 있다. 지금 여기서 잠들면 안 된다. 여기서 잠드는 건 너무 위험하다.

나는 택시의 라디오에서 흘러나오는 야구 중계에 신경을 집중했다. 프로 야구에 대해서는 잘 모르기 때문에 편의상 지금 공격하는 팀을 응원하고, 수비하는 팀을 야유하기로 했다. 내가 응원하는 팀이 3대 1로 지고 있었다. 투 아웃 2루에서 안타가 나왔지만, 주자가 서둘다 2, 3루 사이에서 넘어지는 바람에 결국 스리 아웃으로 점수를 내지 못했다. 해설자는 한심하다고 했고, 나도 그렇게 생각했다. 누구든 서둘다 넘어지는 일은 있지만, 야구 경기 중에 2, 3루 사이에서 넘어져서는 안 된다. 그래서 실망한 탓인지 투수가 상대 팀의 톱타자에게 형편없는 직구를 던져, 레프트 스탠드로 날아가는 홈런을 맞고 말았다. 스코어는 4대 1.

택시가 아파트 앞에 도착했을 때도 스코어는 4대 1 그대로였다. 나는 택시 요금을 지불하고, 모자 상자와 부옇게 흐린 머리를 껴안고 택시에서 내렸다. 비는 거의 잦아들고 있었다.

우편함에는 우편물이 한 통도 들어 있지 않았다. 전화기에도 녹음된 메시지는 없었다. 아무도 내게는 볼일이 없는 것 같았다. 상관없다. 나 역시 아무에게도 볼일이 없다. 나는 냉장고에서 얼음을 꺼내 커다란 잔에 온 더 록을 만들고, 소다수를 약간 더했다. 그리고 옷을 벗고 침대로 기어 올라가 헤드보드에 기대어 찔끔찔끔 마셨다. 금방이라도 의식이 꺼져 버릴 것 같았지만, 하루의 끝에 치르는 이 감미로운 의식을 빼놓을 수는 없었다. 나는 침대에서 잠이 들기까지의 이 조촐한 한때를 무엇보다 좋아한다. 마실 것을 들고 침대에 들어가 음악을 듣거나 책을 읽는다. 아름다운 해거름과 맑은 공기를 좋아하는 것처럼, 나는 그런 시간을 좋아한다.

온 더 록을 절반쯤 마셨을 때 전화벨이 울렸다. 전화는 침대 아래쪽에서 2미터 정도 떨어진 동그란 테이블 위에 있다. 기껏 파고든 침대에서 나와 거기까지 갈 생각은 전혀 없었기 때문에, 나는 벨이 계속 울리는 전화기를 바라만 보았다. 벨은 열세 번인가 열네 번 울렸지만, 나는 개의치 않았다. 옛날 만화 영화 같으면 벨이 울릴 때마다 전화기가 부르르르 떨었겠지만, 물론 실제로 그런 일은 없다. 전화기는 테이블 위에 가만히 웅크린 채 계속 울렸다. 나는 위스키를 마시면서 그것을 바라보았다.

전화기 옆에는 지갑과 나이프와 선물로 받은 모자 상자가 놓여 있다. 문득 나는 오늘 내로 상자를 열어 내용물을 확인하는 편이 좋지 않을까 하고 생각했다. 냉장고에 넣어야 하는 것일 수도 있고, 살아 있는 것일 수도 있고, 또는 아주 중요한 것인지도 모른다. 그러나 그러기에는 너무도 지쳐 있었다. 그리고 만약 그런 것이라면, 상대가 정확하게 지침을 주는 것이 도리이다. 나는 전화기가 잠잠해지기를 기다렸다가 남은 위스키를 단숨에 들이켜고, 머리맡의 불을 끄고 눈을 감았다. 눈을 감자 기다렸다는 듯이 검고 거대한 망 같은 잠이 공중에서 내려왔다. 잠에 빠지면서, 뭐가 어떻게 되든 내 알 바 아니라고 생각했다.

눈을 떴을 때, 사방은 캄캄했다. 시계는 6시 15분을 가리키고 있었지만 아침인지 저녁인지 판단할 수 없었다. 나는 바지를 입고 문밖으로 나가 옆집 문 앞을 보았다. 조간신문이 놓여 있어 아침이라는 것을 알았다. 신문을 구독하면 이런 때 아주 편리하다. 나도 신문을 구독해야 하나 싶다.

10시간 정도 잔 셈이다. 몸이 아직도 휴식을 원했고, 어차피 오늘은 종일 할 일이 없어서 한숨 더 자도 상관없었지만, 역시 마음을 바꿔 자지 않기로 했다. 아침에 새롭게 뜬 태양과 함께 눈을 뜨는 개운함은 무엇과도 바꿀 수 없다. 나는 샤워를 한 다음 몸을 꼼꼼하게 닦고 수염을 깎았다. 그리고 약 20분 정도 늘 하는 체조를 하고서, 있는 것을 대충 꺼내 아침을 먹었다. 냉장고가 거의 텅 비어, 식품을 보충할 필요가 있었다. 나는 부엌 테이블 앞에 앉아 오렌지 주스를 마시면서 연필로 메모지에 장 볼 목록을 써 내려갔다. 메모지 한 장으로는 모자라 두 장이 되었다. 아무튼 아직 슈퍼마켓이 문을 열지 않았으니 점심을 먹으러 나가는 길에 장을 보기로 했다.

욕실 바구니에 든 빨래를 세탁기에 던져 넣고 싱크대에서 테니스화를 싹싹 빠는 도중에, 노인에게 받은 수수께끼의 선물이 문득 떠올랐다. 나는 테니스화 오른쪽을 빨다 말고 키친 타월로 손을 닦고서 침실로 돌아가 모자 상자를 들어 보았다. 상자는 변함없이 그 부피에 비해 가벼웠다. 어딘가 모르게 불쾌한 느낌이 드는 가벼움이었다. 필요 이상 가볍다. 무언가가 머릿속에서 거치적거렸다. 그것은 직업적인 감 같은 것으로, 구체적인 근거가 있는 건 아니었다.

나는 방 안을 빙 돌아보았다. 방은 유난히 고요했다. 마치 소리 뽑기를 당한 듯했다. 그러나 헛기침을 해 보니 기침 소리가 틀림없이 났다. 접이식 나이프를 펼쳐, 칼등으로 테이블을 톡톡 두드려 보았다. 역시 톡톡 하는 소리가 났다. 소리 뽑기를 한번 경험하고 나면 어째 한동안은 고요함을 의심하게 되는 경향이 생기는 듯하다. 그래서 나는 베란다 창문을 열었다. 창문을 열자, 차 소리와 새들의 지저귐이 들려와 나는 안도했다. 진화든 뭐든, 역시 세계는 다양한 소리로 차 있어야 마땅하다.

그리고 나는 내용물이 다치지 않게 조심하면서 나이프로 테이프를 잘랐다. 상자 속 제일 위는 둘둘 만 신문지로 채워져 있었다. 신문을 두세 장 펼쳐서 읽어 보았지만, 이렇다 할 특징 없는 3주 전의 《마이니치신문》이었다. 부엌에서 쓰레기 봉투를 들고 와, 신문지를 둘둘 말아 그 안에 버렸다. 신문은 2주일 치나 들어 있었다. 모두 《마이니치신문》이었다. 신문을 걷어내자, 그 밑에 또 폴리에틸렌인지 발포 스티로폼인지 모를 어린애 손가락 크기의 흐물흐물한 것이 가득 채워져 있었다. 나는 그것을 두 손으로 퍼서 쓰레기 봉투에 버렸다. 뭐가 들었는지 모르지만, 손이 많이 가는 선물이었다. 그 폴리에틸렌인지 발포 스티로폼인지를 절반 정도 제거하고 나자 또 신문지 꾸러미가 나왔다. 나는 조금 짜증이 나서 부엌으로 돌아가 냉장고에서 코카콜라 캔을 꺼내 들고 침실로 갔다. 침대에 걸터앉아 콜라를 마셨다. 그리고 별생각 없이 나이프 날로 손톱 끝을 깎았다. 베란다에 가슴이 거뭇거뭇한 새가 날아와, 늘 그랬듯 까악까악 울면서 테이블에 뿌려 둔 빵 부스러기를 쪼아 먹었다. 평화로운 아침이었다.

마침내 나는 정신을 가다듬고 테이블로 돌아가, 상자 속에서 신문지에 싸인 물체를 살며시 끌어냈다. 신문지는 테이프로 빙빙 감겨 있어 현대 미술의 오브제를 연상시켰다. 수박을 길쭉하게 잘라 놓은 듯한 모양에, 역시 이렇다 할 무게는 없었다. 나는 상자와 나이프를 내려놓고 널찍한 테이블 위에서 테이프와 신문지를 조심스럽게 벗겨 냈다. 마침내 나타난 것은 동물의 두개골이었다.

이건 또 뭐야, 하고 나는 생각했다. 그 노인은 대체 왜 내가 두개골을 받고 기뻐할 거라고 생각했을까? 타인에게 동물의 두개골을 선물하다니, 아무리 생각해도 정상적인 감각이 아니다.

두개골은 말 머리와 비슷한 모양이었지만, 말 머리보다는 사이즈가 훨씬 작았다. 아무튼 내가 아는 생물학 지식으로 미루어 보건대 그 두개골은 발굽이 있고, 얼굴이 길쭉하고, 풀을 뜯어먹고, 덩치가 그렇게 크지 않은 포유동물의 어깨 위에 존재했던 게 틀림없어 보였다. 나는 그런 종류의 동물을 몇 가지 떠올려 보았다. 사슴, 산양, 양, 영양, 순록…… 이 밖에도 몇 가지나 있을 수 있겠지만, 더는 기억나지 않았다.

나는 일단 그 두개골을 텔레비전 위에 올려놓기로 했다. 썩 어울리지는 않았지만, 달리 놓을 장소가 생각나지 않았다. 어니스트 헤밍웨이라면 벽난로 위에 큰사슴 머리와 나란히 놓았을 테지만, 내 집에는 당연히 벽난로 따위는 없다. 벽난로는커녕 거실장도 없고, 신발장조차 없다. 그러니 텔레비전 위가 아니면 그 정체 모를 짐승의 두개골을 둘 장소가 없는 것이다.

모자 상자 속에 남은 충전재를 쓰레기 봉투에 버리고 나자, 바닥에 역시 신문지에 둘둘 싸인 길쭉한 것이 있었다. 신문지를 펼치니 노인이 두개골을 두드릴 때 사용했던 예의 스테인리스 부젓가락이 나왔다. 나는 그것을 손에 들고 잠시 바라보았다. 부젓가락은 두개골과 반대로 묵직하고, 마치 푸르트벵글러가 베를린 필하모니를 지휘할 때 사용한 상아 지휘봉 같은 위압감이 있었다.

나는 자연스럽게 그걸 들고 텔레비전 앞에 서서 두개골의 이마 부분을 가볍게 두드려 보았다. 구웅 하는 소리가 났다. 대형견의 콧숨 비슷한 소리다. 나로서는 콩이나 툭 하는 유의 딱딱한 소리를 예상했기 때문에 다소 의외라면 의외였지만, 그렇다고 굳이 불평할 이유도 없었다. 아무튼 현실적으로 그런 소리가 났으니 이러니저러니 해 봐야 소용없다. 투덜거린다고 소리가 달라지는 것도 아니고, 소리가 달라진다고 상황이 어떻게 변하는 것도 아니다.

두개골을 바라보고 또 두드리는 데 싫증이 나자, 나는 텔레비전 앞을 떠나 침대에 걸터앉았다. 그리고 일정을 확인하기 위해 전화기를 무릎에 놓고 '조직'의 에이전트 사무소 번호를 눌렀다. 내 담당자가 전화를 받아, 나흘 후에 한 건 예정되어 있는데 문제없느냐고 물었다. 나는 없다고 대답했다. 나는 나중에 생길 수도 있는 말썽을 피하기 위해 그에게 셔플링 사용의 정당성을 확인해 볼까 했지만, 얘기가 길어질 것 같아 그만두었다. 서류도 정식 서류였고, 보수도 두둑하다. 게다가 노인은 비밀을 지키기 위해 에이전트를 통하지 않았다고 했다. 굳이 일을 복잡하게 만들 필요는 없다.

게다가 나는 개인적으로 내 담당자를 별로 좋아하지 않았다. 서른 전후의 키가 크고 마른 남자로, 자신이 뭐든 다 안다고 생각하는 타입이다. 그런 인간과 골치 아픈 얘기를 해야 하는 상황으로 나 자신을 몰아넣는 일은 가능하면 피하고 싶다.

사무적인 의논만 간단히 마치고 나는 전화를 끊었다. 거실 소파에 앉아 캔 맥주를 따 마시면서, 비디오를 켜서 험프리 보가트가 나오는 「키 라고」를 보았다. 나는 「키 라고」에 출연한 로런 바콜을 무척 좋아했다. 「명탐정 필립」에서 연기한 바콜도 물론 좋지만, 「키 라고」의 그녀에게는 다른 영화에서는 볼 수 없는 뭔지 모를 특수한 요소가 더해진 듯 생각된다. 그것이 과연 뭔지 확인하기 위해 몇 번이나 「키 라고」를 봤지만, 아직 정확한 답은 얻지 못했다. 어쩌면 그것은 인간이란 존재를 단순화하기 위해 필요한 우화성 같은 것인지도 모른다. 그러나 아직 확실하게는 말할 수 없다.

꼼짝 않고 비디오를 보고 있다가도, 시선이 자연스레 그 위에 놓인 동물의 두개골 쪽으로 향했다. 나는 평소만큼 화면에 집중할 수 없어, 허리케인이 몰아치는 대목 언저리에서 테이프를 멈추고 나머지를 보는 건 포기하기로 했다. 맥주를 마시면서 텔레비전 위에 놓인 두개골을 멍하니 바라보았다. 가만히 바라보고 있자니 왠지 모르게 어디선가 본 듯 낯익은 기분이었다. 하지만 그것이 어떤 유의 낯익음인지는 전혀 기억나지 않았다. 나는 서랍에서 티셔츠를 꺼내 두개골에 덮어씌운 뒤 보다 만 「키 라고」를 다시 틀었다. 그제야 로런 바콜에 신경을 집중할 수 있었다.

11시가 되자 아파트에서 나와 역 근처에 있는 슈퍼마켓에서 식료품을 닥치는 대로 사 들고, 그다음은 술 가게에 들러 레드 와인과 탄산수와 오렌지 주스를 샀다. 세탁소에서 윗도리 한 벌과 침대 시트 두 장을 찾고, 문구점에서 볼펜과 봉투와 편지지를 사고, 잡화점에서 가장 결이 고운 숫돌을 샀다. 서점에 들러 잡지를 두 권 사고, 전자 제품 가게에서 전구와 카세트테이프를 사고, 사진관에서 폴라로이드 카메라용 필름을 샀다. 내친김에 레코드 가게에 들러 레코드도 몇 장 샀다. 덕분에 내 소형차 뒷좌석은 쇼핑백으로 가득 차고 말았다. 아마 나는 천성이 쇼핑을 좋아하는 것이리라. 가끔 시내로 나갈 때마다 11월의 다람쥐처럼 자잘한 것들을 산더미처럼 사들이고 만다.

지금 타고 나온 차도 순수하게 쇼핑용으로 산 것이다. 그때도 사들인 게 너무 많아 손에 다 들 수가 없어서, 불쑥 차를 사고 말았다. 쇼핑백을 잔뜩 껴안은 채 우연히 눈에 띈 중고차 대리점에 들어갔더니, 실로 다양한 종류의 차가 진열되어 있었다. 나는 차를 좋아하지도 않고 잘 알지도 못하기 때문에, 어떤 차든 상관없으니까 그렇게 크지 않은 것을 하나 사겠다고 말했다.

나를 상대한 중년 남자는 차종을 정하기 위해 카탈로그를 꺼내 와 이 차 저 차 보여 주었지만, 나는 카탈로그 따위는 보고 싶지 않았다. 나는 그에게 내가 원하는 것은 순수한 쇼핑용 차라고 설명했다. 그러니 고속도로를 달릴 일도 없고, 여자를 태우고 드라이브도 하지 않고, 가족 여행도 하지 않는다. 고성능 엔진도 필요 없고, 에어컨도 카스테레오도 루프 윈도도 고성능 타이어도 필요 없다. 좁은 곳에서 잘 꺾을 수 있고, 배기가스가 적고, 시끄럽지 않고, 고장이 잘 안 나고, 믿을 수 있고, 성능이 좋은 소형차면 족하다고 말했다. 색은 남색이면 더할 나위 없다고.

그가 권해 준 것은 노란색 소형 국산 차였다. 색은 별로 마음에 들지 않았지만, 타 보니 성능도 나쁘지 않고, 좁은 곳에서도 잘 꺾였다. 디자인이 단순하고 불필요한 장비가 없는 것도 내 구미에 맞았고, 구형 모델이라 가격도 쌌다.

"차란 것은 원래 이래야 하는데 말이죠." 하고 중년 영업 사원이 말했다. "솔직히 말해서, 다들 머리가 어떻게 된 겁니다."

나도 그렇게 생각한다고 말했다.

그렇게 해서 나는 쇼핑용 차를 갖게 되었다. 쇼핑 외의 목적으로 차를 사용하는 일은 아예 없다.

쇼핑이 끝나 근처에 있는 레스토랑 주차장에 차를 세우고, 맥주와 새우 샐러드와 어니언링을 주문해 혼자서 묵묵히 먹었다. 새우는 너무 차갑고, 어니언링은 약간 눅진하고 흐물거렸다. 레스토랑 안을 빙 둘러보았지만, 웨이트리스를 붙잡고 뭐라고 불평하거나 접시를 바닥에 내던지는 손님은 보이지 않아서 나도 불평 않고 전부 먹기로 했다. 기대를 하면 실망이 생기는 법이다.

레스토랑 창문으로 고속도로가 보였다. 도로에는 온갖 색과 스타일의 차가 달리고 있었다. 나는 그 차들을 바라보면서 어제 일했던 곳의 기묘한 노인과 오동통한 손녀딸을 돌이켜 보았다. 그러나 아무리 생각해도 그들은 내 이해 범위를 넘어서는 이상한 세계에 살고 있는 듯 여겨졌다. 그 어이없는 엘리베이터와 벽장 속에 있는 거대한 구멍과 야미쿠로와 소리 뽑기, 모든 게 이상했다. 게다가 돌아오는 길에 받은 선물은 동물의 두개골이다.

나는 식사를 마치고 커피가 나오기를 기다리는 동안 심심풀이로 그녀 몸의 각 부분을 하나하나 떠올려 보았다. 네모난 귀걸이와 분홍색 슈트와 하이힐, 그리고 종아리와 목은 얼마나 오동통한지 얼굴은 어떻게 생겼는지, 그런 것이다. 나는 그 하나하나를 비교적 선명하게 기억해 낼 수 있었지만, 그것을 종합한 전체 상은 의외로 흐릿했다. 아마 최근에 내가 살찐 여자와 잔 적이 없는 탓일 거라고 생각했다. 그래서 그런 여자의 몸을 잘 떠올리지 못하는 것이라고. 내가 살찐 여자와 마지막으로 잔 것은 벌써 2년 가까이 지난 일이다.

그러나 노인도 말했듯이 똑같이 살이 쪄도 세상에는 무수한 종류의 살찐 양태가 있다. 나는 한번 ─ 연합 적군 사건[1]

---

1) 일본의 신좌파 테러 조직 연합 적군이 1971년 말 일으킨 범죄 사건. 동지를 폭행, 숙청하고 경찰과 대치하며 인질극을 벌여 일본 사회에 충격을 주었다.

이 발생했던 해의 일이다. ― 허리와 허벅지가 이상할 정도로 굵은 여자와 잔 적이 있었다. 그녀는 은행원이고, 늘 창구에서 얼굴을 마주하다 보니 친근하게 대화를 나누게 되었고, 그러다 같이 술을 마시러 갔던 그날 자게 되었다. 나는 그녀와 자고 나서야 그녀의 하반신이 유난히 굵다는 걸 알았다. 그녀가 언제나 창구에 앉아 있어서 하반신은 시야에 들어오지 않았던 것이다. 학생 시절에 줄곧 탁구를 한 탓이라고 그녀가 설명했지만 그 인과 관계는 잘 모르겠다. 탁구를 해서 하반신만 굵어졌다는 얘기는 달리 들어 보지 못했기 때문이다.

살은 쪘어도 그녀의 하반신은 무척 귀여웠다. 허리뼈에 귀를 대자, 화창한 봄날 오후에 들판에 누워 있는 듯한 기분이 들었다. 햇볕에 잘 말린 이불처럼 부드러운 허벅지는 둥글게 곡선을 그리며 소리 없이 성기에 이르고 있었다. 내가 그런 식으로 살찐 하반신을 칭찬하자 ― 나는 마음에 드는 일이 있으면 이내 말로 칭찬하는 편이다. ― 그녀는 "그런가." 할 뿐이었다. 내 말을 그다지 신뢰하지 않는 투였다.

물론 몸 전체가 두루뭉술하게 살찐 여자와 잔 적도 있다. 온몸이 탄탄한 근육으로 다져진 여자와 잔 적도 있다. 전자는 전자 오르간 선생이었고, 후자는 프리랜스 스타일리스트였다. 그렇게 사람은 똑같이 살이 쪘어도 저마다 특징이 다르다.

여러 여자와 자면 잘수록, 인간은 왠지 학술적으로 변해 가는 경향이 있는 듯하다. 그에 반해 성교 자체의 기쁨은 조금씩 감퇴해 간다. 성욕 자체에는 물론 학술성이 없다. 그러나 성욕이 그에 합당한 물줄기를 따라가면 거기에 성교라는 폭포가 생기고, 그 결과로 일종의 학술성을 띤 용소(龍沼)에 이르게 된다. 그리고 그걸 반복하다 보면 파블로프의 개처럼, 성욕에서 바로 용소에 이르는 의식 회로가 생겨난다. 하지만 이건 결국 내가 나이를 먹고 있다는 말인지도 모른다.

나는 살찐 여자의 나체에 대해서는 그만 생각하기로 하고, 계산을 마친 뒤 레스토랑에서 나왔다. 그리고 근처에 있는 도서관에 가서, 참고 문헌 창구에 앉아 있는 머리가 길고 마른 여자에게 "포유류의 두개골에 관한 자료가 있을까요?" 하고 물었다. 그녀는 문고본을 열심히 읽다가 얼굴을 들고 나를 보았다.

"뭐라고요?" 하고 그녀는 말했다.

"포유류의, 두개골에 관한, 자료." 나는 마디를 띄어 가며 같은 말을 또박또박 되풀이했다.

"포 유 류 의 두 개 골." 하고 여자는 노래라도 부르듯 말했다. 그렇게 말하니 마치 무슨 시 제목처럼 들렸다. 시를 낭독하기 전 시인이 청중에게 그 제목을 전하는 느낌이다. 누가 찾아와 어떤 식으로 물어도 이렇게 반복하는 것일까, 하고 나는 잠깐 생각했다.

인형극 의 역 사, 라든지.

태극권 입 문, 하는 식으로?

그런 제목의 시가 정말 있다면 무척 재미있겠다고 나는 생각했다.

그녀는 아랫입술을 깨물고 잠시 생각하더니, "잠시만 기다려 주세요. 조사해 볼게요." 하고는, 빙글 몸을 돌리고 컴퓨터

키보드로 '포유류'라는 단어를 입력했다. 스무 개 정도의 제목이 모니터에 떴다. 그녀는 마우스를 움직여 그 가운데 삼분의 이 정도를 지웠다. 그리고 나머지를 저장한 다음, 이번에는 '골격'이라는 단어를 입력했다. 일고여덟 권의 책 제목이 뜨자 그녀는 그 가운데 두 개만 남기고 지운 다음, 앞에 저장한 내용에 그것을 붙였다. 도서관도 옛날에 비하면 많이 진화했다. 대출 카드가 든 종이봉투가 책 뒤에 붙어 있던 시절이 아득한 꿈만 같다. 어렸을 때 나는 대출 카드에 쭉 찍힌 스탬프 날짜를 보는 걸 아주 좋아했다.

나는 그녀가 날랜 손놀림으로 키보드를 두드리는 내내 그녀의 가냘픈 등과 긴 머리를 쳐다보고 있었다. 그녀에게 호감을 품어도 될지 말지, 상당히 망설였다. 그녀는 아름답고, 친절하고, 머리도 좋아 보이고, 시 제목을 읊듯 말한다. 호의를 품어서는 안 될 이유가 하나도 없을 것 같았다.

그녀는 출력 스위치를 눌러 화면에 뜬 제목을 인쇄해 내게 건네주었다.

"이 아홉 권 중에서 고르세요." 하고 그녀가 말했다.

1. 포유류 개설
2. 도설 포유류
3. 포유류의 골격
4. 포유류의 역사
5. 포유류로서의 나
6. 포유류 해부

목록은 그랬다.

내 카드로는 세 권까지 빌릴 수 있다. 나는 2, 3, 8을 골랐다. 『포유류로서의 나』나 『뼈는 말한다』도 흥미로울 것 같았지만, 이번 문제와는 직접적인 관계가 없을 듯해서 그 책들은 다음 기회에 빌리기로 했다.

"죄송하지만, 『도설 포유류』는 대출이 금지된 책이에요." 그녀는 볼펜으로 관자놀이를 긁으면서 말했다.

"그런데 말이죠." 내가 말했다. "아주 중요한 일이라서 그러는데, 내일 오전 중에는 반드시 반납하러 올 테고, 그쪽에게도 절대 누를 끼치지 않을 테니까 딱 하루만 빌릴 수 없을까요?"

"도설 시리즈는 인기가 많은 데다 대출이 금지된 책을 빌려 줬다는 걸 윗사람들이 알면 내가 혼나요."

"딱 하루면 되는데, 누가 알겠어요."

그녀는 잠시 주춤거리며 어떻게 해야 할지 고민했다. 그러는 동안 혀끝을 아랫니 뒤에 대고 있었다. 무척 귀여운 분홍색 혀였다.

"좋아요, 알겠어요. 하지만 정말 이번 딱 한 번이에요. 그리고 내일 오전 9시까지는 가져와야 해요."

"고마워요." 나는 말했다.

"천만에요." 그녀가 말했다.

"그쪽에게 개인적으로 사례를 하고 싶은데, 뭐가 좋을지?"

"길 건너에 서티원 아이스크림이 있으니까, 아이스크림 사다 줄래요? 콘 베이스 더블에, 피스타치오를 먼저 담고 그 위에 커피 럼. 알았어요? 기억할 수 있겠어요?"

"콘 베이스 더블, 밑에는 피스타치오, 위에는 커피 럼." 하고 나는 확인했다.

그리고 나는 도서관에서 나와 '서티원 아이스크림'으로 가고, 그녀는 내가 빌릴 책을 찾으러 안쪽으로 갔다. 아이스크림을 사 들고 돌아왔을 때 그녀가 아직 자리에 없어, 나는 왼손에 아이스크림을 든 채로 카운터 앞에서 기다렸다. 간혹 의자에서 신문을 읽던 노인들이 내 얼굴과 손에 든 아이스크림을 신기하다는 듯이 번갈아 쳐다보았다. 다행히 아이스크림은 몹시 딱딱해서 녹기까지는 시간 여유가 있었다. 다만 먹지 않고 마냥 손에 들고 있자니, 버려진 동상이 된 것만 같아 서 있기가 거북했다.

카운터 위에는 그녀가 읽다 만 문고본이 잠든 어린 토끼 같은 꼴로 엎드려 있었다. 『시간 여행자』라는 제목의 H. G 웰스 전기(하)편이었다. 도서관 책이 아니라 그녀 자신의 책인 듯했다. 그 옆에는 깔끔하게 깎인 연필 세 자루가 가지런히 놓여 있었다. 그리고 페이퍼 클립이 일고여덟 개쯤 널려 있다. 왜 이렇게 온갖 곳에 페이퍼 클립이 있는지, 나는 이해할 수 없었다.

어쩌면 세상에 페이퍼 클립이 널리 퍼지게 되었는지도 모르겠다. 또는 단순한 우연일 뿐인데 내가 필요 이상 신경을 쓰는 건지도 모른다. 하지만 왠지 부자연스럽고 납득이 잘 가지 않았다. 클립은 마치 정확하게 계획된 것처럼 어디를 가건 눈에 띄는 곳에 널려 있다. 내 머릿속에 뭔지 모를 위화감이 있었다. 요즘 많은 것이 부자연스럽다. 짐승의 두개골과 페이퍼 클립, 그런 것들이다. 둘 사이에 어떤 연관이 있는 것처럼 느껴지지만, 짐승의 두개골과 페이퍼 클립 사이에 어떤 관련성이 있는가 하는 질문에 이르면 도무지 답을 상상할 수 없었다.

이윽고 머리 긴 여자가 책 세 권을 껴안고 돌아왔다. 그녀는 내게 책을 건네고 대신 내게서 아이스크림을 받아 들었다. 그리고 밖에서 보이지 않게 카운터 안에서 머리를 숙이고 먹기 시작했다. 위에서 내려다보니, 그녀의 무방비하게 드러난 목덜미가 무척 아름다웠다.

"고마워요." 그녀가 말했다.

"나야말로." 나는 말했다. "그런데 페이퍼 클립은 뭐에다 쓰죠?"

"페 이 퍼 클 립?" 하고 그녀는 또 노래하듯 되풀이했다. "페이퍼 클립은 종이를 한데 정리할 때 사용하죠. 몰라요? 어디에나 있고, 다들 사용하는데."

옳은 말이다. 나는 책을 껴안고 인사를 한 다음, 도서관에서 나왔다. 페이퍼 클립 따위는 어디에나 있다. 1000엔만 내면 평생 사용할 만큼의 페이퍼 클립을 살 수 있다. 나는 문구점에 들러 1000엔어치 페이퍼 클립을 샀다. 그리고 집으로 돌아갔다.

나는 집에 돌아와 식료품을 정리해 냉장고에 넣었다. 고기와 생선은 꼼꼼하게 랩으로 싸고, 냉동할 것은 냉동고에 넣었다. 빵과 커피 원두도 냉동했다. 두부는 물을 채운 볼에 담았다. 맥주는 냉장고에 넣고, 오래 묵은 채소는 앞으로 꺼내 놓았다. 옷은 옷장 옷걸이에 걸고, 세제는 부엌 선반에 놓았다. 그리고 나는 텔레비전 위의 두개골 옆에 페이퍼 클립을 뿌려 놓았다.

기묘한 조합이었다.

깃털 베개와 빙수, 잉크병과 양상추만큼이나 기묘한 조합이었다. 베란다에 나가 멀찍이서 그걸 바라보기도 했지만, 인상은 달라지지 않았다. 공통점은 어디에도 없다. 그러나 어딘가에 반드시 내가 모르는 — 또는 기억나지 않는 — 비밀의 터널이 있을 것이다.

나는 침대에 걸터앉아 한참이나 텔레비전 위를 노려보았다. 하지만 아무것도 떠오르지 않았다. 시간만 점점 흘러갔다. 구급차 한 대와 우익 선전차 한 대가 근처를 지나갔다. 위스키를 마시고 싶었지만, 참기로 했다. 한동안 말짱한 정신으로 일해야 한다. 잠시 후에 우익 선전차가 갔던 길을 되돌아왔다. 길을 잘못 든 모양이다. 그 부근의 도로는 이리저리 굽어서 자칫 헷갈리기 쉽다.

나는 포기하고 일어나, 부엌 테이블에 앉아 도서관에서 빌려 온 책을 펼쳤다. 우선 초식성 중형 포유류의 종류를 조사하고, 그다음 골격을 하나하나 살펴보기로 했다. 초식성 포유류의 종류는 내가 예상했던 것보다 훨씬 많았다. 사슴 종류만 해도 서른 가지는 웃돌 것 같았다.

텔레비전 위에서 짐승의 두개골을 가져와 부엌 테이블에 올려놓고 책에 실린 삽화와 하나하나 비교해 보았다. 1시간 20분 동안 아흔세 종류의 동물 두개골과 대조해 보았지만, 어느 것도 테이블 위의 두개골에 해당하지 않았다. 또 앞이 막혔다. 나는 책 세 권을 덮어 테이블 한구석에 쌓아 놓고, 팔을 위로 쭉 뻗으면서 기지개를 켰다. 어찌할 방법이 없다.

포기하고 침대에 드러누워 존 포드가 감독한 「말 없는 사나이」 비디오를 보고 있는데, 현관벨이 울렸다. 현관문 렌즈를 들여다보니, 도쿄 가스 유니폼을 입은 중년 남자가 서 있었다. 나는 체인을 걸어 놓은 채 문을 열고 용건을 물었다.

"가스 정기 점검입니다." 남자가 말했다.

"잠깐만 기다리세요." 하고 나는 침실로 돌아가, 책상에 놓인 나이프를 바지 주머니에 넣고 다시 나가 현관문을 열었다. 가스 정기 점검은 지난달에 있었다. 남자의 태도가 어딘지 모르게 어색했다.

나는 일부러 무관심한 척하면서 「말 없는 사나이」를 계속 보았다. 남자는 우선 혈압계 같은 기계를 꺼내 욕실 가스가 새는지 점검하고, 부엌으로 들어갔다. 부엌 테이블에는 짐승의 두개골이 그대로 놓여 있다. 나는 텔레비전 볼륨을 올려놓은 채 살금살금 부엌에 가 보았다. 아니나 다를까, 남자는 검은 비닐 가방에 두개골을 집어넣고 있었다. 나는 나이프 날을 펼치고 뛰어 들어가 뒤에서 남자의 겨드랑이 밑으로 양팔을 쑥 밀어 넣어 몸을 결박한 다음 나이프를 코밑에 바짝 들이댔다. 남자는 놀라서 비닐 가방을 테이블에 내던졌다.

"나쁜 뜻은 없었습니다." 남자는 떨리는 목소리로 변명했다. "이걸 보니까 갑자기 갖고 싶어져서 그만 가방에 넣어 버렸어요. 충동적으로 그런 겁니다. 용서해 주세요."

"용서하라니." 나는 말했다. 가스 점검원이 남의 부엌에 있는 동물의 두개골을 보다가 충동적으로 갖고 싶어졌다는 얘기는 들어 본 적이 없다. "사실대로 말하지 않으면 숨통을 끊어 주겠어." 하고 나는 말했다. 내 귀에는 순전히 거짓말로 들렸는데 남자는 그렇게 느끼지 않은 듯했다.

"죄송합니다. 사실대로 말하겠습니다. 살려 주세요." 남자는 말했다. "사실은 누가 돈을 주면서 이걸 훔쳐 오라고 했어요. 길을 걸어가는데, 두 남자가 다가와서 아르바이트를 하지 않겠느냐고 하면서 5만 엔을 줬습니다. 무사히 가져오면 5만 엔을 더 주겠다고 했어요. 나도 이런 짓은 하기 싫었지만 한쪽이 어마어마하게 덩치 큰 남자여서 거절하면 큰일을 당하겠다 싶은 생각에, 그래서 마지못해 한 겁니다. 부탁입니다, 제발 살려 주세요. 고등학교 다니는 딸이 둘 있는 몸입니다."

"둘 다 고등학생이라고?" 하고 나는 좀 신경이 쓰여 물어 보았다.

"네, 1학년하고 3학년이요." 남자가 대답했다.

"흐음." 하고 나는 말했다. "학교가 어디야?"

"큰딸은 도립 시무라 고등학교고, 작은딸은 요쓰야에 있는 후타바에 다닙니다." 남자가 말했다. 두 학교의 격차가 부자연스러워 오히려 현실성이 있었다. 그래서 나는 남자의 말을 믿기로 했다.

목에 나이프를 들이댄 채 확인차 바지 뒷주머니에서 지갑을 꺼내 안을 살펴보았다. 현금이 6만 7000엔 들었고, 그중 5만 엔은 빳빳한 새 돈이었다. 돈 외에는 도쿄 가스 사원증과 컬러 가족사진이 들어 있었다. 설에 찍었는지 딸이 둘 다 기모노를 입고 있었다. 그렇게 예쁘지는 않았다. 둘이 키도 체구도 비슷해서, 어느 쪽이 시무라고 어느 쪽이 후타바인지 분간이 안 갔다. 그리고 스가모와 시나노마치 사이를 오갈 수 있는 전철 정기권이 들어 있었다. 보아 하니 위험한 인물은 아닐 듯해서, 나는 나이프를 내리고 남자를 풀어 주었다.

"가 봐." 나는 말하고, 지갑을 돌려주었다.

"고맙습니다." 남자가 말했다. "그런데 전 이제 어떻게 될까요? 돈을 받았는데 물건을 가져가지 못하면?"

어떻게 될지는 나도 알 수 없다고 말했다. 기호사들 — 아마 상대는 기호사들일 것이다. — 은 상황에 따라 엉뚱하게 행동하기도 한다. 행동 패턴을 파악하지 못하도록 일부러 그러는 것이다. 그들은 어쩌면 이 남자의 두 눈을 나이프로 파낼지도 모르고, 또 어쩌면 5만 엔을 주면서 수고했다고 할지도 모른다. 그건 누구도 모른다.

"한 남자는 덩치가 크다고 했지?" 하고 나는 물었다.

"네. 아주 컸어요. 그런데 다른 한쪽은 아주 꼬마였어요. 기껏해야 한 150센티미터 정도 될까. 옷은 꼬마 쪽이 더 좋은 걸 입었어요. 그래도 둘 다 아주 무시무시했습니다."

나는 그에게 주차장에서 뒷문으로 나가는 방법을 가르쳐 주었다. 우리 아파트 뒷문은 좁은 골목으로 이어지는데, 밖에서는 잘 보이지 않는다. 잘하면 그 이인조에게 들키지 않고 돌아갈 수도 있다.

"정말 고맙습니다." 남자는 이제야 살았다는 듯이 말했다. "이 일은 회사에도 비밀로 해 주시면 더없이 고맙겠는데."

입 다물고 있겠다고 나는 말했다. 남자를 밖으로 내몰고 문을 잠근 다음, 체인을 걸었다. 그리고 부엌 의자에 앉아 접은 나이프를 테이블에 내려놓고, 비닐 가방에서 두개골을 꺼냈다. 이제 한 가지는 알았다. 기호사들은 이 두개골을 노리고 있다. 그 말은 이 두개골이 그들에게 아주 중요한 의미를 지녔다는 뜻이다.

지금 나와 그들의 입장은 막상막하다. 나는 두개골을 갖고 있지만, 그 의미를 모른다. 그들은 의미는 알지만 — 또는 막연하게 추측하고 있지만 — 두개골은 갖고 있지 않다. 오십 대 오십이다. 내가 지금 취할 수 있는 행동은 두 가지였다. 한 가지는 '조직'에 연락해서 사정을 설명하고, 나를 기호사로부터 보호해 달라고 하든지 두개골을 가져가라고 하는 것. 다른 한 가지는 그 오동통한 여자에게 연락해서 두개골의 의미를 가르쳐 달라고 하는 것. 그러나 '조직'을 지금 이 상황에 끌어들이자니 영 내키지 않았다. 그렇게 하면 내가 성가신 심사를 당할 수도 있다. 나는 거대 조직을 그리 좋아하지 않는다. 융통성이 없고, 시간이 오래 걸리고 절차가 복잡하다. 그 안에는 머리 나쁜 사람도 아주 많다.

오동통한 여자에게 연락을 하는 것도 현실적으로는 불가능했다. 나는 그 사무소의 전화번호를 모른다. 건물로 직접 찾아가는 방법도 있지만 지금 아파트에서 나가는 건 위험하고, 더구나 그 경계가 엄중한 건물에서 약속 없이 찾아간 나를 쉽게 들여 줄 것 같지도 않았다.

그래서 결국 나는 아무것도 하지 않기로 했다.

나는 스테인리스 부젓가락을 들고 다시 한번 두개골의 정수리를 톡톡 두드려 보았다. 지난번과 똑같은 구웅 하는 소리가 났다. 마치 그 이름 모를 동물이 살아 신음하는 듯 구슬픈 소리였다. 나는 두개골을 손에 들고 왜 그런 기묘한 소리가 나는지 찬찬히 관찰해 보았다. 그러고 다시 한번 부젓가락으로 두드려 보았다. 역시 구웅 하는 똑같은 소리가 났다. 찬찬히 살펴보니 그 소리는 두개골의 어느 한 군데에서 나는 것 같았다.

나는 몇 번이나 두드려 본 끝에 정확한 위치를 찾아낼 수 있었다. 구웅 하는 소리는 두개골의 이마에 뚫린 직경 2센티미터 정도의 얕은 구멍에서 들려왔다. 나는 손가락으로 그 구멍 안을 살며시 쓸어 보았다. 보통 두개골과 달리 약간 까끌거리는 감촉이 있었다. 마치 무언가에 폭력적으로 쥐어뜯긴 듯한 감촉이었다. 뭔가를 — 가령 뿔 같은…….

뿔?

만약 그것이 정말 뿔이라면, 내가 지금 손에 든 것은 일각수의 두개골이라는 말이 된다. 나는 다시 한번 『도설 포유류』를 펼치고 이마에 뿔이 하나 돋은 포유류를 찾아보았다. 하지만 아무리 찾아도 그런 동물은 없었다. 코뿔소가 그나마 거기 해당되는 동물이었지만, 크기와 모양으로 봐서 코뿔소의 두개골일 수는 없었다.

나는 하는 수 없이 냉장고에서 얼음을 꺼내고 올드 크로 (Old Crow)로 온 더 록을 만들어 마셨다. 이제 해도 저물었으니, 위스키를 마셔도 좋을 듯한 기분이었다. 그러고는 아스파라거스 통조림을 먹었다. 나는 하얀 아스파라거스를 매우 좋아한다. 아스파라거스를 전부 먹고 난 다음에는 훈제 굴을 식빵에 끼워 먹었다. 그리고 두 잔째 위스키를 마셨다.

나는 편의상 그 두개골의 과거 주인을 일각수라고 상정하기로 했다. 그렇게 하지 않으면 사고에 진전이 없다.

내게 일각수의 두개골이 있다

허 참, 하고 나는 생각했다. 왜 이렇게 이상한 일만 벌어지는 걸까. 내가 뭘 어쨌다고. 나는 그저 현실적이고 개인적인 계산사이다. 딱히 야심이 있는 것도 아니고, 욕심도 없다. 가족도 없고, 친구도 애인도 없다. 가능하면 돈을 많이 모아, 퇴직 후에는 첼로나 그리스어를 배우면서 한가롭게 노후를 보내고 싶어 할 뿐인 남자다. 대체 무슨 이유로 일각수니 소리 뽑기니 하는 알 수 없는 것들에 연루되어야 한단 말인가.

나는 두 잔째 온 더 록을 들이켜고, 침실에 가서 전화번호부를 뒤져 도서관에 전화를 건 다음, 참고 문헌 담당자를 부탁한다고 말했다. 10초 후에 예의 머리 긴 여자가 전화를 받았다.

"『도설 포유류』." 나는 말했다.

"아이스크림 고마웠어요." 그녀가 말했다.

"천만에." 하고 나는 말했다. "한 가지 부탁이 있는데, 괜찮을지?"

"부탁?" 하고 그녀는 말했다. "부탁의 종류에 따라 다르죠."

"일각수에 대해서 조사해 줬으면 하는데."

"일 각 수?" 하고 그녀가 내 말을 되풀이했다.

"어떻게 안 될까?" 하고 나는 말했다.

잠시 침묵이 흘렀다. 나는 그녀가 아랫입술을 깨물고 있을 거라고 상상했다.

"일각수에 대해서, 내가 뭘 조사하면 되죠?"

"전부." 나는 대답했다.

"저 있죠, 지금 4시 50분이에요. 문 닫기 직전이라 바빠서, 그렇게 못 해요. 내일 도서관 문 열자마자 오면 되잖아요. 그러면 일각수가 되었든 삼각수가 되었든 마음 놓고 조사할 수 있는데."

"급하고, 또 아주 중요한 일이라서 그래요."

"흠." 하고 그녀는 말했다. "얼마나 중요한 일인데요?"

"진화에 관련된 문제라고." 하고 나는 말했다.

"진 화?" 하고 그녀가 또 되풀이했다. 이번에는 조금 놀란 모양이었다. 아마 나를 순수한 미치광이든지, 아니면 미친 것처럼 보이려는 순수한 인간이라고 생각하리라고 나는 추측했다. 그녀가 가능하면 후자를 선택해 주기를 바랐다. 그러면 조금은 내게 인간적인 흥미를 느낄지도 모른다. 잠시 소리 없는 시계추 같은 침묵이 이어졌다.

"진화라는 게, 그 몇만 년에 걸쳐 진행되는 진화를 말하는 거죠? 난 잘 모르겠지만, 그게 그렇게 긴급을 요하는 일인가요? 하루쯤 기다릴 수 있지 않을까 싶은데?"

"몇만 년에 걸쳐 진행되는 진화도 있고, 3시간밖에 걸리지 않는 진화도 있어. 전화로 간단히 설명할 수 있는 일이 아니야. 믿어 줬음 좋겠는데, 정말 중요한 일이야. 인간의 새로운 진화에 관련된 일이라고."

"「2001 스페이스 오디세이」처럼?"

"그래요." 하고 나는 말했다. 「2001 스페이스 오디세이」는 나도 비디오로 몇 번이나 보았다.

"저요, 내가 당신을 어떻게 생각하는지 알아요?"

"질 좋은 미치광이인지 질 나쁜 미치광이인지 결정을 못 하고 있는 거 아닐까? 그럴 것 같은데."

"대충 맞아요." 그녀가 말했다.

"내 입으로 말하기 뭣하지만, 그렇게 질이 나쁘지는 않아." 하고 나는 말했다. "그리고 사실은 미치광이도 아니고. 뭐 약간 편협하고 고집스럽고 자기를 과신하는 경향은 있지만, 미친 건 아니야. 지금까지 누가 나를 싫어한 적은 있어도 미치광이라고 한 적은 없어."

"호, 그래요." 그녀가 말했다. "하기야 말투도 이상하지 않고 말이죠. 그렇게 나쁜 사람 같지도 않고, 아이스크림도 얻어먹었고. 좋아요, 오늘 6시 반에 도서관 근처 카페에서 만나요. 거기서 책을 건넬게요. 그럼 됐죠?"

"미안하지만, 상황이 그렇게 간단하지가 않아. 한마디로 하기 어려운 복잡한 사정이 있어서 지금 집 밖에 나갈 수가 없어. 미안하지만."

"그 말은?" 하고서, 그녀는 손톱 끝으로 앞니를 톡톡 두드렸다. 적어도 그런 소리가 났다. "당신 지금, 나더러 당신 집까지 책을 가져다 달라고 요구하는 건가요? 이해가 잘 안 되는데."

"대충 그 말이 맞아." 하고 나는 말했다. "물론 요구하는 게 아니라 부탁하는 거지만."

"호의를 베풀어 주십사 하는 거라고요?"

"음." 하고 나는 대답했다. "정말 여러 가지 사정이 있어서."

긴 침묵이 흘렀다. 그러나 그 침묵이 소리 뿜기 탓이 아니라는 건 관내에 폐관을 알리는 「애니 로리」의 멜로디로 알 수 있었다. 그녀가 잠자코 있을 뿐이다.

"벌써 5년이나 이 도서관에서 일하고 있지만, 당신만큼 뻔뻔한 사람은 없었어요." 그녀가 말했다. "집까지 책을 배달해 달라니. 그것도 첫 대면에. 스스로 생각해도 뻔뻔하지 않나요?"

"정말 그래. 하지만 지금은 도저히 어떻게 할 수가 없어. 사면초가야. 아무튼 당신의 호의에 매달릴 수밖에 없는 상황이야."

"어이가 없네." 그녀가 말했다. "당신 집에 가는 길을 가르쳐 줘 봐요."

나는 기꺼이 길을 가르쳐 주었다.

8 세계의 끝

대령

"자네가 그림자를 되찾을 가능성은 아마 없을 게야." 대령은 커피를 마시면서 말했다. 오랜 세월 타인에게 습관적으로 명령을 내렸던 사람 대부분이 그렇듯, 그도 등을 꼿꼿하게 펴고 고개를 똑바로 들고 말했다. 그러나 사람을 깔보거나 강압적인 면은 없었다. 오랜 군대 생활이 그에게 준 것은 반듯한 자세와 규칙적인 생활과 방대한 양의 추억뿐이었다. 대령은 나의 이웃으로는 이상적이라고 해도 좋을 인물이었다. 친절하고 과묵하고, 체스를 잘 뒀다.

"문지기 말이 모두 옳아." 늙은 대령은 말을 이었다. "원리적으로나 현실적으로나 자네가 그림자를 되찾을 가능성은 절대 없지. 이 마을에 있는 한 자네는 그림자를 가질 수 없고, 또 두 번 다시 이 마을에서 나갈 수도 없어. 이 마을은 군대 식으로 말하자면 출구가 없는 굴 같은 것이야. 들어올 수는 있어도, 나갈 수는 없지. 그 벽이 이 마을을 둘러싸고 있는 한 말이야."

"전 영원히 그림자를 잃게 될 줄은 몰랐습니다." 하고 나는 말했다. "그저 일시적인 조치라고 생각했어요. 아무도 그렇다는 걸 가르쳐 주지도 않았고요."

"이 마을에서는 누가 뭘 가르쳐 주지 않아." 대령이 말했다. "마을은 마을의 독자적인 방식으로 움직이고 있어. 누가 뭘 알고 모르고는, 마을과는 관계없는 일이지. 딱하게는 생각하네만."

"앞으로 그림자는 어떻게 되나요?"

"딱히 어떻게 되지는 않아. 그저 거기에 있을 뿐이지. 죽을 때까지 계속. 그 후로 그림자를 만난 적은 있나?"

"아니요. 몇 번이나 만나러 갔는데, 문지기가 허락하지 않더군요. 보안상의 이유를 운운하면서요."

"그것도 어쩔 수 없는 일이지." 노인은 고개를 저으면서 말했다. "그림자 관리는 문지기의 역할이고, 책임도 전부 그에게 있어. 내가 해 줄 수 있는 게 없군. 알다시피 문지기는 까다롭고 성정이 고약한 사내라서 남의 말을 거의 듣지 않거든. 마음 느긋하게 먹고, 그 사람의 기분이 바뀌기를 기다리는 수밖에 없겠군."

"그러겠습니다." 하고 나는 말했다. "그런데 그는 대체 뭘 우려하는 건가요?"

대령은 커피를 다 마시자 잔을 접시에 내려놓고, 주머니에서 손수건을 꺼내 입가를 닦았다. 대령이 입고 있는 옷과 마찬가지로 손수건 역시 오래 써서 낡았지만, 손질을 잘해서 반듯하고 청결했다.

"자네와 자네 그림자가 들러붙는 걸 우려하는 게지. 그렇게 되면 처음부터 다시 시작해야 하니 말이야."

그렇게 말하고 그는 다시 체스 판으로 주의를 돌렸다. 그 체스는 내가 아는 체스와는 말의 종류와 움직이는 방법이 조금씩 달라서 게임을 하면 늘 노인이 이겼다.

"원숭이가 승정을 잡을 텐데, 괜찮겠나?"

"그러세요." 하고 나는 말했다. 그리고 나는 벽을 움직여 원숭이의 퇴로를 막았다.

노인은 몇 번이나 고개를 끄덕이고는 또 체스 판을 뚫어져라 노려보았다. 승부의 추세는 거의 정해졌고 노인의 승리가 확실한 거나 다름없었는데도 그는 위세를 몰아 공격하지 않고 숙고에 숙고를 거듭했다. 그에게 게임이란 타인을 이기기 위한 것이 아니라 자신의 능력에 도전하는 일이었다.

"그림자와 헤어지고, 그림자를 죽게 하는 건 괴로운 일이지." 하고서 노인은 기사를 대각선으로 밀어 벽과 왕 사이에 교묘하게 장벽을 쳤다. 덕분에 내 왕은 실질적으로 벌거숭이가 되고 말았다. 체크메이트까지 이제 세 수밖에 남지 않았다.

"괴로운 건 다 마찬가지야. 나도 그랬으니까. 아무것도 모르는 어린 시절에 떨어져 오랜 친분이 없는 상태에서 그림자가 죽었다면 몰라도, 나이를 먹어서 헤어지면 괴로움이 한층 더하지. 내 그림자가 죽은 건 내가 예순다섯 살 때 일이었어. 나이가 그쯤 되면 이래저래 추억도 많은 법이지."

"그림자는 본체와 떨어진 후에 어느 정도 사는지요?"

"그거야 그림자에 따라 다르지." 노인이 말했다. "건강한 그림자가 있는가 하면 그렇지 못한 그림자도 있으니 말이야. 그러나 아무튼 본체에서 떨어져 나온 그림자는 마을에서 오래 버티지 못해. 여기 토양이 그림자에게는 맞지 않거든. 겨울이 길고 혹독하니 말이야. 봄을 두 번 맞는 그림자는 별로 없어."

나는 잠시 체스 판을 바라보다가 결국 포기했다.

"다섯 수를 벌 수 있는데." 대령이 말했다. "아직 밀어붙여 볼 가치가 있지 않겠나. 다섯 수면 상대의 실수를 기대할 수도 있고. 승부란 마지막까지 가 봐야 알 수 있는 것이야."

"그럼, 어디 해 보죠." 하고 나는 말했다.

내가 생각하는 동안, 노인은 창가에 가서 두꺼운 커튼을 손가락으로 조금 열고, 그 좁은 틈새로 바깥 경치를 바라보았다.

"지금 한동안이 자네에게는 가장 힘겨운 시기일 거야. 이와 똑같아. 묵은 이는 빠졌는데, 새 이가 아직 나지 않았어. 내 말 뜻을 알겠나?"

"그림자가 떨어져 나가기는 했지만 아직 죽지는 않았다는 말씀이죠?"

"그렇지." 노인은 고개를 끄덕거렸다. "나도 기억이 나는군. 예전 것과 앞으로의 것이 균형이 잘 맞지 않지. 그래서 혼란스러운 거야. 그러나 새 이가 다 나면, 묵은 이는 잊게 돼 있어."

"마음이 사라진다는 뜻인가요?"

노인은 그 물음에는 대답하지 않았다.

"질문만 계속해서 죄송합니다." 하고 나는 말했다. "이 마을에 대해서 아직 아무것도 몰라 당황스러운 일이 많습니다. 마을이 어떤 체계로 움직이는지, 왜 그렇게 높은 벽이 있는지, 왜 매일 짐승들이 들락이는지, 오래된 꿈이란 무엇인지, 뭐 하나 이해가 되지 않아요. 그리고 질문할 상대는 대령님밖에 없어서요."

"나 역시 뭐가 어떻게 돌아가는지 하나부터 열까지 다 파악한 것은 아니야." 노인은 차분하게 말했다. "또 말로 설명할 수 없는 일도 있고, 설명해서는 안 되는 것도 있지. 그러나 자네가 걱정할 일은 없어. 마을은 어떤 의미에서는 아주 공평하거든. 자네에게 필요한 것, 자네가 알아야 할 것은 마을이 이제부터 하나하나 자네 앞에 제시할 거야. 자네는 그걸 하나하나 스스로 익혀 가면 돼. 알겠나, 여기는 완전한 곳이야. 완전하다는 건 모든 게 다 있다는 뜻이지. 그러나 그걸 유효하게 이해하지 못하면, 거기에는 아무것도 없어. 완전은 곧 무(無)이지. 그 점을 잘 기억해 두게나. 타인에게 배운 것은 그저 배움으로 끝나지만, 스스로 익힌 것은 자네 몸에 남아. 그리고 자네를 도와줄 거야. 눈을 뜨고, 귀를 기울이고, 머리를 써서 마을이 제시하는 것의 의미를 잘 읽어 봐. 마음이 있다면 마음이 있을 때 그걸 움직여 보라고. 내가 자네에게 가르쳐 줄 수 있는 건 그 정도밖에 없어."

그녀가 사는 직공 지구가 과거의 빛을 어둠에 묻은 장소라면, 마을 남서부에 펼쳐지는 관사 지구는 마른 햇살 속에서 본래의 색을 점차 잃어 가는 장소다. 봄이 선사한 윤택함이 여름을 지나면서 녹아 버리고, 겨울 계절풍에 풍화되고 마는 것이다. '서쪽 언덕'이라 불리는 완만하고 넓은 비탈을 따라 2층짜리 하얀 관사가 죽 이어진다. 원래는 한 동에 세 세대가 살 수 있도록 설계되었고, 한가운데에 툭 튀어나온 현관 홀만 공용이다. 외벽에 붙인 삼나무 널판이나 창틀, 그리고 좁은 현관과 창문 난간 모두 하얗게 페인트칠이 되어 있다. 어디를 보나 전부 하얗다. 서쪽 언덕 비탈에는 온갖 종류의 하얀색이 다 모여 있다. 막 새로 칠해 부자연스러울 정도로 빛나는 하양, 태양빛을 오래 받아 누렇게 변한 하양, 비바람에 모든 것을 빼앗긴 것처럼 허무한 하양, 그런 온갖 하얀색이 언덕을 도는 자갈길을 따라 길게 이어진다. 관사에는 울타리가 없다. 좁은 현관 지붕 아래에 너비 1미터 정도의 길쭉한 화단이 있을 뿐이다. 화단은 꼼꼼하고 정성스럽게 손질되어 있고, 봄에는 크로커스와 팬지와 메리골드 꽃이 피고, 가을에는 코스모스가 피었다. 꽃이 피면 건물이 더욱 폐허처럼 보였다.

옛날에 이 지구는 산뜻하고 세련된 거리이지 않았을까 싶다. 언덕을 슬렁슬렁 산책하다 보면, 그런 과거의 흔적을 여기저기서 볼 수 있다. 거리에는 아이들이 나와 놀고, 피아노 소리가 들리고, 따끈한 저녁 냄새가 떠다녔을 것이다. 나는 투명한 문을 지나듯 그런 기억을 피부로 느낄 수 있었다.

관사라는 이름 그대로, 과거에는 이 지구에 관리들이 살았다. 지위가 그렇게 높지 않지만 그렇다고 말단 직원도 아닌 중간 계급 사람들이었다. 사람들이 그 소박한 생활을 지키려 한 장소였다.

그러나 이제 거기에 그들의 모습은 없다. 그들이 어디로 갔는지는 모른다.

그 후에 나타난 사람들이 퇴역 군인들이었다. 그들은 그림자를 버리고, 햇볕이 잘 드는 벽에 들러붙은 곤충의 허물처럼, 강한 계절풍을 견딜 수 있는 서쪽 언덕에서 저마다 조용히 생을 보내고 있다. 그들에게는 이제 지켜야 할 것이 거의 없다. 각 동에는 여섯 명에서 아홉 명의 늙은 군인들이 살고 있다.

문지기가 내게 주거지로 배정한 곳은 그 관사의 한 방이었다. 내가 사는 관사에는 대령 한 명에 소령과 중위가 둘씩, 그리고 중사가 한 명 살고 있다. 중사가 요리와 잡다한 일을 하고, 대령은 판단을 내린다. 군대와 똑같다. 노인들은 모두 쉴 새 없이 전쟁 준비와 수행과 그 뒤처리와 혁명과 반혁명에 쫓기다 가정을 꾸릴 기회를 잃어버린 고독한 사람들이었다.

그들은 아침 일찍 눈을 뜨면 습관적으로 재빨리 식사를 끝내고, 누가 명령하지 않는데도 각자의 일에 임한다. 어떤 이는 오래되어 들뜬 페인트를 구둣주걱 같은 것으로 긁어내고, 어떤 이는 앞뜰에서 잡초를 뽑고, 어떤 이는 가구를 수리하고, 어떤 이는 수레를 끌고 식량을 배급받기 위해 언덕 아래로 내려갔다. 노인들은 아침 일을 끝내고 나면 햇볕이 잘 드는 곳에 모여 추억담에 젖었다.

내게 주어진 방은 2층의 동쪽이었다. 바로 앞에 언덕이 있어 전망은 그리 좋지 않았지만, 그래도 한끝에 강과 시계탑이 보였다. 오래도록 사용하지 않았는지 회칠을 한 벽은 군데군데 얼룩져 있고, 창틀에는 하얗게 먼지가 쌓여 있었다. 낡은 침대와 식탁과 의자 두 개에, 창문에는 곰팡내 나는 두꺼운 커튼이 걸려 있었다. 마룻바닥은 몹시 상해서 걸을 때마다 삐걱거렸다.

아침이 오면 옆방의 대령이 찾아와 둘이 같이 아침을 먹고, 오후에는 커튼을 닫아 어두워진 방에서 체스를 했다. 화창한 오후에는 체스를 두는 것 말고는 시간을 보낼 방법이 없었다.

"자네처럼 젊은 사람이 이렇게 맑은 날에 커튼을 닫고 어두운 방에 갇혀 지내야 하니, 참으로 답답하겠군." 대령이 말했다.

"그렇죠."

"나야 체스를 같이 할 사람이 있어 고맙지만 말이야. 여기 사람들은 게임에는 도통 관심이 없어. 나 같은 사람이나 아직도 체스를 두고 싶어 하지."

"대령님은 왜 그림자를 버렸나요?"

노인은 커튼 틈으로 비치는 햇살에 물든 손가락을 쳐다보다가, 마침내 창가를 떠나 내가 있는 테이블로 돌아와 마주 앉았다.

"아마, 그게." 하고 그가 말을 꺼냈다. "너무 오래 이 마을을 지켜 왔기 때문이겠지. 이 마을을 버리고 나가면, 내 인생의 의미가 없어질 것 같았어. 지금이야 이러나저러나 아무 의미 없는 일이지만."

"그림자를 버린 걸 후회한 적은 없나요?"

"후회는 없어." 하고 노인은 고개를 몇 번이나 가로저었다. "후회한 적은 단 한 번도 없어. 왜냐, 후회해야 할 거리가 없으니 말이지."

나는 벽으로 원숭이를 밀쳐 내고 왕이 움직일 수 있는 공간을 넓혔다.

"묘수를 두었군." 노인이 말했다. "벽으로 뿔을 막을 수 있고, 왕도 운신할 수 있게 되었고. 그러나 동시에 나의 기사도 활약할 기회가 생겼군."

노인이 찬찬히 다음 수를 생각하는 동안 나는 물을 끓여 새 커피를 내렸다. 수많은 오후가 이렇게 지나가겠지, 하고 생각했다. 높은 벽에 에워싸인 이 마을 안에서, 내가 선택할 수 있는 것은 거의 없었다.

9 하드보일드 원더랜드

식욕, 실의, 레닌그라드

그녀를 기다리는 동안 나는 간단하게 저녁을 준비했다. 매실 장아찌를 공이로 찧어 샐러드드레싱을 만들고, 정어리와 유부와 토란으로 튀김을 몇 개 만들고, 셀러리와 소고기 스튜를 끓였다. 그런대로 괜찮게 완성되었다. 시간이 남아 캔 맥주를 마시면서 양하 나물을 만들고 껍질콩을 깨에 버무렸다. 그리고 침대에 누워 로베르 카자드쥐가 모차르트 콘체르토를 연주한 옛날 레코드를 들었다. 모차르트의 음악은 옛날 녹음으로 듣는 편이 더 마음에 쏙 스미는 듯하다. 하지만 물론 그런 것도 나의 편견일 수 있다.

7시가 넘어 창밖이 깜깜해졌는데도 그녀는 나타나지 않았다. 결국 나는 23번과 24번 피아노 콘체르토를 전부 듣고 말았다. 그녀는 생각을 바꿔 오지 않기로 했는지도 모른다. 만약 그렇다 해도 그녀를 비난할 수는 없다. 어느 모로 생각하나 오지 않는 편이 정상이다.

그러나 내가 포기하고 다음 레코드를 찾고 있을 때, 벨이 울렸다. 현관문 렌즈를 들여다보니, 복도에 도서관의 참고 문헌 담당 여자가 책을 꺼안고 서 있었다. 나는 체인을 걸어 놓은 채 문을 열고, 복도에 다른 사람은 없는지 물었다.

"아무도 없는데." 그녀가 말했다.

나는 체인을 풀고 문을 열어 그녀를 안으로 들였다. 그녀가 들어오자 나는 바로 문을 잠그고 체인을 걸었다.

"엄청 좋은 냄새가 나는데요." 그녀가 킁킁거리면서 말했다. "부엌에 가 봐도 돼요?"

"그렇게 해요. 그런데 아파트 입구 부근에 이상한 사람 없었어? 도로 공사를 한다든지, 주차된 차에 사람이 타고 있다든지?"

"전혀." 그녀는 대답하고 부엌 테이블에 가져온 책 두 권을 툭 내려놓고는, 레인지에 놓인 냄비 두 개의 뚜껑을 하나씩 열었다. "이거 전부 당신이 만든 거예요?"

"그럼." 나는 말했다. "별거 아니지만 배고프면 먹어요."

"별거 아니긴요. 나, 이런 음식 좋아해요."

나는 테이블에 음식을 차려 놓고, 그녀가 그걸 하나씩 해치우는 모습을 감탄스럽게 바라보았다. 그렇게 열심히 먹어 주면 음식을 만든 보람이 있다. 나는 커다란 유리잔에 올드 크로 온 더 록을 만들고, 센 불에 살짝 구워 간 생강을 얹은 두툼한 두부를 안주 삼아 위스키를 마셨다. 그녀는 아무 말 않고 묵묵히 먹었다. 나는 술도 권해 보았지만, 그녀는 필요 없다고 했다.

"그 두부 좀 줄래요?" 그녀가 말했다. 나는 절반 남은 두부를 그녀 쪽으로 밀어 놓고, 위스키만 마셨다.

"아직 더 먹을 수 있으면 밥도 있고 매실 장아찌도 있고, 된장국도 금방 끓일 수 있는데." 나는 혹시나 해서 물어보았다.

"와, 최고네." 그녀가 말했다.

나는 가다랑어포로 얼른 다시 국물을 우리고, 미역과 파만 넣어 된장국을 끓여서 밥과 매실 장아찌와 함께 내놓았다. 그녀는 그것도 순식간에 해치웠다. 매실 씨만 남기고 테이블 위 음식이 싹 없어지고 나자 그녀는 겨우 만족한 듯이 한숨을 쉬었다.

"잘 먹었어요. 맛있었네." 그녀가 말했다.

그녀처럼 호리호리한 미인이 이렇게 우걱우걱 먹어 치우는 것을 나는 처음 보았다. 그러나 정말 복스럽게 먹었다. 그녀가 식사를 완전히 끝낸 다음에도 나는 절반은 감탄하고, 절반은 기가 질려서 그녀 얼굴을 멀거니 바라보고 있었다.

"늘 그렇게 많이 먹어?" 나는 과감하게 물어보았다.

"뭐, 그래요. 늘 이 정도." 그녀는 태연한 표정으로 대답했다.

"그런데 전혀 살이 찌지 않은 것 같은데."

"위 확장이라서." 그녀가 말했다. "그래서 아무리 먹어도 살이 안 쪄요."

"호오." 하면서 나는 고개를 끄덕였다. "식비가 꽤나 많이 들겠군." 실제로 그녀는 내가 내일 점심 때 먹을 양까지 혼자서

다 해치우고 말았다.

"엄청나죠." 그녀가 말했다. "외식을 할 때는 보통 두 군데를 가야 돼요. 우선은 라면과 교자로 가볍게 워밍업을 하고, 그다음에 제대로 된 식사를 하죠. 월급 대부분이 식비로 날아가지 않나 싶네."

나는 다시 한번 그녀에게 술을 권해 보았다. 그녀는 맥주가 좋다고 했다. 나는 냉장고에서 맥주를 꺼내고, 또 몰라서 프랑크푸르트 소시지를 양손 가득하게 프라이팬에 구웠다. 설마 했는데, 내가 두 개를 먹고 나머지는 그녀가 싹 먹어 치웠다. 중기관총으로 창고를 두두두두 난사하는 것만큼이나 어마어마한 식욕이었다. 내가 일주일 치로 사 놓은 식료품이 눈에 띄게 줄어들었다. 나는 그 프랑크푸르트 소시지로 맛있는 사워크라우트 소시지를 만들 생각이었다.

내가 장 봐 온 감자 샐러드에 미역과 참치 통조림을 섞어 내놓자, 그녀는 그것도 두 캔째 맥주와 함께 날름 먹어 치웠다.

"있죠, 나 정말 행복해요." 그녀는 내게 말했다. 나는 거의 아무것도 먹지 않은 채 올드 크로 온 더 록만 세 잔 마셨다. 음식을 먹는 그녀 모습에 취해서 조금도 식욕이 일지 않았기 때문이다.

"괜찮으면 디저트로 초콜릿 케이크도 있는데." 나는 그렇게 말해 보았다. 그녀는 물론 그것도 먹었다. 보고만 있어도 목구멍까지 신물이 밀려 올라올 듯한 기분이었다. 나는 요리하는 것은 좋아하지만, 입은 오히려 짧은 편이라고 할 수 있다.

아마 그 탓이겠지만, 나의 페니스는 뜻대로 발기하지 않았다. 신경이 위에 집중되고 만 것이다. 필요할 때 페니스가 발기하지 않은 경우는 도쿄 올림픽 후로 처음이었다. 나는 지금까지 그런 육체 능력에 대해서 절대적이라고 표현해도 지장이 없을 만큼 자신감을 갖고 살았기에 충격이 적지 않았다.

"괜찮아, 신경 쓰지 않아도 돼요. 별일 아니니까." 그녀는 그렇게 말해 주었다. 머리가 길고 위 확장에, 도서관에서 참고 문헌을 담당하는 여자다. 우리는 디저트를 먹은 다음 위스키와 맥주를 마시면서 레코드를 두세 장 듣고, 그리고 침대로 들어갔다. 지금까지 상당히 많은 여자와 잤지만, 도서관 사서와 자기는 처음이었다. 그리고 또 그렇게 간단히 여자와 성적 관계에 들어간 것도 처음이었다. 아마 내가 저녁을 대접했기 때문이라고 생각한다. 그러나 결국, 조금 전에도 말했다시피 내 페니스는 전혀 발기하지 않았다. 위가 돌고래의 배처럼 부푼 것 같아서 도무지 하복부에 힘이 들어가지 않았다.

그녀는 알몸을 내 옆에 딱 붙이고, 가운뎃손가락으로 내 가슴 한가운데 10센티미터 정도를 몇 번이나 오르내렸다. "누구에게나 이런 일이 간혹 있으니까, 필요 이상 상심할 거 없어요."

그녀가 위로하면 할수록 페니스가 발기하지 않았다는 사실이 명확한 현실감을 띠고 내 마음을 짓눌렀다. 옛날에 어느 책에서 페니스는 발기했을 때보다 하지 않았을 때가 미적이라는 뜻의 문장을 읽었던 기억이 떠올랐지만, 그것도 별 위로가 되지 못했다.

"마지막으로 여자와 잔 게 언제?" 그녀가 물었다.

나는 기억 상자의 뚜껑을 열어서 그 안을 한참이나 부스럭부스럭 뒤져 보았다. "2주일 전이지, 아마."

"그때는 잘됐어요?"

"물론." 하고 나는 말했다. 요즘 들어 하루가 멀다 하고 누군가에게 성생활에 관한 질문을 받는 듯하다. 어쩌면 세간에서 그런 게 유행인지도 모르겠다.

"누구랑 했는데?"

"콜걸. 전화해서 불렀어."

"그런 여자와 자는 것에 대해서 그때 어떤, 아, 그렇지, 죄책감 같은 건 못 느꼈어요?"

"여자가 아니야." 나는 정정했다. "여자애, 스물이나 스물한 살 정도였어. 죄책감은 별로 없었는데. 깔끔하고 뒤탈도 없고. 게다가 콜걸과 처음 잔 것도 아니고."

"그 후에 자위는 했어요?"

"아니." 나는 말했다. 그 후에 나는 일이 바빠서 세탁소에 맡긴 소중한 윗도리를 찾으러 갈 틈조차 없었다. 자위 따위 할 리가 없다.

내가 그렇게 말하자 그녀는 수긍이 간다는 듯이 고개를 끄덕거렸다. "보나마나 그 때문일 거야."

"자위를 하지 않은 탓에?"

"설마, 멍청하네." 그녀가 말했다. "일 때문이지. 일이 너무 바빴죠?"

"그렇군, 그제는 26시간이나 자지 못했어."

"어떤 일?"

"컴퓨터 관련." 나는 대답했다. 누가 무슨 일을 하느냐고 물으면, 나는 늘 그렇게 대답한다. 아예 거짓말도 아니고, 세상 사람 대부분은 컴퓨터 비즈니스에 대한 전문 지식이 없어서 그 이상 꼬치꼬치 캐묻지 않는다.

"아마 장시간 두뇌 노동을 한 탓에 스트레스가 엄청 쌓여서, 그래서 일시적으로 안 된 거겠죠. 흔히 있는 일이에요."

"흐음." 나는 중얼거렸다. 아마 그럴지도 모르겠다. 피곤한 데다 지난 이틀 동안 부자연스러운 일이 많아서 예민해진 상태였는데, 갑자기 폭력적이라 할 수 있을 만큼 어마어마한 식욕을 두 눈으로 본 탓에 일시적으로 불능이 되었는지도 모른다. 충분히 있을 법한 일이다.

하지만 그렇게 간단하게 설명될 만큼 문제의 뿌리가 얕은 건 아니지 않을까 하는 기분도 들었다. 그 외에도 어떤 요소가 반드시 있을 것이다. 나는 지금까지 똑같이 피곤하고 똑같이 예민한 상태에서도 상당히 만족스럽게 성적 능력을 발휘해 왔다. 어쩌면 그녀가 지니고 있는 특수성에 기인하는지도 모른다.

특수성.

위 확장, 긴 머리, 도서관…….

"있죠, 내 배에 귀를 대 봐요." 그녀가 말했다. 그리고 이불을 발치까지 걷어 냈다.

그녀의 몸은 아주 매끄럽고 아름다웠다. 날씬하고, 군더더기 살이 한 톨도 없었다. 가슴도 그런대로 풍만했다. 나는 그녀가 하라는 대로 젖가슴과 배꼽 사이의 도화지처럼 밋밋한 부분에 귀를 대어 보았다. 그렇게 음식을 많이 밀어 넣었는데도 배가 조금도 튀어나오지 않았다는 건 그야말로 기적이었다. 마치 희극 배우 하포 막스의 온갖 것을 탐욕스럽게 집어삼키는 마술 코트 같다. 피부는 얇고 부드럽고, 따스했다.

"무슨 소리 들려요?" 그녀가 내게 물었다.

나는 숨을 멈추고 귀 기울였다. 심장이 천천히 뛰는 소리 외에는 소리다운 아무 소리도 들리지 않았다. 고요한 숲속에 누워, 멀리서 들려오는 나무꾼의 도끼 소리에 귀를 쫑긋 세우고 있는 느낌이었다.

"아무 소리도 안 들리는데." 하고 나는 말했다.

"위 소리가 원래 안 들리는 건가?" 그녀가 말했다. "위가 음식물을 소화하는 소리."

"잘은 모르겠지만, 아마 소리가 거의 나지 않을 것 같은데. 위액으로 녹일 뿐이잖아. 물론 연동(蠕動) 운동은 다소 있겠지만, 소리는 별로 나지 않을 거야."

"하지만 난 지금 내 위가 열심히 일하고 있는 걸 확실하게 느낄 수 있는데. 조금 더 귀를 바짝 대 봐요."

나는 자세를 그대로 유지한 채 귀에 온 신경을 집중하고 그녀의 하복부와 그 앞의 봉긋 부푼 음모를 멍하니 바라보았다. 하지만 위가 활동하는 소리는 전혀 들리지 않았다. 정확한 간격을 두고 심장이 뛰는 소리가 들릴 뿐이었다. 「상과 하」라는 영화에 이런 장면이 있었던가 싶은 기분이 들었다. 내가 귀 기울이고 있는 곳 아래에서, 그녀의 거대한 위가 쿠르트 위르겐스²⁾가 탄 유보트처럼 소리 없이 소화 활동을 계속하고 있다.

나는 포기하고 그녀 몸에서 얼굴을 뗀 다음, 베개에 기대어 한 팔로 그녀의 어깨를 껴안았다. 그녀의 머리칼 냄새가 났다.

"토닉 워터 있어요?" 그녀가 물었다.

"냉장고." 나는 대답했다.

"보드카 토닉을 마시고 싶은데, 괜찮을까?"

"물론이지."

"당신도 뭐 마실래요?"

"같은 거면 돼."

그녀가 알몸으로 침대에서 빠져나가 부엌에서 보드카 토닉을 만드는 동안, 나는 「티치 미 투나잇」이 들어 있는 조니 마티스의 레코드를 플레이어에 올려놓고, 침대로 돌아가 조그만 소리로 합창했다. 나와 나의 흐물흐물한 페니스와 조니 마티스와.

"더 스카이즈 어 블랙 보드――." 하고 흥얼거리고 있는데, 그녀가 일각수 책을 쟁반 삼아 잔 두 개를 들고 돌아왔다. 우리는 조니 마티스를 들으면서 진한 보드카 토닉을 홀짝홀짝 마셨다.

"당신 몇 살?" 그녀가 물었다.

"서른다섯." 나는 대답했다. 오류의 여지가 없는 간결한 사실은 이 세상에서 가장 바람직한 것 중 하나다. "오래전에 결혼했지만 지금은 독신. 아이 없고. 애인 없고."

"나는 스물아홉. 다섯 달 지나면 서른."

나는 새삼스럽게 그녀 얼굴을 보았다. 도저히 그런 나이로

---

2) 독일 영화배우. 「상과 하」에서 유보트 함장으로 출연했다.

보이지 않는다. 기껏해야 스물둘이나 스물셋 정도다. 엉덩이도 탄력 있고, 주름 하나 없다. 나는 여자 나이를 가늠하는 능력을 갑자기 잃은 듯한 기분이 들었다.

"어려 보이지만, 정말 스물아홉이야." 그녀가 말했다. "그런데 당신, 사실은 야구 선수나 뭐 그런 사람 아니야?"

나는 놀라서 마시던 보드카 토닉을 가슴 위로 뿜을 뻔했다.

"설마." 하고 나는 말했다. "야구는 벌써 15년 넘게 한 적도 없는데. 왜 그렇게 생각하는 거지?"

"텔레비전에서 당신 얼굴을 본 거 같아서. 나는 야구 중계나 뉴스밖에 보지 않거든. 그럼 뉴스인가?"

"뉴스에 나온 적 없는데."

"광고는?"

"전혀."

"그럼 당신을 꼭 닮은 사람이었나 보네⋯⋯. 하지만 아무튼 당신은 컴퓨터 관계자로는 안 보여." 그녀가 말했다. "진화가 어떻다느니 하질 않나, 일각수 운운하는가 하면 주머니에는 나이프가 들어 있고."

그녀는 바닥에 널브러져 있는 내 바지를 가리켰다. 아닌 게 아니라 뒷주머니에 나이프가 비죽 나와 있었다.

"생물학 관련 자료를 처리하고 있어. 일종의 바이오 테크놀로지인데 기업 이익이 걸려 있는 문제라 조심하는 거야. 요즘은 데이터 쟁탈전도 험악해져서 말이야."

"흠, 그렇구나." 그녀는 여전히 미심쩍다는 표정으로 말했다.

"당신도 컴퓨터를 다루고 있지만, 컴퓨터 관계자로는 절대 안 보여." 하고 나는 말했다.

그녀는 손가락 끝으로 앞니를 톡톡 두드렸다. "당연하지. 내 경우는 완전히 실무 차원인데. 장서 제목을 항목별로 입력하고, 참고하기 위해 불러내고, 이용 상황을 조사하고. 그런 자잘한 정보를 처리할 뿐. 물론 계산도 할 수 있지만……. 대학 졸업한 다음에 2년 동안 컴퓨터 전문학교에 다녔어."

"도서관에서 어떤 컴퓨터를 사용하지?"

그녀가 컴퓨터 모델명을 가르쳐 주었다. 최신형의 중급 오피스 컴퓨터로, 보기보다 성능이 뛰어나고 사용하기에 따라 상당히 고도의 계산도 할 수 있다. 나도 한 번 사용해 본 적이 있는 컴퓨터다.

내가 눈을 감고 컴퓨터에 대해 생각하는 동안, 그녀는 보드카 토닉 두 잔을 새로 만들어 왔다. 우리는 다시 나란히 베개에 기대어 두 잔째 보드카 토닉을 홀짝홀짝 마셨다. 레코드가 끝나자 플레이어의 바늘이 자동으로 움직여, 조니 마티스의 LP를 처음 곡부터 다시 연주했다. 나 역시 또 "더 스카이즈 어 블랙 보드—." 하고 흥얼거렸다.

"우리, 좀 어울린다는 생각 안 들어요?" 그녀가 내게 말했다. 그녀의 보드카 토닉 잔 바닥이 때로 내 배에 차갑게 닿았다.

"어울린다고?" 나는 되물었다.

"당신은 서른다섯에 나는 스물아홉, 딱 좋은 나이잖아?"

"딱 좋은 나이?" 나는 되풀이했다. 그녀의 앵무새식 반복이 내게도 전염된 것 같다.

"이 나이쯤 되면 피차 알 만큼은 다 알고, 둘 다 독신이고,

그러니까 우리 꽤 잘해 나갈 수 있지 않을까 싶은데. 나는 당신의 생활을 간섭하지 않고, 나 나름대로 생활하면서……. 나, 마음에 안 들어요?"

"물론, 그렇지 않아." 하고 나는 말했다. "당신은 위 확장에 나는 발기 불능, 어울릴지도 모르겠군."

그녀가 웃으면서 손을 뻗어 나의 흐물흐물한 페니스를 살며시 잡았다. 보드카 토닉 잔을 들고 있던 손이라, 깜짝 놀랄 정도로 차가웠다.

"금방 나을 거야." 그녀가 내 귓가에 속삭였다. "꼭 고쳐 줄게. 하지만 서둘러 고치지 않아도 돼요. 내 생활은 성욕보다는 오히려 식욕 중심으로 돌아가고 있으니까, 별 상관 없어. 내게 섹스란 훌륭한 디저트 같은 거야. 있으면 더없이 좋지만, 없으면 없는 대로 아무 문제 없어. 그 외의 것들이 어느 정도 충족되면."

"디저트." 하고 나는 또 반복했다.

"디저트." 하고 그녀도 되풀이했다. "그것에 대해서는 다음에 제대로 가르쳐 줄게요. 그 전에 우리 일각수 얘기를 해야지. 애당초 나를 부른 원래 목적이 그거였잖아?"

나는 고개를 끄덕이고 빈 잔 두 개를 들어 바닥에 내려놓았다. 그녀는 나의 페니스에서 손을 떼고, 머리맡에 있는 책 두 권을 들었다. 한 권은 버트런드 쿠퍼의 『동물들의 고고학』이고 다른 한 권은 보르헤스의 『상상 동물 이야기』였다.

"여기 오기 전에 죽 훑어봤는데, 간단히 말해서 이쪽은 (하면서 그녀는 『상상 동물 이야기』를 들었다.) 일각수라는 동물을

용이나 인어처럼 공상의 산물로 파악했고, 그리고 이쪽은 (하면서 『동물들의 고고학』 쪽을 들었다.) 일각수가 실존하지 않았다고 볼 수 없다는 입장에서 실증적으로 접근했어. 하지만 아쉽게도 두 권 다 일각수에 대한 기술 자체는 별로 많지 않아. 용이나 도깨비 같은 것에 대한 기술에 비하면 좀 의외다 싶을 정도로 적어. 아마 일각수라는 존재가 아주 조용해서 그렇지 않나 싶은데……. 미안하지만 우리 도서관에서 내가 구할 수 있는 책은 이 정도야."

"충분해. 일각수에 대해 대략적인 걸 알면 되니까. 고마워."

그녀는 그 책 두 권을 내 쪽으로 내밀었다.

"괜찮으면, 지금 당신이 그 책을 군데군데 짚어서 읽어 주면 좋겠는데." 하고 나는 말했다. "귀로 들으면 윤곽을 잡기 쉽거든."

그녀는 고개를 끄덕이고 우선 『상상 동물 이야기』를 들고, 첫 페이지를 열었다.

"우리는 우주의 의미에 대해 무지하듯, 용(龍)의 의미에 대해서도 무지하다." 하고 그녀는 읽었다. "이 책의 서문이야."

"흠, 그렇군." 나는 말했다.

그리고 그녀는 죽 뒤쪽으로 옮겨 가 책갈피가 끼어 있는 페이지를 열었다.

"우선 알아야 할 것은, 일각수에는 두 종류가 있다는 거야. 한 가지는 그리스에서 유래된 서구판 일각수, 또 한 가지는 중국의 일각수. 그 두 가지는 생긴 것도 다르고, 사람들이 어떻게 다뤘는지도 전혀 달라. 예를 들어서 그리스 사람들은 일각수를 이런 식으로 묘사했어.

'몸통은 말을 닮았지만, 머리는 수사슴, 다리는 코끼리, 꼬리는 멧돼지에 가깝다. 울음소리는 굵고, 검은 뿔 하나가 이마 한가운데에서 3피트 정도 튀어나와 있다. 이 동물을 산 채로 잡는 것은 불가능하다고 한다.'

그런데 중국의 일각수는 이런 식이야.

'몸은 사슴이고, 소의 꼬리와 말의 발굽을 지녔다. 이마에 튀어나와 있는 짧은 뿔은 살이 그 형태로 뭉친 것이다. 등거죽은 다섯 가지 색깔이 섞여 있고, 배는 갈색이거나 노란색이다.' 그렇지, 진짜 다르지?"

"그렇네." 하고 나는 말했다.

"생김새도 그렇지만, 성격이나 의미도 동양과 서양이 무척 달라. 서양 사람들이 본 일각수는 매우 용맹하고 공격적이야. 뿔이 3피트라고 하니까, 거의 1미터나 되는 셈이잖아. 또 레오나르도 다 빈치에 따르면 일각수를 잡는 방법은 한 가지밖에 없는데, 정욕을 이용하는 거래. 젊은 처녀를 일각수 앞에 세워 놓으면, 일각수는 정욕이 너무 강한 나머지 공격하는 걸 잊고 소녀의 무릎에 머리를 올려놓는다나. 그렇게 해서 잡는대. 이 뿔이 뭘 의미하는지는 알겠지?"

"알 것 같군."

"반면 중국의 일각수는 성스러운 행운의 동물이야. 용이나 봉황, 거북과 나란히 4대 영물이고, 지상에 사는 365종의 동물 중에서 가장 상위에 있어. 성격은 아주 온화하고, 걸을 때는 살아 있는 것은 뭐가 되었든 밟지 않도록 조심하고, 산 풀은 먹지 않고 마른 풀만 먹는대. 수명은 약 1000년이고, 이 일각수의 출현은 성왕의 탄생을 의미해. 공자의 어머니도 그를 잉태했을 때, 일각수를 봤다고 해.

'70년 후에 어느 사냥꾼이 기린(騏驎) 한 마리를 잡았는데, 그 뿔에 공자의 어머니가 묶어 준 끈이 아직도 묶여 있었다. 공자는 그 일각수를 보러 가서 눈물을 흘렸다. 왜냐하면 그 무구하고 신비한 짐승의 죽음이 무엇을 예언하는지 감지했기 때문이며, 그 끈에는 그의 과거가 있었기 때문이다.'

어때, 흥미롭지? 13세기 중국 역사에도 일각수가 등장해. 칭기즈 칸의 군대가 인도 침략을 위해 보낸 척후 원정대가 사막 한가운데에서 일각수를 만났어. 그 일각수는 머리가 말 같았고, 이마에 뿔이 하나 돋았고, 털은 초록색이고, 사슴을 닮았고, 인간의 말을 해. 그리고 이렇게 말했어. 너희들의 주인이 나라로 돌아갈 때가 왔다.

'그가 칭기즈 칸의 중국인 대신 한 명에게 묻자, 대신은 이 동물은 기린의 일종으로 '각서'라는 것이라고 설명했다. '400년 동안, 무수한 군대가 서방에서 싸웠습니다.' 그는 말했다. '유혈을 꺼리는 하늘이 각서를 통해 경고한 것입니다. 아무쪼록 제국을 구해 주십시오. 중용이야말로 한없는 기쁨을 줍니다.' 황제는 전쟁 계획을 취소했다.'

같은 일각수라도 동서양이 이렇게 다르게 봤네. 동양에서는 평화와 태평성세를 의미하는데, 서양에서는 공격성과 정욕을 상징하잖아. 하지만 어차피 일각수는 가공의 동물이고, 그렇기 때문에 갖가지 특수한 의미가 부여되었다는 점은 다르지 않은 것 같네."

"뿔이 하나인 짐승은 정말 존재하지 않는 거야?"

"고래목 중에 일각돌고래라는 게 있는데, 정확하게 말하면 그건 뿔이 아니라 위쪽 앞니 하나가 정수리에서 성장한 거야. 뿔 길이는 약 2.5미터고, 곧바르고, 드릴로 판 것처럼 나사 모양이 새겨져 있어. 하지만 이건 특수한 수생 동물이니까 중세 사람들이 직접 보는 일은 없었을 거야. 포유류로 한정해 보면, 중신세에 나타났다가 잇달아 사라진 다양한 동물 중에 일각수와 비슷한 게 없지는 않아. 예를 들어서……."

하면서 그녀는 『동물들의 고고학』을 들고 앞에서 삼분의 이 정도 되는 곳을 펼쳤다.

"이건 중신세 ― 약 2000만 년 전 ― 에 북미 대륙에 존재했다고 여겨지는 일종의 반추 동물이야. 오른쪽은 신테토케라스, 왼쪽은 크라니오케라스. 양쪽 다 뿔이 세 개인데, 따로 떨어진 뿔 한 개가 있는 건 틀림없어."

나는 책을 받아 들고, 도판을 보았다. 신테토케라스는 작은 말과 사슴을 합친 듯한 동물로, 이마에 소처럼 뿔이 두 개 있는데 코 위에도 끝이 Y자 형으로 갈라진 긴 뿔이 있었다. 신테토케라스에 비하면 크라니오케라스는 얼굴이 약간 동그랗고, 이마에 사슴뿔 같은 뿔이 두 개 돋아 있는데 그 외에도 위쪽으로 툭 튀어나왔다가 뒤로 굽은 길고 날카로운 뿔이 하나 더 있었다. 양쪽 다 어딘가 모르게 그로테스크한 인상이었다.

"하지만 홀수의 뿔을 가진 이런 동물들은 결국 전부 사라지고 말았어." 하고 그녀는 내 손에서 책을 가져갔다.

"포유류에 한해서 말하면, 뿔 하나 또는 홀수의 뿔을 가진 동물은 아주 희귀한 존재이고, 진화의 흐름에 비춰 봤을 때도 일종의 기형이라 할 수 있어. 바꿔 말하면 진화상의 고아라고 해도 좋을 정도야. 가령 포유류가 아닌 공룡을 예로 들어도, 뿔이 셋인 거대 공룡이 있기는 했지만, 아주 예외적인 존재였어. 요컨대 뿔이란 아주 집중적인 무기여서, 세 개는 필요가 없는 거지. 포크를 생각하면 금방 알 수 있는데, 뿔이 세 개면 그만큼 저항이 커져서 어딘가에 꽂는 데 힘이 들어. 그리고 그중 한 개가 딱딱한 것에 부딪치면, 역학적으로 세 개 다 상대의 몸을 찌르는 기능을 상실하고.

그리고 복수의 적을 상대하는 경우에도, 뿔로 푹 찌른 다음 그걸 뽑았다가 다시 다음 상대를 겨누기가 쉽지 않아."

"저항이 커서 시간도 걸리고." 나는 말했다.

"맞아." 하면서 그녀는 손가락 세 개로 내 가슴을 짓눌렀다. "그게 다각수의 결점. 명제 1. 다각수보다는 이각수 또는 일각수 쪽이 기능적이다. 그다음은 일각수의 결점인데, 아니, 그 전에 뿔이 두 개여야 하는 필연성을 간단히 설명하는 게 좋을 것 같네. 먼저 동물의 몸은 좌우 대칭으로 이루어져 있다는 게 중요해. 따라서 뿔도 두 개가 유리하지. 모든 동물은 좌우 균형을 잡는 것으로, 즉 힘을 양분하는 것으로 그 행동 패턴이 규정돼. 코도 구멍이 두 개 있고, 입도 좌우 대칭이기 때문에 실질적으로는 둘로 나뉘어 기능하고 있어. 배꼽은 한 개지만, 그건 일종의 퇴화 기관이고."

"페니스는?" 하고 나는 물었다.

"페니스는 버자이너와 합쳐서 한 쌍이야. 롤빵과 소시지 같은 셈이지."

"호, 그렇군." 하고 나는 말했다. 호오, 그렇다.

"가장 중요한 건 눈이야. 공격이든 방어든 눈이 컨트롤 타워이기 때문에, 뿔은 눈과 가까운 곳에 있는 게 가장 합리적이야. 좋은 예가 코뿔소지. 코뿔소는 원리적으로는 일각수지만, 엄청난 근시야. 코뿔소의 근시는 외뿔이기 때문인데, 말하자면 장애 같은 거야. 하지만 그런 결점이 있는데도 코뿔소가 살아남은 건, 초식성이고 딱딱한 거죽에 싸여 있기 때문이지. 그래서 방어할 필요가 거의 없거든. 그런 의미에서 코뿔소는 체형적으로 뿔이 세 개인 공룡을 아주 닮았다고 할 수 있어. 하지만 일각수는 그림으로만 봐도 확실하게 그 계열에 없어. 딱딱한 거죽으로 덮여 있지도 않고, 아주…… 뭐랄까……."

"무방비." 하고 나는 말했다.

"그래. 방어에 관해서는 사슴과 비슷한 정도야. 그런 데다 근시라면, 치명적이지. 가령 후각이나 청각이 발달했어도 퇴로가 막히면 옴짝달싹할 수 없잖아. 그래서 일각수를 덮치는 건 고성능 산탄총으로 날지 못하는 오리를 쏘는 거나 다름없어. 그리고 외뿔의 또 다른 결점은, 그 손상이 치명적이라는 점이야. 요컨대 스페어타이어 없이 사하라 사막을 횡단하는 셈이라는 거지. 이 말의 의미를 알겠어?"

"응, 알아."

"힘을 주기 어렵다는 것도 외뿔의 결점이야. 어금니와 앞니를 비교하면 이해하기 쉽겠네. 어금니는 앞니에 비해서 힘을 주기 쉽잖아. 이건 조금 전에 말한 힘의 균형의 문제야. 끝부분이 무거워서 힘을 주기 쉬우면 쉬울수록 총체는 안정적이야. 어때? 이제 일각수가 얼마나 결함이 많은 상품인지 알겠지?"

"응, 잘 알았어." 나는 말했다. "정말 설명을 잘하는군."

그녀는 싱긋 웃고는, 손가락으로 내 가슴 위를 걸었다. "그런데, 그게 다가 아니야. 이론적으로 생각하면, 일각수가 멸종을 피해 생존했을 가능성이 딱 한 가지 있어. 이게 가장 중요한 포인트인데, 당신 그게 뭔지 알겠어?"

나는 가슴 위에다 팔짱을 끼고 1, 2분 정도 생각에 잠겼다. 하지만 결론은 한 가지밖에 없었다.

"천적이 없을 것." 하고 나는 말했다.

"딩 동 댕." 하고서 그녀는 내 입술에 키스했다.

"이제 천적이 없는 상황을 한 가지 설정해 봐." 하고 그녀가 말했다.

"우선 그 장소가 격리되어 있어야겠지. 다른 동물이 침입할 수 없을 것." 하고 나는 말했다. "예를 들어서 코난 도일의 『잃어버린 세계』처럼 땅이 높게 융기되어 있든지, 또는 깊게 함몰되어 있을 것. 또는 외륜산처럼 사방이 높은 벽으로 둘러싸여 있을 것."

"대단하네." 하고서 그녀는 집게손가락으로 내 심장 위를 톡 튕겼다. "실은 그런 환경에서, 일각수의 두개골이 발견되었다는 기록이 있어."

나는 침을 꿀꺽 삼켰다. 나는 나도 모르는 사이에 조금씩 사태의 핵심에 다가가고 있었다.

"1917년 러시아 전선에서 발견되었어. 1917년 9월."

"10월 혁명이 발발하기 전 달, 1차 세계 대전. 케렌스키 내각." 하고 나는 말했다. "볼셰비키가 행동에 나서기 직전이군."

"우크라이나 전선에서 한 러시아 병사가 참호를 파는 중에 그걸 발견했어. 소나 큰 사슴의 두개골이겠거니 하고 그걸 휙 내던졌지. 그대로 일이 끝났으면 역사의 어둠 저편에 묻혀 버렸을 텐데, 어쩌다 그 부대를 지휘하던 대위가 페트로그라드 대학에서 생물학을 공부하는 대학원생이었던 거야. 그는 그 두개골을 주워서 병영으로 가져가 꼼꼼히 조사했어. 그리고 그 뼈가 자신이 지금까지 본 적 없는 동물의 두개골이란 것을 알아챘지. 그는 바로 페트로그라드 대학 생물학 주임 교수에게 연락을 취해 그 사실을 알렸고, 조사단이 파견되기를 기다렸어. 하지만 그들은 결국 오지 못했어. 당시 러시아 상황이 극도로 혼란스러워 식량과 탄약, 약품도 전선까지 우송되지 못하는 형편이었거든. 여기저기에서 데모도 터졌고. 그러니 학술 조사단이 전선까지 무사히 도착할 수 있는 상황이 아니었던 거지. 그리고 만약 무사히 도착했다 해도 현장 조사를 할 겨를은 없었을 거야. 그렇잖아, 러시아군은 패배에 패배를 거듭하고 있었고, 그러다 보니 전선은 계속 후퇴를 면치 못해서 그곳 역시 이내 독일군의 점령 지역이 되었을 거니까."

"그래서, 그 대위는 어떻게 되었지?"

"그해 11월에 전신주에 매달렸어. 우크라이나에서 모스크바까지 전선을 연결하는 전신주가 죽 서 있었는데, 부르주아 출신 장교 대부분이 거기에 매달렸지. 본인은 정치성이 털끝만큼도 없는 생물학 전공생이었는데 말이야."

나는 러시아의 들판에 죽 늘어선 전신주에 장교가 한 명씩 매달려 있는 광경을 떠올려 보았다.

"그런데 그는 볼셰비키군이 실권을 잡기 직전에 부상을 당해 후방으로 이송되는 믿을 만한 병사에게 두개골을 건네면서, 만약 페트로그라드 대학의 아무개 교수에게 이걸 전해 주면 상당액의 사례를 하겠노라는 약속을 했어. 하지만 그 병사는 군 병원에서 퇴원해서도 이듬해 2월이 되어서야 두개골을 들고 페트로그라드 대학을 찾아갈 수 있었지. 그때 대학은 일시적으로 폐쇄되어 있었어. 학생들은 혁명으로 밤을 지새웠고, 교수 대부분은 추방되거나 망명해서 학교 문을 열 수 있는 상태가 아니었던 거지. 할 수 없이 그는 훗날의 자금으로 삼자 하고 두개골이 든 상자를 페트로그라드에서 승마 용품 가게를 하던 친척 형에게 맡기고, 자기는 페트로그라드에서 300킬로미터나 떨어진 고향으로 돌아갔어. 그런데 이 남자는 무슨 이유인지는 몰라도 두 번 다시 페트로그라드로 돌아오지 못했고, 결국 그 두개골도 까맣게 잊힌 채 가게 창고에서 오랜 세월 잠자게 되었어.

그다음 두개골이 세상 빛을 본 것은 1935년의 일이야. 페트로그라드는 레닌그라드로 이름이 바뀌고, 레닌은 죽고, 트로츠키는 추방되고, 스탈린이 실권을 쥐고 있었지. 레닌그라드에는 말을 타는 사람이 거의 없어서, 그 주인은 가게의 절반을 팔아넘기고 남은 자리에서 하키 용품을 파는 조그만 가게를 시작했어."

"하키?" 나는 말했다. "1930년대의 소련에서 하키가 유행했다는 말이야?"

"나는 모르지. 여기 쓰여 있는 대로 말하는 거니까. 하지만 레닌그라드는 혁명 후에도 비교적 모던한 곳이었으니까, 다들 하키 정도는 하지 않았을까."

"호, 그런가."

"아무튼, 그래서 창고를 정리하다가 1918년에 친척 동생이 맡기고 간 상자를 찾아서 열어 보게 되었어. 상자 제일 위에 페트로그라드 대학의 아무개 교수 앞으로 쓴 편지가 들어 있고, 그 편지에 '이러저러한 인물이 이 물건을 갖고 갈 것이니 상응하는 사례를 해 줬으면 한다.'고 쓰여 있었지. 물론 가게 주인은 대학 — 그러니까 지금의 레닌그라드 대학이야. — 에 상자를 들고 가서, 그 교수를 면회하려고 했어. 그러나 교수는 유대인이라서 트로츠키의 실각과 동시에 시베리아로 보내졌어. 주인에겐 사례금을 받을 상대가 없어진 셈이지. 그렇다고 뭔지도 모르는 동물의 두개골을 평생 소중하게 껴안고 살아 봐야 돈 한 푼 생기는 것도 아니잖아. 그래서 그는 다른 생물학 교수를 찾아 그간의 경위를 설명하고, 쥐꼬리만 한 돈을 받고는 두개골을 대학에 넘기고 돌아왔어."

"아무튼 18년 걸려서 두개골이 겨우 대학에 간 셈이군." 내가 말했다.

"그런데." 그녀가 말했다. "그 교수는 두개골을 빈틈없이 조사하고, 결국 18년 전에 젊은 대위가 내렸던 결론과 똑같은 — 즉 이 두개골은 현존하는 동물은 물론 과거에 존재했다고 상정되는 어떤 동물의 두개골에도 해당되지 않는다는 결론에 도달했어. 그 두개골의 모양은 사슴에 가장 가깝고, 턱의 형태로 보아 초식성 유제류로 유추되지만, 사슴보다 다소 볼이 볼록했던 것 같아. 그러나 사슴과 가장 다른 점은 뭐니 뭐니 해도 이마 한가운데 돋은 뿔이었지. 요컨대 일각수였던 거야."

"뿔이 있었다는 거야? 그 두개골에?"

"응, 그래. 뿔이 있었어. 물론 완전한 형태의 뿔이 아니라 뿔의 흔적이지. 약 3센티미터 길이에서 똑 부러져 있었지만, 남은 부분으로 추정하면 길이가 약 20센티미터 정도인, 영양의 뿔과 아주 흡사한 직선적인 뿔이었던 것 같다. ― 고 되어 있어. 뿌리 부분의 직경은, 음, 약 2센티미터."

"2센티미터." 하고 나는 되풀이했다. 내가 노인에게 받은 두개골의 이마 구멍도 직경이 딱 2센티미터였다.

"페로프 교수 ― 그 교수의 이름이야. ― 는 조수 몇 명과 대학원생을 데리고 우크라이나에 가서, 과거에 그 젊은 대위의 부대가 참호를 팠던 곳 언저리를 한 달에 걸쳐 현장 조사를 했어. 그러나 안타깝게도 똑같은 두개골은 발굴하지 못했어. 대신 그 지역에 대해 여러 가지 흥미로운 사실을 밝혀냈지. 그 지역은 통상 볼타필 대지라 불리는 곳으로, 지형적으로는 낮은 언덕 같아. 평원이 많은 우크라이나 서부에서는 손꼽히는 천연의 군사 요소(要所)였지. 덕분에 1차 세계 대전에서 독일군과 오스트리아군, 러시아군이 그곳을 둘러싸고 1미터 간격의 피 튀기는 백병전을 펼쳤고, 2차 세계 대전 당시에는 대지의 모습이 바뀔 정도로 양군의 집중 포격을 받게 되지만, 뭐, 그건 그다음 얘기고. 그때 볼타필 대지가 페로프 교수의 흥미를 끈 것은, 그 대지에서 발굴된 각종 동물의 뼈가 그 주변 일대 동물의 분포 상황과 크게 달랐다는 점이야. 그래서 그는 그 대지가, 고대에는 지금 같은 대지가 아니라 이른바 외륜산 같은 형태였으며, 그 안에 특수한 생명 체계가 존재했을 것이라는 가설을 세웠어. 그러니까 당신이 말하는 『잃어버린 세계』지."

"외륜산?"

"응, 사방이 험준한 벽으로 둘러싸인 원형의 대지. 그 벽이 몇만 년이라는 세월을 거치면서 무너져 아주 평범하고 완만한 구릉으로 변한 거지. 그리고 그 안에 진화의 사생아인 일각수가 천적 없이 평화롭게 서식했다는 얘기야. 대지에는 물이 풍부한 샘이 있고 토지도 비옥해서, 이 가설은 이론적으로는 성립할 수 있어. 그래서 교수는 도합 63항목에 이르는 동식물, 지질학상의 예증에 일각수의 두개골까지 첨부해서 「볼타필 대지의 생명 체계에 관한 고찰」이라는 제목의 논문을 소비에트 과학 아카데미에 제출했어. 그게 1936년 8월의 일이야."

"평판이 좋지 않았겠지." 하고 나는 말했다.

"음, 거의 아무도 상대를 해 주지 않았던 것 같아. 그리고 하필 또 그 당시 모스크바 대학과 레닌그라드 대학이 과학 아카데미의 실권을 놓고 싸우고 있었어. 레닌그라드 쪽이 형세가 불리했던 터라, 소위 그런 '비변증법적'인 연구는 철저하게 찬밥 취급을 당했지. 하지만 그 일각수의 두개골만은 아무도 무시할 수 없었어. 가설은 가설에 불과하지만, 틀림없는 실물이 거기에 존재했으니 말이야. 그래서 몇몇 전문 학자가 1년에 걸쳐 그 두개골을 조사했는데, 그들 역시 그것이 가짜가 아니라 틀림없는 외뿔 동물의 두개골이라는 결론을 내릴 수밖에 없었지. 결국 과학 아카데미 위원회는 진화와는 무관한 기형 사슴의 두개골이므로 연구 대상으로서의 가치가 없다고 판단, 두개골을 레닌그라드 대학의 페로프 교수에게 돌려보냈어. 그것으로 끝.

페로프 교수는 그 후에도 상황이 바뀌어 자신의 연구 성과가 인정되는 날이 오기를 기다리고 또 기다렸지만, 1941년에 독소 전쟁이 시작되자 그 희망도 사라지고 말았지. 그리고 결국 1943년에 실의에 젖은 채 사망했어. 두개골도 레닌그라드 공방전 중에 행방불명되고 말았고. 레닌그라드 대학은 독일군의 포격과 소비에트군의 폭격으로 흔적도 없이 파괴되어, 두개골 따위에 신경 쓸 상황이 아니었지. 그렇게 해서 일각수의 존재를 증명할 유일한 증거가 소멸되고 만 거야."

"그럼 확실한 건 어느 하나도 모르는 셈이군."

"사진 외에는."

"사진?" 나는 되물었다.

"응, 두개골 사진. 페로프 교수는 백 장에 가까운 두개골 사진을 찍었어. 그리고 그 일부가 전쟁의 재해를 피해 지금도 레닌그라드 대학의 자료관에 보존되어 있어. 이거 봐, 이게 그 사진."

나는 책을 받아 들고 그녀가 가리키는 사진을 보았다. 선명하지 않았지만, 두개골의 형태는 대략 알아볼 수 있었다. 두개골은 하얀 천을 씌운 테이블에 놓여 있고, 그 옆에는 크기를 비교하기 위한 손목시계가 죽 진열되어 있었다. 그리고 이마 한가운데에 그려진 하얀 동그라미가 뿔의 위치를 나타내고 있었다. 그것은 틀림없이 내가 노인에게 받은 것과 똑같은 종류의 두개골이었다. 뿔의 뿌리 부분이 남아 있느냐 아니냐의 차이가 있을 뿐, 나머지는 전부 똑같아 보였다. 나는 텔레비전 위에 놓인 두개골을 바라보았다. 티셔츠를 푹 덮어쓴 두개골은, 멀리서는 마치 잠든 고양이처럼 보였다. 나는 그녀에게 그 두개골을 갖고 있다고 말할까 말까 망설이다가, 결국 아무 말 않기로 했다. 비밀이란 그것을 아는 사람이 적기 때문에 비밀인 것이다.

"그 두개골이 정말 전쟁 중에 파괴되었을까?" 하고 나는 말했다.

"글쎄, 어떻게 되었을지." 새끼손가락 끝으로 앞머리를 긁적거리면서 그녀는 말했다. "책을 보니까 레닌그라드 전투는 롤러로 도시의 한 구역 한 구역을 차례차례 밀어 버린 것만큼이나 격렬했고, 그중에서도 대학 부근의 피해가 가장 컸던 것 같아. 그러니까 두개골은 파괴되었다고 보는 게 타당하지 않을까. 물론 페로프 교수가 전투가 시작되기 전에 몰래 들고 나와 어디엔가 숨겼을지도 모르고, 독일군이 전리품으로 가져갔을지도 모르지…… 그러나 어찌 되었든, 그 두개골을 봤다는 사람은 그 후로 단 한 명도 없었어."

나는 다시 한번 그 사진을 보고는 책을 탁 덮어 머리맡에 놓았다. 그리고 지금 내게 있는 두개골이 과연 레닌그라드 대학에 보존되었던 바로 그것인지, 아니면 다른 장소에서 발굴된 다른 일각수의 두개골인지, 잠시 생각해 보았다. 가장 간단한 방법은 노인에게 직접 물어보는 것이었다. 당신은 어디에서 이 두개골을 입수했죠, 그리고 왜 내게 선물한 겁니까, 하고. 셔플링이 끝난 자료를 가져갈 때 어차피 노인을 다시 만나야 하니, 그때 물어보면 된다. 그때까지는 이리저리 생각해 봐야 소용없다.

천장을 보면서 멍하니 그런 생각을 하고 있는데, 그녀가 내 가슴에 머리를 올려놓고 몸을 옆구리에 딱 붙였다. 나는 팔을 둘러 그녀 몸을 안았다. 일각수 문제가 일단락되어 기분은 조금 편해졌지만 페니스의 상태는 호전되지 않았다. 그러나 그녀는 나의 페니스가 발기를 하든 말든 상관하지 않는다는 듯, 내 배 위에 손가락으로 정체 모를 도형을 사룩사룩 그리고 있었다.

10 세계의 끝

벽

구름 낀 오후에 문지기의 오두막으로 내려갔을 때, 내 그림자는 마침 문지기를 도와 수레를 수리하는 중이었다. 그들은 수레를 광장 한가운데로 끌고 나와 낡은 바닥 판자와 옆 판자를 뜯어내고 새 판자로 갈고 있었다. 문지기가 익숙한 손놀림으로 새 널판을 대패질하면, 그림자는 그걸 가져다 대고 못을 박았다. 그림자의 모습은 나와 헤어졌을 때와 별로 달라 보이지 않았다. 몸 상태도 딱히 나쁜 것 같지 않았지만, 어딘가 모르게 동작이 굼뜨고 주름진 눈가는 왠지 언짢아 보였다.

내가 다가가자, 둘은 일하던 손을 멈추고 얼굴을 들었다.

"무슨 볼일이 있어 온 건가?" 문지기가 물었다.

"네, 좀 할 말이 있는데요." 하고 나는 말했다.

"조금 있으면 일이 끝나니까 안에 들어가 기다리고 있어."

문지기는 대패질을 하다 만 널판을 내려다보며 말했다. 그림자는 내 얼굴을 힐긋 보고는 이내 자기 일로 돌아갔다. 그림자는 내게 화가 난 듯 보였다.

나는 문지기의 오두막에 들어가, 테이블 앞에 앉아서 문지기가 돌아오기를 기다렸다. 테이블 위는 늘 그랬듯 오늘도 너저분했다. 문지기가 테이블 위를 정리하는 건 그 위에서 칼을 갈 때뿐이다. 더러운 접시와 컵과 파이프와 커피 가루와 톱밥이 뒤죽박죽 섞여 있다. 벽의 선반에 진열된 날붙이만 놀라우리만큼 깔끔하고 가지런하다.

문지기는 한참이나 돌아오지 않았다. 나는 의자 등받이에 팔을 얹어 놓고, 멍하니 천장을 바라보면서 시간을 보냈다. 이 마을에서는 시간이 지겹도록 남아돈다. 사람들은 아주 자연스럽게 각자의 시간을 어떻게 보낼지 방법을 익혀 간다.

밖에서 대패질하는 소리와 쇠망치로 못을 박는 소리가 계속 들려왔다.

마침내 문이 열렸지만, 안으로 들어온 것은 문지기가 아니라 나의 그림자였다.

"천천히 얘기할 틈은 없어." 그림자는 내 옆을 지나가면서 말했다. "창고에 있는 못을 가지러 왔을 뿐이니까."

그는 안쪽 문을 열고, 오른쪽에 있는 창고에서 못 상자를 집었다.

"잘 들어." 그림자는 상자 속 못의 길이를 살피면서 말했다. "우선 이 마을의 지도를 만들어. 남에게 물어서 만들면 안 돼. 네가 네 발과 눈으로 하나하나 확인하면서 그리는 거야. 눈에 보인 건 하나도 남김 없이 거기에 그려 넣어. 아무리 작은 것이라도."

"시간이 걸릴 텐데." 하고 나는 말했다.

"가을이 끝나기 전에 내게 넘겨주면 돼." 하고 그림자는 재빨리 말했다. "그리고 설명도 함께. 특히 자세하게 써 줬으면 하는 건 벽의 모양, 동쪽 숲, 강의 입구와 출구야. 알겠지?"

그렇게만 말하고 그림자는 내 얼굴도 보지 않은 채 문을 열고 나갔다. 그림자가 나가 버리자, 나는 그가 한 말을 되새겨 보았다. 벽의 모양, 동쪽 숲, 강의 입구와 출구. 지도를 만든다는 건 과연 나쁘지 않은 아이디어였다. 마을이 어떻게 생겼는지 대략 파악할 수 있고, 남는 시간을 유효하게 이용할 수도 있다. 게다가 무엇보다 기쁜 건 그림자가 아직 나를 신뢰하고 있다는 점이었다.

잠시 후에 문지기가 돌아왔다. 그는 오두막에 들어서자 우선 수건으로 땀을 닦은 다음 더러워진 손을 닦았다. 그리고 내 쪽을 향한 의자에 털썩 앉았다.

"그래서, 무슨 일이지?"

"그림자를 만나러 왔습니다." 하고 나는 말했다.

문지기는 몇 번 고개를 끄덕이고는 파이프에 잎담배를 채워 넣고 성냥을 그어 불을 붙였다.

"아직은 안 돼." 문지기는 말했다. "안됐지만, 지금은 일러. 이 계절에는 그림자의 힘이 여전히 강해서 말이지. 해가 좀 더 짧아질 때까지 기다려. 힘들게는 안 할 테니까."

그는 그렇게 말하고는 성냥을 손가락으로 꺾어 테이블에

놓인 재떨이 안에 버렸다.

"당신을 위해서도 그래. 지금 어중간하게 그림자에게 정을 주면, 앞으로 골치 아파진다고. 나는 그런 예를 몇 번이나 봤어. 조금만 더 참아. 당신을 생각해서 하는 말이야."

나는 아무 말 않고 고개만 끄덕였다. 내가 무슨 말을 하든 들어 줄 상대가 아니고, 아무튼 나는 그림자와 두세 마디나마 말을 나눴다. 이제는 문지기가 주는 기회를 느긋하게 기다리는 수밖에 없었다.

문지기는 의자에서 일어나 싱크대 앞에 가서, 커다란 도기 컵으로 물을 몇 잔이나 마셨다.

"일은 잘돼 가나?"

"글쎄요. 조금씩 적응해 가고 있습니다." 하고 나는 말했다.

"잘됐군." 문지기가 말했다. "일을 열심히 제대로 하는 게 최고지. 일을 제대로 못하는 인간이 쓸데없는 생각을 하는 법이야."

밖에서는 나의 그림자가 못을 박는 소리가 여전히 계속되고 있었다.

"어떤가, 잠시 같이 산책하지 않을 텐가?" 문지기가 말했다. "재미있는 걸 보여 주지."

나는 문지기 뒤를 따라 밖으로 나갔다. 광장에서는 나의 그림자가 수레에 올라타 수레 옆에 마지막 널판을 박는 중이었다. 수레는 받침대와 바퀴만 빼고 완전히 새것으로 탈바꿈했다.

문지기는 광장을 지나 벽의 망루 밑으로 나를 데리고 갔다. 후덥지근하고 부옇게 구름 낀 오후였다. 벽 위로 펼쳐진 하늘에는 서쪽에서 몰려온 검은 구름이 떠 있고, 당장이라도 비가 쏟아질 것 같았다. 문지기의 땀에 푹 젖은 셔츠는 그 거대한 몸에 들러붙어 시큼한 냄새를 풍겼다.

"이게 벽이야." 하더니 문지기는 손바닥으로 말을 치듯 툭툭 벽을 몇 번 쳤다. "높이는 7미터. 마을을 빙 둘러쌌지. 이 벽을 넘을 수 있는 건 새뿐이야. 출입구는 이 문 외에 없고. 옛날에는 동쪽 문도 있었지만, 지금은 봉쇄되었어. 보다시피 벽은 벽돌로 쌓여 있는데, 이건 보통 벽돌이 아니야. 그 무엇도 생채기를 내거나 깰 수 없는 벽돌이지. 대포도, 지진도, 폭풍우도 말이야."

문지기는 그렇게 말하고 발치에서 나무토막을 주워 나이프로 깎기 시작했다. 나이프는 신기할 만큼 잘 들어, 나무토막은 이내 조그만 쐐기로 바뀌었다.

"알겠나, 잘 보라고." 문지기가 말했다. "벽돌과 벽돌 사이에 맞춤새라는 게 없어. 필요 없기 때문이지. 벽돌은 완벽하게 들러붙어 있어서, 머리카락 한 오라기 들어갈 틈이 없어."

문지기는 뾰족한 쐐기 끝으로 벽돌과 벽돌 사이를 죽 더듬었지만, 쐐기 끝은 그 틈새에 1밀리미터도 파고들지 못했다. 그다음 문지기는 쐐기를 버리고, 나이프 끝으로 벽돌 표면을 긁었다. 날카롭고 섬뜩한 소리가 났지만, 역시 벽돌에도 생채기 하나 남지 않았다. 문지기는 나이프의 날끝을 살펴보고는, 다시 접어 주머니에 넣었다.

"아무도 벽에 상처를 낼 수 없어. 올라갈 수도 없고. 왜냐, 이 벽은 완전하기 때문이야. 잘 기억해 두라고. 아무도 여기서 나갈 수 없어. 그러니까 괜한 생각 마."

그리고 문지기는 내 등에 그 커다란 손을 대었다.

"나도 당신이 괴로워한다는 건 잘 알아. 하지만 말이야, 그건 다들 통과하는 일이라고. 그러니까 당신도 참아야지. 잘 참아 넘기면 그다음에는 구원이 올 거야. 그렇게 되면 고뇌도, 괴로움도 다 없어질 거야. 모두 사라져. 순간적인 기분 따위는 아무런 가치가 없다고. 그림자는 이제 잊어. 여기는 세계의 끝이야. 여기서 세계는 끝나고, 더는 어디로도 이어지지 않아. 그러니까 당신도 이제 어디로도 갈 수 없다고."

문지기는 그렇게 말하고, 내 등을 다시 한번 툭 쳤다.

나는 돌아오는 길에 옛 다리 한가운데쯤에서 난간에 기대어 강을 바라보면서 문지기가 했던 말에 대해 생각해 보았다.

세계의 끝.

내가 왜 나의 옛 세계를 버리고 이 세계의 끝에 와야만 했는지 그 경위와 의미와 목적을 도저히 기억해 낼 수 없었다. 무언가가, 무언가의 힘이 나를 이 세계로 보냈다. 뭔지 몰라도 불합리하고 강력한 힘이다. 그 때문에 나는 나의 그림자를 잃었고, 지금은 마음을 잃어 가고 있다.

강물이 발 아래에서 기분 좋은 소리를 내며 흘렀다. 강에는 모래톱이 있고, 거기에는 수양버들이 있다. 수면으로 축 늘어진 버들가지가 물의 흐름을 따라 기분 좋게 몸을 흔들고 있었다. 강물은 아름답고 맑고, 물이 고여 있는 바위 주변에는 물고기들의 모습도 보였다. 강을 바라보면 내 기분은 늘 차분하고 고요해졌다.

다리에서 계단을 내려가면 모래톱으로 갈 수 있다. 수양버들 아래 벤치가 하나 있고, 그 주변에는 늘 짐승이 몇 마리 쉬고 있었다. 나는 종종 모래톱으로 내려가, 주머니에 든 빵을 뜯어 짐승에게 주곤 했다. 그들은 몇 번이나 망설이다가 살며시 고개를 내밀고 내 손바닥에서 빵 조각을 가져가 먹었다. 내 손에서 빵 조각을 가져가 먹는 것은 언제나 늙은 짐승이거나 어린 짐승들이었다.

가을이 깊어지자, 깊은 호수 같은 그들의 눈은 점차 애수의 색으로 물들어 갔다. 나무 이파리는 색이 변하고 잡초는 메말라, 길고 힘겨운 굶주림의 계절이 다가온다는 것을 그들에게 알렸다. 그리고 그것은 노인이 예언했던 것처럼 내게도 상당히 길고 힘겨운 계절이 될 터였다.

11 하드보일드 원더랜드

옷 입기, 수박, 혼돈

시곗바늘이 9시 반을 가리키자 그녀는 침대에서 일어나 바닥에 떨어진 옷을 끌어모아, 천천히 시간을 들여 입었다. 나는 침대에 누워 한 팔을 괴고, 눈 한끝으로 그런 그녀의 모습을 멍하니 바라보았다. 그녀가 옷을 하나하나 몸에 걸치는 모습은 야리야리한 겨울새처럼 매끄럽고, 불필요한 동작이 없고, 고요함으로 충만했다. 그녀는 치마의 지퍼를 올리고, 블라우스 단추를 위에서부터 차례대로 잠그고, 마지막으로 침대에 걸터앉아 스타킹을 신었다. 그리고 내 볼에 입맞춤을 했다. 옷을 매력적으로 벗는 여자는 많아도, 매력적으로 입는 여자는 그렇게 많지 않다. 그녀가 옷을 다 입고 손등으로 끌어올리듯 긴 머리의 매무새를 단정히 하자, 방 안 공기가 새로워진 듯한 느낌이 들었다.

"저녁, 고마웠어요." 그녀가 말했다.

"천만에." 하고 나는 말했다.

"늘 그렇게 자기 손으로 음식을 만들어?" 그녀가 물었다.

"일이 별로 바쁘지 않을 때는." 하고 나는 말했다. "일 때문에 바쁠 때는 안 만들어. 남아 있는 걸 적당히 먹거나, 밖에 나가 먹지."

그녀는 부엌 의자에 앉아서, 가방에서 담배를 꺼내 불을 붙였다.

"난, 내 손으로는 음식을 잘 안 만들어. 요리하는 걸 그렇게 좋아하지도 않고, 더구나 7시에 집에 들어가 음식을 잔뜩 만들어서는 그걸 하나도 남기지 않고 다 먹어 치운다고 생각하면, 나 스스로도 지긋지긋하거든. 그런 건 오직 먹기 위해서 사는 거나 다름없잖아?"

그럴지도 모르지, 하고 나도 생각했다.

내가 옷을 입는 동안에 그녀는 가방에서 수첩을 꺼내 볼펜으로 뭔가를 쓰고, 그 페이지를 뜯어 내게 주었다.

"내 전화번호." 그녀가 말했다. "만나고 싶거나 남은 음식이 생기면 전화해요. 바로 달려올 테니까."

그녀가 반납해야 하는 포유류 책 세 권을 들고 돌아가자, 방 안이 이상하게 고요해진 듯 느껴졌다. 나는 텔레비전 앞에 서서 덮어씌운 티셔츠를 벗겨 내고, 다시 한번 일각수의 두개골을 바라보았다. 확증할 만한 것은 뭐 하나 없었지만, 나는 그것이 우크라이나 전선에서 젊지만 박복했던 보병 대위가 발굴한 수수께끼의 두개골이 맞지 않을까 하는 생각이 들었다.

보면 볼수록 그 두개골에는 무슨 사연 같은 것이 담겨 있는 듯했다. 물론 조금 전에 들은 얘기 때문에 그런 기분이 들 뿐인지도 모른다. 나는 별 의미 없이 스테인리스 부젓가락으로 두개골을 또 가볍게 두드려 보았다.

그리고 그릇과 잔을 모아 싱크대에서 씻고, 부엌 테이블을 행주로 닦았다. 이제 슬슬 셔플링을 시작해야 할 시간이었다. 방해되지 않도록 전화를 녹음 기능으로 전환하고, 현관벨의 연결 코드도 뽑고, 부엌 스탠드만 남긴 채 온 집 안의 불을 껐다. 적어도 2시간 동안, 나 혼자 모든 신경을 셔플링에 집중해야 한다.

나의 셔플링 비밀번호는 '세계의 끝'이다. 나는 '세계의 끝'이라는 제목의 극히 개인적인 드라마를 기반으로 브레인 워시가 끝난 수치를 컴퓨터 계산용으로 전환한다. 물론 드라마라고 해서 텔레비전 드라마 같은 것은 아니다. 종류가 전혀 다르고, 훨씬 더 혼란스럽고, 명확한 줄거리도 없다. 그저 편의상 '드라마'라고 할 뿐이다. 그러나 어차피 나는 그 드라마가 어떤 내용인지 전혀 모른다. 내가 아는 것은 '세계의 끝'이라는 제목뿐이다.

이 드라마를 결정한 것은 '조직'의 과학자들이었다. 계산사가 되기 위해 1년 동안 훈련을 받고 마지막 시험에 통과하자 그들은 나를 2주간 냉동했다. 그동안 나의 뇌파를 샅샅이 조사하고 거기에서 나의 의식의 핵이라 할 수 있는 것을 추출한 다음 그걸 나의 셔플링을 위한 패스·드라마로 정하고, 그걸 다시 나의 뇌 속에 입력한 것이다. 그들은 드라마의 제목이

'세계의 끝'이며, 그것이 내가 셔플링을 할 때 사용하는 비밀번호라고 가르쳐 주었다. 그렇게 해서 나의 의식은 완전한 이중 구조가 되었다. 즉 카오스 같은 의식이 전체로서 존재하고, 그 안에 마치 매실 씨처럼 그 카오스를 요약한 의식의 핵이 존재하는 것이다.

그러나 그들은 그 의식의 핵의 내용을 내게는 가르쳐 주지 않았다.

"자네는 그걸 알 필요가 없어." 그들은 내게 설명했다. "왜냐하면 무의식만큼 정확한 것은 이 세상에 없기 때문이지. 어느 정도 나이 ─ 우리는 주의 깊게 계산해서 그 나이를 스물여덟으로 설정하고 있는데 ─ 에 이르면 인간 의식의 총체는 거의 변화하지 않아. 우리가 일반적으로 의식의 변혁이라 부르는 것은, 뇌 전체의 작용으로 보면 하찮기 짝이 없는 표층적 오차에 불과하지. 따라서 이 '세계의 끝'이라는 자네 의식의 핵은, 자네가 숨을 거둘 때까지 변함없이 정확하게 자네 의식의 핵으로 기능할 거야. 여기까지는 이해하겠나?"

"네, 이해합니다." 하고 나는 말했다.

"모든 이론과 분석은, 말하자면 짧은 바늘 끝으로 수박을 가르려는 짓이나 마찬가지야. 껍질에 표시는 낼 수 있지만, 과육까지는 영원히 도달할 수 없지. 그러니 우리는 껍질과 과육을 분명하게 분리할 필요가 있는 거야. 하기야 세상에는 껍질만 깨작거리며 좋아하는 이상한 사람들도 있지만 말이지."

"요컨대." 그들은 말을 이어 갔다. "우리는 자네의 패스·드라마를 자네 의식의 표층적인 흔들림으로부터 영원히 보호해야

만 해. 만약 우리가 자네에게 '세계의 끝'이란 이러저러한 것이라고 내용을 알려 준다고 해 보자고. 다시 말해서 수박 껍질을 벗겨 주는 거지. 그러면 자네는 틀림없이 그걸 주물러서 바꿔 버릴 거야. 이건 이렇게 하는 편이 좋겠다느니, 여기에는 이걸 덧붙이면 좋겠다느니 하면서 말이지. 그리고 그런 짓을 해 버리면, 패스·드라마의 보편성이 순식간에 소멸되어 셔플링이 성립하지 않아."

"그래서 우리는 자네의 수박에 두꺼운 껍질을 부여한 것이야." 다른 과학자가 말했다. "자네는 그걸 불러낼 수는 있어. 그건 바로 자네 자신이니까 말이지. 그러나 그걸 알 수는 없어. 모든 것은 카오스의 바다 속에서 행해지지. 즉, 자네는 맨손으로 카오스의 바다에 헤엄쳐 들어가고, 또 맨손으로 거기에서 나오는 셈이야. 내 말을 이해하겠나?"

"이해할 것 같습니다." 내가 말했다.

"또 한 가지 문제는 이런 거야." 그들이 말했다. "사람은 자기 의식의 핵을 명확하게 알아야 하는가?"

"잘 모르겠는데요." 나는 대답했다.

"우리도 몰라." 그들이 말했다. "이건 말하자면 과학을 넘어선 문제지. 로스앨러모스에서 원폭을 개발했던 과학자들이 직면했던 것과 유사한 문제야."

"로스앨러모스보다 더 중대한 문제지." 다른 과학자가 말했다. "경험적으로 우리는 그런 결론을 내리지 않을 수 없어. 때문에, 이 일은 어떤 의미에서 아주 위험한 실험이라고도 할 수 있지."

"실험?" 하고 나는 말했다.

"실험." 하고 그들도 말했다. "그 이상은 자네에게 가르쳐 줄 수 없군. 미안하네만."

그리고 그들은 내게 셔플링 방법을 가르쳐 주었다. 혼자서 할 것, 밤중에 할 것, 배가 부르거나 고픈 상태가 아닐 것. 그리고 정해진 음성 패턴을 세 번 반복해 들을 것. 그러면 나는 '세계의 끝'이라는 드라마를 불러낼 수 있다. 그것이 출현하는 동시에 나의 의식은 카오스로 침잠한다. 나는 그 카오스 안에서 수치를 셔플한다. 셔플이 끝나면 '세계의 끝'의 콜 사인이 해제되고, 나의 의식도 카오스 밖으로 나온다. 셔플은 완성되고, 내 기억에는 아무것도 남지 않는다. 역셔플은 단어 그대로 그 반대이다. 역셔플을 하려면 역셔플용 음성 패턴을 듣는다.

그것이 내게 입력된 프로그램이었다. 다시 말해 나는 무의식의 터널 같은 것이다. 모든 것은 내 안을 통과할 뿐이다. 그래서 나는 셔플을 할 때마다, 몹시 무방비하고 불안정한 기분이 든다. 브레인 워시와는 다르다. 브레인 워시는 고생스럽기는 해도, 그것을 하는 자신에게 자부심을 가질 수 있다. 모든 능력을 그 작업에 집중해야 하기 때문이다.

그에 반해 셔플링 작업은 나의 자부심이나 능력과는 무관하다. 나는 이용될 뿐이다. 누군가가 내가 모르는 나의 의식을 사용해 내가 모르는 사이에 무언가를 처리하는 셈이다. 셔플링 작업만 놓고 보자면, 나는 자신을 계산사라고 할 수조차 없을 듯하다.

그러나 물론 내게는 내가 좋아하는 계산 방식을 선택할 권리가 없다. 나는 브레인 워시와 셔플링이라는 두 가지 방식에 면허를 갖고 있지만, 거기에는 각각의 방식을 멋대로 개조해서는 안 된다는 금지 사항도 포함되어 있다. 그게 싫으면 계산사 노릇을 그만두는 수밖에 없다. 그러나 나는 계산사를 그만둘 생각은 없다. '조직'과 옥신각신하는 일만 생기지 않으면, 계산사만큼 자유롭게 자기 능력을 발휘할 수 있는 직업도 달리 없고, 수입도 좋다. 15년 일하면 나머지 인생은 여유롭게 지낼 수 있을 정도의 돈을 모을 수 있다. 그러기 위해서 나는 정신이 아득해질 만큼 경쟁률이 높은 시험을 몇 번에 걸쳐 돌파했고, 혹독한 훈련도 견뎌 냈다.

취기는 셔플링을 방해하지 않는다. 긴장을 풀기 위해 적당한 양의 음주를 넌지시 권하기도 하지만, 나는 셔플링 작업에 들어가기 전에는 늘 몸에서 알코올을 제거하는 주의다. 특히 지금은 셔플링 방식이 '동결'된 후로 두 달이나 공백이 있었기 때문에 아주 조심스럽게 임해야 한다. 나는 찬물로 샤워를 하고, 15분 동안 격한 체조를 하고, 블랙 커피를 두 잔 마셨다. 그 정도 하면 취기는 거의 사라진다.

나는 금고를 열어 전환 수치를 출력한 종이와 소형 테이프 레코더를 꺼내 부엌 테이블에 가지런히 놓았다. 그리고 반듯하게 깎은 연필 다섯 자루와 노트를 준비해 테이블 앞에 앉았다.

우선 테이프를 세팅한다. 헤드폰을 끼고 테이프를 돌려, 디지털식 테이프 카운터를 16에 맞췄다가 9로 돌리고, 다시 26

에 맞춘다. 그리고 그대로 10초간 정지하면 카운터 넘버가 사라지고, 신호음이 시작된다. 그 외의 조작을 하면 테이프의 음성은 자동적으로 소멸된다.

테이프를 세팅한 다음 오른쪽에 새 노트를 놓고 왼쪽에 전환 수치를 놓았다. 이제 준비가 전부 끝났다. 방문과 침입이 가능한 모든 창문에 부착한 경보 장치는 빨갛게 'ON'이 켜져 있다. 착오는 없다. 손을 뻗어 레코더의 플레이 스위치를 누르자 신호음이 시작되고, 마침내 뜨뜻미지근한 혼돈이 소리 없이 내려와, 나를 삼켰다.

〔'나를'〕

삼킨다 — 마침내   혼돈→

혼돈 '내려와' 소리없이

12 세계의 끝

세계의 끝의 지도

그림자를 만난 다음 날부터 나는 당장 마을 지도를 만드는 작업에 들어갔다.

우선 저녁때 서쪽 언덕 꼭대기에 올라가 사방을 빙 돌아보았다. 그러나 언덕은 마을이 한눈에 내려다보일 만큼 높지 않았고, 시력이 완전히 떨어진 탓에 벽이 마을을 어떻게 둘러싸고 있는지 명확하게 보이지 않았다. 마을의 윤곽을 대강 파악할 수 있을 뿐이었다.

마을은 넓지도 좁지도 않았다. 다시 말해서 나의 상상력이나 인식 능력을 훌쩍 뛰어넘을 만큼 넓지 않았고, 그렇다고 쉽게 전모를 파악할 수 있을 만큼 좁지도 않았다는 뜻이다. 내가 서쪽 언덕 꼭대기에서 안 사실은 그게 전부였다. 높은 벽이 마을을 빙 둘러싸고 있고, 강이 마을을 남북으로 나누며 흐르고, 해 질 녘의 하늘이 강물을 잿빛으로 물들이고 있었다. 마침내 마을에 뿔피리 소리가 울리고, 땅을 밟는 짐승들의 발굽 소리가 거품처럼 사방을 덮었다.

결국 벽이 어떻게 생겼는지를 알기 위해서는 벽을 따라 걸어 보는 길밖에 없었다. 그러나 그것은 결코 쉬운 작업이 아니었다. 나는 어두침침하게 흐린 날이나 저녁때가 아니면 밖에 나다닐 수 없었고, 서쪽 언덕에서 멀리 떨어진 장소에 가려면 상당한 주의가 필요했다. 집을 나섰는데, 구름이 껴 흐리던 하늘이 갑자기 맑게 개는 일도 있거니와 반대로 세찬 비가 내리는 일도 있었다. 때문에 나는 매일 아침 대령에게 오늘 날씨를 봐 달라고 했다. 대령은 그날그날의 날씨를 거의 정확하게 예상했다.

"날씨 정도밖에 생각할 일이 없으니 그렇지." 노인은 그래도 자랑스럽게 말했다. "매일매일 구름의 흐름을 보다 보면 이 정도는 저절로 알게 돼."

그러나 그 역시 날씨의 갑작스러운 변화까지는 예측하지 못했다. 따라서 내가 멀리 나서는 데 따르는 위험은 크게 달라지지 않았다.

게다가 벽 근처는 대부분 잡초가 뒤엉킨 덤불숲이거나 나무가 빽빽하고 암벽이 많아 쉽게 다가설 수도, 그 모습을 볼 수도 없었다. 인가는 전부 마을의 중심을 흐르는 강가에 모여 있었고, 그 지역에서 한 걸음 벗어나면 길이 어디에 있는지조차 찾기 어려웠다. 보일 듯 말 듯 나 있는 좁은 길도 도중에서 뚝 끊기거나 가시 넝쿨로 이어져, 그럴 때마다 고생스럽게 먼

길을 돌아가거나 왔던 길을 그대로 돌아가야 했다.

나는 제일 먼저 마을의 서쪽 끝, 즉 문지기의 오두막이 있는 서문 언저리에서 조사를 시작해 시계 방향으로 마을을 빙 돌아보기로 했다. 처음에 작업은 예상했던 것보다 훨씬 원활하게 진행되었다. 문에서 북쪽으로 향하는 벽 근처에는 키가 허리쯤 오는 풀이 무성하게 자란, 평탄한 들판이 한없이 펼쳐져 있었다. 장애물이랄 만한 것도 없고, 수풀 사이를 헤치듯 예쁜 길이 죽 이어졌다. 들판에는 종달새 비슷한 새들이 둥지를 틀고 있었다. 그들은 수풀 사이에서 날아올라 하늘을 빙빙 돌면서 먹이를 찾고, 그러다 다시 둥지로 돌아갔다. 수는 그렇게 많지 않았지만 짐승들의 모습도 보였다. 짐승들은 마치 물에 떠 있는 것처럼 머리와 등을 초원 위로 쏙 드러내고, 먹이가 될 파란 새순을 찾으며 천천히 이동했다.

한참을 나아가다 벽을 따라 오른쪽으로 돌자 남쪽에 허물어져 가는 낡은 병사(兵舍)가 보였다. 꾸밈없고 소박한 2층짜리 건물이 세 동 나란히 서 있고 거기에서 조금 떨어진 곳에는 관사보다 다소 아담한, 장교용으로 보이는 주택이 한데 모여 있었다. 건물과 건물 사이에는 나무가 서 있고 전체를 낮은 돌담이 빙 두르고 있었지만, 지금은 모든 것이 웃자란 잡초에 뒤덮여 있을 뿐, 사람의 기척은 찾아볼 수 없었다. 관사에서 생활하는 퇴역 군인들도 과거에는 이곳 중 어느 건물에 살았을 것이다. 그러다 무슨 사정이 있어 서쪽 언덕의 관사로 이동하게 되었고, 그 결과 병사는 폐허가 되고 말았을 것이다. 드넓은 초원도 당시에는 연병장으로 사용되었던 것 같았다. 수

풀 여기저기에 참호를 팠던 흔적이 있고, 깃대를 세우는 돌 받침대도 있었다.

그대로 동쪽으로 쭉 걸어가자 평탄한 초원이 끝나고 숲이 시작되었다. 초원 군데군데에 관목이 모습을 보이기 시작하더니, 마침내 확실한 숲이 나타났다. 주로 잔 줄기가 많은 관목이었다. 서로 뒤엉키듯 위로 뻗은 잔 줄기들이 내 어깨와 머리 사이 높이에서 넓게 가지를 펼치고 있었다. 그 아래에는 온갖 종류의 풀이 돋아 있고, 손가락 한 마디만 한 크기의 칙칙한 꽃이 여기저기 피어 있었다. 나무가 많아지면서 땅의 기복이 심해지고, 관목에 섞여 키가 큰 나무도 몇 종류 나타나기 시작했다. 때로 조그만 새가 지저귀면서 이 가지에서 저 가지로 옮겨 가는 소리 외에는 아무 소리도 들리지 않았다.

숲속 좁은 오솔길을 걸어가자 점차 나무가 빽빽해지고, 머리 위는 높은 가지로 뒤덮였다. 덩달아 시야가 가려 벽의 모습을 그 이상 더듬을 수 없었다. 나는 할 수 없이 남쪽으로 도는 오솔길을 따라 마을로 나와서, 옛 다리를 건너 집으로 돌아갔다.

가을이 찾아왔는데도 나는 결국 마을의 아주 막연한 윤곽밖에 그리지 못하고 있었다. 마을의 지형은 대충 동서로 길고, 남북으로는 북쪽 숲과 남쪽 언덕 부분이 약간 둥그스름하게 튀어나와 있다. 남쪽 언덕의 동쪽 비탈은 벽을 따라 길게 이어지는 울퉁불퉁한 암석 지대이다. 동쪽에는 북쪽 숲에 비하면 훨씬 거칠고 음산한 숲이 강을 끼고 펼쳐졌고, 이곳에는 길조차 거의 나 있지 않다. 그나마 강을 따라 동문까지 걸어갈 수 있는 좁은 길이 있어, 그 주변 벽의 모습을 볼 수 있었다. 동문은 문지기가 말했듯이 시멘트 같은 것으로 두껍게 덧발려 아무도 드나들 수 없었다.

가파른 동쪽 능선에서 콸콸 흘러 내려온 물은 동문 옆에서 벽 아래를 지나 그 모습을 나타냈다가 마을 중앙을 지나 서쪽을 향해 일직선으로 흐른다. 옛 다리 언저리의 강물 사이에는 아름다운 모래톱이 몇 개나 있다. 또 강에는 다리가 세 군데 있다. 동쪽 다리와 옛 다리와 서쪽 다리다. 옛 다리가 가장 크고 오래되었으며 아름답다. 강물은 서쪽 다리를 지나면 갑자기 남쪽으로 방향을 틀었다가 다시 동쪽으로 돌아가는 식으로 남쪽 벽에 도달한다. 벽 바로 앞에서 강물은 깊은 계곡을 지나 서쪽 언덕 옆으로 흘러든다.

그러나 강물은 남쪽 벽을 통과하지는 않는다. 벽 조금 앞에서 웅덩이를 이뤘다가, 거기에서 석회암으로 된 물속 동굴로 흘러들기 때문이다. 대령이 해 준 얘기에 따르면 벽 밖에 펼쳐지는 한없는 석회암 벌판 아래에는 무수한 지하 수맥이 그물망처럼 사방으로 뻗어 있다고 한다.

물론 그동안에도 나는 쉬지 않고 꿈을 읽었다. 6시에 도서관 문을 밀고 들어가 그녀와 함께 저녁을 먹고, 그다음에는 오래된 꿈을 읽었다.

이제 나는 하룻밤 사이에 다섯 개에서 여섯 개 정도의 꿈을 읽을 수 있다. 내 손가락은 복잡하게 얽힌 빛의 줄기를 능숙하게 더듬어, 그 이미지와 울림을 더 명확하게 느낄 수 있게 되었다. 꿈을 읽는 작업의 의미는 아직 이해하지 못했고, 또 오래된 꿈이 과연 어떤 원리로 성립된 것인지도 잘 몰랐지만, 내 작업이 만족스럽다는 것은 그녀의 반응으로 알 수 있었다. 이제 나의 눈은 두개골에서 나오는 빛을 봐도 아프지 않고, 피곤함도 한결 덜하다. 그녀는 내가 꿈 읽기를 끝낸 두개골을 하나씩 카운터 위에 늘어놓았다. 다음 날 저녁때 도서관을 찾으면, 카운터 위에 있던 두개골은 하나도 남김 없이 어딘가로 사라지고 없었다.

"당신은 무척 숙달이 빠르네요." 그녀가 말했다. "예상했던 것보다 훨씬 빠르게 작업이 진행되는 것 같아요."

"두개골이 대체 얼마나 있는 거지?"

"아주 많아요. 천이나 이천. 볼래요?"

그녀는 나를 카운터 안쪽에 있는 서고로 데리고 들어갔다. 서고는 학교 교실처럼 휑하고 넓은 방으로, 선반이 몇 줄이나 있고, 그 위에는 짐승의 하얀 두개골이 끝없이 놓여 있었다. 서고라기보다 무덤이라는 표현이 더 어울릴 듯한 광경이었다. 죽은 자가 발하는 서늘한 공기가 방 안을 소리 없이 채우고 있었다.

"한숨이 나는군." 하고 나는 말했다. "이걸 전부 다 읽으려면 몇 년이 걸릴까?"

"당신이 이걸 전부 읽을 필요는 없어요." 그녀가 말했다. "당신이 읽을 수 있을 만큼만 읽으면 돼요. 남으면 이다음에 오는 꿈 읽기가 또 읽을 테니까요. 오래된 꿈은 그때까지 잠을 자게 될 거예요."

"그럼 당신은 이다음 꿈 읽기도 돕게 되는 건가?"

"아니요, 내가 돕는 사람은 당신뿐이에요. 그렇게 정해져 있어요. 사서 한 명이 한 사람의 꿈 읽기만 돕게 되어 있어요. 그러니까 당신이 꿈 읽기를 그만두면, 나도 이 도서관을 떠나게 돼요."

나는 고개를 끄덕였다. 이유는 알 수 없었지만, 그래야 마땅하다고 여겨졌다. 우리는 잠시 벽에 기대어 선반에 진열된 하얀 두개골을 바라보았다.

"당신, 남쪽 웅덩이에 가 본 적 있어?" 하고 나는 물어보았다.

"네, 있어요. 아주 오래전에. 어렸을 때 엄마를 따라서 가 봤어요. 보통 사람은 그런 곳에 가지 않는데, 엄마는 좀 남달랐으니까. 남쪽 웅덩이는 왜요?"

"아, 보고 싶어서."

그녀가 고개를 내저었다. "그곳은 당신이 생각하는 것보다 훨씬 위험한 장소예요. 그 웅덩이에 접근해선 안 돼요. 갈 필요도 없고, 가 봐야 그렇게 재미있는 곳도 아니에요. 거긴 왜 가고 싶어 하는 거죠?"

"이 마을에 대해서 조금이라도 더 자세히 알고 싶어. 구석에서 구석까지 전부. 만약 당신이 안내해 주지 않으면, 나 혼자서라도 갈 거야."

그녀는 잠시 내 얼굴을 보다가, 마침내 포기한 듯이 조그맣게 한숨을 내쉬었다.

"좋아요. 당신은 말을 해도 잘 듣지 않을 사람 같고, 아무튼 혼자 가게 할 수는 없어요. 하지만 이거 하나는 기억해 둬요. 나는 그 웅덩이가 너무 무섭고, 사실 두 번 다시 가고 싶지도 않아요. 그곳에는 뭔지 모를 부자연스러운 게 있어요. 확실히."

"괜찮아." 하고 나는 말했다. "둘이 같이 가서 조심하면 무서울 것 없어."

그녀는 또 고개를 저었다. "당신은 본 적이 없으니까 그 웅덩이의 진짜 무서움을 모르는 거예요. 그곳의 물은 그냥 물이 아니에요. 사람을 불러들이는 물이에요. 거짓말이 아니에요."

"가까이 다가가지 않도록 조심하지." 하고 약속하고 나는 그녀의 손을 잡았다. "멀리서 바라만 봐도 돼. 내 눈으로 보고 싶을 뿐이야."

11월의 어둑어둑한 오후, 우리는 점심을 먹고 그 남쪽 웅덩이로 향했다. 남쪽 웅덩이 조금 앞 언저리에서 강물이 서쪽 언덕의 옆면을 후벼 파내듯 깊은 계곡으로 흐르는 데다 그 부근은 뒤엉킨 덤불숲이 앞을 막고 있어, 우리는 동쪽에서 남쪽 언덕 뒤를 빙 돌아서 가야 했다. 오전에 비가 내린 탓에, 한 걸음 내디딜 때마다 땅에 두껍게 쌓인 낙엽에서 눅눅한 소리가 났다. 도중에 우리는 저쪽에서 오는 짐승 두 마리를 스쳐 지났다. 그들은 황금빛 목을 천천히 좌우로 흔들면서 우리 옆을 무표정하게 지나갔다.

"이제 짐승들 먹을거리도 적어졌어요." 그녀가 말했다. "겨울이 머지않아서 모두 필사적으로 나무 열매를 찾고 있어요. 그래서 이런 곳까지 오는 거예요. 사실 짐승들은 여기까지는 잘 오지 않는데."

남쪽 언덕의 비탈을 벗어나자 더는 짐승들의 모습이 보이지 않고, 분명히 알아볼 수 있는 길도 거기에서 끝났다. 사람 그림자 하나 없는 메마른 벌판과 황량한 폐옥들이 서 있는 곳을 가로질러 서쪽으로 걷다 보니, 웅덩이 물소리의 울림이 조금씩 들렸다.

그 소리는 내가 지금까지 들어 본 어떤 소리와도 달랐다. 콸콸 쏟아지는 폭포 소리와도 다르고, 윙윙 몰아치는 바람 소리와도 다르고, 땅울림도 아니다. 그것은 거대한 목에서 터져 나오는 거친 한숨 같았다. 그 소리는 때로 낮아졌다가 때로 높아지고, 또 때로 토막토막 끊겼다가, 무언가에 숨이 막힌 듯 흐트러지기도 했다.

"마치 누군가를 향해 뭐라고 고함치는 소리 같군." 나는 말했다.

그녀는 내 쪽을 돌아보았을 뿐 아무 말도 하지 않고, 장갑 낀 두 손으로 덤불을 헤치면서 앞서 걸어갔다.

"옛날보다 길이 훨씬 험해졌네요." 그녀가 말했다. "전에 왔을 때는 이렇게 심하지 않았는데. 이제 그만 돌아가는 편이 좋을지도 모르겠어요."

"그래도 애써 여기까지 왔잖아. 갈 수 있는 데까지 가 보자고."

물소리를 따라 기복이 심한 덤불숲을 10분 정도 나아가자, 갑자기 앞이 확 트였다. 길고 험하던 덤불 지대도 거기서 끝나고, 평탄한 초원이 강을 따라 우리 앞에 펼쳐졌다. 오른쪽으로 강물에 파인 깊은 계곡이 보였다. 계곡을 지난 강물은 그 너비를 더하면서 덤불숲을 지나, 그리고 우리가 서 있는 초원에 이르렀다. 초원 입구 근처에 있는 마지막 굽이를 돌면 강물의 흐름은 갑자기 정체되고, 그 빛도 불길한 깊은 청색으로 바뀌면서 천천히 흐르다가 마지막에는 작은 동물을 집어삼킨 뱀처럼 불룩해져서 거대한 웅덩이로 흘러들었다. 나는 강을 따라 그 웅덩이 쪽으로 걸어갔다.

"다가가면 안 돼요." 그녀가 내 팔을 살며시 잡았다. "표면만 보면 물결 하나 일지 않아 잔잔해 보이지만, 저 아래에서는 엄청난 소용돌이가 일고 있어요. 한번 빨려 들어가면 두 번 다시 떠오르지 않아요."

"얼마나 깊을까?"

"상상도 할 수 없을 정도로요. 소용돌이가 송곳처럼 바닥을 계속 파들어 가고 있다고요. 그래서 점점 깊어지는 거죠. 전해 내려오는 얘기에 따르면, 옛날에는 이교도나 죄인을 이 웅덩이에 던졌다고 해요……."

"그러면 어떻게 될까?"

"저기 빠진 사람은 두 번 다시 떠오르지 못해요. 동굴에 대해서는 들었죠? 웅덩이 밑에는 동굴이 몇 개나 뚫려 있어서, 거기로 빨려 들어가 어둠 속을 영원히 헤매게 돼요."

웅덩이에서 수증기처럼 끓어오르는 거대한 숨결이 사방을 지배하고 있었다. 그것은 땅속에서 울려 오는, 무수한 사자의 고뇌에 찬 신음 소리 같기도 했다.

그녀가 손바닥만 한 크기의 나무토막을 주워 웅덩이 한가운데를 향해 던졌다. 물에 떨어진 나무토막은 5초 정도 수면에 떠 있다가 갑자기 몇 번 푸르르 떨더니, 마치 무언가에 발목을 잡혀 끌려 들어가듯 물속으로 모습을 감추고는 두 번 다시 떠오르지 않았다.

"아까도 말했다시피, 저 아래에서는 강한 소용돌이가 일고 있어요. 이제 알았죠?"

우리는 웅덩이에서 10미터 정도 떨어진 들판에 앉아, 주머니에 넣어 온 빵을 먹었다. 멀리서 바라보는 한, 사방의 풍경은 한없이 평화롭고 고요했다. 가을꽃이 들판을 수놓고, 나뭇잎들은 선명한 색으로 물들었고, 그 한가운데에 잔물결 하나 일지 않아 거울 같은 수면의 웅덩이가 있었다. 웅덩이 너머에는 하얀 석회암 절벽이 솟아 있고, 그 전체를 덮어씌울 듯이 검은 벽돌벽이 우뚝 치솟아 있었다. 웅덩이의 숨결을 제외하면 사방은 잠잠하고, 나뭇잎조차 꼼짝하지 않았다.

"당신은 왜 그렇게 지도를 원하는 거죠?" 그녀가 물었다. "지도가 있다 한들 당신은 영원히 이 마을에서 나갈 수 없는데."

그리고 그녀는 무릎에 떨어진 빵 부스러기를 털어 내고, 웅덩이 쪽을 바라보았다.

"이 마을에서 나가고 싶어요?"

나는 말없이 고개를 저었다. 그 동작이 아니라는 뜻인지, 아니면 마음을 정하지 못하고 있다는 뜻인지, 나도 잘 모른다. 나는 그것조차 모른다.

"모르겠어." 하고 나는 말했다. "나는 그냥 이 마을에 대해 알고 싶을 뿐이야. 이 마을이 어떻게 생겼고, 어떻게 성립되었으며, 어디에 어떤 생활이 있는지 그런 걸 알고 싶어. 무엇이 나를 규정하고, 무엇이 나를 뒤흔들고 있는지를 알고 싶어. 그런 다음에 무엇이 있을지는 나도 몰라."

그녀는 천천히 고개를 좌우로 흔들고, 그리고 내 눈을 들여다보았다.

"그다음은 없어." 그녀가 말했다. "당신은 모르겠어요? 여기는 정말 말 그대로 세계의 끝이야. 우리는 영원히 여기에 머물 수밖에 없다고요."

나는 벌렁 드러누워 하늘을 올려다본다. 내가 올려다볼 수 있는 하늘은, 늘 구름 끼고 어두컴컴한 하늘이다. 아침에 내린 비로 땅이 젖어 눅눅하고 서늘했지만, 그래도 대지의 푸근한 냄새가 내 몸 주변을 감싸고 있었다.

겨울새 몇 마리가 퍼덕거리며 덤불숲에서 날아올라, 벽을 넘어 남쪽 하늘로 사라졌다. 새만이 벽을 넘을 수 있다. 낮게 드리운 두꺼운 구름이, 바로 코앞까지 다가온 겨울을 예고하고 있었다.

13 하드보일드 원더랜드

프랑크푸르트, 문, 독립 조직

늘 그랬듯이 이번에도 시야 한끝에서부터 순서대로 의식이 돌아왔다. 우선 시야 오른쪽 끝의 욕실 문과 왼쪽 끝의 스탠드가 의식에 들어오고, 그다음 점차 안쪽으로 이행해 마치 호수에 얼음이 낄 때처럼 한가운데에서 합쳐졌다. 시야 한가운데에는 자명종이 있고, 시곗바늘은 11시 26분을 가리키고 있었다. 누군가의 결혼식에서 기념품으로 받은 자명종이다. 자명종 알람을 멈추려면 왼쪽 옆의 빨간 버튼과 오른쪽 옆의 검은 버튼을 동시에 눌러야 한다. 그러지 않으면 알람은 계속 울린다. 이는 잠이 깨기 전에 반사적으로 버튼을 눌러 알람을 끄고 다시 잠들어 버리는, 세상에 흔히 일어나는 행동 양식을 방지하기 위한 독자적인 시스템이다. 아닌 게 아니라 나는 알람이 울리면 오른손과 왼손으로 좌우 버튼을 누르기 위해 침대에서 벌떡 일어나 시계를 무릎에 올려놓아야 한다. 그러는 사이에 나의 의식은 각성의 세계로 한두 걸음 발을 들여놓지 않을 수 없다. 몇 번이나 다시 말하는데, 나는 이 시계를 누군가의 결혼식 기념품으로 받았다. 누구의 결혼식이었는지는 기억나지 않는다. 내 주위에 친구와 지인이 그나마 존재했던 이십 대 중반쯤에 결혼식이 몇 차례 계속된 해가 있었고, 그중 어느 결혼식에서 나는 이 자명종 시계를 받았다. 버튼 두 개를 동시에 눌러야 알람이 꺼지는 이런 성가신 시계 따윌 내 의지로 사진 않는다. 게다가 나는 아침에 잘 일어나는 편이다.

시야가 자명종 언저리에서 합류하자, 나는 반사적으로 시계를 집어 무릎에 올려놓고 두 손으로 빨간 버튼과 검은 버튼을 동시에 눌렀다. 그러고 나서야 자명종이 애당초 울리지 않았다는 걸 알았다. 나는 잠을 잔 게 아니고, 따라서 알람을 맞춰 놓지 않았다. 어쩌다 자명종이 부엌 테이블에 있었을 뿐이다. 나는 셔플링을 하고 있었다. 그러니 알람을 끌 필요는 없었다.

나는 자명종을 테이블에 다시 올려놓고, 주위를 돌아보았다. 방은 내가 셔플링을 시작하기 전과 조금도 다르지 않았다. 경보 장치의 빨간 램프는 'ON'을 나타내고, 테이블 구석에는 빈 커피 컵이 놓여 있었다. 재떨이로 사용하는 유리 코스터 위에는 그녀가 마지막 피웠던 담배 꽁초가 하나, 곧바른 형태로 남아 있었다. 담배는 말버러 라이트였다. 립스틱은 묻어 있지 않았다. 생각해 보면, 그녀는 화장이란 것을 거의 하지 않았으니 당연한 일이다.

그리고 나는 눈앞에 있는 노트와 연필을 점검했다. 뾰족하게 깎아 놓았던 F 연필 다섯 자루 중에서 두 자루는 심이 부러지고, 두 자루는 심이 뭉툭하게 닳고, 한 자루만 그대로 남아 있었다. 오른손 가운뎃손가락이 장시간 필기를 했을 때처럼 약간 저릿저릿했다. 셔플링은 완성되어 있었다. 노트 열여섯 페이지에 걸쳐 자잘한 숫자가 빽빽하게 쓰여 있었다.

나는 매뉴얼에 있는 대로, 브레인 워시로 처리한 전환 수치와 셔플링이 끝난 수치를 각 항목별로 수량을 맞춘 후에, 처음 목록을 싱크대 안에서 태웠다. 노트는 안전 상자에 담아 테이프 레코더와 함께 금고에 넣었다. 그리고 거실 소파에 앉아 한숨을 쉬었다. 이제 작업의 절반이 끝났다. 적어도 앞으로 하루동안은 아무 일도 하지 않아도 된다.

나는 유리잔에 위스키를 손가락 두 개분만큼 따라서 눈을 질끈 감고 두 모금에 삼켰다. 뜨뜻미지근한 알코올이 목을 넘어 식도를 타고 위로 흘러 떨어졌다. 마침내 그 따끈함이 혈관을 타고 몸 각 부분으로 퍼져 갔다. 우선 가슴과 볼이 훅 달아오르고, 그다음은 손이, 그리고 마지막으로 발이 따끈해졌다. 나는 욕실에 가서 이를 닦고, 물을 두 컵 마시고, 소변을 보고, 다시 부엌에 가서 연필을 깎아 연필 접시에 가지런히 늘어놓았다. 그리고 자명종을 침대의 머리맡에 갖다 놓고, 전화의 자동응답 기능을 해제했다. 시계는 11시 57분을 가리키고 있었다. 내일이 아직 고스란히 남아 있다. 나는 서둘러 옷을 벗고 잠옷으로 갈아입은 다음 침대에 파고들어 이불을 턱밑까지 끌어올리고, 머리맡의 불을 껐다. 그러고는 이제부터 12시간을 푹 자겠다고 생각했다. 12시간을 누구의 방해도 없이 푹 잔다. 새가 울어도, 세상 사람들이 전철을 타고 회사로 출근을 해도, 세상 어딘가에서 화산이 폭발해도, 이스라엘 기갑 사단이 중동의 어느 마을을 파괴해도, 아무튼 나는 잠을 잔다.

그리고 나는 계산사에서 은퇴한 다음의 생활을 생각했다. 충분히 모은 돈과 연금으로 여유롭게 살면서 그리스어와 첼로를 배울 것이다. 차의 뒷좌석에 첼로를 싣고 산에 가서, 혼자 마음껏 연습한다.

잘하면 산에 있는 별장을 살 수 있을지도 모른다. 번듯한 부엌이 딸린 아담한 산장이다. 나는 거기에서 책을 읽고, 음악을 듣고, 비디오로 옛 영화를 보고 요리를 하면서 지낸다. 요리에 생각이 미쳤을 때, 도서관에서 참고 문헌을 담당하는 긴 머리 여자가 떠올랐다. 그녀가 거기에 ─ 그 산장에 ─ 같이 있는 것도 나쁘지 않을 듯했다. 내가 요리를 만들면, 그녀는 그것을 먹는다.

요리에 대해 생각하다 나는 잠에 빠졌다. 하늘이 무너지듯이 잠이 갑자기 내 위로 쏟아졌다. 첼로도 산장도 요리도 모두 어딘가로 흩어져 사라졌다. 나만 남아, 참치처럼 곤한 잠에 빠졌다.

누가 내 머리에 드릴로 구멍을 뚫고, 거기에 딱딱한 종이끈 같은 것을 밀어 넣고 있었다. 상당히 긴 끈인지 한없이 내 머릿속으로 들어왔다. 나는 끈을 뿌리치려고 손을 휘둘렀지만, 아무리 휘둘러도 끈은 내 머릿속으로 점점 들어왔다.

나는 일어나 손바닥으로 머리 양쪽을 더듬어 보았다. 끈은 없었다. 구멍도 뚫려 있지 않았다. 벨이 울렸다. 아까부터 계속 벨이 울리고 있었던 것이다. 나는 자명종을 집어 무릎에 올려놓고, 두 손으로 빨강과 검정 버튼을 눌렀다. 그런데도 벨소리는 그치지 않았다. 시곗바늘은 4시 18분을 가리키고 있었다. 밖은 아직 어둡다. ─ 그렇다면 새벽 4시 18분이다.

나는 침대에서 나와 부엌으로 걸어가 수화기를 들었다. 밤중에 전화벨이 울릴 때면 이번에야말로 자기 전에 전화기를 꼭 침실에 갖다 놓아야겠다고 결심하지만, 이내 잊어버리고 만다. 그래서 또 정강이를 테이블 다리나 가스 스토브에 부딪히곤 한다.

"여보세요." 나는 말했다.

수화기 저편에서는 아무 소리도 나지 않았다. 전화기를 모래 속에 푹 파묻은 것처럼 완전한 무음이었다.

"여보세요." 나는 고함을 질렀다.

그러나 수화기는 여전히 잠잠할 뿐이었다. 숨소리도 들리지 않고, 바스락거리는 소리도 나지 않았다. 나까지 전화선을 타고 침묵 속으로 끌려 들어갈 듯한 고요함이었다. 나는 화가 나서 전화를 끊고, 냉장고에서 우유를 꺼내 벌컥벌컥 마시고는 다시 침대로 들어갔다.

그다음 전화벨이 울린 것은 4시 46분이었다. 나는 침대에서 나와 똑같은 수순을 밟아 수화기를 들었다.

"여보세요." 하고 나는 말했다.

"여보세요." 여자 목소리가 들렸다. 누구인지는 알 수 없었다. "아까는 미안했어요. 음장이 교란되어서, 그래서 간혹 소리가 완전히 뽑히는 거예요."

"소리가 뽑힌다고?"

"네, 그래요." 여자가 말했다. "조금 전에 음장이 교란되기 시작했어요. 할아버지 신상에 무슨 일이 있는 거예요. 여보세요, 들려요?"

"들려." 나는 말했다. 내게 일각수의 두개골을 선물한 그 기묘한 노인의 손녀딸이었다. 분홍색 슈트를 입은 오동통한 여자.

"할아버지가 요즘 통 돌아오지 않아요. 그런데 갑자기 음장이 교란되기 시작해서. 나쁜 일이 생긴 거예요, 틀림없이. 실험실에 전화를 걸어도 받지 않고…… 보나마나 야미쿠로가 할아버지를 습격해서 몹쓸 짓을 했을 거라고요."

"틀림없는 거야? 할아버지가 실험에 열중하느라 돌아오지 않는 거 아니야? 전에도 일주일 동안이나 네 소리가 뽑힌 걸 잊고 있었잖아. 뭔가에 한번 빠지면 나머지 일을 전부 잊어버리는 사람이잖아."

"아니에요. 그런 게 아니라고요. 난 알아요. 나랑 할아버지는 서로를 느낄 수 있어요. 서로 신변에 무슨 일이 생기면 안다고요. 할아버지에게 무슨 일이 있는 거예요. 아주 안 좋은 일이. 음성 배리어도 고장 났다고요, 틀림없어요. 그 때문에 지하의 음장이 흐트러진 거예요."

"뭐라고?"

"음성 배리어, 야미쿠로의 접근을 막기 위해서 특수한 소리를 발신하는 장치. 그 장치를 누가 폭력적으로 파괴했기 때문에 주위 소리의 균형이 무너진 거예요. 야미쿠로가 할아버지를 습격한 거라고요."

"뭣 때문에?"

"다들 할아버지의 연구 성과를 노리고 있어요. 야미쿠로, 기호사, 그런 사람들이요. 그런 사람들이 할아버지의 연구물을 입수하려고 했어요. 그들이 할아버지에게 거래를 청했는데, 할아버지가 거절하는 바람에 몹시 화를 냈어요. 부탁해요, 지금 바로 여기 와요. 안 좋은 일이 생긴 거예요. 도와줘, 부탁할게요."

나는 야미쿠로가 그 음산한 지하도를 제 세상인 양 활보하는 장면을 상상해 보았다. 그런 곳에 지금 내려가다니, 생각만 해도 소름이 끼쳤다.

"저기, 미안하지만 내 일은 계산을 하는 거야. 그 외의 작업은 계약 내용에 없어. 그리고 내가 감당할 수 있는 일도 아니고. 물론 내가 도움이 된다면 기꺼이 하겠어. 하지만 야미쿠로와 싸워서 네 할아버지를 구해 올 수 있는 건 내가 아니야. 그건 경찰이나 '조직'의 전문가처럼 특수한 훈련을 받은 사람이 할 일이라고."

"경찰은 안 돼요. 경찰에 부탁하면 모든 것이 세상에 드러나서 걷잡을 수 없게 된다고요. 지금 할아버지의 연구가 세상에 공표되면, 세계가 끝나요."

"세계가 끝나?"

"제발." 하고 그녀는 말했다. "빨리 와서 좀 도와줘요. 안 그러면 돌이킬 수 없게 돼요. 그들이 할아버지 다음으로 노리는 사람은 당신이라고요."

"왜 나를 노린다는 거지? 너라면 몰라도 나는 네 할아버지 연구에 대해 아무것도 모르는데."

"당신이 열쇠라고요. 당신 없이는 문을 열지 못해요."

"뭐라는 건지 모르겠군." 하고 나는 말했다.

"전화로 자세하게 설명할 여유가 없어요. 하지만 아무튼 이건 굉장히 중요한 일이에요. 당신이 상상하는 것보다 훨씬 중요하다고요. 아무튼 나를 믿어요. 이건 당신에게도 중요한 일이에요. 더 늦기 전에 손을 쓰지 않으면 끝장이라고요. 거짓말 아니에요."

"거 참." 하면서 나는 시계를 보았다. "아무튼 너는 거기에서 나오는 게 좋겠어. 네 예상이 맞는다면, 거기도 아주 위험하니까 말이야."

"어디로 가면 되죠?"

나는 아오야마에서 24시간 영업하는 슈퍼마켓의 위치를 가르쳐 주었다. "그 안에 있는 커피 스탠드에서 기다려. 5시 반까지는 가도록 할게."

"나, 너무 무서워요. 뭐가 어……."

또 소리가 사라졌다. 나는 수화기에 대고 몇 번 고함을 질렀지만, 대답이 없었다. 총구에서 피어오르는 연기처럼 수화기에서 침묵이 피어오르고 있었다. 음장이 다시 흐트러진 것이다. 나는 수화기를 내려놓은 다음 잠옷을 벗고 트레이닝 셔츠와 면바지를 입었다. 그리고 세면실에 가서 전기면도기로 수

염을 대충 깎고, 세수를 하고, 거울을 보면서 머리를 가다듬었다. 잠이 부족한 탓에 얼굴이 싸구려 치즈 케이크처럼 부어 있었다. 나는 그저 충분히, 푹 자고 싶을 뿐이다. 푹 자고 기운을 되찾아, 아주 평범하고 정상적으로 생활하고 싶을 뿐이다. 왜 다들 나를 그냥 내버려 두지 않는 것일까. 일각수와 야미쿠로가 대체 나와 무슨 관계가 있다고.

나는 트레이닝 셔츠 위에 윈드브레이커를 껴입고, 주머니에 지갑과 동전과 나이프를 넣었다. 그리고 잠시 망설이다가 수건 두 장으로 일각수 두개골을 둘둘 싸서 부젓가락과 함께 스포츠 백에 집어넣고, 셔플이 끝난 노트를 보관한 안전 상자도 그 옆에 던져 넣었다. 이 아파트도 절대 안전하지 않다. 전문가라면 내 방문과 금고쯤은 손수건 한 장 빼는 시간에 뚝딱 열 수 있다.

나는 결국 한 짝밖에 씻지 못한 테니스화를 신고, 스포츠 백을 껴안고 집을 나섰다. 복도에는 아무도 없었다. 나는 엘리베이터를 타지 않고 계단으로 내려갔다. 아직 날이 밝기 전이라, 아파트 안은 적막하리만큼 고요했다. 지하 주차장에도 사람의 모습은 없었다.

왠지 이상했다. 너무 조용하다. 그들이 정말 나의 두개골을 노리는 거라면, 감시병 한 명쯤은 어딘가에 있을 법한데, 없다. 마치 나 따위는 까맣게 잊어버린 듯하다.

나는 차 문을 열고, 조수석에 가방을 내려놓은 다음 시동을 걸었다. 5시 조금 전이다. 나는 주위를 살피면서 주차장에서 나와 아오야마로 향했다. 도로는 텅 비어 있었다. 서둘러

귀가하는 택시와 야간 운송 트럭 외에는 차도 거의 없었다. 나는 간간이 백미러를 보았지만, 뒤에 따라붙은 차도 없었다.

일이 어째 좀 이상하게 진행되고 있다. 나는 기호사들의 수법을 잘 알고 있다. 그들은 뭘 하겠다고 계획을 세우면 전력을 쏟는다. 어중간하게 가스 검침원을 매수하거나, 노리는 상대의 감시를 게을리하는 일은 절대 없다. 그들은 언제나 가장 신속하고 가장 정확한 방법으로 거침없이 일을 수행한다. 2년 전에 그들은 계산사 다섯 명을 붙잡아 전기톱으로 두개골 뚜껑을 연 적도 있다. 계산사들의 뇌를 꺼내 그 안에 있는 데이터를 산 채로 읽으려 했던 것이다. 그러나 그 시도는 그들이 원했던 대로 되지 않아, 결국 뇌가 없고 이마 위 머리가 잘려 나간 계산사 다섯 명의 시체만 도쿄항에 떠다니게 되었다. 그들은 그 정도로 철저하게 행동한다. 뭔가가 이상하다.

슈퍼마켓 주차장에 차를 세운 것은 약속 시간이 거의 다 된 5시 28분이었다. 동쪽 하늘이 희붐하게 밝아오고 있었다. 나는 가방을 껴안고 가게 안으로 들어갔다. 넓은 실내에 사람의 모습은 거의 없었다. 계산대 너머에서 줄무늬 유니폼을 입은 젊은 남자 점원이 의자에 앉아 주간지를 읽고 있었다. 나이도 직업도 분명치 않은 여자 하나가 통조림 캔과 인스턴트식품 등을 산더미처럼 실은 쇼핑 카트를 밀면서 통로에 어정거리고 있었다. 나는 주류가 진열된 매장 모퉁이를 돌아 커피 스탠드로 갔다.

스탠드 앞에 나란한 열 개가 조금 넘는 스툴에 그녀의 모습은 보이지 않았다. 나는 제일 끝 스툴에 앉아, 차가운 우유와 샌드위치를 주문했다. 우유는 맛이 느껴지지 않을 만큼 차갑고, 샌드위치는 미리 만들어 비닐 랩을 씌워 놓은 것이라 빵이 눅눅했다. 나는 천천히 시간을 들여 샌드위치를 한입 한입 먹고, 우유도 찔끔찔끔 마셨다. 그리고 벽에 붙어 있는 프랑크푸르트 관광포스터를 보면서 시간을 보냈다. 계절은 가을이고, 강변의 나무들은 알록달록 물들었고, 강물에는 백조들이 노닐고, 검은 코트를 입고 사냥모를 쓴 노인이 백조에게 먹이를 주고 있다. 해묵은 멋진 돌다리가 있고, 그 뒤쪽으로 대성당의 탑이 보인다. 자세히 보니 돌다리의 양쪽 입구 부분에 교각을 이용한 조그만 방 ─ 역시 돌로 된 ─ 같은 것이 있고, 조그만 창문이 여러 개 나 있다. 무엇에 쓰는 것인지는 잘 모르겠다. 하늘은 파랗고 구름은 하얗다. 강변 벤치에는 사람들이 여럿 앉아 있다. 모두 코트를 껴입고 있고, 여자들은 대부분 스카프를 머리에 두르고 있었다. 아름다운 사진이었지만 보기만 해도 으스스 한기가 들었다. 프랑크푸르트의 가을 풍경이 추워 보여서이기도 했지만, 나는 높이 솟은 뾰족한 탑을 보면 늘 한기가 든다.

그래서 나는 반대쪽 벽에 붙어 있는 담배 포스터로 눈을 돌렸다. 얼굴이 매끈한 젊은 남자가 불붙은 담배를 손가락에 끼우고, 아련한 눈길로 비스듬히 앞쪽을 보고 있었다. 담배 광고의 모델은 왜 늘 저렇게 '아무것도 보지 않고, 아무 생각도 하지 않는' 눈빛을 하고 있는 것일까.

담배 포스터는 프랑크푸르트 관광포스터만큼 오래 보고 있을 수 없어서 나는 고개를 뒤로 돌려 휑한 슈퍼마켓 안을 돌아보았다. 스탠드에서 정면으로 보이는 곳에 과일 통조림이 거대한 개미 무덤처럼 높이 쌓여 있었다. 복숭아 산과 그레이프 프루트 산, 오렌지 산이 세 개 나란하다. 그 앞에는 시식용 테이블이 놓여 있었지만, 이제 막 날이 밝은 시간이라 시식 서비스는 하고 있지 않았다. 새벽 5시 45분부터 과일 통조림을 시식하는 사람은 없다. 테이블 옆에는 'USA 과일 페스티벌'이라는 제목의 포스터가 붙어 있었다. 수영장 앞에 하얀 가든 체어 세트가 있고, 여자가 과일 모둠을 먹고 있었다. 금발에 파란 눈, 다리가 늘씬하고 햇볕에 가무잡잡하게 탄 미녀였다. 과일 광고 사진에는 언제나 금발의 여자가 등장한다. 아무리 오래 쳐다보아도 눈길을 돌리는 순간 어떻게 생겼는지 전혀 기억나지 않는 — 그런 타입의 미인이다. 세상에는 그런 아름다움이 존재한다. 그레이프프루트와 마찬가지로 뭐가 어떻게 다른지 구분이 가지 않는 것이다.

주류 매장은 계산대가 따로 있었지만, 거기에 점원은 없었다. 정상적인 인간은 아침을 먹기도 전에 술을 사러 오지 않기 때문이다. 그래서 그 코너에는 손님도 점원도 없고, 술병만 지금 막 심긴 소형 침엽수 같은 꼴로 소리 없이 서 있었다. 고맙게도 그 코너에는 벽 한가득 포스터가 붙어 있었다. 세어 보니 브랜디와 버번 위스키와 보드카가 한 장씩, 스카치 위스키와 국산 위스키가 세 장씩, 그리고 정종 두 장에 맥주가 네 장이었다. 왜 주류 포스터만 이렇게 많은지 알 수가 없었다. 어쩌면 술이란 것이 모든 식품 중에서 가장 축제적인 성격을 갖고 있기 때문인지도 모르겠다.

그러나 시간을 보내기에는 더없이 좋아서 나는 차례대로 포스터를 바라보았다. 그러다 열다섯 장째 포스터를 바라볼 때, 나는 모든 술 가운데 위스키 온 더 록이 시각적으로 가장 아름답다는 사실을 알았다. 간단히 말해서, 사진을 잘 받는다. 바닥이 넓은 큰 잔에 얼음을 서너 개 담고, 거기에 약간 진득한 호박색 위스키를 따른다. 그러면 얼음이 녹은 하얀 물이 위스키의 호박색과 섞이기 전에 순간적으로 약간 흔들린다. 상당히 아름다운 순간이다. 꼼꼼하게 쳐다보니, 위스키 포스터 사진에는 거의 온 더 록이 찍혀 있었다. 물을 섞은 위스키는 임팩트가 적고, 스트레이트로는 여유로움이 느껴지지 않을 것이다.

또 한 가지, 안주가 찍힌 포스터가 없다는 것도 알게 되었다. 포스터 안에서 술을 마시고 있는 인간은 누구도 안주를 먹지는 않는다. 모두가 그냥 술을 마시고 있을 뿐이다. 아마 안주가 찍히면 술의 순수성이 사라진다고 여기기 때문일 것이다. 또는 안주 때문에 술의 이미지가 고정되기 때문인지도 모른다. 또는 포스터를 보는 인간의 관심이 안주 쪽으로 쏠리기 때문인지도 모른다. 그런 이유라면 이해가 갈 것 같기도 했다. 만사에는 모름지기 이유라는 것이 있는 법이다.

포스터를 바라보는 사이에 6시가 되었다. 그러나 오동통한 여자는 나타나지 않았다. 왜 이렇게 늦는지 알 수 없었다. 그녀는 내게 최대한 빨리 와 달라고 했다. 그러나 생각한다고 해결되는 문제가 아니었다. 나는 최대한 빨리 왔다. 나머지는 그녀 자신의 문제다. 애당초 이 모든 게 나와는 무관한 문제였다.

나는 뜨거운 커피를 주문해, 설탕과 크림을 넣지 않고 천천히 마셨다.

시계가 6시를 넘어서자 손님이 조금씩 늘어나기 시작했다. 아침에 먹을 빵과 우유를 사러 오는 주부, 밤새 놀다가 돌아가는 길에 가벼운 먹을거리를 찾아 온 학생. 화장실 휴지를 사러 온 젊은 여자도 있고, 신문을 세 종류 사러 온 회사원도 있었다. 골프 가방을 짊어진 중년 남자 둘이 나타나 위스키 포켓 병을 사기도 했다. 중년이래야 삼십 대 중반 정도로 보이니까 나와 비슷한 나이다. 생각해 보면 나 역시 중년이다. 골프 가방을 짊어지지 않았고, 광대 옷 같은 골프 웨어를 입지 않아 다소 젊어 보일 뿐이다.

나는 슈퍼마켓에서 그녀와 만나기로 약속하길 잘했다고 생각했다. 다른 장소였다면 이런 식으로 시간을 보낼 수 없다. 나는 슈퍼마켓이라는 장소를 무척 좋아한다.

6시 반까지 기다리다가 나는 포기하고 밖으로 나와 차를 몰고 신주쿠역으로 갔다. 주차장에 차를 세우고, 가방을 들고 짐을 맡길 수 있는 임시 보관소를 찾아가 맡겼다. 깨지는 물건이 들어 있으니 조심조심 다뤄 달라고 하자, 담당 직원이 '깨지는 물건, 주의'라고 쓰인, 칵테일 잔 그림이 그려진 빨간 카드를 손잡이에 달아 주었다. 나는 그 파란 나이키 스포츠 백이 선반에 자리 잡는 걸 확인한 후에 접수증을 받았다. 그리고 매점에 가서 봉투와 우표 260엔어치를 사고, 봉투에 접수증을 넣은 다음 풀칠을 하고 우표를 붙여서 빠른우편으로 보냈다. 수신처는 가공의 회사 명의로 만들어 둔 비밀 사서함이다. 이렇게 해 두면 웬만해서는 물건을 찾을 수 없다. 때로 나는 조심하기 위해 이 방법을 사용한다.

봉투를 우편함에 넣은 다음 나는 주차장에 가서 차를 몰고 아파트로 돌아갔다. 이제 누가 훔쳐간다고 곤란할 게 하나도 없다고 생각하자 마음이 편해졌다. 아파트 주차장에 차를 세우고, 계단을 올라 방으로 왔다. 샤워를 한 다음 침대에 들어가, 아무 일도 없었던 것처럼 곤한 잠에 빠졌다.

11시에 누군가가 찾아왔다. 돌아가는 상황으로 봐서 지금쯤 누가 찾아올 때라고 생각했기 때문에 놀라지 않았다. 그러나 그 누군가는 벨을 누르지 않고, 몸으로 문을 쾅쾅 쳤다. 그것도 그냥 친다는 정도의 말로는 부족했다. 건물 파쇄용 쇠공으로 문을 힘껏 내려친 것처럼 바닥이 흔들렸다. 정말 심하다. 그럴 힘이 있으면 관리인을 협박해서 마스터키를 내놓으라고 하면 될 일이다. 나로서는 마스터키로 깔끔하게 문을 열어 주는 편이 수리비도 들지 않으니 오히려 좋다. 게다가 이렇게 요란하게 굴면 아파트에서 쫓겨날 수도 있다.

그 누군가가 몸으로 문을 쾅쾅 치는 동안 나는 바지와 트레이닝 셔츠를 입고, 벨트 안에 나이프를 숨기고, 화장실에 가서 소변을 봤다. 그리고 혹시 몰라서 금고를 열고 테이프 레코더의 비상 스위치를 눌러 안에 든 테이프를 소거한 다음, 냉장고를 열어 캔 맥주와 감자 샐러드를 꺼내 점심 대신 먹었다. 베란다에는 비상용 사다리가 있으니 탈출하려고 하면 그럴 수도 있었지만, 너무 지친 데다 도망 다니기도 귀찮았다.

게다가 도망을 쳐 봐야 내가 직면한 문제는 무엇 하나 해결되지 않는다. 나는 어떤 유의 아주 골치 아픈 문제에 직면했으며 — 또는 휘말렸으며 — 나 혼자 힘으로는 뭘 어떻게 할 수 없다. 그 문제에 대해서 누군가와 진지하게 대화를 나눌 필요가 있다.

나는 내게 일을 의뢰한 과학자의 지하 실험실에 가서 자료를 처리했다. 그때 일각수의 두개골로 보이는 뼈를 받아 집에 가져왔다. 그리고 얼마 후에 기호사에게 매수된 듯한 가스 검침원이 찾아와 그 두개골을 훔치려 했다. 다음 날 아침 의뢰인의 손녀딸이 전화를 해, 할아버지가 야미쿠로에게 습격당했으니 도와 달라고 했다. 약속한 장소에 나갔지만, 그녀는 나타나지 않았다. 나는 두 가지 중요한 물건을 갖고 있는 듯했다. 한 가지는 두개골이고, 다른 한 가지는 셔플링 작업이 끝난 자료이다. 나는 그 두 가지를 신주쿠역의 임시 보관소에 맡겼다.

무엇 하나 알 수 있는 게 없었다. 나로서는 누가 어떤 힌트라도 주었으면 싶었다. 그러지 않고는 뭐가 뭔지 모르는 채, 두개골과 함께 영원히 도망 다니는 신세가 될 수도 있었다.

내가 맥주를 마신 뒤 감자 샐러드를 다 먹고 한숨 돌릴 무렵, 강철 문이 폭발하는 듯한 소리를 내며 안쪽으로 콰당 열리고, 한 번도 본 적 없을 만큼 덩치가 거대한 남자가 안으로 들어왔다. 남자는 화려한 하와이안 셔츠에 군데군데 기름 얼룩이 묻은 카키색 군복 바지를 입고, 스쿠버 다이빙용 오리발 정도 크기의 하얀 테니스화를 신고 있었다. 머리는 빡빡 밀었고, 코는 뭉툭하고, 목은 보통 사람의 몸통 둘레만큼 굵었다. 눈두덩은 잿빛 금속처럼 두툼하고, 눈은 흰자위가 유난히 두드러지는 데다 멀겠다. 언뜻 의안처럼 보였지만, 자세히 보니 검은자위가 뒤룩뒤룩 움직여 제 눈이라는 걸 알았다. 키는 195센티미터쯤 될 것 같다. 어깨도 넓고, 시트를 한 번 접어 그대로 몸에 걸친 것처럼 거대한 하와이안 셔츠는 단추가 떨어져 나가지 않을까 싶을 정도로 가슴을 조이고 있었다.

덩치는 자신이 파괴한 문을 마치 내가 와인의 코르크 마개를 바라볼 때와 비슷한 눈길로 힐금 쳐다보고는, 그 눈길을 내게로 돌렸다. 그는 나라는 인간에게 그리 복잡한 감정은 품지 않은 듯 보였다. 그는 나를 방에 놓인 비품이나 물건처럼 쳐다보았다. 그럴 수만 있다면 나도 방 안의 물건이 되고 싶을 정도였다.

덩치가 몸을 옆으로 비키자, 뒤에 조그만 남자의 모습이 보였다. 남자는 150센티미터 남짓한 키에 깡말랐고, 얼굴은 단정했다. 하늘색 라코스테 폴로셔츠에 베이지색 치노바지를 입고, 엷은 갈색 가죽 구두를 신고 있었다. 대충 고급 아동복점에서 사 입었을 것이다. 손목에서는 금색 롤렉스 시계가 번쩍거렸지만, 물론 아동용 롤렉스 시계는 따로 없다 보니 필요 이상 커 보였다. 「스타 트렉」 유의 SF 영화에 나오는 통신 장치 같다. 나이는 삼십 대 후반이나 사십 대 초반쯤으로 보였다. 키가 20센티미터만 더 컸으면 꽃미남 배우라 해도 통할 것 같았다.

덩치가 신발을 신은 채 부엌에 들어와, 테이블 너머에서 나를 마주하고 의자를 끌어당겼다. 그러자 꼬마가 천천히 들어와 거기에 앉았다. 덩치는 싱크대에 걸터앉아 팔짱을 끼었다. 팔이 보통 사람의 허벅지 정도는 됨 직했다. 그리고 멀건 눈으로 내 등에서 신장의 언저리 조금 위 쪽을 노려보았다. 나는 역시 베란다에서 비상 사다리를 타고 도망쳤어야 했다. 요즘 들어 판단력이 상당히 흐려졌다. 주유소에 가서 한번 보닛을 열어 보는 편이 좋을지도 모르겠다.

꼬마는 내 얼굴을 제대로 쳐다보지도 않고, 인사도 하지 않았다. 그는 주머니에서 담뱃갑과 라이터를 꺼내 테이블에 올려놓았다. 담배는 벤슨 앤드 헤지스이고, 라이터는 금색 듀퐁이었다. 그런 것을 보고 있자니, 무역 불균형이란 말은 어느 외국 정부에서 날조한 거짓말이겠거니 싶었다. 그는 라이터를 두 손가락 사이에 끼고 빙글빙글 능숙하게 돌렸다. 자택 방문 서커스 같기도 했지만, 물론 나는 이런 서커스단을 요청한 기억이 없다.

나는 냉장고 위에서 오래전 술 가게에서 받은 버드와이저 마크가 찍힌 재떨이를 찾아, 손가락으로 먼지를 닦아 내고 남자 앞에 내놓았다. 남자는 짧고 경쾌한 소리를 내며 담배에 불을 붙이고, 눈을 찡그리면서 담배 연기를 공중에 뿜어 냈다. 그의 작은 체구에는 어딘지 모르게 기묘한 점이 있었다. 얼굴도 손도 다리도 고루 다 작다. 마치 평범한 어른의 몸을 축소 복사한 듯한 체형이었다. 덕분에 벤슨 앤드 헤지스가 새 색연필 정도 크기로 보였다.

꼬마는 말 한마디 없이 타들어 가는 담배 끝을 지그시 쳐다보았다. 장뤼크 고다르의 영화 같으면 이 장면에서 '그는 담배가 타들어 가는 것을 바라본다.'라는 자막이 들어갔을 테지만, 다행인지 불행인지 장뤼크 고다르의 영화는 이제 완전히 구닥다리다. 담배 끝이 충분히 재로 변하자, 그는 손가락으로 톡톡 쳐서 재떨이에 떨어뜨렸다. 재떨이는 쳐다보지도 않았다.

"문 말인데." 높고 낭랑한 목소리로 꼬마가 말했다. "그건 부술 필요가 있었어. 그래서 부순 거야. 조용히 열려면 그럴 수도 있었지만. 아무튼 그렇게 되었으니 양해하라고."

"우리 집에는 아무것도 없어. 찾아보면 알겠지만." 나는 말했다.

"찾아?" 꼬마가 깜짝 놀란 듯이 말했다. "찾는다?" 그는 담배를 입에 문 채 손바닥을 갉작갉작 긁었다. "찾는다고, 뭘 찾지?"

"글쎄, 뭔지 모르지만, 뭘 찾으러 온 것 아닌가? 문까지 부숴 가면서."

"무슨 말을 하는 건지 모르겠군." 남자가 말했다. "당신, 뭘 오해하고 있는 모양인데. 원하는 건 없어. 얘기를 하러 왔어. 그뿐이야. 아무것도 찾지 않고, 아무것도 원하지 않아. 혹시 코카콜라가 있으면, 코카콜라를 마시고 싶은데."

나는 냉장고를 열어, 위스키에 섞어 마시려고 사다 놓은 콜라 캔 두 개를 꺼내 잔과 함께 테이블에 내려놓았다. 그리고 내가 마실 것으로 에비스 캔 맥주를 꺼냈다.

"저 사람은 안 마시나?" 나는 뒤에 있는 덩치를 가리키며 말했다.

꼬마가 손가락을 구부려 부르자 덩치가 소리 없이 다가와,

테이블에서 콜라 캔을 집어 들었다. 거대한 덩치치고는 놀라우리만큼 동작이 가볍다.

"다 마시면, 그걸 하지." 꼬마가 덩치에게 말했다. 그리고 내게는 "여흥."이라고 짧게 말했다.

나는 고개를 돌려 덩치가 단 한 모금에 콜라를 마셔 치우는 것을 바라보았다. 남자는 다 마시고 나자 캔을 뒤집어 안에 한 방울도 남아 있지 않은 것을 확인하고는 손바닥 사이에 끼우고 납작하게 찌그러뜨렸다. 그러는 동안 얼굴색 하나 변하지 않았다. 신문지가 바람에 날리듯 휘리릭 하는 소리가 나면서 빨간 코카콜라 캔이 금속 쪼가리 한 장으로 변했다.

"저런 거야 누구나 할 수 있지." 꼬마가 말했다. 누구나 할 수 있을지도 모르지만, 나는 못한다.

그리고 또 덩치는 그 납작한 금속 쪼가리를 양손에 잡더니 세로로 쭉 찢었다. 이번에도 입술이 약간 일그러졌을 뿐이다. 전화번호부를 쫙 찢는 것은 한 번 본 적이 있지만, 납작하게 찌그러뜨린 콜라 캔을 찢는 것은 처음 보았다. 시도해 본 적이 없어서 모르지만 아마 보통 일이 아닐 것이다.

"백 엔짜리 동전도 구부러트릴 수 있지. 그런 걸 할 수 있는 인간은 별로 없어." 꼬마가 말했다.

나는 고개를 끄덕여 동의를 표했다.

"귀도 뜯을 수 있지."

나는 또 고개를 끄덕였다.

"3년 전까지는 프로레슬러였어." 하고 꼬마가 말했다. "꽤 잘나가는 선수였지. 무릎 부상만 없었다면 챔피언 급까지 올라갔을 텐데. 젊고, 실력도 좋고, 보기보다 발도 빨랐고. 그런데 무릎을 다치면 끝이지. 레슬링은 속도가 없으면 안 되니까 말이야."

남자가 그렇게 말하고 내 얼굴을 쳐다봐서, 나는 또 고개를 끄덕였다.

"그 후로 내가 뒤를 봐주고 있어. 사촌동생이다 보니."

"중간적인 체형을 산출하지 못하는 집안인가?" 나는 말했다.

"그 말, 다시 한번 해 보지." 꼬마가 말하고 내 눈을 빤히 들여다보았다.

"별 뜻 없는 말이야." 하고 나는 말했다.

꼬마는 어떻게 할까 잠시 망설이는 눈치더니, 마침내 포기했는지 담배를 바닥에 떨어뜨리고 구둣발로 밟아 껐다. 나는 그 행동에 대해서는 불평하지 않기로 했다.

"당신 말이야, 좀 더 릴랙스하라고. 마음을 열고, 느긋하게 말이야. 그래야 터놓고 얘기를 할 수 있지." 꼬마가 말했다. "아직도 어깨에 힘이 들어가 있군."

"냉장고에서 맥주를 꺼내 와도 괜찮겠나?"

"아무렴, 물론이지. 당신 방에 당신 냉장고에 당신 맥주 아닌가."

"내 문." 하고 나는 말했다.

"문은 잊어버려. 그런 생각을 하니까 어깨에 힘이 들어가는 거야. 허접한 싸구려잖나. 월급도 많이 받는데 좀 더 멀쩡한 문이 달린 곳으로 이사하면 좋잖아."

나는 문은 포기하고 냉장고에서 캔 맥주를 꺼내 와 마셨다.

꼬마는 잔에 콜라를 따라서 거품이 꺼지기를 기다렸다가 절반을 마셨다.

"너무 혼란스럽게 만드는 것도 미안하니까 우선 설명을 하지. 우리는 당신을 도우러 온 거야."

"문까지 부수고?"

내가 그렇게 말하자, 꼬마의 얼굴이 갑자기 벌게지더니 콧구멍이 딱딱하게 부풀었다.

"문은 잊어버리라고 했을 텐데?" 그는 아주 차분하게 말했다. 그리고 덩치를 향해 똑같은 말을 반복했다. 덩치는 그렇다는 듯이 고개를 끄덕였다. 성격이 아주 급한 사내인 듯하다. 나는 성격이 급한 사람을 상대하는 걸 별로 좋아하지 않는다.

"우리는 호의로 찾아온 거야." 꼬마가 말했다. "당신이 혼란스러워해서 이것저것 가르쳐 주러 온 거라고. 혼란스러워한다는 말이 별로라면 당황했다고 해도 좋아. 그렇지 않나?"

"혼란스럽고, 당황한 상태야." 하고 나는 말했다. "아무런 지식도 없고, 아무런 힌트도 없고, 문도 없지."

꼬마가 테이블에 놓인 금색 라이터를 집어 의자에 앉은 채로 냉장고를 향해 던졌다. 퍽 하는 스산한 소리가 나면서, 내 냉장고 문이 옴폭 파였다. 덩치가 바닥에 떨어진 라이터를 주워 원래 자리에 갖다 놓았다. 모든 것은 원래 자리로 돌아가고, 냉장고 문에 상처만 남았다. 꼬마는 마음을 가라앉히려는 듯 남은 콜라를 마셨다. 나는 성격이 급한 사람을 상대하면, 그 성급함을 조금씩 시험해 보고 싶어진다.

"말이야, 저런 허접한 문짝 한두 개쯤 어떻게 되든 무슨 상관이야. 사태의 중대성을 생각해 보라고. 이 아파트를 폭파해도 좋을 정도야. 문이 어쩌네 저쩌네 하는 소리는 두 번 다시 하지 마."

내 문, 하고 나는 마음속으로 말했다. 문이 싸고 비싸고의 문제가 아니다. 문이란 것은 하나의 상징이다.

"문이 문제가 아니라, 이런 일이 생기면 아파트에서 쫓겨날 수도 있으니 그렇지. 평범한 사람들이 사는 조용한 아파트라서." 하고 나는 말했다.

"만약 누가 당신에게 뭐라고 하면서 쫓아내려고 하면 내게 전화해. 내가 손을 써서 그 인간을 아주 혼쭐을 내줄 테니까. 그럼 되겠지. 당신에게 누를 끼칠 마음은 없어."

그런 짓을 했다가는 더 성가신 일이 생길 것 같았지만, 이 이상 상대를 자극하고 싶지 않아 나는 말없이 고개를 끄덕이고, 또 맥주를 마셨다.

"괜한 충고일지 모르겠지만, 서른다섯이 넘으면 맥주 마시는 습관은 버리는 편이 좋아." 꼬마가 말했다. "맥주는 학생이나 육체 노동자들이 마시는 거라고. 배는 나오지, 품위도 없지 말이야. 어느 정도 나이가 되면, 와인이나 브랜디 같은 술이 몸에도 좋아. 소변이 많이 나오면 몸의 대사 기능이 나빠진다고. 맥주는 그만 마시고, 좀 더 비싼 술을 마셔. 한 병에 2만 엔 정도 하는 와인을 매일 마셔 보라고. 몸이 깨끗하게 정화되는 기분이 들 테니까."

나는 고개를 끄덕이면서 맥주를 마셨다. 괜한 충고다. 나는 맥주를 마음껏 마시기 위해 수영장에 다니고 러닝을 하면서 뱃살을 빼고 있다.

"뭐, 나도 남말은 할 수 없지." 꼬마가 말했다. "누구에게나 약점은 있는 법이니까. 난 말이야, 담배와 단것에 약해. 특히 단것이라면 사족을 못 쓰지. 이에도 좋지 않고 당뇨의 원인이 되는데도 말이야."

나는 고개를 끄덕이며 동의했다.

남자가 담배를 한 개비 꺼내 라이터로 불을 붙였다.

"나는 초콜릿 공장 옆에서 자랐어. 아마 그래서 단걸 좋아하게 되었겠지. 그렇다고 모리나가나 메이지처럼 큰 공장은 아니야. 동네에 있는 이름도 없고 조그만 공장이었지. 그 왜 있잖나, 막과자나 슈퍼마켓에서 세일할 때 파는 자질구레하고 멋없는 과자를 만드는 곳 말이야. 그래도 아무튼 매일매일 초콜릿 냄새가 나는 통에 온갖 것에 초콜릿 냄새가 배었지. 커튼, 베개, 고양이, 그런 온갖 것에 말이야. 그래서 초콜릿을 지금도 좋아해. 초콜릿 냄새를 맡으면 어린 시절이 떠오르거든."

남자는 롤렉스의 숫자판을 힐금 쳐다보았다. 나는 다시 한번 문 얘기를 꺼내 볼까 하다가, 얘기가 길어질 것 같아 그만두었다.

"자, 이제." 꼬마가 말했다. "시간도 별로 없으니까 잡담은 이 정도로 하지. 조금은 릴랙스가 되었나?"

"조금은." 하고 나는 말했다.

"그럼 본론에 들어가지." 꼬마가 말했다. "아까도 말했지만, 내가 여기 온 건 당신의 그 당황스러움을 다소나마 풀어 주려는 목적에서야. 그러니까 모르는 게 있으면 뭐든 물어보라고.

대답할 수 있는 건 대답해 줄 테니까."

그리고 꼬마는 내게 '자, 어서.' 하는 식으로 손짓했다. "뭐든 물어보라고."

"우선, 당신들이 누구이고, 어디까지 사태를 파악하고 있는지, 그걸 알고 싶군." 하고 나는 말했다.

"좋은 질문이야." 하고서 그는 동의를 구하듯 덩치 쪽을 쳐다보았다. 덩치가 고개를 끄덕이자 다시 내게로 시선을 돌렸다. "막상 닥치니 머리가 잘 돌아가는군. 불필요한 말도 하지 않고."

꼬마가 담뱃재를 재떨이에 털었다.

"그럼 이렇게 생각해 봐. 나는 당신을 도우러 여기 왔어. 현재 어느 조직에 속해 있는지는 관계없지. 그리고, 우리도 대충은 사태를 파악하고 있어. 박사에 대해서도, 두개골에 대해서도, 그리고 셔플링 데이터. 모두 대략은 알고 있지. 당신이 모르는 것도 알고 있어. 다음 질문은?"

"어제 오후, 가스 검침원을 매수해 두개골을 훔쳐 오라고 했나?"

"그건 아까도 말했잖나." 꼬마가 말했다. "우리는 두개골 따위는 원치 않아. 우리는 아무것도 원치 않는다고."

"그럼, 그건 누구지? 가스 검침원을 매수한 사람은? 아니면 내가 환영이라도 봤다는 말인가?"

"그런 거야 우리는 모르지." 꼬마가 말했다. "우리가 모르는 건 또 있어. 박사가 지금 진행 중인 실험. 그가 뭘 하고 있는지는 다 파악하고 있어. 그러나 그게 어디로 향하는지는 몰라.

그걸 알고 싶군."

"나도 몰라." 하고 나는 말했다. "아무것도 모르는데 이렇게 성가신 일만 당하고 있지."

"그건 잘 알고 있어. 당신은 아무것도 몰라. 이용되고 있을 뿐이니까."

"그렇다면 나를 찾아와 봐야 얻을 게 없다는 것도 알고 있 겠군."

"그냥 인사 차원이야." 하고 꼬마는 라이터 모서리로 테이블 을 톡톡 두드렸다. "우리 존재를 알리는 게 좋겠다 싶어서 말 이지. 그리고 피차 지식과 견해를 나누는 편이 앞으로 일을 해 나가기가 쉬울 것 같아서."

"상상해 봐도 될까?"

"그러시지. 상상이란 것은 새의 날개처럼 자유롭고, 바다처 럼 넓은 것이지. 아무도 막을 수 없고 말이야."

"당신들은 '조직'의 인간도 '공장'의 인간도 아니야. 수법이 어느 쪽과도 달라. 아마 독립적인 작은 조직이겠지. 그리고 새 로운 패권을 원하고 있어. 아마 '공장' 쪽을 잠식하려고 할 것 같은데."

"호, 거 보라니까." 꼬마가 사촌동생인 덩치에게 말했다. "아 까 내가 말했지? 머리가 잘 돌아간다고."

덩치가 고개를 끄덕였다.

"이렇게 싸구려 집에 사는 게 이상할 정도로 머리가 잘 돌 아가. 마누라가 집을 나간 게 이상할 정도로 머리가 잘 돌아 간다니까." 꼬마가 말했다. 이렇게 칭찬을 듣기는 오랜만이다.

얼굴이 붉어진다.

"당신의 추측은 대체로 맞았어." 꼬마가 말을 이었다. "우리는 이 정보 전쟁에서 박사가 개발한 새로운 방식을 입수해서 치고 올라갈 거야. 그만한 준비는 돼 있고, 자금도 있어. 그러기 위해서 반드시 당신과 박사의 연구를 손에 넣고 싶어. 그러면 우리는 '조직'과 '공장'으로 양분된 이 바닥을 송두리째 뒤집을 수 있게 돼. 그게 정보 전쟁의 좋은 점이지. 아주 평등하잖아. 새롭고 뛰어난 시스템을 손에 넣는 자가 이기는 거지. 그것도 아주 결정적으로. 실적이고 뭐고 상관없어. 게다가 지금 상황은 명백하게 부자연스러워. 완전 독점 상태잖나. 정보의 밝은 쪽은 '조직'이 독점하고, 어두운 쪽은 '공장'이 독점하고 있지. 경쟁이란 게 없어. 이건 어느 모로 보나 자유주의 경제 원칙에 위배되는 거야. 자네는 어떤가? 부자연스럽다고 생각지 않나?"

"나와는 관계없는 일이야." 하고 나는 말했다. "나 같은 말단은 개미처럼 일할 뿐이야. 다른 생각은 없어. 그러니까 만약 당신들이 나를 동료로 끌어들이기 위해 여기 왔다면⋯⋯."

"아직도 이해를 못하는 것 같은데." 꼬마가 혀를 차며 말했다. "우리는 당신을 동료로 끌어들이려 하지 않아. 그냥 당신을 손에 넣고 싶을 뿐이지. 다음 질문은?"

"야미쿠로에 대해 알고 싶어."

"야미쿠로는 지하에 살아. 지하철이나 하수도나 그런 곳에 살면서 도시의 쓰레기를 먹고 오수를 마시며 살고 있지. 인간과 섞이는 일은 거의 없어. 그러니까 야미쿠로의 존재를 모르는 이도 적지 않아. 인간에게 위해를 끼치는 일은 없지만, 가끔 어쩌다 지하로 발을 잘못 들여놓은 인간을 잡아다 먹는 일은 있지. 지하철 공사 중에 인부가 때로 없어지는 일이 있잖나."

"정부도 모른다는 거야?"

"정부야 물론 알고 있지. 국가란 말이야, 그렇게 멍청하지 않아. 그 사람들은 잘 알고 있어. 뭐, 그래 봐야 아주 톱클래스 몇 명이지만."

"그럼 왜 국민에게 주의를 주거나 소탕하지 않는 거지?"

"우선 첫째로." 남자가 말했다. "국민에게 알리면 일대 소동이 벌어질 거야. 그렇겠지? 발밑에 그런 정체 모를 것들이 우글거린다고 하면 다들 기분이 좋지 않을 거 아냐. 둘째, 소탕하고 싶어도 방법이 없어. 자위대를 온 도쿄의 지하에 파견해서 야미쿠로를 한 마리도 남김 없이 죽인다? 그건 불가능하지. 어둠은 그들의 홈그라운드야. 그런 짓을 했다가는 전쟁이 벌어질 거라고.

그리고 이런 이유도 있어. 놈들의 어마어마한 소굴이 황거[3] 밑에 있어서 말이야, 한번 무슨 일이 생기면 밤중에 땅을 파고 지상으로 기어 올라와. 그리고 위에 있는 인간을 땅속으로 끌고 내려갈 수도 있어. 행여나 그런 일이 생기면 일본은 쑥대밭이 되겠지. 안 그런가? 그래서 정부가 가만히 내버려 두는 거야, 야미쿠로 그놈들을. 게다가 반대로 그놈들과 손을 잡으면 거대한 힘을 수중에 넣을 수도 있어. 쿠데타가 생기든 전쟁이 발발

───────────────

3) 일본 천황과 가족들이 거처하는 궁궐.

하든, 야미쿠로와 결탁하면 절대 지지 않아. 가령 핵전쟁이 벌어지더라도 놈들은 살아남을 수 있으니까 말이야. 그러나 아직은 아무도 야미쿠로와 손을 잡지 않았어. 놈들이 여간 의심이 많아야지. 지상의 인간들과는 절대 섞이려 들지 않아."

"기호사들과 야미쿠로가 손을 잡았다는 얘기가 들리던데." 하고 나는 말했다.

"그런 소문이 있기는 해. 그러나 그런 일이 있다손 쳐도, 극히 일부의 야미쿠로가 어떤 이유가 있어 기호사들에게 회유되었을 뿐이지 그 이상의 의미는 없을 거야. 영구적으로 기호사와 야미쿠로가 동맹을 맺는 일은 절대 가능하지 않아. 신경쓸 것도 없는 일이야."

"박사가 야미쿠로에게 유괴당했는데?"

"그런 얘기도 들었어. 그러나 자세한 것은 우리도 몰라. 박사가 모습을 감추기 위해 혼자 연극을 꾸몄을 가능성도 없지 않고. 삼파전을 넘어서 사파전인 상황이니까, 무슨 일이 벌어져도 이상할 게 없지."

"박사가 대체 뭘 하려고 했던 거지?"

"박사는 특수한 연구를 하고 있었어." 하고 남자는 라이터를 여러 각도에서 바라보았다. "계산사 조직이나 기호사 조직과도 대립하는 입장에서 독자적인 연구를 추진해 왔지. 기호사는 계산사를 넘어서려고 하고, 계산사는 기호사를 배제하려고 하고. 박사는 그 사이에서 세계의 구조 자체를 뒤집는 연구를 하고 있었어. 그리고 그 연구에 당신이 필요했던 거지. 그것도 계산사로서의 당신 능력이 아니라, 당신이라는 한 인간이 말이야."

"내가?" 나는 놀라서 되물었다. "왜 내가 필요한 거지? 나는 특수한 능력이 있는 것도 아니고, 아주 평범한 인간인데. 도저히 세계의 전복에 가담할 수 없을 것 같은데."

"우리도 그 해답을 찾고 있어." 꼬마는 손으로 라이터를 만지작거리면서 말했다. "어느 정도 감은 잡고 있지만, 명확한 해답은 아니야. 아무튼 박사는 자네에게 초점을 맞추고 장기간에 걸쳐 연구를 계속해 왔어. 그리고 이제 최종 스텝으로 가는 준비가 다 갖춰진 거지. 자네도 모르는 사이에 말이야."

"그리고 당신들은 그 최종 스텝이 끝나면, 나와 그 연구를 고스란히 입수하려는 것이고."

"뭐, 그렇지." 꼬마가 말했다. "그런데 상황이 점점 꼬이고 있어. '공장'이 무슨 냄새를 맡고 움직이기 시작했어. 그래서 우리도 움직이지 않을 수 없게 된 거지. 골치 아프게 말이야."

"'조직'은 그걸 알고 있나?"

"아니, 아직은 모르고 있겠지. 박사 주변을 어느 정도 감시하고 있는 건 분명하지만."

"박사는 대체 어떤 사람이지?"

"박사는 '조직'에서 몇 년간 일했던 사람이야. 물론 일했다고 해서 자네 같은 실무 레벨은 아니었지. 중앙 연구실에 있었어. 전문 분야는 ── ."

"'조직'?" 나는 되뇌었다. 얘기가 점점 복잡해지고 있다. 내가 화제의 중심에 있는데, 나만 아무것도 모르고 있다.

"그래. 그러니까 박사는 자네의 과거 동료인 셈이지." 꼬마는 말했다. "얼굴을 마주치는 일은 아예 없었겠지만, 같은 조직에 있었다는 점에선 말이야. 말이 조직이지, 계산사의 조직은 범위가 너무 넓고 복잡한 데다 지독한 비밀주의라서, 어디서 뭐가 어떻게 돌아가고 있는지는 꼭대기에 있는 몇 명밖에 몰라. 요컨대 오른손이 하는 일을 왼손이 모르고, 오른쪽 눈과 왼쪽 눈이 서로 다른 것을 보고 있는 꼴이지. 한마디로 하면 정보가 넘쳐서, 이제 어느 누구도 감당할 수 없게 됐다는 거야. 기호사는 그 정보를 훔치려고 하고, 계산사는 그걸 지키려고 하지. 그러나 어느 쪽이 조직을 확장하든, 그 정보의 홍수를 파악하는 건 이미 불가능해.

그래서 아무튼, 박사는 생각하는 바가 있어 계산사 조직에서 빠져나와 자기 연구에 몰두하게 되었지. 그의 전문 분야는 다양해. 대뇌 생리학, 생물학, 골상학, 심리학 ─ 인간의 의식을 규정하는 연구에 있어서는 어느 분야에서든 톱클래스로 통용될 거야. 이 시대에 보기 드문 르네상스적 천재 학자라고 할 수 있지."

그런 인물에게 브레인 워시와 셔플링에 대해 설명했다고 생각하자, 나는 왠지 자신이 한심해졌다.

"현재 계산사들이 사용하는 계산 시스템을 만들어 낸 것도 거의 박사 혼자의 공적이라고 해도 과언이 아닐 정도야. 자네들은 요컨대, 그가 창출한 노하우가 꼭꼭 담긴 일개미 같은 것이지." 꼬마가 말했다. "이런 표현이 거슬리나?"

"아니, 굳이 꺼릴 것 없어."

"자, 박사는 계산사 조직에서 나왔어. 그러자 당연히 기호사 조직이 그를 스카우트하러 찾아갔지. 조직에서 떨려 난 계산사 대부분이 기호사가 되니까 말이야. 그러나 박사는 그 요청을 거절했어. 독자적으로 해야 할 연구가 있다고 하면서 말이지. 그렇다 보니 박사는 계산사 조직과 기호사 양쪽의 적이 되고 말았어. 계산사 조직에게 그는 비밀을 너무 많이 아는 인물이고, 기호사 조직에는 적의 일원인 셈이니까 말이야. 놈들은 자기편이 아니면 곧 적으로 여기잖아. 박사도 그걸 잘 알기 때문에 야미쿠로의 소굴 바로 근처에 실험실을 만들었어. 실험실에는 가 봤지?"

나는 고개를 끄덕였다.

"정말 탁월한 아이디어야. 아무도 그 실험실에 접근할 수 없어. 사방에 야미쿠로가 우글거리고 있으니 말이지. 계산사 조직도 기호사 조직도 야미쿠로는 못 이겨. 본인이 오갈 때는 야미쿠로가 싫어하는 음파를 내보내지. 그럼 모세가 홍해를 가를 때처럼 야미쿠로가 싹 없어져. 완벽한 방어 시스템이야. 그 아가씨 말고 실험실에 들어간 사람은 당신이 처음일 거야, 아마. 그만큼 당신이라는 존재가 중요하다는 뜻이지. 그러니 어느 모로 보나 박사의 연구가 막바지에 이르렀고, 그걸 완성하기 위해 자네를 불렀다는 얘기야."

"흐음." 나는 중얼거렸다. 태어나서 지금까지 나 자신이 그렇게 중요한 의미를 가진 적은 단 한 번도 없었다. 자신이 중요한 존재라니, 아무래도 기묘했다. 적응이 잘 안 된다. "그 말은." 하고 나는 말했다. "내가 처리한 박사의 실험 자료가 실은 나를 불러들이기 위한 미끼였을 뿐, 아무런 가치가 없다는 뜻이겠군. 박사의 목적이 나를 불러들이는 것에 있었다면."

"아니, 그게 그렇지 않아." 하고 꼬마는 말했다. 그리고 또 힐금 손목시계를 쳐다보았다. "그 자료는 면밀하게 만들어진 프로그램이야. 시한폭탄 같은 것이지. 때가 오면 펑 폭발하는. 물론 이것도 그냥 상상이야. 정확한 건 우리도 몰라. 박사에게 직접 물어보지 않고는 알 수가 없지. 음, 어디 보자, 이제 시간이 얼마 남지 않았군. 이쯤에서 얘기는 접고 싶은데, 어떻겠나? 할 일이 좀 남아 있어서 말이야."

"박사의 손녀딸은 어떻게 됐지?"

"그 아이가 왜?" 꼬마가 이상하다는 듯이 물었다. "우리는 아는 게 없는데. 모든 걸 일일이 다 감시할 수는 없어서 말이야. 왜, 그 아이에게 마음이라도 있나?"

"없어." 하고 나는 말했다. 아마 없을 것이라고 생각한다.

꼬마는 내 얼굴을 계속 쳐다보면서 의자에서 일어나, 테이블에 놓인 라이터와 담배를 집어 바지 주머니에 넣었다. "서로의 입장은 자네도 대략 알았겠지. 조금 더 보충하자면, 우리는 지금 한 가지 계획을 갖고 있어. 다시 말하자면, 우리는 지금 기호사보다는 상황에 대해 자세한 정보를 갖고 한발 앞서 달리고 있어. 그러나 우리의 조직력은 '공장'에 비하면 훨씬 약하지. 그들이 작심하고 뛰어들면 한걸음에 우리를 추월하는 것은 물론이요, 아주 박살을 낼 거야. 그러니 그러기 전에 우리로서는 기호사들을 견제하지 않을 수 없어. 이 얘기는 이해하겠나?"

"음." 하고 나는 말했다. 충분히 이해한다.

"그런데 우리 힘만으로는 그럴 수 없다는 게 문제야. 그렇다면 누군가의 힘을 빌리는 수밖에 없지. 자네라면 누구의 힘을 빌리겠나?"

"조직." 나는 대답했다.

"거 보라니까." 꼬마는 또 덩치에게 말했다. "머리가 잘 돌아간다고 했지." 그리고 그가 또 내 얼굴을 보았다. "그런데 그러자니 미끼가 필요해. 미끼가 없으면 아무도 달려들지 않으니까 말이야. 그래서 자네를 미끼로 할 거야."

"별로 내키지 않는데." 나는 대답했다.

"내키고 안 내키고의 문제가 아니라고." 꼬마가 말했다. "우리도 필사적이야. 이번에는 내가 질문하겠는데 ─ 이 방에서 자네가 가장 아끼는 게 뭘까?"

"아무것도 없어." 하고 나는 말했다. "아끼는 건 전혀 없어. 다 싸구려고."

"그건 잘 알지. 그래도 뭐 하나쯤은 있지 않겠나. 부수지 않았으면 하는 게. 아무리 싸구려라도, 자네는 여기서 생활하고 있으니 말이야."

"부순다고?" 나는 놀라서 물었다. "부순다니, 무슨 뜻이지?"

"부순다는 게…… 말 그대로 부수는 거야. 저 문처럼." 하면서 꼬마가 뒤틀려 경첩이 날아간 현관문을 가리켰다. "파괴를 위한 파괴지. 모두 닥치는 대로 때려 부수는 거야."

"뭣 때문에?"

"한마디로는 설명할 수 없고, 설명을 하든 안 하든 엉망이 되는 건 변함없어. 그러니까 부수지 않았으면 하는 게 있으면 말해 봐. 나쁘게는 안 할 테니까."

"비디오." 나는 포기하고 대답했다. "텔레비전, 그 두 가지는 얼마 전에 새로 산 데다 제법 비싼 거야. 그리고 선반에 있는 위스키들."

"그 외에는?"

"가죽점퍼와 새로 산 양복. 점퍼는 미 공군의 바머 타입이고 깃에 털이 붙어 있어."

"그 외에는?"

나는 그 외에 아끼는 것이 뭐가 있는지 잠시 생각했다. 아무것도 없었다. 나는 집 안에 소중한 것을 쌓아 놓는 성격이 아니다.

"그게 다야." 하고 나는 말했다.

꼬마가 고개를 끄덕였다. 덩치도 고개를 끄덕였다.

덩치는 돌아다니면서 우선 선반과 벽장을 일일이 열었다. 그리고 벽장 안에서 근육 트레이닝용 불워커(bullworker)를 꺼내 등 뒤로 돌리고 양쪽에서 누르기 시작했다. 나는 그때껏 불워커를 등 뒤에서 끝까지 누르는 사람을 본 적이 없어서 그것이 첫 경험이었다. 놀라웠다.

그리고 그는 마치 야구 방망이를 잡듯 불워커의 그립을 두 손으로 잡고 침실로 갔다. 나는 고개를 쑥 내밀고 그가 뭘 하는지 보았다. 덩치는 텔레비전 앞에 서서 불워커를 어깨 위로 쳐들고 브라운관을 향해 한껏 휘둘렀다. 유리가 조각조각 깨지는 소리와 백 개 정도의 플래시가 동시에 터지는 듯한 소리가 났다. 그리고 석 달 전에 산 27인치짜리 텔레비전이 수박처럼 박살이 났다.

 "아니, 잠깐……." 하면서 일어서려고 했는데, 꼬마가 테이블을 손바닥으로 탁 치는 바람에 멈췄다.

 덩치는 그다음에는 비디오를 들어 올려 텔레비전 모퉁이에 대고 몇 번 내리쳤다. 스위치 몇 개가 날아가고 코드가 끊기면서 하얀 연기가 한 줄기 구원받은 영혼처럼 공중으로 피어올랐다. 비디오가 완전히 파괴된 것을 확인하자 남자는 쓰레기로 변한 기계를 바닥에 내던지고, 이번에는 주머니에서 플래시 나이프를 꺼냈다. 찰칵 하는 단순 명쾌한 소리와 함께 날카로운 칼날이 나타났다. 그리고 그는 옷장 문을 열고, 두 벌 합해서 20만 엔 가까웠던 나의 존슨즈 바머 재킷와 브룩스 브라더스 양복을 좍좍 찢었다.

 "대체 뭐 하는 짓이야." 나는 꼬마에게 소리쳤다. "아끼는 건 부수지 않겠다고 했잖아."

 "그런 말은 안 했어." 꼬마는 태연하게 대답했다. "나는 아끼는 게 뭐냐고 물었어. 부수지 않는단 말은 하지 않았다고. 아끼고 소중하니까 부수는 거야. 뻔하잖아."

 "어이가 없군." 나는 냉장고에서 캔 맥주를 꺼내 와 마셨다. 그리고 꼬마와 둘이, 덩치가 나의 아담하고 세련된 방 두 개짜리 집을 파괴하는 광경을 지켜보았다.

14 세계의 끝

숲

    마침내 가을은 그 모습을 감췄다. 어느 아침 눈을 뜨고 하늘을 올려다보았더니, 가을은 가 버리고 없었다. 하늘에 선명하던 가을 구름은 이미 그림자도 없고, 대신 흐릿하고 두꺼운 구름이 불길한 소식을 들고 찾아온 사자처럼 북쪽 능선 위에 떠 있었다. 마을에 가을은 정겹고 아름다운 방문객이었지만, 머문 기간은 너무도 짧고, 떠남은 너무도 갑작스러웠다.

    가을이 물러나고 나자 그 자리에 잠정적인 공백이 찾아왔다. 가을도 아니고 겨울도 아닌 기묘하고 고요한 공백이었다. 짐승의 몸을 뒤덮었던 황금색은 서서히 그 빛을 잃고 마치 표백한 듯 하얗게 변색되어 겨울이 머지않았음을 사람들에게 알리고 있었다. 모든 생물과 모든 사물이 얼어붙는 계절에 대비해 목을 움츠리고 몸을 바짝 긴장하고 있었다. 겨울의 예감이 눈에는 보이지 않는 막처럼 마을을 뒤덮고 있었다. 바람 소리와 초목의 살랑거림, 밤의 고요와 사람들이 내는 발소리마저 어떤 암시를 품은 것처럼 무겁고 어색해졌고, 가을에는 부드럽고 경쾌하게 느껴지던 모래톱 가의 물소리도 이제는 나의 마음을 위로해 주지 못했다. 모든 것이 자신의 존재를 지키고 유지하기 위해 껍데기를 단단히 닫고, 어떤 유의 완결성을 띠기 시작했다. 그들에게 겨울은 다른 어떤 계절과도 다른 특수한 계절이었다. 새들이 우는 소리도 짧고 날카로워졌고, 때로 그들의 날갯짓 소리만 서늘한 공백을 뒤흔들었다.

"올겨울은 추위가 각별하겠어." 늙은 대령은 말했다. "구름의 모양을 보면 알 수 있지. 이리 와서 저길 좀 보라고."

노인은 나를 창가로 데려가, 북쪽 능선에 두껍게 낀 어두운 구름을 가리켰다.

"늘 이 계절이 되면, 저 북쪽 능선에 겨울을 알리는 구름이 먼저 나타나지. 말하자면 척후병 같은 것인데, 그때 구름 모양으로 겨울 추위가 어느 정도일지 예상할 수 있어. 밋밋하고 평탄한 구름이 나타나면 따뜻한 겨울이고, 구름이 두꺼우면 두꺼울수록 겨울 추위가 혹독하고. 그리고 새가 날개를 펼친 모양의 구름이면 추위가 얼어붙을 듯 심하지. 바로 저 구름처럼."

나는 눈을 찡그리고 북쪽 능선 위의 하늘을 보았다. 흐릿해서 잘 보이지 않았지만, 노인이 말하는 구름의 모양은 알아볼 수 있었다. 구름은 북쪽 능선의 이 끝에서 저 끝에 달하리만큼 좌우로 길게 뻗었고, 그 한가운데가 산처럼 불룩 솟아 있었다. 노인이 말한 대로 날개를 펼친 새 모양이다. 능선을 넘어

날아오는 회색의 불길하고 거대한 새다.

"50년이나 60년에 한 번 올까 말까 한 엄동이 되겠군." 대령은 말했다. "그런데 자네, 코트 없지?"

"네, 없습니다." 나는 말했다. 나는 이 마을에 들어왔을 때 지급된 그리 두껍지 않은 면 윗도리밖에 갖고 있지 않다.

노인은 옷장을 열고, 거기에서 짙은 감색 군용 코트를 꺼내 내게 건넸다. 받아 들어 보니, 코트는 돌처럼 무겁고, 거친 양모가 피부를 따끔따끔 찔렀다.

"다소 무겁지만, 그래도 없는 것보다는 나을 거야. 자네를 위해 내가 구해 놓았어. 사이즈가 맞으면 좋을 텐데."

나는 코트 소매에 팔을 넣어 보았다. 어깨가 조금 크고, 익숙하지 않아 휘청거릴 만큼 무거웠지만, 그런대로 몸에 맞을 듯하다. 게다가 노인도 말했다시피, 없는 것보다는 낫다. 나는 고맙다고 말했다.

"자네, 아직도 지도를 그리고 있나?" 늙은 대령이 내게 물었다.

"네." 하고 나는 대답했다. "아직 몇 군데가 남아 있지만, 가능하면 완성하고 싶습니다. 지금껏 기를 쓰고 그렸으니까요."

"지도를 그리는 것은 딱히 상관없어. 그건 자네 자유이고, 남에게 누를 끼치는 일도 아니니까 말이야. 하지만, 겨울이 오면 먼 곳에는 가지 말게나. 자네를 위해 하는 말이야. 인가에서 멀어지면 안 돼. 특히 올해처럼 추위가 혹독한 계절에는 그저 조심하는 게 최선이야. 여기는 그렇게 넓은 곳은 아니지만, 겨울에는 자네가 모르는 위험한 장소가 많아. 내년 봄까지 기다렸다가 지도를 완성하도록 해."

"알겠습니다." 나는 말했다. "그런데 겨울이 언제 시작되는 거죠?"

"눈이야. 첫 눈송이가 하늘하늘 내리면 겨울이 시작돼. 그리고 모래톱에 쌓인 눈이 녹아서 사라지면 겨울이 끝나지."

우리는 북쪽 능선의 구름을 바라보면서, 둘이 아침 커피를 마셨다.

"그리고, 이것도 중요한 일인데." 노인이 말했다. "겨울이 시작되면, 가급적 벽에도 가까이 가지 않도록 하게나. 그리고 숲에도. 겨울에는 그들이 강한 힘을 갖게 되거든."

"숲에 대체 뭐가 있는데요?"

"아무것도 없어." 잠시 생각한 후에 노인이 대답했다. "아무것도 없어. 적어도 나나 자네에게 필요한 것은 전혀 없어. 우리에게 숲은 불필요한 장소야."

"숲속에 아무도 살지 않나요?"

노인은 난로 문을 열고 안의 먼지를 털어 낸 다음, 자잘한 장작 몇 개와 석탄을 집어넣었다.

"오늘 밤부터 난로에 불을 때야 하지 싶군." 그는 말했다.

"이 장작과 석탄은 숲에서 얻는 거야. 그리고 버섯과 차 같은 몇몇 식료품도 숲에서 나는 거지. 그런 의미에서 숲은 우리에게 필요해. 그러나 그게 전부야. 그 외에는 아무것도 없어."

"그렇다면 숲에는 석탄을 캐거나 땔감을 모으고, 버섯을 따는 사람들이 살겠군요?"

"그렇기는 해. 몇 명 살고 있지. 그들은 석탄과 땔감과 버섯을 마을에 공급하고, 우리는 그 대신 곡물과 의류를 제공하지. 일주일에 한 번 그런 교환이 특정한 장소에서 특정한 사람들 사이에 이루어져. 그러나 그 외에는 전혀 교류가 없어. 그들은 마을에 오지 않고 우리는 숲에 가지 않아. 우리는 그들과는 전혀 다른 유의 존재야."

"어떻게 다른데요?"

"모든 의미에서 다르지." 노인은 말했다. "생각할 수 있는 모든 면에서, 그들은 우리와 달라. 그러니, 그들에게 관심을 갖지 않는 게 좋겠어. 알겠나? 그들은 위험해. 그들은 자네에게 아마 나쁜 영향을 미칠 게야. 자네는 뭐랄까, 아직 불안정한 인간이니까 말이지. 자네가 완전히 제자리를 잡아 안정될 때까지 불필요한 위험은 피하는 게 좋아. 숲은 그저 숲일 뿐이야. 자네 지도에 그냥 '숲'이라고 써넣으면 되는 일이야. 알겠나?"

"알겠습니다."

"그리고 벽도 그래. 겨울의 벽은 더없이 위험해. 겨울이 되면 벽은 한층 가혹하게 마을을 감시하거든. 우리가 그 둘레 안에 잘 있는지를 빈틈없이 확인하는 거지. 벽은 이곳에서 일어나는 일을 뭐 하나 놓치는 법이 없어. 그러니 자네는 어떤 형태로든 벽과 관련되어서는 안 되고 가까이 가서도 안 돼. 거듭 말하지만, 자네는 아직 불안정한 인간이야. 망설임도 있고, 모순도 있고, 후회도 하고, 약하기도 해. 겨울은 자네에게는 가장 위험한 계절이야."

그러나 겨울이 찾아오기 전에, 나는 조금이라도 숲에 대해 알아야 했다. 그림자에게 지도를 건네기로 약속한 시기가 다가왔고, 그는 내게 숲을 조사하라고 지시했다. 숲만 조사하면 지도는 완성된다.

북쪽 능선 위에 뜬구름이 천천히, 그러나 확실하게 마을 하늘까지 날개를 펼치면서 태양은 급속히 황금색 빛을 잃어 갔다. 구름 낀 하늘은 자잘한 재에 뒤덮인 것처럼 부옇고, 거기에 희미한 빛이 고여 있었다. 내 상처 입은 눈에는 더없이 좋은 계절이었다. 하늘이 쨍하게 개는 일도 없고, 몰아치는 바람이 구름을 몰아가는 일도 없어졌다.

나는 강변 길을 따라 숲에 가서, 길을 잃어버리지 않도록 가능하면 벽을 따라 걸으면서 숲의 내부를 조사하기로 했다. 그러면 숲을 둘러싼 벽의 형태를 지도에 그려 넣을 수 있다.

그러나 그 탐색은 결코 수월치 않았다. 도중에는 땅이 고스란히 함몰한 것처럼 깊이 파인 고랑이 있고, 내 키보다 훨씬 높이 자란 거대한 산딸기 덤불도 있었다. 앞을 가로막는 습지가 있고, 도처에 거대한 거미가 끈끈하게 집을 치고 있어 거미줄이 내 얼굴과 목과 손에 엉겨 붙었다. 때로는 주변 덤불숲에서 뭔가가 바스락거리며 꿈틀거리는 소리가 들려오기도 했다. 거목의 나뭇가지가 머리 위를 뒤덮고 숲을 바닷속처럼 어두운 색으로 물들이고 있었다. 나무의 뿌리 둥치에는 알록달록하고 저마다 크기가 다른 버섯이 돋아 있고, 그것은 마치 징그러운 피부병의 전조처럼 보였다.

그럼에도 한번 벽에서 멀어져 숲속으로 발을 들여놓으면, 거기에는 불가사의할 정도로 고요하고 평화로운 세계가 펼쳐졌다. 사람 손이 닿지 않은 깊은 자연이 주는 대지의 선연한 숨결이 사방에 충만하고, 그것이 내 마음까지 차분하게 풀어 주었다. 내 눈에는 그곳이 나이 지긋한 대령이 충고하고 경고했던 위험한 장소로는 보이지 않았다. 거기에는 수목과 풀과 작은 생물이 빚어내는 끝없는 생명의 순환이 있고, 돌멩이 하나에도 한 줌 흙에도 움직이기 어려운 섭리 같은 것이 느껴졌다.

벽을 떠나 숲속으로 들어가면 갈수록, 그 같은 인상은 짙어졌다. 불길한 그림자는 빠르게 옅어지고, 나무의 모양과 풀잎의 색감도 어딘가 모르게 온화해지고 새소리마저도 한가롭게 울리는 듯했다. 군데군데 드러난 아담한 초지에도, 나무들 사이를 헤치고 흐르는 개울물에도, 벽 근처의 숲에서 보이는 긴장감과 어두움은 느껴지지 않았다. 어째서 풍경이 이리도 다를 수 있는지, 나는 알 수 없었다. 벽이 그 힘으로 숲의 공기를 흩트려 놓는 것일 수도 있고, 또는 그저 지형상의 문제일지도 모른다.

그러나 숲속을 걷는 것이 아무리 기분 좋은 일이라도, 나는 역시 완전히 벽을 떠날 수는 없었다. 숲은 깊고, 한번 헤매면 방향조차 제대로 가늠할 수 없었다. 길도 없고 표시가 될 만한 것도 없다. 그래서 나는 늘 시야에서 벽을 놓치지 않을 정도의 거리를 유지하면서 조심조심 숲속으로 들어갔다. 숲이 내 편인지 아니면 적인지는 분별할 수 없었고, 그 평온함과 푸근함도 어쩌면 나를 거기에 끌어들이기 위한 환영일지 모른다. 아무튼 노인도 지적했다시피 이 마을에서 나는 아직 불안정한 존재이다. 최대한 조심하는 게 좋다.

아마 숲속에 본격적으로는 발을 들여놓지 않은 탓이겠지

만, 나는 숲에 사는 사람들의 흔적을 전혀 볼 수 없었다. 발자
국도 없거니와 사람이 무언가에 손을 댄 듯한 흔적도 없었다.
나는 숲속에서 그들과 마주치게 될 것을 조금은 두려워하고
조금은 기대하고 있었는데, 며칠을 돌아다녔지만 그들의 존재
를 암시하는 일은 단 한 번도 생기지 않았다. 나는 그들이 훨
씬 더 깊은 숲속에서 생활하는가 보다고 추측했다. 아니면 그
들이 나를 교묘하게 피하고 있든지.

  사흘째인가 나흘째 탐색을 할 때, 동쪽 벽이 남쪽으로 크
게 방향을 트는 지점에서 작은 초지를 발견했다. 초지는 흰 벽
에 낀 형태의 부채꼴 모양으로 펼쳐져 있고, 빽빽하게 자란 나
무들도 그 부분만 건드리지 않아 조촐한 공간으로 남아 있었
다. 그 부근에는 희한하게도 벽 근처 풍경 특유의 황량한 긴
장감이 없고, 숲속에서 볼 수 있는 평온한 고요함이 떠다니고
있었다. 촉촉하게 젖은 키 작은 풀이 카펫처럼 부드럽게 지면
을 덮고, 머리 위로는 신기한 모양으로 조각난 하늘이 보였다.
초지 한쪽 끝에 과거 이곳에 건축물이 있었음을 나타내는 석
조 토대가 몇 군데 남아 있었다. 토대 하나하나를 살피자, 실
내 구조를 완벽하게 갖춘 건물이었다는 걸 알 수 있었다. 적
어도 임시로 지어진 오두막은 아니다. 세 개의 독립된 방이 있
고, 부엌과 욕실과 현관 홀이 있었다. 나는 그 흔적들을 더듬
으면서 건물이 존재했을 무렵의 상태를 상상해 보았다. 그러
나 누가 어떤 목적으로 이렇게 깊은 숲속에 집을 짓고, 그러다
왜 모두가 떠나고 말았는지는 알 수 없었다.

부엌 뒤에는 돌로 쌓은 우물이 남아 있었지만, 우물은 흙으로 메워져 있고 그 위에는 잡풀이 무성했다. 아마 누군가가 이곳을 떠나면서 우물을 메웠을 것이다. 왜였는지는 알 수 없다.

나는 우물의 해묵은 돌담에 기대어 앉아 하늘을 올려다보았다. 북쪽 능선에서 불어오는 바람이 하늘 한쪽을 반원형으로 가린 나뭇가지들을 잘게 흔들어 사락사락 소리가 났다. 습기를 품은 구름이 그 공간을 천천히 가로질러 갔다. 나는 윗도리 깃을 세우고, 천천히 흐르는 구름을 지켜보았다.

건물들의 폐허 뒤에는 벽이 치솟아 있었다. 숲속에서 이렇게 가깝게 벽을 보기는 처음이었다. 바로 근처에서 보는 벽은 말 그대로 숨을 쉬고 있는 듯 느껴졌다. 동쪽 숲 언저리의, 그곳만 휑한 들판에 앉아 해묵은 우물에 기대어 바람 소리에 귀를 기울이고 있자니, 나는 문지기가 했던 말을 믿을 수 있을 것 같았다. 만약 이 세상에 완전한 것이 있다면, 그것은 바로 벽이라고. 그리고 그 벽은 애당초 처음부터 거기에 존재했을 것이라고. 하늘에 구름이 흐르고, 비가 대지에 강을 만들듯이.

벽은 지도 한 장에 전모를 그려 넣기에는 너무도 거대하고, 그 숨결은 너무도 강렬하고, 그 곡선은 너무도 유려했다. 그런 벽의 모습을 스케치북에 옮겨 그릴 때마다 한없는 무력감이 나를 덮쳤다. 벽은 바라보는 각도에 따라 믿기 어려울 만큼 표정이 크게 달라져, 정확하게 파악하기가 곤란했다.

나는 눈을 감고, 잠시 잠을 청하기로 했다. 날카로운 바람 소리가 쉼 없이 계속되었지만, 나무와 벽이 나를 그 차가운 바람으로부터 포근하게 지켜 주었다. 잠들기 전에 나는 내 그림자를 생각해 보았다. 그에게 지도를 건네야 할 때였다. 물론 세부는 아직 부정확하고 숲의 내부는 거의 공백에 가깝지만, 겨울이 목전에 다가왔고 겨울이 오면 어차피 더 이상은 탐색을 계속할 수 없다. 나는 스케치북에 마을의 대략적인 형태와 거기에 존재하는 것들의 위치와 형태를 그리고, 각각에 대해 내가 아는 사실 전부를 기록했다. 그다음은 지도를 보면서 그림자가 생각할 것이다.

문지기가 나와 그림자의 만남을 허락해 줄지 자신이 없었지만, 그는 해가 더 짧아져 그림자의 힘이 약해지면 만날 수 있다고 약속했다. 겨울이 머지않은 지금, 그 조건은 충족되었을 것이다.

그리고 또 나는 눈을 감은 채 도서관 여자에 대해서도 생각해 보았다. 그러나 그녀에 대해서는 생각하면 할수록 내 안의 상실감만 깊어졌다. 그 상실감이 어디에서 어떻게 비롯되는지는 나도 정확하게 알 수 없었지만, 순수한 상실감인 것만은 분명했다. 나는 그녀에 관해 무언가를 잃어가고 있다고 생각했다. 그것도 끊임없이 계속 잃어가고 있다.

나는 매일 그녀와 얼굴을 마주하고 있지만, 그런 사실도 내 안에서 퍼져 가는 공백을 메우지 못했다. 내가 도서관의 한 방에서 오래된 꿈을 읽고 있을 때, 그녀는 틀림없이 내 옆에 있다. 우리는 같이 저녁을 먹고, 따끈한 차를 마시고, 그리고 내가 그녀를 집에 데려다 준다. 우리는 걸으면서 많은 얘기를 나눈다. 그녀는 아버지와 두 여동생과 하루하루의 생활에 대해 얘기한다.

그러나 그녀의 집 앞에서 헤어지고 나면, 나의 상실감은 그녀를 만나기 전보다 훨씬 깊어지는 것처럼 느껴졌다. 나는 그 황망한 결락을 어떻게 처리할 수가 없었다. 그 우물은 너무도 깊고 너무도 어두워, 아무리 흙을 퍼부어도 메울 수 없다.

그 상실감은 아마 내 잃어버린 기억과 어딘가에서 분명 이어져 있지 않을까 하고 나는 추측했다. 나의 기억이 그녀의 무언가를 원하고 있는데, 나 자신은 그에 답할 수 없어 그 어긋남이 내 마음에 주체할 수 없는 공백을 남기는 것이리라. 그러나 그것은 지금의 내게는 감당하기 어려운 문제였다. 나는 너무도 약하고 불확실한 존재이다.

나는 머리에서 온갖 복잡한 생각을 털어 내고, 의식을 잠재웠다.

잠에서 깨어났을 때, 사방의 온도는 소스라칠 만큼 낮았다. 나도 모르게 푸르르 떨고는 윗도리를 바짝 잡아당겼다. 해가 기울고 있는 것이다. 일어나 코트에 묻은 마른 풀을 털어 내고 있는데, 첫눈이 풀풀 날려 내 볼에 떨어졌다. 하늘을 올려다보니 구름이 조금 전보다 한층 낮게 내려와 그 불길한 어둠을 더하고 있었다. 커다랗고 명확하지 않은 형태의 눈송이가 하늘에서 바람을 타고 천천히 지상으로 내려오는 것이 보였다. 마침내 겨울이 온 것이다.

나는 그곳을 떠나기 전에 다시 한번 벽의 모습을 바라보았다. 눈 날리는 어둡고 정체된 하늘 아래에서, 벽의 완벽한 모습이 한층 두드러졌다. 내가 벽을 올려다보자, 그들이 나를 내려다보고 있는 듯 느껴졌다. 그들은 막 잠에서 깨어난 원초의 생물처럼 내 앞을 가로막고 있었다.

넌 왜 여기 있는 거지, 하고 그들이 말을 거는 듯했다. 너는 뭘 찾고 있는 거지, 하고.

그러나 나는 그 질문에 답할 수 없었다. 차가운 공기 속에서의 그 짧은 잠이 내 몸에서 모든 온기를 빼앗아 가고, 내 머리에 기묘한 형태의 뚜렷하지 않은 혼합물 같은 것을 쏟아붓고 있었다. 내 몸과 내 머리가 마치 타인의 몸이고 타인의 머리인 것처럼 느껴졌다. 모든 것이 무겁고, 그리고 막연했다.

나는 최대한 벽을 보지 않도록 주의하면서 숲을 빠져나와, 동문으로 길을 서둘렀다. 길은 멀고, 어둠은 시시각각 깊어지고 있었다. 몸의 균형이 미묘하게 일그러져 있었다. 그래서 나는 도중에 몇 번이나 걸음을 멈추고 숨을 몰아쉬고는, 걷기 위해 힘을 끌어모으고, 분산되어 둔해진 신경을 하나로 모아야만 했다. 해 질 녘의 어둠에 섞여 무언가가 나를 무겁게 짓누르는 것처럼 느껴지기도 했다. 숲속에서 뿔피리 소리를 들었던 것 같은데, 그럼에도 그 소리는 아무런 흔적도 남기지 않고 내 의식을 통과해 버리고 말았다.

숲을 겨우 빠져나와 강가로 나왔을 때, 지상에는 이미 깊은 어둠이 내려와 있었다. 별도 달도 뜨지 않았고, 눈발 섞인 바람과 차가운 물소리가 사방을 지배하고, 등 뒤에는 바람에 흔들리는 검은 숲이 솟아 있었다. 그리고 얼마나 시간이 걸려 도서관에 도착했는지는 기억나지 않는다. 기억하는 것은 강변길을 하염없이 걸었다는 것뿐이었다. 어둠 속에서 버드나무

가지가 흔들리고, 머리 위에서 바람이 윙윙 신음했다. 아무리 걸어도 길은 끝이 없었다.

그녀가 나를 난로 앞에 앉히고, 손으로 내 이마를 짚었다. 그 손은 몹시 차갑고, 그 탓에 내 머리는 고드름으로 찌른 것처럼 아팠다. 나는 반사적으로 그 손을 뿌리치려 했지만, 팔이 들리지 않았다. 억지로 들려 하면 욕지기가 올라왔다.

"열이 심해요." 그녀가 말했다. "대체 지금까지 어디서 뭘 한 거예요?"

나는 그 물음에 뭐라 대답하려 했지만, 내 의식 속에는 모든 말이 사라지고 없었다. 그녀의 말조차 정확하게 이해할 수 없었다.

그녀는 어디선가 담요를 몇 장 찾아와, 내 몸을 몇 겹으로 둘둘 감고는 난로 앞에 눕혀 주었다. 눕힐 때 그녀의 머리가 내 볼을 스쳤다. 그녀를 잃고 싶지 않다고 나는 생각했지만, 그 생각이 나 자신의 의식에서 나왔는지 아니면 오래된 기억의 단편 속에서 떠오른 것인지 판단할 수 없었다. 잃어버린 것이 너무 많은데, 나는 너무도 지쳐 있었다. 그런 무력감 속에서, 의식이 조금씩 멀어지는 걸 느꼈다. 마치 상승하려는 의식을 육체가 겨우 붙들고 있는 듯한 기묘한 분열이 나를 덮쳤다. 그 어느 쪽에 몸을 맡기면 좋을지, 나는 알 수 없었다.

그러는 내내 그녀는 내 손을 꼭 잡고 있었다.

"자요." 그녀의 목소리가 들렸다. 그 목소리는 마치 아득한 어둠 속에서 오랜 시간에 걸쳐 겨우 찾아온 듯 느껴졌다.

15 하드보일드 원더랜드

위스키, 고문, 투르게네프

덩치는 싱크대 안에다 한 병도 남기지 않고 —— 단 한 병도 남기지 않고 —— 내가 모아 놓은 위스키를 전부 깨뜨렸다. 동네 술 가게 주인과 안면을 튼 덕분에 수입 위스키를 세일할 때마다 몇 병씩 주문하곤 해서 양이 제법 쌓여 있었다.

남자는 우선 와일드 터키 두 병을 깨고, 그다음 커티삭을, 그리고 I·W·하퍼를 세 병 처리하고, 잭 대니얼스 두 병을 깨뜨리고, 포 로지즈를 저세상으로 보내고, 헤이그를 산산조각 내고, 마지막으로 시바스 리갈 여섯 병을 한꺼번에 말살했다. 소리도 엄청났지만, 냄새는 그 이상이었다. 내가 반년에 걸쳐 마실 위스키를 한꺼번에 깨 버렸으니, 보통 냄새가 아니다. 온 집 안이 위스키 냄새로 가득해졌다.

"여기 있기만 해도 취하겠군." 꼬마가 감탄스럽다는 듯이 말했다.

어이가 없었던 나는 테이블에 턱을 괴고, 산산이 깨진 병조각이 싱크대 안에 높이 쌓여 가는 광경을 바라보고 있었다. 올라간 것은 반드시 내려오고, 형태가 있는 것은 반드시 무너져 사라지는 법이다. 병이 깨지는 소리에 섞여 들려오는, 덩치가 불어 대는 휘파람 소리가 귀에 거슬렸다. 그것은 휘파람 소리라기보다 찢겨 나간 공기의 삐죽빼죽한 선을 치실로 비벼 대는 듯 들렸다. 곡명은 모른다. ─ 아니, 멜로디가 없었다. 치실이 그 삐죽빼죽한 선의 위쪽을 비벼 대고, 중간을 비벼 대고, 아래쪽을 비벼 댈 뿐이다. 듣고만 있어도 소리가 신경을 갉아먹는 듯했다. 나는 목을 빙빙 돌리고, 맥주를 목 안에 들이부었다. 출장 업무를 보는 은행원의 가죽 가방처럼 위가 딱딱했다.

남자는 의미 없는 파괴를 계속했다. 물론 그에게는 어떤 의미가 있겠지만, 내게는 의미 따위 없었다. 덩치는 침대를 뒤집고, 매트리스를 칼로 찢고, 옷장 서랍에 있는 것을 전부 내던지고, 책상 서랍에 든 것도 죄 바닥에 쏟아 내고, 에어컨 패널을 뜯어내고, 쓰레기통을 뒤집고, 벽장 속에 든 것을 전부 꺼내 필요에 따라 온갖 것을 깨부쉈다. 작업은 신속하고 군더더기가 없었다.

침실과 거실이 폐허가 되자, 남자는 이번에는 부엌에 착수했다. 나와 꼬마는 거실로 자리를 옮겨, 뒷면이 너덜너덜하게 찢긴 채 뒤집어진 소파를 원래대로 뒤집어 놓고 거기에 걸터앉아, 덩치가 부엌을 파괴하는 광경을 바라보았다. 소파의 앉는 면에 거의 상처가 없어 그나마 불행 중 다행이었다. 나는 이 푹신하고 질 좋은 소파를 아는 카메라맨에게 싼값에 사들였다. 광고 사진을 전문으로 하는 꽤 뛰어난 카메라맨이었는데, 신경이 고장 나는 바람에 나가노현의 산속에 틀어박히고 말았다. 그래서 사무실에 있던 소파를 내게 헐값에 넘긴 것이다. 나는 그의 신경에 대해서는 진심으로 안됐다고 생각했지만, 그래도 그 소파를 갖게 된 것은 행운이라고 생각하고 있었다. 아무튼 적어도 소파는 다시 사지 않아도 된다.

나는 소파 오른쪽 끝에 앉아 캔 맥주를 두 손으로 쥐고, 꼬마는 왼쪽 끝에 다리를 꼬고 앉아 팔걸이에 기대 있었다. 이렇게 큰 소리가 나는데도 아파트 주민 누구 하나 상황을 보러 오지 않았다. 같은 층에 사는 사람들은 대부분이 독신이고, 웬만큼 예외적인 사정이 없는 한 평일 낮에는 거의 집을 비운다. 그들은 그런 사정을 알고서, 아주 마음 놓고 내키는 대로 큰 소리를 내고 있는 것일까? 아마 그럴 것이다. 그들은 모든 것을 알고 있다. 포악한 듯 보이지만, 이 구석에서 저 구석까지 정확하게 사이즈를 재고 행동하고 있다.

꼬마는 때로 롤렉스를 쳐다보면서 작업의 진척 상황을 체크하고, 덩치는 군더더기 하나 없는 움직임으로 방 안을 이잡듯이 뒤집고 파괴했다. 무언가를 이렇게 찾는다면, 연필 한자루 숨기기 어려울 것이다. 그러나 그들은 — 처음에 꼬마가 선언했듯이 — 아무것도 찾지 않았다. 오로지 파괴하고 있을 뿐이었다.

무엇 때문에?

아마 제삼자에게 그들이 무언가를 찾느라 이 꼴을 만들어 놓았다고 여기게 하기 위해서일 것이다.

그렇다면 제삼자는 누구인가?

나는 생각하다 말고 마지막 남은 맥주 한 모금을 마시고, 빈 캔을 낮은 테이블 위에 올려놓았다. 덩치는 식기장을 열어 유리잔을 바닥에 내던지고, 접시를 깨기 시작했다. 퍼컬레이터도 티포트도 소금병도 설탕통도 밀가루 병도 전부 깨뜨렸다. 쌀은 바닥에 좌르륵 뿌렸다. 냉고 안에 든 냉동식품도 같은 운명에 처했다. 한 다스쯤 되는 냉동 새우와 소고기 등심 덩어리와 아이스크림과 최고급 버터와 30센티미터 정도 길이의 연어알과 만들어 냉동해 두었던 토마토소스가, 운석이 아스팔트 도로에 부딪칠 때 같은 소리를 내며 리놀륨 바닥에 후드득후드득 떨어졌다.

그다음 남자는 냉장고를 두손으로 들어 올려 앞으로 꺼내고, 문 쪽이 아래로 오게 바닥에 쓰러뜨렸다. 라디에이터 근처의 배선이 끊겼는지 자잘한 불똥이 타닥타닥 튀었다. 수리하러 온 서비스 기사에게 과연 고장의 이유를 뭐라 설명하면 좋을지 머리가 아팠다.

파괴는 시작되었을 때처럼 불쑥 끝났다. '하지만'도 '만약'도 '그러나'도 '그런데도'도 없이 파괴는 순간적으로 완전히 종식되고, 늘어진 침묵이 사방을 뒤덮었다. 휘파람 소리도 그치고, 덩치는 부엌과 거실 사이 문턱에 서서 멀건 눈으로 나를 바라보았다. 내 집 안을 이렇듯 멋지게 쓰레기 더미로 만드는 데 걸린 시간이 어느 정도인지는 모른다. 15분이나 30분, 그쯤이다. 15분보다는 길고, 30분보다는 짧다. 그러나 꼬마가 롤렉스의 숫자판을 보며 만족스러운 표정을 지은 걸로 보아, 아마도 그 시간은 방 두 개짜리 아파트를 파괴하는 데 필요한 표준적인 시간에 가깝지 않았을까 하고 나는 상상했다. 풀타임 마라톤을 뛰는 데 걸리는 시간과 화장실 휴지 한 개를 사용하는 데 걸리는 시간까지, 세상은 실로 다양한 종류의 표준치로 가득하다.

"치우려면 시간이 좀 걸리겠군." 꼬마가 말했다.

"그렇겠지." 나는 말했다. "돈도 들고."

"이 상황에 돈 따위는 별문제가 아니지. 이건 전쟁이야. 돈이나 따지고 있어서야 전쟁에서 이길 수 없어."

"내 전쟁은 아니지."

"누구의 전쟁이냐는 문제가 아니고, 누구의 돈이냐도 문제가 아니야. 전쟁이란 그런 것이잖아. 단념하라고."

꼬마는 주머니에서 새하얀 손수건을 꺼내 입에 대고, 두세 번 기침을 했다. 그리고 잠깐 손수건을 점검한 후에 다시 주머니에 집어넣었다. 이건 나의 편견이지만, 나는 손수건을 지니고 다니는 남자를 그다지 신뢰하지 않는다. 나는 이렇게 수많은 편견을 가진 인간이다. 그래서 사람들이 별로 좋아해 주지 않는다. 사람들이 좋아해 주지 않으니 편견이 점점 더 늘어난다.

"우리가 돌아가고 나면, 얼마 안 있어 '조직'의 인간들이 찾아올 거야. 그럼 놈들에게 우리가 했다고 말해. 우리가 당신 방에서 뭔가를 찾았다고 말이지. 그리고 '두개골이 뭐냐'고 물었다고 말해. 그러나 당신은 두개골에 대해 아무것도 몰라. 알겠나? 모르는 것은 가르쳐 줄 수 없고, 없는 것은 찾아도 나오지 않지. 가령 고문을 당하는 한이 있어도 말이야. 그래서 우리는 왔을 때처럼 맨손으로 돌아갔어."

"고문?" 하고 나는 말했다.

"당신을 의심하지는 않을 거야. 놈들은 당신이 박사에게 간 것도 모르니까. 아직은 우리만 그걸 알고 있어. 그러니까 당신에게 해를 끼치지 않을 거야. 당신은 성적이 우수한 계산사니까 놈들은 당신이 하는 말을 믿겠지. 그리고 우리를 '공장'이라고 생각할 거야. 그리고 움직이기 시작하겠지. 다 계산하고 있어."

"고문?" 하고 나는 말했다. "고문이라니, 어떤 고문?"

"나중에 잘 가르쳐 주지."

"만약, 내가 본부 사람들에게 사실을 있는 그대로 시시콜콜 털어놓으면?" 나는 물어보았다.

"그랬다가는, 놈들이 당신을 없애 버리겠지." 꼬마가 말했다. "이건 허풍이 아니야. 사실이지. 당신은 '조직'에 아무 말 않고 박사를 찾아갔고, 금지된 셔플링까지 했어. 그것만 해도 가당치 않은 일인데, 박사는 당신을 실험에 사용하고 있다고. 그냥 넘어갈 리가 없지. 당신은 지금, 스스로 상상하는 것보다 훨씬 위험한 상황에 처해 있어. 알겠나? 솔직히 말해서, 당신은 지금 다리 난간에 한쪽 발로 서 있는 격이야. 어느 쪽으로 떨어지는 게 좋을지, 곰곰이 잘 생각해 보라고. 다친 후에 후회해 봐야 소용없으니까."

우리는 소파의 이 끝과 저 끝에서 서로 얼굴을 쳐다보았다.

"한 가지 궁금한 게 있는데." 하고 나는 말했다. "'조직'에 거짓말을 하면서까지 당신들에게 협력하는 메리트가 과연 어디 있을까? 나는 현실적으로 '조직'에 속한 계산사이고, 그에 비하면 당신네들에 대해서는 아무것도 모르는데 말이야. 왜 한솥밥 먹는 사람에게 거짓말을 하면서까지 타인과 손을 잡아야 하지?"

"간단해." 꼬마가 말했다. "우리는 당신이 놓인 상황을 대략 파악하고 있는데도 당신을 살려 놓고 있어. 그러나 당신의 조직은 당신이 놓인 상황에 대해 아직 아는 게 거의 없어. 알면 당신을 없앨지도 모르지. 그러니까 우리 쪽이 승률이 높지 않나? 간단하지?"

"그러나 조직은 늦든 빠르든 상황을 알게 될 거야. 그게 어떤 상황인지는 모르겠지만. '조직'은 거대하고, 게다가 그렇게 멍청하지 않다고."

"그렇겠지." 그가 말했다. "하지만 조직이 알려면 시간이 좀 걸릴 테지. 잘하면 그사이에 우리나 당신이나 각자 안고 있는 문제를 해결할지도 모르잖아. 선택이란 그런 거야. 가령 1퍼센트라도 가능성이 많은 쪽을 택하는 거지. 체스와 똑같아. 상대가 체크메이트를 부르면 도망쳐. 도망치다 보면 상대가 실수를 할지도 모르거든. 그 어떤 강력한 상대도 실수하지 않는다는 법은 없다고. 그건 그렇고 — ."

하면서 남자는 시계를 보고, 그리고 덩치를 향해 손가락을 탁 튕겼다. 꼬마가 손가락을 튕기자, 덩치는 스위치를 누른 로봇처럼 턱을 움찔하며 쳐들고는 재빨리 소파 앞으로 다가왔다. 그리고 내 앞을 칸막이처럼 가로막았다. 아니, 칸막이보다는 자동차 극장의 거대한 스크린이라고 하는 편이 가깝겠다. 앞이 전혀 보이지 않았다. 천장 등의 불빛이 그의 몸에 완전히 가려지고, 엷은 색감의 그림자가 나를 감쌌다. 나는 초등학교 시절, 학교 교정에서 관찰했던 일식을 불쑥 떠올렸다. 다들 유리판을 촛불에 그을려, 그걸 필터 삼아 태양을 쳐다보았다. 이래저래 사반세기나 지난 옛날 일이다. 사반세기란 세월은 나를 실로 기묘한 장소로 옮겨다 놓은 듯하다.

"자, 그건 그렇고." 남자가 같은 말을 반복했다. "이제 조금 불쾌한 일을 당하게 될 거야. 조금이랄까, 상당히 불쾌한 일이라고 해도 별 지장은 없겠지만, 이 또한 당신 자신을 위한 일이라 여기고 참아 줘야겠어. 우리도 딱히 하고 싶어서 하는 건 아니니까. 어쩔 수 없이 하는 거야. 바지를 벗지."

나는 체념하고 바지를 벗었다. 거역한다고 어떻게 될 일도 아니다.

"바닥에 내려가 무릎을 꿇어."

나는 그가 하라는 대로 소파에서 내려와 카펫 위에 무릎을 꿇었다. 트레이닝 셔츠에 팬티만 입은 꼴로 바닥에 무릎을 꿇고 있자니 왠지 기묘했다. 하지만 그 점에 대해 깊이 생각할 겨를도 없이, 덩치가 내 등 뒤로 돌아가 양팔을 내 겨드랑이 밑에 집어넣고 허리쯤에서 손목을 잡았다. 그의 움직임은 매끄럽고 군더더기가 없었다. 딱히 강하게 압박하는 듯한 감촉은 없는데, 혹시나 해서 몸을 조금 움직이려 하자 어깨와 손목이 뜯겨 나가는 것처럼 아팠다. 그리고 그는 자신의 다리로 내 발목을 단단히 결박했다. 그렇게 해서 나는 총 쏘기 게임장의 선반에 줄지은 오리 인형처럼 꼼짝달싹할 수 없게 되고 말았다.

꼬마는 부엌에 가서 테이블에 있던 덩치의 플래시 나이프를 들고 돌아와, 7센티미터 정도 길이의 날을 탁 펼쳤다. 그리고 주머니에서 라이터를 꺼내 날끝을 고루 달궜다. 나이프는 컴팩트한 생김이라 그렇게 흉악한 인상은 주지 않았지만, 아무 잡화점에서나 살 수 있는 싸구려 물건이 아니라는 건 한눈에 알 수 있었다. 인간의 몸을 가르는 데는 그 정도 크기로 충분하다. 인간의 몸은 곰과 달라서 복숭아처럼 야들야들하니까, 7센티미터 정도의 야무진 칼이 있으면 대개의 목적은 충분히 달성할 수 있다.

날을 달궈 소독하고 난 뒤 꼬마는 열이 식을 때까지 잠시 기다렸다. 그리고 왼손을 내 하얀 팬티의 고무줄 부분에 대고 페니스가 절반쯤 드러나도록 끌어내렸다.

"조금 아프겠지만 참으라고." 꼬마는 말했다.

테니스공만 한 크기의 공기 덩어리가 위에서 목구멍 한가운데까지 올라오는 게 느껴졌다. 콧잔등에 식은땀이 돋는 것도 느껴졌다. 나는 겁에 질린 것이다. 나는 내 페니스가 어떻게 될까 봐 두려운 것이다. 페니스를 다쳐 영원히 발기하지 못하게 될까 봐.

그러나 남자는 내 페니스에 상처를 내지는 않았다. 그는 내 배꼽에서 5센티미터 정도 아래 부분을 6센티미터 정도 옆으로 좍 그었다. 열기가 남은 나이프의 날카로운 날끝이 나의 하복부를 가볍게 파고들고, 그것이 자로 선을 긋듯이 오른쪽으로 내달렸다. 그 순간 나는 배를 뒤로 당기려 했지만, 덩치가 등을 막고 있는 탓에 꼼짝도 할 수 없었다. 게다가 꼬마가 내 페니스를 꽉 쥐고 있었다. 온몸의 땀구멍이 식은땀을 뿜어내는 듯한 기분이었다. 그리고 순간의 간격을 두고 묵직한 아픔이 밀려 왔다. 꼬마가 화장지로 날에 묻은 피를 닦아 내고 나이프를 접자, 덩치가 내 몸을 풀어 주었다. 피가 하얀 팬티를 붉게 물들여 가는 것이 보였다. 덩치가 욕실에서 새 수건을 가져다 줘서, 나는 그걸로 상처를 꽉 눌렀다.

"일곱 바늘 정도 꿰매면 나을 거야." 꼬마가 말했다. "흉터야 좀 남겠지만, 거기는 사람들 눈에 잘 띄지 않겠지. 딱하게 됐지만, 사람 사는 일이 다 그렇지 뭐. 참는 수밖에 더 있겠어."

나는 상처에서 수건을 떼고, 갈라진 자리를 바라보았다. 상처는 그렇게 깊지 않았지만, 그런데도 피에 섞여 엷은 분홍색 살이 보였다.

"우리가 여기에서 나가면 '조직' 놈들이 올 거니까 그 상처를 보여 주라고. 그리고 두개골이 어디 있는지 가르쳐 주지 않으면 더 아래를 가르겠다고 위협했다고 말하는 거야. 하지만 당신은 정말 어디 있는지 몰라서 가르쳐 줄 수가 없었어. 그래서 우리는 포기하고 돌아갔어. 이게 고문이야. 우리가 마음만 먹으면 훨씬 더 굉장하게 하는데 말이야. 그러나 지금은 이 정도로 충분해. 또 언젠가 기회가 있으면 훨씬 더 굉장한 걸 보여 주지."

나는 하복부를 수건으로 누른 채 잠자코 고개를 끄덕거렸다. 이유는 뭐라 말하기 어렵지만, 그들이 하라는 대로 하는 편이 좋을 듯한 느낌이 들었다.

"그런데 그 불쌍한 가스 검침원은, 사실 당신들이 매수한 거지?" 나는 물어보았다. "그리고 실수하도록 지시하고는, 내가 두개골과 자료를 다른 곳에 숨기게 의도적으로 꾸민 거지?"

"역시 머리가 좋군." 꼬마가 말하고 덩치의 얼굴을 보았다. "머리는 이런 식으로 쓰는 거야. 그러면 살아남을 수 있지. 잘하면 말이야."

그리고 그 이인조는 집에서 나갔다. 그들은 문을 열 필요도, 닫을 필요도 없었다. 틀이 비틀리고 경첩이 날아간 내 집의 강철 문은 지금도 온 세상을 향해 열려 있다.

나는 피로 얼룩진 팬티를 벗어 쓰레기통에 던지고, 부드러운 거즈를 물에 적셔 상처 주위에 묻은 피를 닦아 냈다. 몸을 앞뒤로 구부리면 상처가 욱신욱신 아팠다. 트레이닝 셔츠 자락에도 피가 묻어 있어 버렸다. 그리고 바닥에 널려 있는 옷가지 중에서 피가 묻어도 그다지 눈에 띄지 않는 색의 티셔츠와 최대한 작은 팬티를 골라 입었다. 옷을 입는 것만 해도 보통 일이 아니었다.

그리고 부엌에 가서 유리컵으로 물을 두 컵 마신 다음, 생각을 하면서 '조직' 사람들이 오기를 기다렸다.

본부 사람들 셋이 찾아온 것은 30분 후였다. 한 남자는 늘 나를 찾아와 자료를 받아 가는 건방지고 젊은 연락 담당이었다. 그는 평소처럼 검은 양복을 차려입고, 하얀 셔츠에 은행의 대출 담당 같은 넥타이를 매고 있었다. 나머지 두 사람은 스니커즈를 신고, 운송 회사 인부 같은 행색이었다. 그렇다고 그들이 은행원이나 운송업자로 보인 건 절대 아니다. 그저 눈에 잘 띄지 않는 차림을 하고 있을 뿐이다. 그러나 눈은 쉴 새 없이 주변을 살피고, 몸의 근육은 온갖 사태에 반응할 수 있도록 긴장한 채 단단히 조여져 있다.

그들 역시 문을 두드리지 않고 신발을 신은 채 내 집 안으로 들어왔다. 인부 차림의 둘이 방 안을 구석구석 점검하는 동안, 연락 담당이 나를 취조했다. 그는 윗도리 안주머니에서 검은 노트를 꺼내, 샤프펜슬로 얘기의 요점을 메모했다. 나는 이인조가 찾아와 온 집 안을 뒤지며 두개골을 찾았다고 설명하고, 배의 상처를 보여 주었다. 상대는 상처를 한참 바라보았지만, 아무런 감상도 말하지 않았다.

"두개골이라니, 대체 그게 뭡니까?" 그가 물었다.

"그런 걸 내가 어떻게 알아." 하고 나는 말했다. "나야말로 묻고 싶군."

"정말 모르는 거죠?" 젊은 연락 담당이 밋밋한 목소리로 물었다. "이거 아주 중요한 일이니까 잘 생각해 보세요. 나중에 정정할 수 없습니다. 기호사들은 아무 근거 없이 불필요한 행동을 하지 않아요. 그들이 이 집에 와서 두개골을 찾았다면, 그것은 당신 집에 두개골이 있다는 근거가 있어서입니다. 아니 땐 굴뚝에 연기가 나진 않아요. 그리고 그 두개골은 찾을 만한 가치가 있는 것이겠죠. 당신이 두개골과 아무 연관이 없다고는 생각할 수 없군요."

"그렇게 머리가 좋으면, 그 두개골의 의미를 가르쳐 줄 수 없겠나?" 하고 나는 말했다.

연락 담당은 샤프펜슬 끝으로 수첩 모서리를 몇 번 톡톡 두드렸다.

"앞으로 조사할 겁니다." 그가 말했다. "철저하게 조사할 거예요. 우리가 마음먹고 조사하면 대개는 다 알 수 있어요. 그리고 만약 당신이 무언가를 숨겼다는 게 판명되면, 일이 골치 아파집니다. 그래도 괜찮겠죠?"

괜찮다고 나는 말했다. 뭐가 어떻게 되든 내 알 바가 아니다. 미래의 일은 아무도 예측할 수 없다.

"기호사들이 뭔가를 꾸미고 있다는 건 어렴풋이 알고 있었어요. 놈들이 움직이기 시작한 겁니다. 그런데 구체적으로 뭘 노리는지는 아직 몰라요. 그리고 그게 당신과 어떻게 이어지는지도 모르고, 두개골의 의미도 모릅니다. 그러나 힌트가 늘어나면 늘어나는 만큼 우리는 사태의 핵심에 다가갈 겁니다. 이것 하나는 틀림없어요."

"나는 어떻게 하면 좋지?"

"조심해야죠. 조심하면서 휴식을 취하세요. 일은 당분간 취소하는 겁니다. 그리고 무슨 일이 생기면 우리에게 바로 연락하세요. 전화는 사용할 수 있나요?"

나는 수화기를 들어 보았다. 전화는 다행히 살아 있었다. 그 이인조가 의도적으로 전화를 살려 놓은 것이라는 느낌이 들었다. 어째서인지는 모른다.

"전화는 되는군." 하고 나는 말했다.

"잘 들어요." 그가 말했다. "아무리 사소한 일이라도 바로 내게 연락하는 겁니다. 스스로 해결하려 하지 말 것. 무언가를 숨기려 하지도 말 것. 놈들이 장난으로 이러는 게 아닙니다. 다음에는 배를 할퀴는 정도로 끝나지 않을 겁니다."

"할퀴는 정도?" 나도 모르게 말이 튀어나왔다.

방 안을 점검하고 있던 인부 차림의 남자들이 일을 끝내고 부엌으로 돌아왔다.

"철저하게 뒤졌군." 나이가 좀 들어 보이는 쪽이 말했다. "뭐 하나 놓치지 않았고, 수순도 아주 정확해. 프로의 솜씨야. 기호사가 틀림없어."

연락 담당이 고개를 끄덕이자, 둘이 부엌에서 나갔다. 나와 연락 담당만 남았다.

"두개골을 찾는데 왜 옷까지 갈가리 찢었는지 모르겠군?" 나는 질문해 보았다. "저런 곳에다 두개골을 어떻게 숨기겠어. 어떤 두개골이든 말이야."

"놈들은 프로입니다. 프로는 모든 가능성을 생각하죠. 당신이 사물함에 맡기고 그 열쇠를 어디에 숨겼을지도 모르죠. 열쇠는 어디든 숨길 수 있으니까."

"흠, 그렇군." 하고 나는 말했다. 흠, 그렇다.

"그런데 기호사들이 당신에게 무슨 제안을 하지 않던가요?"

"제안?"

"그러니까 당신을 '공장'으로 끌어들이기 위한 제안 말입니다. 돈이나 지위 같은 것 말이죠. 또는 반대로 협박을 했든지."

"그런 거라면, 전혀 없었는데." 하고 나는 말했다. "배를 찌르고, 두개골에 대해 물었을 뿐이야."

"지금부터 하는 말, 잘 들어요. 알겠습니까?" 연락 담당이 말했다. "혹시 놈들이 그런 말을 하더라도, 그 제안에 절대 응해서는 안 됩니다. 만약 당신이 손바닥을 뒤집는다면 우리는 지구 끝까지 쫓아가서라도 당신을 말살합니다. 이건 거짓말이 아니에요. 약속하죠. 우리 뒤에는 국가가 있어요. 우리가 하지 못할 일은 없습니다."

"조심하지." 하고 나는 말했다.

그들이 돌아가고 난 뒤 나는 지금까지의 과정을 다시 한번 정리해 보았다. 그러나 아무리 알기 쉽게 정리를 해도, 아무 결론도 나지 않았다. 문제의 핵심은 박사가 대체 뭘 하려고 했는가 하는 데 있었다. 그걸 알지 못하고는 어떤 추리를 하든 헛수고였다. 게다가 그 노인의 머릿속에 과연 어떤 생각이 맴돌고 있는지, 나 따위는 조금도 짐작이 가지 않는다.

단 한 가지 아는 것은, 어쩌다 벌어진 일이긴 하지만 내가 '조직'을 배반하고 말았다는 사실이었다. 만약 이 일이 알려지면 — 늦든 빠르든 언젠가는 알려질 것이다. — 그 건방진 연락 담당이 예언했듯이, 나는 보나마나 아주 골치 아픈 입장에 몰리게 될 것이다. 가령 상대가 협박을 해서 거짓말을 하지 않을 수 없었다 쳐도 그렇다. 그걸 인정한다고 해서 그들이 나를 용서할 리는 없을 것이다.

그런 생각을 하는 사이에 상처가 또 욱신욱신 아파 왔다. 나는 전화번호부를 뒤져 근처에 있는 택시 회사 번호를 알아

내, 택시를 불러 타고 병원에 가서 치료를 받기로 했다. 상처에 수건을 대고 그 위에 넉넉한 바지를 입은 다음, 신발을 신었다. 신발을 신으려고 몸을 앞으로 구부리자, 몸이 한가운데서 양쪽으로 쫙 찢기는 듯한 통증을 느꼈다. 겨우 2, 3밀리미터 깊이로 배를 갈랐을 뿐인데, 인간은 이렇듯 비참한 존재가 되고 만다. 신발도 제대로 못 신고, 계단을 오르내리지도 못한다.

나는 엘리베이터를 타고 아래로 내려가, 현관 앞 화단에 앉아 택시가 오기를 기다렸다. 시계는 오후 1시 반을 가리키고 있었다. 이인조가 현관문을 때려 부순 지 아직 2시간 반밖에 지나지 않았다. 정말 긴 2시간 반이었다. 10시간쯤은 지난 듯한 기분이다.

장바구니를 든 주부가 내 앞을 잇달아 지나갔다. 슈퍼마켓 봉투 위로 파와 무가 쑥 튀어나와 있었다. 나는 그녀들이 조금 부러웠다. 그녀들은 누가 찾아와 냉장고를 때려 부수는 일도 없고, 나이프로 배를 갈리는 일도 없다. 파와 무 조리법과 아이들 성적을 생각하고 있으면 세계가 평화롭게 흘러간다. 일각수 두개골을 껴안고 있거나, 뭐가 뭔지 모를 비밀 코드와 복잡한 프로세스로 골머리를 앓을 필요도 없다. 그런 것이 보통 생활이다.

나는 부엌 바닥에서 지금도 녹고 있을 새우와 소고기와 버터와 토마토소스를 생각했다. 아마도 오늘 중으로 먹어 치우지 않으면 안 될 것이다. 그런데 나는 전혀 식욕이 없다.

집배원이 빨간 슈퍼 커브를 타고 나타나, 현관 옆에 줄지은 우편함에 우편물을 획획 꽂았다. 바라보고 있자니, 우편물이 묵직하게 담긴 함도 있고, 우편물이 전혀 없는 함도 있었다. 그는 내 함에는 손도 대지 않았다. 쳐다보지도 않았다.

우편함 옆에는 고무나무 화분이 있고, 화분 안에는 아이스크림 막대기와 담배꽁초가 버려져 있었다. 고무나무도 나만큼이나 지친 듯 보였다. 모두 다가와 멋대로 담배꽁초를 버리고, 잎을 찢는다. 그런 곳에 언제부터 고무나무 화분이 있었는지, 나는 도무지 기억나지 않았다. 더러워진 정도로 보아 꽤 오래 전부터 있었을 것이다. 나는 매일 그 앞을 지나면서도, 나이프로 배를 찢겨 현관에서 택시를 기다리는 신세가 될 때까지 고무나무의 존재조차 알아차리지 못했다.

의사는 내 배의 상처를 보더니, 어쩌다 이런 상처가 생겼느냐고 물었다.

"여자 일로 좀 옥신각신했습니다." 하고 나는 말했다. 그렇게 말하지 않고는 달리 설명할 길이 없었다. 누가 봐도, 이건 명백하게 나이프에 찔린 상처다.

"그런 경우, 우리로서는 경찰에 신고할 의무가 있어서 말인데요." 의사가 말했다.

"경찰은 곤란합니다." 하고 나는 말했다. "내 잘못이 컸고, 다행히 상처도 깊지 않으니 조용히 처리하고 싶습니다. 부탁드리죠."

의사는 뭐라고 잠시 투덜거렸지만, 그러다 포기하고는 나를 침대에 눕히고 상처를 소독하기 시작했다. 그리고 주사를 몇 대 놓고, 바늘과 실을 가져와 상처를 능숙하게 봉합했다. 봉합이 끝나자 간호사가 상당히 미심쩍은 눈초리로 나를 쏘아보면서 환부에 두꺼운 거즈를 딱 붙이고 고무벨트 같은 것을 허리에 감아 거즈를 고정했다. 내가 생각해도 참 기묘한 꼴이었다.

"가급적 격렬한 운동은 삼가도록 하세요." 의사가 말했다. "술을 마시거나 섹스를 하거나 심하게 웃는 것도 안 됩니다. 당분간은 책이나 읽으면서 한가롭게 생활해야 해요. 내일 오십시오."

나는 꾸벅 인사하고 나와 창구에서 돈을 지불하고, 항생제를 받아 들고 아파트로 돌아왔다. 그리고 의사가 하라는 대로 침대에 누워 투르게네프의 『루진』을 읽었다. 사실은 『봄 물결』를 읽고 싶었지만, 폐허 같은 방 안에서 책 한 권을 찾아내기는 쉽지 않은 일이었고, 게다가 생각해 보면 『봄 물결』이 『루진』보다 딱히 뛰어난 소설도 아니었다.

배에 붕대를 감고 초저녁부터 침대에 누워 투르게네프의 고풍스러운 소설을 읽고 있자니, 모든 게 어찌되든 상관없다는 기분이었다. 지난 사흘 동안에 일어난 일은 무엇 하나 내가 원한 것이 아니었다. 모든 것이 그쪽에서 다가왔고, 나는 그저 거기에 휘말렸을 뿐이다.

나는 부엌에 가서 싱크대 안에 수북이 쌓여 있는 위스키 병 조각을 조심조심 들춰 보았다. 거의 모든 병이 깨져 유리 조각이 사방에 튀어 있었지만, 시바스 리갈 한 병만 용케 아래쪽 절반이 깨지지 않아, 한 잔 정도만큼 위스키가 남아 있었다. 나는 그걸 잔에 따라 불빛에 비추어 보았다. 유리 조각은 보이지 않았다. 잔을 들고 침대로 돌아가, 미적지근한 위스키를 스트레이트로 마시면서 다시 책을 읽었다. 내가 『루진』을 읽은 것은 15년 전 대학 시절이다. 15년이 지나 배에 붕대를 감고 다시 읽다 보니, 나는 그때보다 주인공 루진에게 호의를 품게 되었다는 걸 깨달았다. 사람은 스스로 자기 결점을 고칠 수 없다. 인간의 성향이라는 건 대략 25세까지 결정되고, 그 후에는 아무리 노력해도 본질은 바뀌지 않는다. 문제는 외적 세계가 그 성향에 어떻게 반응하느냐는 것이다. 위스키의 취기가 더해져, 나는 루진을 동정했다. 나는 도스토옙스키의 소설에 등장하는 인물은 거의 동정하지 않는데, 투르게네프의 소설에 등장하는 인물은 이내 동정하고 만다. 나는 『87분서』 시리즈에 등장하는 인물도 동정한다. 아마 나 자신의 인간성에 여러 가지 결점이 있는 탓일 것이다. 결점이 많은 인간은 비슷하게 결점이 많은 사람에게 연민을 품는 경향이 있다. 도스토옙스키 소설의 등장인물이 안고 있는 결점은 때로 결점으로 여겨지지 않는 경우가 있고, 그래서 나는 그들의 결점에는 백 퍼센트 동정하지 못하기도 한다. 톨스토이의 경우는 그 결점이 너무도 대대적이라 배경으로 고정되는 경향이 있다.

나는 『루진』을 다 읽고 나자 문고본을 책장으로 내던지고, 싱크대 안에서 또 위스키의 잔해를 뒤졌다. 바닥에 잭 대니얼스 블랙 라벨이 아주 조금 남아 있는 것을 발견하고 잔에 따라 들고 침대로 돌아와, 이번에는 스탕달의 『적과 흑』을 읽기 시작했다. 나는 옛날 소설을 좋아하는 듯하다. 요즘 시절에 젊은이들이 과연 『적과 흑』을 얼마나 읽을까? 아무튼 나는 『적과 흑』을 읽으면서, 또 쥘리앵 소렐을 동정했다. 쥘리앵 소렐의 경우, 그 결점은 열다섯 살에 결정된 듯하고, 그 사실도 내 동정심을 부추겼다. 열다섯 살에 인생의 모든 요인이 고정되고 말다니, 타인이 보기에도 아주 딱한 일이다. 그것은 자신을 튼튼한 형무소에 처넣는 거나 다름없는 일이다. 벽에 둘러싸인 세계에 틀어박힌 채, 그는 파멸로 나아간다.

무언가가 내 마음을 건드렸다.

벽이다.

그 세계는 벽으로 둘러싸여 있다.

나는 책을 덮고 얼마 남지 않은 잭 대니얼스를 꿀꺽 삼키면서, 벽으로 둘러싸인 세계를 잠시 생각했다. 나는 그 벽과 문의 모습을 비교적 쉽게 떠올릴 수 있었다. 아주 높은 벽이고, 아주 큰 문이다. 그리고 고요하다. 그리고 나 자신이 그 안에 있다. 그러나 나의 의식은 아주 몽롱해서, 주변의 풍경을 분별하지 못한다. 마을 전체의 풍경은 구석구석까지 명확하게 알고 있는데, 내 주변만 몹시 부옇다. 그리고 그 불투명한 베일 너머에서 누군가가 나를 부르고 있었다.

마치 영화의 한 장면 같은 광경이라서, 나는 지금까지 본 역사 영화 중에 그런 장면이 있었는지 돌이켜 보았다. 그러나 「엘 시드」에도 「벤허」에도 「십계」에도 「성의」에도 「스파르타쿠스」에도 그런 장면은 없었다. 그렇다면 그 광경은 내가 충동적으로 꾸며 낸 광경일 수도 있다.

아마 그 벽은 나의 한정된 인생을 암시하는 거겠지, 하고 나는 생각했다. 고요한 것은 소리 뽑기의 후유증이다. 주변 풍경이 부옇다는 것은 나의 상상력이 괴멸적 위기에 처해 있기 때문이다. 나를 부르는 것은 아마 그 분홍색 슈트의 여자일 것이다.

그 순간의 망상을 허접하게 분석하고 나서 나는 또 책을 펼쳤다. 그러나 의식을 책에 집중할 수 없었다. 내 인생은 무다, 하고 나는 생각했다. 제로다. 아무것도 없다. 지금까지 뭘 만들었지? 아무것도 만들지 않았다. 누군가를 행복하게 했나? 아무도 행복하게 하지 못했다. 뭘 갖고 있나? 아무것도 갖고 있지 않다. 가정도 없고, 친구도 없고, 문도 없다. 발기도 되지 않는다. 일마저 잃을지 모른다.

내 인생의 최종 목표인 첼로와 그리스어의 평화로운 세계도 그야말로 위기에 직면해 있다. 지금 일을 빼앗기면 그런 꿈을 이룰 경제적 여유는 사라지고, 더구나 '조직'에게 지구 끝까지 쫓기면서 그리스어의 불규칙 동사를 외울 틈은 없다.

나는 눈을 감고 잉카의 우물만큼이나 깊은 한숨을 쉰 다음, 다시 『적과 흑』으로 돌아갔다. 잃은 것은 이미 잃은 것이다. 전전긍긍해 봐야 되찾을 수 없다.

그러다 문득 날이 완전히 저물어, 투르게네프 = 스탕달적인 어둠이 내 주위에 가득하다는 걸 알았다. 꼼짝 않고 누워 있는 덕분인지 배의 상처도 아픔이 좀 덜했다. 때로 멀리에서 큰 북을 치는 것처럼 묵직하고 흐릿한 아픔이 상처에서 옆구리 쪽으로 퍼져 나갔지만, 그때만 넘기면 상처를 생각하지 않고도 시간을 보낼 수 있었다. 시계는 7시 20분을 가리키고 있지만, 여전히 식욕은 없다. 새벽 5시 반에 우유와 함께 맛없는 샌드위치를 먹고, 그다음 부엌에서 감자 샐러드를 먹은 후로 지금까지 아무것도 먹지 않았지만, 음식 생각만 해도 위가 움츠러드는 걸 느낄 수 있었다. 지치고 잠이 부족하고, 그런 데다 배까지 찢기고, 방은 소인 공병대에게 폭격이라도 당한 것처럼 엉망이다. 식욕이 끼어들 여지조차 없다.

나는 몇 년 전에 세계가 쓰레기 더미 가득한 폐허로 변한 근미래 SF 소설을 읽은 적이 있는데, 지금 집 안 광경이 바로 그랬다. 바닥에 온갖 쓰레기가 넘쳐 난다. 찢긴 양복에서 부서진 비디오, 텔레비전, 깨진 꽃병, 목이 꺾인 스탠드, 짓밟힌 레코드, 녹은 토마토소스, 뜯겨 나간 스피커 코드…… 바닥에 널려 있는 셔츠와 속옷 대부분도 구둣발에 밟히거나 잉크가 쏟아졌거나 포도 얼룩이 묻어, 거의 걸칠 수 없게 되었다. 사흘 전에 먹다 만 포도 접시를 침대 옆 테이블에 그냥 내버려 둔 탓에, 그게 바닥에 떨어져 짓밟히고 만 것이다. 조지프 콘래드와 토머스 하디 책도 꽃병의 더러운 물에 푹 젖어 있었다. 꽃병에 꽂혔던 글라디올러스는 전사자에게 바치는 조화처럼 엷은 베이지색 캐시미어 스웨터의 가슴 위에 떨어져 있었다. 스웨터 소매에는 펠리칸의 로열 블루색 잉크가 골프공만 한 크기로 얼룩져 있었다.

모든 것이 쓸모없어지고 말았다.

아무짝에도 쓸모없는 쓰레기 더미다. 미생물은 죽어서 석유가 되고, 거목은 쓰러져 석탄이 된다. 그러나 여기 있는 모든 것은 어디에도 사용할 수 없는 순수한 쓰레기였다. 부서진 비디오를 과연 어디에 쓸 수 있을까.

나는 다시 한번 부엌에 가서 싱크대 안을 뒤졌다. 유리 조각을 이리저리 밀치면서 찾아보았지만, 아쉽게도 위스키는 이제 한 방울도 남지 않았다. 위스키는 내 위로 흘러들지 못하고 싱크대 배관을 타고 지하의 허무로, 야미쿠로가 지배하는 세계로 오르페우스처럼 하강하고 말았다.

싱크대 안 유리 조각을 뒤적거리다, 오른손 가운뎃손가락 끝을 베이고 말았다. 나는 잠시, 손가락 끝에서 피가 흘러 위스키 라벨 위로 똑똑 떨어지는 모습을 바라보았다. 한번 크게 다치고 나면 작은 상처 따위는 개의치 않게 된다. 손가락에서 피가 좀 났다고 해서 죽는 인간은 없다.

포 로지즈 라벨이 붉게 물들 때까지 나는 흐르는 대로 그냥 내버려 두었지만, 피는 전혀 멈추지 않았다. 할 수 없이 화장지로 피를 닦아 내고 손가락 끝에 밴드를 감았다.

부엌 바닥에 포격전이 끝난 자리의 탄피처럼 캔 맥주가 일고여덟 개 나뒹굴고 있었다. 주워 들어 보니 표면이 미적지근했지만, 미적지근한 맥주나마 없는 것보다는 낫다. 양손에 하나씩 들고 침대로 돌아가 『적과 흑』을 다시 읽으면서 홀짝홀짝 맥주를 마셨다. 나로서는 지난 사흘 동안 내 몸에 쌓인 긴장을 알코올로 풀고 그대로 푹 잠들고 싶었다. 내일이라는 날이 얼마나 문제로 가득하든 ─ 거의 틀림없이 그럴 것이다. ─ 나는 지구가 마이클 잭슨처럼 빙글빙글 한 바퀴 도는 시간만큼은 푹 자고 싶었다. 새로운 문제는 새로운 절망감으로 맞이하면 된다.

9시가 되기 조금 전에 수마(睡魔)가 나를 덮쳤다. 달의 이면처럼 황폐해진 나의 조졸한 방에도 잠은 어김없이 찾아온

다. 나는 사분의 삼 정도 읽은 『적과 흑』을 바닥에 내던지고, 학살을 면한 독서 스탠드의 스위치를 끄고 옆으로 누워 등을 구부리고 잠이 들었다. 나는 황폐한 내 방의 조그만 태아였다. 일어나야 할 시간이 올 때까지 아무도 나의 잠을 방해할 수 없다. 나는 문제라는 옷을 걸친 절망의 왕자이다. 폴크스바겐 골프만큼이나 큰 두꺼비가 찾아와 내게 입맞춤하기 전까지, 나는 쿨쿨 잠을 잘 것이다.

그러나 내 마음과 달리, 잠은 2시간밖에 지속되지 않았다. 밤 10시에 분홍색 슈트를 입은 통통한 여자가 찾아와 내 어깨를 흔든 것이다. 아무래도 내 잠은 아주 헐값에 경매에 나온 모양이다. 모두 차례대로 찾아와, 중고차의 타이어 상태를 확인하듯 내 잠을 걷어찬다. 그들에게는 그럴 권리가 없을 것이다. 나는 낡기는 했어도 중고차는 아니다.

"좀 내버려 둬." 하고 나는 말했다.

"부탁이야, 제발 일어나요. 제발." 그녀가 말했다.

"좀 내버려 두라니까."

"지금 자고 있을 때가 아니야." 하면서 그녀는 주먹으로 내 옆구리를 퍽퍽 쳤다. 지옥의 뚜껑이 열리는 듯한 격통이 내 몸을 관통했다.

"제발." 그녀가 말했다. "이대로 가면 세계가 끝난다고요."

16 세계의 끝

겨울의 도래

눈을 떴을 때, 나는 침대에 있었다. 침대에서 무척이나 정겨운 냄새가 났다. 그것은 내 침대였다. 방도 내 방이었다. 그러나 모든 것이 예전과 조금씩 다른 듯한 기분이 들었다. 그것은 마치 나의 기억에 맞춰 재생된 풍경처럼 보였다. 천장의 얼룩도, 회벽에 난 생채기도, 모든 것이 그랬다.

창문으로 내리는 비가 보였다. 얼음처럼 또렷한 겨울비가 지상에 내리고 있었다. 빗방울이 지붕을 때리는 소리도 들렸다. 그러나 그 거리감이 명확하지 않았다. 지붕이 바로 귓가에 있는 것처럼 느껴지기도 하고, 1킬로미터쯤 멀리 떨어져 있는 것처럼 느껴지기도 했다.

창가에 대령의 모습이 보였다. 노인은 창가에 의자를 갖다 놓고 앉아, 평소처럼 등을 꼿꼿이 세우고 꼼짝하지 않은 채 창밖의 비를 바라보고 있었다. 노인이 왜 그렇게 열심히 비를 보고 있는지 나는 이해할 수 없었다. 비는 그저 비일 뿐이다. 지붕을 때리고, 대지를 적시고, 강으로 흘러들 뿐이다.

나는 팔을 들어 올려 손바닥으로 내 얼굴을 만져 보려고 했지만, 팔이 올라가지 않았다. 모든 것이 무겁다. 그 사실을 노인에게 알리고 싶었지만, 목소리조차 나오지 않았다. 폐 안의 공기 덩어리를 밀어 올릴 수 없다. 몸의 기능을 하나부터 열까지 전부 잃어버린 듯했다. 그저 눈을 뜨고 창문과 비와 노인을 바라보고 있을 뿐이다. 대체 무슨 이유로 몸이 이렇게까지 훼손되고 말았는지, 나는 기억나지 않았다. 기억을 하려 하면 머리가 깨질 듯이 아팠다.

"겨울이군." 노인이 말했다. 그리고 손가락 끝으로 유리창을 톡톡 두드렸다. "겨울이 왔어. 이제 자네도 이곳의 겨울이 얼마나 무서운지 잘 알았겠지."

나는 고개를 약간 *끄덕였다.*

그렇다 — 겨울의 벽이 나를 다치게 했다. 그리고 — 숲을 빠져나와 도서관으로 갔다. 내 볼에 닿았던 그녀 머리의 감촉이 불현듯 떠올랐다.

"도서관 아가씨가 자네를 여기까지 데리고 왔어. 문지기의 도움을 받아서. 자네, 열이 펄펄 끓었어. 땀도 어마어마하게 흘렸지. 양동이에 고일 정도로 심했어. 그제 일이네."

"그제……."

"그래. 자네, 꼬박 이틀을 잤어." 노인이 말했다. "영원히 눈을 뜨지 않는 게 아닐까 했을 정도야. 혹시 숲에 갔었나?"

"죄송합니다." 하고 나는 말했다.

노인은 난로 위에서 데우고 있는 냄비를 내리고, 수프를 접시에 떴다. 그리고 내 몸을 껴안고 일으켜, 등받이에 기대게 했다. 등받이에서 뼈가 우드득거리는 듯한 소리가 났다.

"우선은 먹게나." 하고 노인이 말했다. "생각도 사과도 그다음이야. 식욕은 있나?"

없다고 나는 말했다. 숨을 쉬는 것조차 힘들다.

"그래도 이건 먹어야 해. 세 입만 먹으면 돼. 세 입만 먹으면 충분해. 세 입을 먹으면 끝이야. 먹을 수 있겠나?"

나는 고개를 끄덕였다.

약초가 든 수프는 구역질이 올라올 만큼 썼지만, 나는 그럭저럭 세 입을 먹었다. 먹고 나자 온몸에서 힘이 빠지는 듯한 기분이 들었다.

"이제 됐어." 노인이 스푼을 접시에 내려놓으면서 말했다. "좀 쓰지만, 이 수프가 자네 몸에서 나쁜 땀을 빼 줄 게야. 한숨 더 자고 눈을 뜨면, 기분이 아주 개운해질 거야. 그러니 안심하고 자게나. 눈을 떴을 때도 내가 여기 있을 테니까."

눈을 떴을 때, 창밖은 캄캄했다. 몰아치는 바람과 함께 빗방울이 유리창을 때렸다. 노인은 내 머리맡에 있었다.

"어떤가? 좀 개운해졌어?"

"아까보다 한결 개운하군요." 하고 나는 말했다. "지금 몇시죠?"

"밤 8시야."

나는 침대에서 일어나려 했지만, 몸이 아직도 조금 휘청거렸다.

"어디 가려고?" 노인이 물었다.

"도서관에 가야죠. 꿈을 읽어야 하는데." 하고 나는 말했다.

"무슨 소리. 지금 자네 몸으로는 5미터도 걸을 수 없어."

"그래도 쉴 수는 없습니다."

노인이 고개를 내저었다. "오래된 꿈은 기다려 줄 거야. 그리고 문지기도 도서관 아가씨도 자네가 당분간 움직일 수 없다는 걸 알고 있어. 도서관은 열려 있지도 않아."

노인은 한숨을 쉬고는 난로 앞에 가서, 컵에 차를 따라 들고 돌아왔다. 바람이 일정한 간격을 두고 창문을 흔들었다.

"보아하니 자네 요즘, 그 아가씨에게 마음이 있는 듯하더군." 노인이 말했다. "들을 생각은 없었는데, 계속 옆에 있다 보니 듣지 않을 수 없었어. 열에 시달리다 보면 헛소리를 하게 되는 법이지. 부끄러워할 일은 아니야. 젊은 사람은 누구든 사랑을 하는 법이니까. 그렇지 않은가?"

나는 잠자코 고개를 끄덕였다.

"참한 아가씨야. 자네 걱정을 많이 하더군." 하며 노인은 차를 마셨다. "그러나 자네가 그녀를 사랑하는 건 사태의 진행에 그다지 적합하지 않을 게야. 이런 말은 별로 하고 싶지 않네만, 이쯤에서 자네에게 몇 가지 가르쳐 주지 않으면 안 되겠지."

"왜 적합하지 않다는 거죠?"

"그녀는 자네 마음에 답할 수 없기 때문이지. 그러나 그건 누구 탓도 아니야. 자네 탓도 아니고, 그 아가씨 탓도 아니지.

굳이 말하자면, 이 세계가 그렇게 생긴 탓이야. 그렇게 생긴 세계를 바꿀 수는 없어. 강물의 흐름을 거꾸로 돌릴 수 없는 것처럼 말이지."

나는 침대에서 몸을 일으켜, 두 손으로 볼을 비볐다. 얼굴이 작게 쪼그라드는 듯한 기분이 들었다.

"대령님은 마음을 말하는 것이죠?"

노인이 고개를 끄덕였다.

"제게는 마음이 있는데 그녀에게는 없기 때문에, 그래서 제가 아무리 그녀를 사랑해도 아무것도 얻지 못한다는 뜻인가요?"

"그래." 노인이 말했다. "자네는 계속해서 잃을 뿐이야. 자네 말대로 그녀에게는 마음이란 게 없어. 내게도 없고. 누구에게도 없지."

"그러나 대령님은 제게 아주 친절하잖아요. 제게 신경을 써 주고, 이렇게 잠도 자지 않고 간병해 주고 있잖아요. 그건 마음의 하나의 표현 아닌가요?"

"아니지, 그렇지 않아. 친절함과 마음은 전혀 다른 것이야. 친절함이란 독립된 기능이야. 더 정확하게 말하면 표층적인 기능이지. 그건 그저 습관일 뿐, 마음과는 달라. 마음이란 것은 훨씬 더 깊고, 훨씬 더 강한 것이지. 그리고 훨씬 더 모순된 것이고."

나는 눈을 감고, 사방으로 흩어진 생각을 하나하나 끌어모았다.

"제 생각은 이렇습니다." 하고 나는 말했다. "사람이 마음을 잃는 것은 그림자가 죽었기 때문이 아닐까 하고요. 아닌가요?"

"그 말이 맞아."

"그녀 그림자도 이미 죽어서 마음을 되찾을 수 없는 거죠?"

노인이 고개를 끄덕였다. "내가 기관에 가서 그녀의 그림자 기록을 조사해 봤어. 그러니 틀림없어. 그 아가씨가 열일곱 살 때 그림자가 죽었더군. 그 그림자는 여기 규정대로 사과나무 숲에 묻혔어. 매장 기록이 남아 있었어. 더 자세한 건 그녀에게 직접 물어보게나. 그러는 편이 내 입으로 말하는 것보다 자네가 수긍하기 쉽겠지. 그러나 한마디만 덧붙이겠네. 그 아가씨는 철이 들기 전에 그림자와 헤어졌어. 그러니 과거의 자신에게 마음이란 것이 존재했다는 사실조차 기억하지 못할 거야. 나처럼 늙어서 자기 의지로 그림자를 버린 사람과는 달라. 나는 그나마 자네 마음의 움직임을 헤아릴 수 있지만, 그 아가씨는 그러지 못해."

"그러나 그녀는 어머니를 기억하고 있었습니다. 그녀 말이, 그녀의 어머니에게는 마음이 남아 있었다더군요. 그림자가 죽은 다음에도요. 어떻게 그럴 수 있는지는 모르겠지만, 그게 혹시 도움이 되지는 않을까요? 그녀가 어머니의 마음을 조금은 물려받았을 수도 있지 않겠어요."

노인은 컵을 몇 번 흔들면서 식은 차를 천천히 마셨다.

"그런데 말이야." 대령이 말했다. "벽은 아무리 작은 마음도 놓치질 않아요. 가령 그런 것이 조금 남아 있다 해도, 벽이 그걸 전부 빨아들이고 말아. 빨아들일 수 없으면 추방하지. 그녀 어머니를 그렇게 쫓아냈던 것처럼 말이야."

"아무 기대도 하지 말라는 말씀이군요."

"나는 자네를 실망시키고 싶지 않을 뿐이야. 이 마을은 강하지만 자네는 약해. 이번 일로 자네도 그걸 잘 알았을 텐데."

노인은 손에 든 빈 컵을 한참이나 빤히 들여다보았다.

"그러나 자네는 그녀를 취할 수는 있어."

"취한다고요?" 나는 되물었다.

"음. 자네는 그녀와 잘 수도 있고, 같이 살 수도 있어. 이 마을에서 자네는 자네가 원하는 것을 가질 수 있어."

"그러나 그 관계에 마음은 존재하지 않는다는 거죠?"

"마음은 없어." 노인이 말했다. "하지만 자네 마음도 어차피 언젠가는 사라질 거야. 마음이 사라지고 나면 상실감도 없고, 실망도 없지. 이루어지지 않는 사랑도 없어지고. 생활만 남아. 조용하고 소박한 생활만 남지. 자네는 그녀를 원할 테고, 그녀도 자네를 원할 거야. 자네가 그러고 싶어 한다면, 그녀는 자네 것이야. 아무도 빼앗을 수 없어."

"참 이상하군요." 하고 나는 말했다. "저는 아직 마음이 있는데, 그런데도 간혹 제 마음을 잃어버릴 때가 있습니다. 아니죠, 그런 때가 더 많을지도 몰라요. 그런데도 언젠가는 돌아올 것이라는 확신이 있고, 그 확신이 저라는 존재를 하나로 모아 주고 또 받쳐 주고 있습니다. 그래서 마음을 잃는다는 게 어떤 건지 상상이 잘 되지 않아요."

노인은 말없이 고개를 몇 번 끄덕였다.

"잘 생각해 봐. 생각할 시간은 아직 남아 있으니까."

"생각해 보죠." 하고 나는 말했다.

그 후 오래도록 태양은 모습을 보이지 않았다. 열이 내리자 나는 침대에서 나와 창문을 열고, 바깥 공기를 마셨다. 일어날 수 있게 되고 나서도 이틀 정도는 몸에 힘이 없어, 문손잡이와 계단의 난간을 꽉 잡는 것조차 내 마음 같지 않았다. 대령은 그동안 내게 매일 저녁 쓰디쓴 약초 수프를 만들어 주고, 죽 같은 것도 끓여서 먹게 해 주었다. 그리고 머리맡에서 옛날 전쟁 이야기를 들려 주었다. 그는 그녀와 벽에 대해서는 두 번 다시 말하지 않았고, 나도 굳이 묻지 않았다. 내게 가르쳐 주어야 할 것이 있다면, 그는 이미 가르쳐 줬을 것이기 때문이다.

사흘째 되는 날 나는 노인의 지팡이를 빌려 관사 주위를 천천히 산책할 수 있을 만큼 회복되었다. 걸어 보니 몸이 무척 가벼워진 것을 알 수 있었다. 열이 올라 몸무게가 줄었겠지만, 원인이 그것만은 아닌 듯한 느낌이 들었다. 겨울이 내 주위의 모든 것에 불가사의한 무게를 주고 있었다. 그리고 나 혼자만 그 무거운 세계로 들어가지 못하고 있었다.

관사가 있는 언덕 비탈에서는 마을의 서쪽 절반이 내려다보였다. 강이 보이고, 시계탑이 보이고, 벽이 보이고, 그리고 제일 멀리에 서쪽 문인 듯한 것이 부옇게 보였다. 검은색 안경을 낀 내 약한 눈은 그보다 자잘한 풍경은 뭐가 뭔지 잘 구별하지 못했지만, 그래도 겨울 공기가 마을에 지금까지 없던 명확한 윤곽을 부여하고 있다는 것은 알아볼 수 있었다. 마치 북쪽 능선에서 불어오는 계절풍이 마을 구석구석에 쌓이고 들러붙은 흐릿한 색감의 먼지를 죄 날려 보낸 것 같았다.

마을을 바라보는 사이에 나는 그림자에게 건네야 하는 지도를 떠올렸다. 열이 올라 누워만 지낸 탓에 지도를 건네기로 약속한 날이 일주일 가까이 지나 버리고 말았다. 그림자는 나를 걱정하고 있을지도 모르고, 또는 내가 자기를 버렸다고 생각하고 체념했는지도 모른다. 그런 생각을 하자 나는 암울해졌다.

나는 노인에게 낡은 작업용 신발 한 켤레를 구해 달라고 해서, 밑창을 걷어 내고 그 안에 조그맣게 접은 지도를 넣은 다음 밑창을 원래대로 깔았다. 나는 그림자가 그 신발을 갈가리 헤집어서라도 지도를 찾아내리란 확신이 있었다. 그리고 나는 노인에게 신발을 맡기고, 그림자를 만나 직접 건네줄 수 있겠느냐고 말했다.

"녀석이 얇은 운동화밖에 없어서, 눈이 쌓이면 발이 얼 수도 있을 것 같아서요." 하고 나는 말했다. "문지기는 믿을 수 없어요. 대령님은 제 그림자를 만날 수 있겠죠."

"그 정도 부탁이라면 문제가 없겠지." 하고 노인은 신발을 받아 들었다.

저녁때 돌아온 노인은, 직접 그림자를 만나 신발을 건넸노라고 말했다.

"자네 걱정을 많이 하더군." 늙은 대령이 말했다.

"그는 어떻던가요?"

"추워서 좀 힘들어 하는 것 같았어. 그러나 아직은 괜찮아. 걱정할 정도는 아니야."

열이 오른 지 열흘째 되는 날의 저녁, 나는 그제야 겨우 언덕을 내려가 도서관으로 갈 수 있었다.

도서관 문을 밀었을 때, 열흘이나 오지 않아서인지 건물 안 공기가 예전보다 고여 있는 듯 느껴졌다. 오래도록 방치된 방처럼 거기에는 사람의 기척이 없었다. 난로의 불은 꺼졌고, 주전자도 차가웠다. 주전자 뚜껑을 열어 보니, 안에 든 커피가 하얗게 상해 있었다. 천장도 예전보다 훨씬 높게 느껴졌다. 불을 켜지 않은 어둠 속에, 내 발소리만 먼지가 낀 것처럼 탁한 소리를 내며 울렸다. 그녀의 모습은 없고, 카운터 위에는 먼지가 엷게 쌓여 있었다.

뭘 어쩌면 좋을지 몰라 나무 의자에 앉아 그녀가 오기를 기다리기로 했다. 문이 잠겨 있지 않았으니, 그녀는 반드시 나타날 것이다. 나는 추위에 떨면서, 꼼짝 않고 기다렸다. 그러나 아무리 기다려도 그녀는 오지 않았다. 어둠만 깊어 갔다. 나와 도서관만 남기고 온 세계의 모든 사물이 소멸한 듯한 느낌이었다. 나는 세계의 끝 안에 오직 혼자 남겨지고 만 것이다. 아무리 길게 손을 내밀어도, 내 손은 이미 무엇에도 닿지 않는다.

실내 역시 겨울의 무게를 띠고 있었다. 모든 것에, 바닥에도 테이블에도 못이 단단히 박혀 있는 것만 같았다. 혼자 어둠 속에 앉아 있자니, 나의 몸 여러 부분이 정당한 무게를 잃고 제멋대로 늘어났다 줄어들었다 하는 것 같았다. 그것은 마치 일그러진 거울 앞에 서서 조금씩 몸을 움직이는 식이었다.

나는 의자에서 일어나, 전등 스위치를 돌렸다. 그리고 양동이에 담긴 석탄을 퍼서 난로 안에 던져 넣고, 성냥을 그어 불을 붙인 후에 다시 의자로 돌아왔다. 불을 켜자 어둠이 더 깊어지고, 난로에 불을 붙이자 추위가 더 심해진 듯했다.

나는 너무 깊이 내 안에 침잠했는지도 모르겠다. 아니면 몸속에 남아 있던 저림 같은 것이 나를 짧은 잠으로 이끌었는지도 모른다. 그러다 퍼뜩 정신을 차렸을 때, 그녀가 내 앞에 서서 나를 조용히 내려다보고 있었다. 노란색 자잘한 가루 같은 불빛을 등지고 있는 탓에 그녀의 윤곽에 뽀얀 음영이 어려 있었다. 나는 잠시 그녀 모습을 올려다보았다. 그녀는 평소와 같은 파란색 코트를 입고, 한 가닥으로 묶은 머리를 앞으로 돌려 옷깃 안에 밀어 넣은 모습이었다. 그녀 몸에서 겨울바람 냄새가 났다.

"안 오는 줄 알았어." 하고 나는 말했다. "계속 여기서 기다렸는데."

그녀는 남아 있던 상한 커피를 싱크대에 버리고 주전자를 물로 씻은 다음, 안에 새 물을 담아 난로 위에 올려놓았다. 그리고 옷깃에서 머리를 꺼내고, 코트를 벗어 옷걸이에 걸었다.

"왜 안 올 거라고 생각했어요?" 그녀가 말했다.

"모르겠어." 하고 나는 말했다. "그냥 그런 기분이 들었어."

"당신이 원하면 나는 여기에 와요. 당신은 나를 원하죠?"

나는 고개를 끄덕였다. 내가 그녀를 원하는 것은 확실하다. 그녀를 만나서 나의 상실감이 얼마나 깊어지든, 그래도 역시 나는 그녀를 원한다.

"당신 그림자 얘기를 듣고 싶어." 하고 나는 말했다. "혹시 내가 옛 세계에서 만난 게 당신 그림자일지도 모르잖아."

"네, 그래요. 나도 처음에 그 생각을 했어요. 당신이 나를 만난 적이 있을지도 모른다고 했을 때요."

그녀는 난로 앞에 앉아, 잠시 불을 바라보았다.

"내가 네 살일 적에 그림자는 나와 헤어져서 문밖으로 나갔어요. 그런 다음 그림자는 바깥 세계에서 생활하고, 나는 여기 이 마을에서 살았죠. 그녀가 거기서 뭘 했는지는 몰라요. 그녀가 나에 대해서 아무것도 모르는 것처럼 나도 모르는 거죠. 내가 열일곱 살이 되었을 때, 내 그림자는 이 마을로 돌아와 죽었어요. 그림자는 죽음을 앞두면 이곳으로 돌아와요. 그리고 문지기가 그녀를 사과나무 숲에 묻었어요."

"그렇게 해서 당신은 완전히 이 마을 주민이 된 거군."

"네. 남아 있던 마음도 그때 내 그림자와 함께 매장되었어요. 당신은 마음은 바람 같은 것이라고 했는데, 바람과 비슷한 건 우리 쪽이 아닐까요? 우리는 아무 생각도 하지 않고, 그저 지나쳐 갈 뿐. 나이도 먹지 않고, 죽는 일도 없어요."

"당신은 당신 그림자가 돌아왔을 때, 그녀를 만났어?"

그녀는 고개를 저었다. "아니요. 만나지 않았어요. 나는 그녀를 만날 이유가 없을 것 같았어요. 나와는 전혀 별개의 존재잖아요."

"어쩌면 당신 자신이었을지도 모르는데."

"어쩌면 그럴지도 모르죠." 그녀가 말했다. "하지만 어느 쪽이든 지금은 마찬가지예요. 이미 원은 닫혀 버렸는걸요."

난로 위에서 주전자 물이 보글보글 끓기 시작했다. 그러나

그 소리가 내 귀에는 몇 킬로미터나 먼 곳에서 들려오는 바람
소리처럼 느껴졌다.

"그런데 당신, 아직도 날 원해요?"

"원해." 하고 나는 대답했다.

17 하드보일드 원더랜드

세계의 끝, 찰리 파커, 시한폭탄

"제발." 오동통한 여자가 말했다. "이대로 가만히 있으면 세계가 끝나 버린단 말이야."

세계 따위는 끝나 버리면 그만이지, 하고 나는 생각했다. 배의 상처는 악귀처럼 아팠다. 기운 찬 쌍둥이 사내아이들이 네 발로 내 한정된 좁은 상상력의 틀을 힘껏 걸어차는 것 같았다.

"왜 그러고 있어요? 어디 아파요?" 여자가 물었다.

나는 차분하게 심호흡을 하고, 옆에 있던 티셔츠를 집어 소맷자락으로 얼굴에 돋은 땀을 닦았다.

"누가 내 배를 나이프로 6센티미터 정도 좍 그었어." 나는 공기를 토해 내는 식으로 말했다.

"나이프로?"

"저금통을 가르듯."

"누가 뭣 때문에 그런 심한 짓을 했는데요?"

"모르겠어. 몰라." 하고 나는 말했다. "아까부터 계속 그 생각을 하고 있었어. 그런데 모르겠어. 내가 묻고 싶을 정도야. 왜 다들 나를 현관에 깔린 매트처럼 짓밟는 건지."

그녀가 고개를 저었다.

"혹시 그 이인조가 네가 아는 사람이든가 동료가 아닐까 의심했어. 나이프를 휘두른 놈들 말이야."

통통한 여자는 잠시 무슨 소린지 모르겠다는 표정을 띠고는 내 얼굴을 빤히 쳐다보았다. "왜 그렇게 생각했는데요?"

"몰라. 아마 누가 되었든 남 탓으로 돌리고 싶어서겠지. 알 수 없는 건 타인에게 떠넘기면 마음이 좀 편해지니까."

"그런다고 뭐가 해결되지는 않아요."

"아무것도 해결되지 않지." 하고 나는 말했다. "하지만 그건 내 탓이 아니야. 내가 이 일을 시작한 게 아니잖아. 너희 할아버지가 기름을 치고 스위치를 켰다고. 나는 거기에 휘말렸을 뿐이지. 그런데 왜 내가 해결해야 하는 거지?"

다시 또 심한 통증이 밀려와, 나는 입을 다물고 건널목지기처럼 그것이 지나가기를 기다렸다.

"오늘만 해도 그래. 네가 이른 아침에 전화를 걸었지. 그리고 너희 할아버지가 행방불명이라면서 내게 도와달라고 했어. 나는 약속 장소로 나갔는데, 너는 나타나지 않았지. 집에 돌아와서 자고 있는데 이상한 이인조가 찾아와서 집기를 파괴하고, 내 배를 나이프로 찔렀어. 그다음에는 '조직' 사람들이 찾아와서 내게 질문을 퍼부었어. 그리고 마지막에는 이렇게

네가 찾아왔어. 마치 사전에 정확하게 일정이 짜여 있었던 것 같잖아. 농구의 포메이션처럼 말이야. 너는 사정을 대체 어디까지 알고 있는 거야?"

"솔직히 말하면, 내가 아는 것과 당신이 아는 것엔 별 차이가 없어요. 나는 할아버지의 연구를 돕고, 시키는 대로 행동할 뿐이니까. 이걸 하라고 하면 이걸 하고, 저걸 하라고 하면 저걸 하고. 저리 가라 이리 와라, 전화를 걸어라, 편지를 써라, 그렇게. 할아버지가 하는 연구에 대해서는 나 역시 당신과 마찬가지로 전혀 짐작이 안 가요."

"그래도 너는 연구를 도왔잖아."

"도왔다고 해 봐야 자료 처리나 그런 기술적인 게 전부였다고요. 전문적인 지식도 거의 없는데, 보고 듣는다고 내가 어떻게 이해하겠어요."

나는 손톱 끝으로 앞니를 톡톡 치면서 생각을 정리했다. 돌파구가 필요하다. 상황이 나라는 존재를 완전히 집어삼키기 전에, 다소나마 그 상황을 풀어놓을 필요가 있다.

"조금 전에 너는 이대로 가만히 있으면 세계가 끝난다고 했는데. 그건 왜지? 왜, 어떤 식으로 세계가 끝난다는 거야?"

"나도 몰라요. 할아버지가 그렇게 말했어요. 지금 할아버지 신변에 무슨 일이 생기면 세계가 끝난다고 했다고요. 할아버지는 농담으로 그런 말을 할 사람이 아니에요. 할아버지가 세계가 끝난다고 했으면, 세계는 정말 끝나는 거라고요. 정말이에요. 세계가 끝나요."

"난 도무지 모르겠군." 하고 나는 말했다. "세계가 끝난다는 게 대체 뭘 뜻하는 거야? 너희 할아버지가 정확하게 '세계가 끝난다.' 하고 말했다는 거지? '세계가 소멸한다.'거나 '세계가 파괴된다.'가 아니라?"

"그래요, '세계가 끝난다.'고 했어요."

나는 또 앞니를 톡톡 치면서, 세계의 끝에 대해서 생각해 보았다.

"그래서…… 그…… 세계의 끝이 어딘가에서 나와 연결되어 있다는 거지?"

"그래요. 당신이 열쇠라고 했어요, 할아버지가. 몇 년 전부터 당신 한 명으로 포인트를 좁혀서 연구를 진행하고 있다고요."

"좀 더 기억을 떠올려 봐." 하고 나는 말했다. "시한폭탄이라는 건 뭐지?"

"시한폭탄?"

"내 배를 나이프로 가른 남자가 그렇게 말했어. 내가 처리한 박사의 자료는 시한폭탄 같은 거라서, 때가 되면 쾅 폭발한다고. 대체 그게 무슨 소리야?"

"이건 내가 그렇게 상상하는 건데." 오동통한 여자가 말했다. "할아버지는 계속 인간의 의식에 대해서 연구했어요. 할아버지가 셔플링 시스템을 만들어 낸 후로 계속. 셔플링 시스템이 모든 것의 발단이지 않나 싶어요. 그러니까 셔플링 시스템을 개발할 당시까지는 할아버지가 내게 얘기를 많이 해줬어요. 당신 연구에 대해서, 지금 뭘 하고 있는지, 앞으로 뭘 할 것이라든지. 아까도 말했다시피 나는 전문적인 지식이 거의 없지만, 그래도 할아버지 얘기는 알아듣기 쉽고 재미있었어요. 난 할아버지와 둘이 그런 얘기를 하는 걸 무척 좋아했어요."

"그런데 셔플링 시스템이 완성되고 나자 갑자기 말이 없어졌나 보군."

"그래요. 할아버지는 줄곧 지하 실험실에 틀어박혀서 내게 전문적인 얘기는 전혀 하지 않았어요. 내가 무슨 질문을 해도 적당한 대답밖에 하지 않았고."

"그래서 외로웠겠군."

"그래요. 외로웠어요. 몹시." 그녀는 또 잠시 내 얼굴을 빤히 쳐다보았다. "저 있죠, 침대에 들어가도 돼요? 여기 있으니까 너무 추운데."

"상처를 건드리거나, 몸을 흔들지 않으면." 하고 나는 말했다. 어째 온 세계 여자들이 내 침대에 파고들려 하는 것 같았다.

그녀는 침대 반대쪽으로 돌아가, 분홍색 슈트를 입은 채 꼼지락꼼지락 이불 속으로 들어왔다. 내가 두 개를 겹쳐 베고 있던 베개 하나를 건네자, 그녀는 그걸 받아 손으로 톡톡 두드려 부풀리고는 머리 밑에 넣었다. 그녀의 목덜미에서 처음 만났을 때와 똑같은 멜론 냄새가 났다. 나는 근근이 몸의 방향을 틀어 그녀 쪽을 향했다. 그렇게 우리는 침대 안에서 서로 마주하게 되었다.

"나, 남자와 이렇게 가까이 있는 거 처음이에요." 하고 통통한 여자가 말했다.

"호오." 하고 나는 말했다.

"시내에도 거의 나가 본 적이 없어요. 그래서 약속 장소를 못 찾아간 거예요. 어떻게 가면 되는지 물으려고 했는데 소리가 사라져 버려서."

"택시 운전사에게 말하면 데려다 주는데 그랬어."

"돈이 없었어요. 허둥지둥 나왔고, 돈이 필요하다는 걸 완전히 잊고 있었어요. 그래서 걸어갈 수밖에 없었어요." 그녀가 말했다.

"다른 가족은 없어?" 하고 나는 물었다.

"내가 여섯 살 때 부모님과 형제 모두 교통사고로 죽었어요. 차를 타고 가는데 뒤에서 트럭이 충돌하는 바람에, 기름에 불이 붙어서 다 불타 죽었어요."

"어떻게 너만 살았지?"

"그때 내가 입원 중이어서 가족들이 나를 면회하러 오는 길이었어요."

"그랬군." 하고 나는 말했다.

"그 후로는 계속 할아버지와 같이 살았어요. 학교에도 안 갔고, 밖에도 거의 안 나가고, 친구도 없고 —."

"학교를 안 다녔다고?"

"네." 별일 아니라는 듯이 그녀는 말했다. "할아버지가 학교 따위는 갈 필요가 없다고 했어요. 그리고 전부 할아버지가 가르쳐 줬어요. 영어와 러시아어에서 해부학까지. 그리고 요리와 바느질은 아주머니가 가르쳐 줬고요."

"아주머니?"

"우리 집에 살면서 집안일과 청소를 해 주는 아주머니. 아주 좋은 사람이었어요. 3년 전에 암으로 돌아가셨지만. 아주머니가 돌아가신 후로는 줄곧 할아버지와 단둘이 살았어요."

"그럼 여섯 살 때부터 전혀 학교에 안 다녔다는 말이야?"

"네, 그래요. 그런 건 별문제 아니에요. 나는 뭐든 할 수 있는 걸요. 외국어도 네 가지나 할 수 있고, 피아노도 칠 수 있고, 알토 색소폰도 불 수 있어요. 통신기도 조립할 수 있고, 항해술과 줄타기도 배웠고, 책도 많이 읽었고요. 샌드위치도 맛있었죠?"

"응." 하고 나는 말했다.

"할아버지가 16년에 걸친 학교 교육은 뇌를 닳게 할 뿐이라고 했어요. 할아버지도 학교에 거의 다니지 않았어요."

"굉장하군." 하고 나는 말했다. "그래도 또래 친구가 없어서 외롭지 않았어?"

"글쎄요, 어땠나 모르겠네. 나도 바빴으니까 그런 생각을 할 틈은 없었어요. 게다가 나, 어차피 나이가 비슷한 사람들과는 얘기가 통할 것 같지도 않았고……."

"흐음." 하고 나는 말했다. 그럴 수도 있겠다.

"하지만 나, 당신에게는 무척 관심이 있어요."

"왜?"

"음, 왠지 지쳐 보이고, 그런데 그 피로감이 일종의 에너지인 것 같기도 해서. 그런 걸 난 잘 몰라요. 내가 아는 사람 중에 그런 타입은 한 명도 없었어요. 할아버지도 절대 지치지 않는 사람이고, 나도 그렇고. 저, 정말 지친 거예요?"

"음, 지쳤어." 하고 나는 말했다. 같은 말을 스무 번 반복해도 좋을 만큼 지쳤다.

"지쳤다는 게 어떤 걸까요?" 그녀가 물었다.

"감정의 구분이 흐릿해져. 자기에 대한 연민, 타인에 대한 분노, 타인에 대한 연민, 자기에 대한 분노 — 그런 것들이."

"그런 거, 다 모르겠어요."

"마지막에는 뭐가 뭔지 모르게 돼. 갖가지 색을 칠한 팽이를 돌리는 것처럼 말이야. 회전이 빨라지면 빨라질수록 구분이 불명확해지다가 결국 혼란에 이르지."

"흥미롭네요." 오동통한 여자가 말했다. "당신, 그런 걸 아주 잘 아나 봐요."

"응." 하고 나는 말했다. 나는 인생을 좀먹는 피로에 대해, 또는 인생의 중심에서 부글부글 끓어오르는 피로에 대해 백 가지 설명을 할 수 있다. 그런 것도 학교 교육에서는 가르치지 않는 것 중 하나이다.

"당신, 알토 색소폰 불 수 있어요?" 그녀가 내게 물었다.

"아니, 못 부는데."

"찰리 파커의 레코드는 갖고 있어요?"

"아마 있을 거야. 하지만 찾을 수 있는 상태도 아닌 데다 스테레오가 망가져서 어차피 들을 수 없어."

"할 줄 아는 악기는 있어요?"

"아니, 아무것도 없어." 하고 나는 말했다.

"몸을 조금 만져 봐도 돼요?" 하고 그녀가 물었다.

"안 돼." 하고 나는 말했다. "만지는 곳에 따라 굉장히 아파, 상처가."

"상처가 다 나으면 만져도 돼요?"

"상처가 다 나았는데도 세계가 끝나지 않았으면. 아무튼 지금은 하다 만 얘기나 마저 하자고. 너희 할아버지가 셔플링 시스템을 완성했을 때부터 사람이 변했다는 얘기까지 한 것 같은데."

"네, 그래요. 그 후로 할아버지는 완전히 변했어요. 말도 잘하지 않고, 까다롭고, 혼잣말을 중얼거리고."

"그가 ― 너희 할아버지가 ― 셔플링 시스템에 대해서 어떤 식으로 말했는지 기억나?"

오동통한 여자는 귀에 붙인 금 귀걸이를 손가락으로 만지작거리면서 잠시 생각에 잠겼다.

"셔플링 시스템은 새로운 세계로 통하는 문이라고 했어요. 사실 그건 컴퓨터에 입력하는 자료를 전환하기 위한 보충 수단으로 개발한 건데, 사용하기에 따라서는 세계의 구조 자체를 전환할 수 있는 파워를 체득하게 될 수 있을지도 모른다고요. 원자 물리학이 핵폭탄을 낳은 것처럼요."

"그 말은 셔플링 시스템이 새로운 세계로 통하는 문이고, 내가 그 열쇠라는 건가?"

"종합하면, 그렇게 되지 않을까요?"

나는 손톱 끝으로 앞니를 톡톡 두드렸다. 커다란 잔에 얼음과 함께 위스키를 따라 마시고 싶었지만, 내 방에는 얼음도 위스키도 소멸되고 없다.

"할아버지의 목적이 세계를 끝내는 데 있다고 생각하나?" 나는 물었다.

"아니요. 그렇지 않아요. 할아버지는 물론 성격이 까다롭고 폐쇄적이고 사람을 싫어하지만, 사실은 아주 좋은 사람이에요. 나나 당신처럼."

"아, 고맙군." 하고 나는 말했다. 그런 말을 듣기는 태어나서 처음이었다.

"게다가 할아버지는 그 연구가 다른 누군가의 손에 넘어가 악용될까 봐 몹시 우려했어요. 그러니까 할아버지가 그걸 나쁜 일에 사용할 리가 없죠. 할아버지가 '조직'에서 나온 것도, 거기서 연구를 계속하면 반드시 '조직'이 그 연구 성과를 악용할 거라고 생각했기 때문이에요. 그래서 그만두고 혼자 연구를 계속했던 거예요."

"하지만 '조직'은 세계의 좋은 쪽에 있잖아. 컴퓨터에서 정보를 빼내 암시장으로 빼돌리는 기호사 조직에 대항해서 정보의 정당한 소유권을 지키고 있으니까 말이야."

오동통한 여자는 내 얼굴을 가만히 보고는 어깨를 으쓱했다. "할아버지는 어느 쪽이 선이고 어느 쪽이 악인지, 그런 건 별로 문제 삼는 것 같지 않았는데. 선과 악이란 건 인간의 근원적인 자질 차원의 속성이지, 소유권이 귀속되는 방향성과는 별개의 문제라고 했어요."

"응, 뭐, 그럴지도 모르지." 하고 나는 말했다.

"그리고 할아버지는 어떤 유의 권력도 믿지 않았어요. '조직'에 일시적으로 몸담은 것은 맞지만, 그건 방대한 자료와 실험 재료와 대대적인 시뮬레이션 머신을 자유롭게 사용하기 위한 방편이었어요. 그래서 복잡한 셔플링 시스템을 완성한 후에는 당신 혼자서 연구를 진행하는 게 편하고 유효하다고 했어요. 셔플링 시스템은 일단 완성되면, 그다음에는 설비가 필요하지 않고 사념적인 작업밖에 없다면서요."

"흐음." 하고 나는 말했다. "할아버지가 '조직'을 그만둘 때, 혹시 나의 개인적인 자료를 복사해서 가지고 나오지 않았나?"

"모르겠어요." 그녀가 말했다. "하지만 그러려고 마음먹으면 얼마든지 가능하지 않았을까요. 할아버지는 '조직'의 연구소 소장으로 자료의 보관과 이용에 대해 모든 권한을 갖고 있었으니까."

아마 나의 추측이 맞으리라고 나는 생각했다. 박사는 내 자료를 유출해서 자신의 개인적인 연구에 이용하고, 나를 메인 샘플로 셔플링 이론 연구를 계속 추진했다. 그렇게 보면 앞뒤 얘기가 맞는다. 꼬마가 말했던 것처럼, 박사는 그 연구의 핵심에 도달했기 때문에 나를 불러들여 적당한 자료를 던져 주고 셔플링을 하도록 해서, 거기에 숨겨진 특정한 코드에 나의 의식이 반응하도록 일을 꾸민 것이다.

만약 그렇다면, 나의 의식 ― 또는 무의식 ― 은 이미 반응을 시작했다는 뜻이다. 시한폭탄이라고 꼬마는 말했다. 나는 셔플링 작업이 끝나고 시간이 얼마나 지났는지 대충 계산해 보았다. 셔플링을 끝내고 눈을 떴을 때가 어젯밤 12시 전이었으니까, 그로부터 24시간 가까이 지났다. 꽤 긴 시간이다. 시한폭탄이 과연 몇 시간 후에 폭발하도록 세팅되어 있는지는 모르지만, 아무튼 그 시곗바늘은 24시간만큼 이미 돌아갔다.

"질문이 한 가지 더 있는데." 하고 나는 말했다. "너는 '세계가 끝난다.'라고 말했지?"

"네, 그래요. 할아버지가 그렇게 말했으니까."

"할아버지가 '세계가 끝난다.'라는 말을 한 게 내 자료를 연구하기 시작하기 전이야? 아니면 후?"

"후." 그녀가 대답했다. "아마 그럴 거예요. 할아버지가 확실하게 '세계가 끝난다.'라는 말을 하기 시작한 건 바로 최근 일이거든요. 왜요? 그게 무슨 관계가 있나요?"

"나도 잘 몰라. 하지만 뭔가가 좀 걸리는군. 사실 나의 셔플링 비밀번호가 '세계의 끝'이야. 우연의 일치라고 보기는 어렵겠지."

"당신의 그 '세계의 끝'은 어떤 내용인데요?"

"몰라. 그건 나의 의식이지만, 내 손이 닿지 않는 곳에 숨겨져 있어. 내가 아는 건, '세계의 끝'이라는 말뿐이야."

"그걸 되찾을 수는 없나요?"

"불가능해." 하고 나는 말했다. "군대를 일개 사단 파견해도 '조직'의 지하금고에서 그걸 훔쳐 낼 수는 없어. 경계도 엄중하고 특수한 장치가 설치되어 있어서 말이야."

"그럼 할아버지는 지위를 이용해서 그걸 꺼내 왔겠군요."

"아마 그랬겠지. 하지만 그것도 추측에 지나지 않아. 이제 너희 할아버지에게 직접 물어보는 것밖에 남은 방법이 없군."

"그럼, 할아버지를 야미쿠로의 손아귀에서 구출해 주는 거예요?"

나는 배의 상처를 손으로 누르면서 침대 위에서 몸을 일으켰다. 머리가 욱신욱신 아팠다.

"그러지 않을 수 없겠지." 하고 나는 말했다. "너희 할아버지가 말하는 '세계의 끝'이라는 게 과연 뭘 의미하는지는 모르겠지만, 아무튼 그냥 내버려 둘 수는 없을 것 같군. 어떻게든 손을 써서 저지하지 않으면 누군가가 큰 곤욕을 치를 것 같아서 말이야." 그리고 그 누군가는 아마도 나 자신일 것이다.

"아무튼 그러려면 당신은 할아버지를 구출해야 해요."

"우리 셋이 모두 좋은 사람이라서?"

"네, 맞아요." 오동통한 그녀가 말했다.

18 세계의 끝

꿈 읽기

나는 내 마음을 분명하게 인식하지 못한 채, 오래된 꿈을 읽는 작업으로 돌아갔다. 겨울은 깊어만 가는데 언제까지 작업을 미루고 있을 수는 없었다. 게다가 적어도 집중해서 꿈을 읽는 동안에는 내 안의 상실감을 일시적이나마 잊을 수 있었다.

그러나 한편, 오래된 꿈을 읽으면 읽을수록 다른 형태의 무력감이 내 안에 퍼져 갔다. 무력감의 원인은 아무리 읽어도 내가 오래된 꿈이 얘기하려는 메시지를 이해하지 못하는 데 있었다. 나는 그걸 읽을 수는 있다. ── 그러나 그 의미를 이해하지는 못한다. 그것은 허구한 날 의미가 통하지 않는 문장을 읽는 것과 똑같은 행위였다. 흐르는 강물을 매일 바라보는 것과 똑같은 일이었다. 나는 어디에도 도달하지 못한다. 꿈을 읽는 기술은 향상되었지만, 그것도 위로가 되지 못했다. 기술이 향상되어 오래된 꿈을 신속하게 읽을 수 있게 된 만큼, 그 작업을 계속하는 공허함이 오히려 불거졌을 뿐이다. 사람은 진보를 위해서는 나름의 노력을 계속할 수 있다. 그러나 나는 어디로도 나아갈 수 없다.

"오래된 꿈이 대체 뭘 의미하는지 모르겠어." 나는 그녀에게 말했다. "당신은 전에 두개골에서 오래된 꿈을 읽어 내는 것이 나의 일이라고 했어. 그런데 꿈은 그냥 내 몸속을 통과할 뿐이야. 나는 아무것도 이해할 수 없고, 읽으면 읽을수록 나 자신이 점점 닳아가는 느낌이야."

"당신은 말은 그렇게 하지만, 뭐에 홀린 것처럼 꿈을 읽고 있어요. 그건 왜일까요?"

"모르겠어." 나는 고개를 저었다. 내가 이 일을 하는 것은 상실감을 메우기 위해서이기도 하다. 하지만 그게 원인의 전부가 아니라는 건 나 자신도 잘 알고 있었다. 그녀가 지적했듯이, 아닌 게 아니라 나는 무언가에 홀린 듯이 꿈 읽기에 집중하고 있다.

"아마 당신 자신의 문제라서가 아닐까요." 그녀가 말했다.

"나 자신의 문제?"

"당신은 마음을 좀 더 열어야 해요. 나는 마음에 대해 잘 모르지만, 당신 마음이 굳게 닫혀 있다는 건 느낄 수 있어요. 오래된 꿈이 당신에게 읽히기를 원하는 것처럼, 당신 자신도 오래된 꿈을 원하고 있을 텐데."

"왜 그렇게 생각하지?"

"꿈 읽기는 그런 존재니까요. 계절이 오면 새들이 남쪽이나 북쪽으로 향하듯, 꿈 읽기는 꿈을 계속해 읽어요."

그녀는 손을 내밀어 테이블 이쪽에 있는 내 손 위에 얹었다. 그리고 미소 지었다. 그녀의 미소는 구름 사이로 비치는 부드러운 봄 햇살 같았다.

"좀 더 마음을 열어요. 당신은 죄수가 아니에요. 당신은 꿈을 찾아 하늘을 나는 새예요."

결국 나는 오래된 꿈을 하나하나 들어 정성스럽게 마주하는 수밖에 없었다. 나는 서가에 한없이 진열된 오래된 꿈 가운데 하나를 손에 들고, 살며시 껴안듯 테이블로 옮겼다. 그리고 그녀와 함께 물에 약간 적신 천으로 먼지와 때를 닦아 낸 다음 마른 천으로 공들여 뽀득뽀득 닦았다. 꼼꼼히 닦고 나면, 오래된 꿈의 표면은 갓 쌓인 눈처럼 새하얘졌다. 정면에 뻥 뚫린 두 안구는 빛의 각도에 따라 깊이를 알 수 없는 한 쌍의 막막한 우물처럼 보였다.

나는 두 손으로 두개골의 윗부분을 살며시 잡고, 그것이 나의 체온에 감응해 희미한 열기를 띨 때까지 기다렸다. 어느 일정한 온도에 이르면 — 대단한 열기는 아니다. 겨울날의 양지바른 곳 정도의 온기다. — 하얗게 닦인 두개골은, 거기에 새겨진 오래된 꿈을 얘기하기 시작한다. 나는 눈을 감고, 숨을 깊이 들이쉬고, 마음을 열고, 그들이 얘기하는 이야기를 손끝으로 더듬었다. 그러나 얘기하는 그들의 목소리는 너무 가늘고, 그들이 비추는 이미지는 새벽녘의 하늘에 뜬 머나먼 별처럼 부옜다. 내가 거기에서 읽어 낼 수 있는 것은 몇 가지 불확실한 단편에 지나지 않았고, 그 단편을 아무리 많이 잇대고 끼워 맞춰도 전체 상을 파악할 수는 없었다.

거기에는 본 적 없는 풍경이 있고, 들어 본 적 없는 음악이 흐르고, 이해할 수 없는 언어의 속삭임이 있었다. 그리고 그것은 불현듯 떠올랐다가, 또 불현듯 어둠 속으로 가라앉았다. 한 단편과 그다음 단편 사이에 공통점 같은 것은 전혀 없었다. 그것은 마치 이 채널에서 저 채널로 재빨리 라디오 다이얼을 돌리는 거나 다름없는 작업이었다. 나는 다양한 방법을 구사해 손끝에 조금이라도 더 신경을 집중하려고 시도했지만, 아무리 애써도 결과는 똑같았다. 오래된 꿈이 내게 뭔가를 얘기하고 있다는 것은 알지만, 그걸 이야기로 읽어 낼 수는 없었다.

어쩌면 꿈을 읽는 나의 방법에 무슨 결함이 있는지도 모른다. 또 어쩌면 그들의 언어가 긴 세월 동안 닳고 닳아 풍화된 탓인지도 모른다. 또는 그들이 생각하는 이야기와 내가 생각하는 이야기의 시간성과 문맥 사이에 결정적인 차이가 있는지도 모른다.

아무튼 떠올랐다가 사라지는 각각의 단편을, 나는 그저 가만히 지켜보는 수밖에 없었다. 물론 거기에는 몇 가지, 내게 낯익은 아주 흔한 풍경도 있었다. 초록 풀이 바람에 살랑거리고, 하늘에는 하얀 구름이 떠다니고, 햇살이 강물에 흔들리고, 그런 평범한 풍경이다. 그러나 그런 특별할 것 없는 풍경이 내 마음을 뭐라 표현하기 어려운 묘한 슬픔으로 채웠다. 그 풍경들 어디에 슬픔을 부추기는 요소가 숨어 있는지, 나는 도저히 알 수 없었다. 창밖으로 스쳐 지나가는 배처럼, 그 풍경들은 나타났다가 아무 흔적도 남기지 않고 사라졌다.

10분 정도 그런 상태가 이어지다가, 오래된 꿈은 바닷물이 조금씩 빠져나가듯 온기를 잃기 시작하고, 마침내 원래의 싸늘한 백골로 돌아갔다. 오래된 꿈은 다시 긴 잠에 빠진 것이었다. 그리고 내 두 손의 모든 물기가 손가락 끝에서 지면으로 떨어져 간다. 나의 '꿈 읽기' 작업은 그 끝없는 반복이었다.

오래된 꿈이 완전히 온기를 잃으면 나는 그것을 그녀에게 건넸다. 그녀는 그런 두개골을 카운터에 조르륵 진열했다. 그동안 나는 테이블에 두 팔을 괴고 쉬면서 신경을 풀었다. 내가 하루에 읽을 수 있는 오래된 꿈의 수는 기껏해야 다섯에서 여섯 정도였다. 그 수를 넘기면 집중력이 떨어지고, 손끝도 아주 미미한 자글거림 같은 소리밖에 읽어 내지 못했다. 시곗바늘이 11시를 가리킬 무렵이면 나는 축 늘어지도록 지쳐, 의자에서 한동안 일어나지도 못한다.

그녀는 언제나 마지막에 뜨거운 커피를 끓여 주었다. 때로는 낮에 집에서 구운 쿠키나 과일 빵 같은 것을 가벼운 밤참으로 주는 일도 있었다. 우리는 마주 앉아 대개는 아무 말 없이 커피를 마시고, 쿠키나 빵을 먹었다. 나는 너무 지쳐서 말조차 제대로 할 수 없었고, 그녀도 그렇다는 걸 알아서 나처럼 침묵하고 있었다.

"당신 마음이 열리지 않는 게 내 탓일까요?" 그녀가 내게 물었다. "내가 당신 마음에 답하지 못해서, 그래서 당신 마음이 굳게 닫혀 버린 걸까?"

우리는 늘 그랬듯이, 모래톱으로 내려가는 다리 한가운데

계단에 앉아 강을 바라보고 있었다. 싸늘하고 하얀 달이 조각조각 흩어져 수면에 어른거리고 있었다. 누군가가 모래톱의 말뚝에 묶어 놓은 길쭉한 나무 보트에 찰랑찰랑 물결이 닿을 때마다 미묘하게 다른 소리가 났다. 좁은 계단에 나란히 앉은 덕분에, 내 어깨는 줄곧 그녀 몸의 온기를 느끼고 있었다. 참 이상하군, 하고 나는 생각했다. 사람들은 마음을 온기에 비유한다. 그러나 마음과 몸의 온기 사이에는 아무 관계가 없다.

"그렇지 않아." 나는 말했다. "내 마음이 잘 열리지 않는 건 당신 탓이 아니라, 아마 나 자신의 문제일 거야. 내가 내 마음을 제대로 인식하지 못해서, 그래서 혼란스러운 걸 거야."

"마음이란 게, 당신도 잘 이해할 수 없는 건가요?"

"어떤 때는." 하고 나는 말했다. "먼 훗날이 되어야 이해할 수 있는 경우도 있고, 그때 가서는 이미 늦은 경우도 있지. 우리는 대부분 자신의 마음을 제대로 인식하지 못한 채 행동을 선택해야 할 때가 있어서, 그래서 다들 혼란스러운 거야."

"내 생각에, 마음은 참 불완전한 것 같아요." 그녀가 미소를 머금으면서 말했다.

나는 주머니에서 두 손을 꺼내, 달빛 아래에서 바라보았다. 달빛에 하얗게 물든 손은 그 조그만 세계로 완결된 채, 갈 곳을 잃은 한 쌍의 조각상처럼 보였다.

"내 생각도 그래. 아주 불완전하지." 하고 나는 말했다. "하지만 그건 흔적을 남겨. 그리고 우리는 그 흔적을 다시 더듬을 수 있지. 눈 위에 난 발자국을 더듬듯이."

"그래서 어디로 가는데요?"

"나 자신에게." 나는 대답했다. "마음이란 그런 거야. 마음이 없으면 어디에도 가지 못해."

나는 달을 올려다보았다. 겨울 달은 어색할 정도로 선명하게 빛나면서 높은 벽에 둘러싸인 마을의 하늘에 떠 있었다.

"그러니까 조금도 당신 탓이 아니야." 하고 나는 말했다.

19 하드보일드 원더랜드

햄버거, 스카이라인, 데드라인

우리는 우선 어딘가에 가서 배를 채우기로 했다. 식욕이 거의 없었지만, 앞으로 언제 식사를 할지 알 수 없으니 뭐라도 먹어 두는 편이 좋을 것 같았다. 맥주와 햄버거 정도는 어떻게든 넘길 수 있을지도 모른다. 오동통한 여자 쪽은 낮에 초콜릿 한 개를 먹은 게 전부라 배가 몹시 고프다고 했다. 초콜릿을 살 정도의 동전밖에 없었던 것이다.

나는 상처를 자극하지 않도록 조심하면서 청바지에 두 다리를 밀어 넣고, 티셔츠 위에 스포츠 셔츠를 입고, 그 위에 얇은 스웨터를 입었다. 그리고 혹시나 해서 서랍장을 열어 등산용 나일론 윈드브레이커를 꺼냈다. 그녀의 분홍색 슈트는 어느 모로 보나 지하를 탐색하기에 적합하지 않았고, 내 옷장에는 안타깝지만 그녀의 체형에 맞을 만한 사이즈의 셔츠와 바지가 없었다. 나는 그녀보다 10센티미터 정도 키가 크고, 그녀는 나보다 10킬로그램 정도 몸무게가 더 나갈 것이다. 사실 어디든 가게에 들러 움직이기에 편리한 옷을 사면 좋겠지만, 이런 밤중에 열려 있을 가게는 없다. 옛날에 입었던 미군의 불하품인 두꺼운 전투복 윗도리가 그녀 사이즈에 맞아, 나는 그녀에게 그 옷을 주었다. 문제는 하이힐이었다. 그녀는 사무실에 가면 조깅화와 고무장화가 있다고 했다.

"분홍색 조깅화와 분홍색 고무장화." 그녀가 말했다.

"분홍색을 좋아하나?"

"할아버지가 좋아해요. 나한테는 분홍색 옷이 정말 잘 어울린대요."

"잘 어울려." 나는 말했다. 빈말이 아니라 정말 잘 어울렸다. 오동통한 여자가 분홍색 옷을 입으면 보통 거대한 딸기 케이크처럼 들뜬 느낌인데, 그녀의 경우는 왜 그런지 차분하게 색이 가라앉는다.

"그리고 너희 할아버지는 살찐 여자를 좋아하지?" 나는 확인 차원에서 물어보았다.

"네, 그래요." 분홍색 여자가 말했다. "그래서 살이 찌도록 얼마나 유념하고 있는데요. 먹는 것도 그렇고. 아무것도 안 하고 가만히 있으면 점점 살이 빠져서, 버터나 크림 같은 걸 많이 먹어요."

"흐음." 하고 나는 말했다.

나는 벽장을 열어 백팩을 꺼내 찢어지지 않았는지 확인한 다음, 거기에 우리 둘이 입을 윗도리와 소형 손전등과 자석과

장갑과 수건과 대형 나이프와 라이터와 로프와 고형 연료를 담았다. 그리고 부엌에 가서 바닥에 널린 식품 중에서 빵 두 개와 콘비프와 복숭아와 소시지와 그레이프프루트 통조림을 끌어모아 백팩에 넣었다. 물통에 물도 가득 담았다. 그다음, 집에 있는 현금을 바지 주머니에 전부 쑤셔 넣었다.

"피크닉 가는 것 같네." 그녀가 말했다.

"그러게." 나도 말했다.

나는 출발하기 전에 쓰레기 수거 날의 쓰레기 처리장 같은 실내를 다시 한번 죽 둘러보았다. 생명의 영위라는 것은 늘 똑같다. 쌓아 올리는 데는 시간이 상당히 걸리지만, 그것을 파괴하는 데는 순간이면 족하다. 이 조그만 세 공간 안에는, 다소 피곤하고 지쳤지만 나름 충족된 나의 생활이 있었다. 그런데 캔 맥주 두 개를 마시는 사이에 아침 이슬처럼 전부 사라지고 말았다. 나의 일자리, 나의 위스키, 나의 평온, 나의 고독, 나의 서머싯 몸과 존 포드 컬렉션 — 그것들은 모두 아무 의미도 없이 잡동사니로 변해 버리고 말았다.

초원의 찬란함, 꽃의 영광, 하고 나는 소리 내지 않고 낭독했다. 그리고 팔을 뻗어 입구의 차단기 스위치를 내려 온 집 안의 불을 껐다.

지치기도 한 데다 생각을 깊이 하기에는 배의 상처가 너무 아파 나는 결국 아무 생각도 하지 않기로 했다. 어중간하게 생각하느라 전전긍긍하느니 아무 생각도 안 하는 편이 훨씬 낫다. 그래서 나는 당당히 엘리베이터를 타고 지하 주차장으로 내려가, 차 문을 열고 짐을 뒷좌석에 던졌다. 감시가 있다면 우리의 모습을 보면 될 일이고, 미행을 하고 싶으면 하면 될 일이다. 그런 건 이제 나와는 아무 상관 없는 일일 듯한 기분이 들었다. 나는 과연 누구를 경계해야 한단 말인가. 기호사인가, 아니면 '조직'인가, 그것도 아니면 그 나이프의 이인조인가. 셋이나 되는 그룹을 동시에 상대한다는 건, 지금의 나로서는 도저히 벅찬 일이다. 배가 가로로 6센티미터나 째진 데다 수면 부족인 상황에서, 오동통한 여자와 함께 지하의 어둠 속에서 야미쿠로와 대결하는 것 한 가지나 겨우 할 수 있을 뿐이다. 다들 뭘 하고 싶으면 멋대로 하면 될 일이다.

가능하면 운전을 하고 싶지 않아, 그녀에게 운전할 수 있는지 물어보았다. 그녀는 못한다고 대답했다.

"미안해요. 말은 탈 수 있는데." 그녀가 말했다.

"괜찮아. 언젠가 말을 탈 필요가 생길지도 모르지." 하고 나는 말했다.

연료계 바늘이 F에 가까운 것을 확인한 다음 주차장에서 나왔다. 그리고 구불구불한 주택가 길을 빠져나와 큰길로 들어섰다. 밤중인데 큰길에는 오가는 차량이 많았다. 차의 약 절반이 택시고 나머지는 트럭과 승용차였다. 왜 이렇게 많은 사람들이 이런 밤중에 차를 몰고 도시를 달려야 하는지, 나로서는 이해가 가지 않았다. 왜 모두 6시에 일을 끝내고 집으로 돌아가, 10시면 침대에 들어가 불을 끄고 자지 않는 것일까?

하지만 그런 건 결국 타인의 문제다. 내가 어떤 식으로 생각하든, 세계는 그 원칙에 따라 확대되어 간다. 내가 무슨 생각을 하든 아랍인은 석유를 계속 퍼낼 테고, 사람들은 그 석유로 전기와 휘발유를 만들어 깊은 밤의 거리에서 각자의 욕망을 추구하리라. 그런 것보다 나는 지금 나 자신이 직면한 문제를 처리해야 한다.

나는 운전대에 양손을 올려놓고 신호를 기다리면서 하품을 쩍 했다.

내 차 앞에는 짐칸 거의 꼭대기까지 종이 다발을 쌓아 올린 대형 트럭이 서 있었다. 오른쪽 옆에는 젊은 남녀가 탄 스포츠카 타입의 하얀 스카이라인이 서 있었다. 놀러 나가는 길인지, 놀다가 돌아오는 길인지는 모르겠지만, 둘 다 왠지 따분한 표정이었다. 두 줄짜리 은팔찌를 한 왼쪽 손목을 차창 밖으로 내밀고 있던 여자가 힐금 내 쪽을 쳐다보았다. 딱히 내게 관심이 있어서가 아니라, 달리 이렇다 하게 볼거리가 없어서 내 얼굴을 본 것이다. '데니스'의 간판이든, 교통 표지든, 내 얼굴이든, 뭐든 별 차이가 없었을 것이다. 나도 힐금 여자의 얼굴을 보았다. 미인 축에는 들지만, 어디에나 있을 법한 얼굴이었다. 텔레비전 드라마로 치면 여주인공의 친구로, 카페에서 차를 같이 마시면서 "왜 그래? 요즘 왜 그렇게 기운이 없어?" 같은 말이나 뭔가를 질문하는 조역의 얼굴이다. 대개는 한 번밖에 등장하지 않고, 화면에서 사라지고 나면 어떤 얼굴이었는지 기억나지 않는다.

신호가 파랑으로 바뀌었는데도 내 차 앞에서 트럭이 꿈지럭거리는 사이, 하얀 스카이라인이 요란한 배기음을 울리면서 카스테레오에서 흐르는 듀란듀란과 함께 내 시야에서 쌩 사라졌다.

"뒤에 오는 차 좀 눈여겨봐 줘." 나는 오동통한 여자에게 말했다. "계속 우리를 따라오는 차가 있으면 가르쳐 주고."

그녀는 고개를 끄덕이면서 뒤를 향했다.

"누가 우리를 미행할 거라고 생각해요?"

"모르겠어." 나는 말했다. "그래도 조심하는 게 최선이지. 먹을 건 햄버거면 되겠어? 햄버거는 시간이 안 걸리니까."

"뭐든 좋아요."

나는 제일 먼저 눈에 띈 햄버거 가게 앞에 차를 세웠다. 드라이브스루라서 빨갛고 짧은 원피스를 입은 여자가 쪼르르 달려 나와 창문에 쟁반을 대고 주문을 받았다.

"더블 치즈버거에 감자튀김, 그리고 핫초콜릿." 오동통한 여자가 말했다.

"보통 햄버거와 맥주." 하고 나는 말했다.

"죄송하지만 맥주는 팔지 않아요." 종업원이 말했다.

"보통 햄버거와 콜라." 하고 나는 말했다.

왜 드라이브스루 햄버거 가게에 맥주가 있으리란 생각을 했을까?

주문한 음식이 나올 때까지, 우리는 뒤에 들어오는 차가 있는지 주의를 기울였지만 차는 한 대도 들어오지 않았다. 하기야 누군가가 작정하고 미행하고 있다면, 그들은 눈에 띄지 않는 곳에서 우리 차가 나오기를 숨죽이고 기다리면 기다렸지 우리와 같은 주차장에는 절대 들어오지 않을 것이다. 나는 더는 주위를 살피지 않고, 종업원이 갖다준 햄버거와 감자칩과 고속도로 티켓 크기의 양상추 이파리를 콜라와 함께 기계적으로 위에 내려보냈다. 통통한 여자는 시간을 들여 가며 사랑스럽다는 듯 정성스럽게 치즈버거를 베어 물고, 감자튀김을 집어 먹고, 핫초콜릿을 마셨다.

"감자튀김 좀 먹을래요?" 그녀가 물었다.

"괜찮아." 하고 나는 말했다.

그녀는 접시에 담긴 것을 싹 먹어 치우고 나자 핫초콜릿의 마지막 한 모금을 마시고, 손가락에 묻은 케첩과 머스터드를 핥아 먹고, 종이 냅킨으로 손가락과 입을 닦았다. 옆에서 보기에도 참 맛있어 보였다.

"너희 할아버지 말인데." 하고 나는 말했다. "우선 지하 연구실에 가야겠지."

"그렇죠. 무슨 단서가 남아 있을지도 모르니까. 나도 도울게요."

"그런데, 야미쿠로의 소굴 근처를 무사히 지나갈 수 있을까? 야미쿠로 퇴치 장치가 망가졌다고 했잖아."

"걱정 말아요. 비상시에 대비한 소형 장치가 하나 있으니까. 별로 세지는 않지만, 갖고 걸으면 주변에 있는 야미쿠로 정도는 퇴치할 수 있어요."

"그럼 문제없겠군." 나는 안심해서 말했다.

"그게 그렇게 간단치는 않아요." 그녀가 말했다. "그 휴대용 장치는 배터리가 30분이면 떨어져요. 30분이 지나면 스위치를 끄고 충전을 해야 해요."

"흐음." 하고 나는 웅얼거렸다. "그래서 충전하는 데 몇 분이

나 걸리지?"

"15분. 30분 작동하고, 15분 쉬는 거죠. 사무소와 연구실을 오가는 데는 그 정도 시간이면 충분해서, 용량을 작게 만들었어요."

어쩔 수 없는 일이라, 나는 그 점에 대해서는 아무 말 하지 않았다. 없는 것보다는 나으니 있는 것으로 버티는 수밖에 없다. 나는 주차장에서 차를 몰고 나와, 도중에 심야에도 영업하는 슈퍼마켓을 찾아 맥주 두 캔과 위스키 포켓 병을 샀다. 그리고 차를 세우고 맥주 두 캔을 마시고, 위스키도 사분의 일 정도 마셨다. 조금은 마음이 가벼워진 듯했다. 남은 위스키는 뚜껑을 닫아 그녀에게 건네면서 백팩 안에 넣어 달라고 했다.

"왜 그렇게 술을 마셔요?"

"아마 무서워서 그렇겠지."

"나도 무섭지만 술은 안 마셔요."

"너의 무서움과 나의 무서움은 종류가 달라."

"잘 모르겠네요." 그녀가 말했다.

"나이를 먹으면 돌이킬 수 없는 것들이 늘어나." 하고 나는 말했다.

"지치기도 하고?"

"그래." 나는 말했다. "지치기도 하고."

그녀는 내 쪽을 향하고 손을 내밀어, 내 귓불을 만졌다.

"괜찮아요. 걱정하지 말아요. 내가 계속 옆에 있을 거니까." 그녀가 말했다.

"고맙군." 하고 나는 말했다.

나는 그녀 할아버지의 사무소가 있는 건물 주차장에 차를 세우고, 차에서 내려 백팩을 어깨에 멨다. 상처는 일정한 간격을 두고 욱신욱신 아팠다. 마른풀을 실은 수레가 배 위를 천천히 밟고 지나가는 듯한 아픔이었다. 나는 편의상, 이건 그냥 아픈 거야, 하고 생각하기로 했다. 그저 표층적인 아픔일 뿐, 나의 본질과는 무관하다고. 내리는 비와 똑같다. 언젠가는 지나가는 것이다. 나는 얼마 남지 않은 자존심을 있는 대로 긁어모아 머리에서 상처에 대한 감각을 몰아내고, 서둘러 그녀 뒤를 쫓아갔다.

건물 입구에서 체격이 큰 젊은 경비가 그녀에게 건물 주민임을 밝히는 증명서를 요구했다. 그녀는 주머니에서 플라스틱 카드를 꺼내 경비에게 건넸다. 경비는 책상에 놓인 컴퓨터에 카드를 꽂고, 모니터에 뜬 이름과 방 번호를 확인한 다음 스위치를 눌러 문을 열었다.

"특수한 건물이라서 그래요." 그녀가 넓은 홀을 가로질러 가면서 설명해 주었다. "이 건물을 사용하는 사람들 모두 어떤 비밀을 갖고 있어서, 그 비밀을 지키기 위해 특수 경비 체제를 갖추고 있어요. 예를 들면 중대한 연구를 진행하고 있거나, 비밀 회합이 있다거나, 그런 거요. 지금처럼 입구에서 신원을 확인하고, 들어온 사람이 정해진 장소로 틀림없이 가는지도 CCTV로 확인해요. 그러니까 만약 미행이 있었다 해도 안으로 들어올 수는 없어요."

"그럼 저들이 너희 할아버지가 이 건물 안에 지하로 통하는 동굴을 판 것도 알고 있나?"

"글쎄요, 어쩌려나. 아마 모를걸요. 이 건물이 지어질 때, 방에서 바로 지하로 내려갈 수 있도록 할아버지가 특별히 설계를 의뢰했는데, 그 사실을 아는 사람은 몇 명 안 돼요. 건물 오너와 설계사 정도, 공사를 하는 사람들에게는 배수구라고 했고, 도면에도 그렇게 되어 있었으니까."

"비용이 엄청나게 들었겠군."

"그렇죠. 하지만 할아버지는 돈은 얼마든지 있으니까." 그녀가 말했다. "나도 그래요. 나, 엄청 부자예요. 부모님 유산과 보험금을 주식으로 불렸거든요."

그녀는 주머니에서 열쇠를 꺼내 엘리베이터 문을 열었다. 우리는 그 넓기만 한 기묘한 엘리베이터를 탔다.

"주식으로?" 하고 나는 물었다.

"네, 할아버지가 주식 하는 방법을 가르쳐 줬어요. 정보를 선택하는 법과 시황 읽는 법, 세금을 줄이는 법, 해외 은행으로 돈을 보내는 법, 그런 거요. 주식, 정말 재미있어요. 해 본 적 있어요?"

"아쉽지만, 없어." 하고 나는 말했다. 나는 정기 적금조차 들어 본 적이 없다.

"할아버지는 과학자가 되기 전에 증권맨이었는데, 주식으로 돈을 너무 많이 벌어서 그만두고 과학자가 되었어요. 굉장하죠?"

"굉장하군." 동의했다.

"할아버지는 뭘 하든 일류예요." 그녀가 말했다.

엘리베이터는 전에 탔을 때와 똑같이 올라가고 있는지 내려가고 있는지 모를 속도로 움직였다. 여전히 시간이 오래 걸렸고, 그동안 CCTV 화면으로 누군가가 지켜보고 있다고 생각하자 나는 아무래도 불안해졌다.

"할아버지가 일류를 키우기에 학교 교육은 너무 비효율적이라고 했는데, 어떻게 생각해요?" 그녀가 내게 물었다.

"흠, 글쎄. 아마 그렇겠지." 하고 나는 말했다. "나는 16년 동안 학교를 다녔지만, 그 교육이 큰 도움이 되었다는 생각은 없으니까. 외국어도 못하지, 악기도 다룰 줄 아는 게 없지, 주식에 대해서도 모르지, 말도 못 타지."

"그럼 왜 학교를 그만두지 않았어요? 그만두려면 그만둘 수도 있었을 텐데."

"뭐, 그건." 하고서, 그 점에 대해 잠시 생각해 보았다. 아닌게 아니라 그만두려면 언제든 그만둘 수 있었다. "그때는 그런 생각을 못 했어. 우리 집은 너희와 달라서 지극히 평범한 가정이었고, 또 내가 어떤 분야에서 일류가 될 수 있으리란 생각도 없었고."

"그건 잘못된 생각이에요." 그녀가 말했다. "인간은 누구나 한 가지쯤은 일류가 될 수 있는 소질이 있어요. 그걸 잘 이끌어 내지 못할 뿐이지. 이끌어 내는 방법을 모르는 사람들이 너도나도 들러붙어 짓뭉개 버리니까 대부분 일류가 되지 못하는 거예요. 그러고는 그대로 닳아 없어지죠."

"나처럼 말이지." 하고 나는 말했다.

"당신은 달라요. 당신에게는 뭔가 특별한 게 있는 것 같아요. 당신은 감정적인 껍데기가 아주 딱딱해서, 그 안에 온갖 것이 온전하게 남아 있어요."

"감정적인 껍데기?"

"네, 그래요." 그녀가 말했다. "그러니까 지금도 늦지 않았어요. 저, 이 일이 끝나면 나랑 같이 살지 않을래요? 결혼 같은 거 말고요, 그냥 같이 사는 거요. 그리스나 루마니아나 핀란드나 그런 한가로운 곳에 가서 둘이 같이 말도 타고 노래도 부르고 지내는 거예요. 돈은 얼마든지 있으니까. 그러면서 당신은 일류로 다시 태어나는 거예요."

"흠." 하고 나는 말했다. 나쁘지 않은 제안이다. 이 사건 탓에 계산사로서 나의 생활은 미묘한 국면에 처해 있고, 외국에서 느긋하게 사는 것은 매력적인 일이었다. 그러나 나는 자신이 정말 일류가 될 수도 있다는 확신을 도저히 가질 수 없다. 보통 일류인 인간은 자신이 일류가 될 수 있다는 강한 확신이 있어 일류가 된다. 일류가 될 수 없을 것이라고 생각하면서 어쩌다 일류가 된 인간은 그렇게 많지 않다.

내가 멍하니 그런 생각을 하는 사이에 엘리베이터 문이 열렸다. 그녀가 밖으로 나가, 나도 그 뒤를 따랐다. 처음 만났을 때처럼, 그녀는 또각또각 하이힐 소리를 울리면서 복도를 재빨리 걸었다. 나도 그 뒤를 급하게 따라갔다. 내 눈앞에서 예쁜 엉덩이가 경쾌하게 흔들리고, 금 귀걸이가 반짝반짝 빛났다.

"그런데 가령 둘이 같이 산다 쳐도." 나는 그녀 등에 대고 말했다. "나는 너에게 많은 걸 받기만 할 뿐, 아무것도 줄 수 없어. 그런 건 몹시 불공평하고 부자연스럽지 않을까."

그녀는 걸음을 늦추고 내 옆에 나란히 서서, 같이 걸었다.

"정말 그렇게 생각해요?"

"응." 나는 대답했다. "부자연스럽고, 불공평해."

"당신도 내게 줄 수 있는 게 반드시 있을 거예요." 그녀가 말했다.

"예를 들면?" 하고 나는 물었다.

"예를 들면 — 당신의 감정적인 껍데기. 난 그게 너무 궁금해요. 그게 어떻게 생겼고, 어떤 식으로 기능하는지, 그런 거요. 나는 지금까지 그런 걸 접해 본 적이 없어서, 관심이 커요."

"그렇게 대단한 건 아니야." 하고 나는 말했다. "누구든 다소의 차이는 있어도 감정의 껍데기를 두르고 있고, 찾으려 들면 얼마든지 찾을 수 있어. 너는 세상에 나가 본 적이 없어서, 평범한 인간의 평범한 마음이 어떤지 이해하지 못할 뿐이야."

"당신은 정말 아무것도 모르네요." 오동통한 여자가 말했다. "당신은 셔플링 능력을 갖고 있잖아요."

"물론 그렇지. 하지만 그건 어디까지나 일의 수단으로 외부에서 주어진 능력이야. 수술을 받고 훈련을 통해서. 보통 사람도 훈련만 받으면 셔플링을 할 수 있어. 주산을 하고 피아노를 치는 것과 별 차이 없어."

"그렇게 단정할 수는 없어요." 그녀가 말했다. "처음에는 모두 그렇게 생각하죠. 당신처럼 필요한 훈련만 받으면 누구나 — 물론 어느 정도 테스트를 통해 선발된 사람이지만 — 다 셔플링 능력을 터득할 수 있다고 말이에요. 할아버지도 그렇게 생각했어요. 현실적으로도 스물여섯 명이 당신과 똑같은 수술을 받고 훈련을 받아 셔플링 능력을 갖게 되었죠.

그 시점에서는 아무 이상이 없었어요. 그러나 문제는 그다음부터 발생했죠."

"그런 얘기는 못 들었는데." 하고 나는 말했다. "나는 모든 계획이 순조롭게……."

"대외적으로는 그렇게 공표되었죠. 하지만 사실은 달라요. 셔플링 능력을 터득한 스물여섯 명 중에 스물다섯 명이 훈련 종료 후 1년에서 1년 반 사이에 죽어 버렸어요. 살아남은 사람은 오직 당신 하나. 당신 하나만 3년 이상 살아남아, 아무런 문제도 지장도 없이 셔플링 작업을 계속하고 있다고요. 이런데도 당신은 아직 자신이 평범하다고 생각해요? 당신은 지금, 귀중한 인물이라고요."

나는 주머니에 두 손을 쑤셔 넣은 채, 한동안 잠자코 복도를 걸었다. 상황은 나의 개인적 능력의 범위를 넘어 한없이 한없이 확대되고 있는 듯하다. 그것이 최종적으로 어디까지 확대될지, 나로서는 도저히 상상할 수 없었다.

"왜 다들 죽었지?" 나는 그녀에게 물었다.

"몰라요. 사인이 분명치 않아요. 뇌 기능에 장애가 발생해 죽었다는 건 아는데, 왜 그렇게 되었는지 경위가 확실치 않아요."

"무슨 가설이라도 있을 거 아냐?"

"네, 할아버지는 이렇게 말했어요. 보통 사람은 아마 의식의 핵의 조사(照射)를 견디지 못해서 뇌세포가 그에 대항하는 항체를 만들려고 시도하는데, 그 반응이 너무 급격한 결과 죽음에 이르지 않았을까, 그렇게요. 사실은 훨씬 더 복잡한 얘기인데, 간단하게 설명하면 그래요."

"그렇다면, 내가 살아남은 이유는?"

"아마 당신에게는 처음부터 자연 항체가 있었던 거겠죠. 내가 말하는 감정적인 껍데기 같은 거요. 어떤 이유로 당신의 뇌에는 이미 그런 게 있어서, 그래서 살아남을 수 있었던 거죠. 할아버지 말이 인위적으로 그 껍데기를 만들어서 뇌를 가드하려고 했지만, 다들 너무 약했던 모양이라고 했어요."

"가드라는 게, 그러니까 멜론 껍질 같은 거지?"

"간단히 말하면 그래요."

"그래서." 나는 말했다. "그 나의 항체가 되었든 가드가 되었든 껍데기가 되었든 멜론 껍질이 되었든, 아무튼 그건 선천적인 자질인가? 또는 후천적인 것?"

"어느 부분은 선천적이고, 어느 부분은 후천적이지 않을까요? 그다음은 할아버지가 아무것도 가르쳐 주지 않았어요. 너무 많이 알면 내가 위험해진다고요. 다만, 할아버지 가설에 입각해서 계산하면, 당신처럼 자연 항체가 있는 사람은 약 100만에서 150만 명 중에 한 명꼴로밖에 존재하지 않고, 그것도 실제로 셔플링 능력을 부여해 보지 않고는 찾아낼 수 없어요, 현재로는."

"그래서, 만약 너희 할아버지 가설이 옳다면, 그 스물여섯 명 중에 내가 포함되어 있었던 건 거의 요행이란 말이군."

"그러니까 당신이 귀중한 표본이고, 문의 열쇠가 될 수 있는 거죠."

"너희 할아버지는 내게 대체 뭘 하려고 했던 거지? 그가 내게 셔플링 작업을 하라고 건네준 자료와 그 일각수 두개골에 무슨 의미가 있는 걸까?"

"내가 그걸 알면, 당장이라도 당신을 구해 줄 수 있을 텐데." 그녀가 말했다.

"나와 세계를 말이지." 하고 나는 말했다.

사무소 안은 내 방만큼은 아니어도 상당히 난폭하게 어질러져 있었다. 수많은 서류가 바닥에 흩어져 있고, 책상은 뒤집어지고, 금고 문은 비틀려 있고, 선반 서랍은 내던져져 있고, 갈가리 찢긴 소파 베드 위에는 사물함 안에 들어 있던 박사와 그녀의 옷들이 널려 있었다. 그녀의 옷은 전부 분홍색이었다. 짙은 분홍색에서 옅은 분홍색까지, 다양한 분홍의 멋진 그러데이션이었다.

"심하네." 그녀가 고개를 저으며 말했다. "보나마나 지하에서 올라왔을 거예요."

"야미쿠로가 왔다는 거야?"

"아니요, 달라요. 야미쿠로는 이렇게 지상으로 올라오지 않고, 만약 왔다고 하면 냄새가 남아 있어야 해요."

"냄새?"

"생선이나 흙탕 같은 이상한 비린내요. 야미쿠로의 짓이 아니에요. 당신 방을 그 꼴로 만든 작자들 아닐까요. 수법도 비슷하고."

"그럴지도 모르지." 하고서 나는 사방을 한번 빙 둘러보았다. 뒤집어진 책상 앞에 페이퍼 클립 한 갑 분량이 흩어져 형광등 빛에 반짝이고 있었다. 나는 벌써부터 페이퍼 클립이 웬지 마음에 걸렸던 터라, 바닥을 살피는 척하면서 한 줌 쥐어 바지 주머니 안에 집어넣었다.

"여기에 뭐 중요한 게 있었나?"

"아니요." 그녀가 말했다. "여기 있는 것들은 거의 아무 의미가 없어요. 장부나 영수증, 그리고 별로 중요하지 않은 연구 자료, 그런 것들뿐. 훔쳐 간다고 곤란할 것은 거의 없어요."

"야미쿠로 퇴치 장치는 무사할까?"

그녀가 사물함 앞에 널린 손전등과 카세트 라디오와 자명종과 커터 칼과 목사탕 캔 같은 자질구레한 것들 사이에서 VU메이커 비슷하게 생긴 조그만 기계를 꺼내, 스위치를 몇 번 켰다 껐다 했다.

"무사해요. 제대로 작동하네요. 아무 의미 없는 기계라고 여겼겠죠. 게다가 이 기계는 원리가 아주 간단해서 조금 부딪힌 정도로는 잘 고장 나지 않아요." 그녀가 말했다.

그리고 방구석에 가서, 바닥에 쪼그리고 콘센트 뚜껑을 열어 안에 있는 조그만 스위치를 누른 다음, 일어나 벽의 일부를 손바닥으로 약간 밀었다. 그러자 벽의 일부가 전화번호부 크기만큼 열리더니 안에서 금고 같은 것이 나타났다.

"봤죠? 이러니까 못 찾죠." 그녀는 자랑스럽게 말했다. 그리고 숫자 네 개를 맞춰 금고 문을 열었다.

"안에 있는 걸 전부 꺼내서 책상에다 늘어놓아 줄래요?"

나는 아픈 배를 견디면서 뒤집힌 책상을 바로 세워 놓고, 그 위에다 금고에서 꺼낸 걸 한 줄로 늘어놓았다. 고무줄로 묶은 5센티미터 정도 두께의 통장 다발이 있고, 증권과 증서 같은 것이 있고, 현금이 200만이나 300만 엔 정도 있고, 천 주머니에 든 묵직한 것이 있고, 검은 가죽 표지의 수첩이 있고, 갈색 봉투가 있었다. 그녀는 갈색 봉투 안에 든 것을 책상에 꺼내 놓았다. 안에는 오래된 오메가 손목시계와 금반지가 들어 있었다. 오메가는 유리판에 금이 가 있고, 전체가 까맣게 변색해 있었다.

"아버지 유품이에요." 그녀가 말했다. "반지는 엄마 것이고. 나머지는 전부 불타 버렸어요."

내가 고개를 끄덕이자 그녀는 반지와 손목시계를 다시 갈색 봉투에 집어넣고, 돈다발을 한 묶음 슈트 주머니에 넣었다. "그러네. 현금을 여기다 넣어 둔 걸 까맣게 잊고 있었어." 그녀가 말했다. 그리고 천 주머니를 열고 그 안에서 낡은 셔츠로 둘둘 만 것을 꺼내, 셔츠를 풀어내고 안을 보여 주었다. 소형 자동 권총이었다. 꽤 낡은 걸로 보아 모델 총이 아니라 진짜 총알이 나오는 권총 같았다. 총에 관해서는 잘 모르지만, 브라우닝이나 베레타나 그런 유였다. 영화에서 본 적이 있다. 예비 카트리지 하나와 탄환도 한 상자 있었다.

"당신, 총 잘 쏴요?" 그녀가 물었다.

"설마." 나는 놀라서 말했다. "그런 건 잡아 본 적도 없는데."

"나는 잘 쏴요. 몇 년이나 연습했어요. 홋카이도 별장에 갔을 때 산속에서 혼자 쏴 봤는데, 10미터 정도 거리면 엽서 크기의 표적도 정확하게 맞힐 수 있어요. 대단하죠?"

"대단하군." 하고 나는 말했다. "그런데 그런 걸 어디서 입수했지?"

"당신, 정말 멍청하네요." 그녀는 어처구니없다는 듯이 말했다. "돈만 있으면 뭐든 구할 수 있는데. 몰랐어요? 아무튼 당신은 사격을 못한다고 하니까, 내가 가져갈게요. 그래도 되죠?"

"그러시지. 그래도 어두운 데서 자칫 나를 쏘지는 않았으면 좋겠군. 이 이상 상처가 늘면 서 있을 수도 없을 테니까."

"어머, 걱정 말아요. 괜찮아요. 나 무척 조심스러운 편이니까." 하고 그녀는 윗도리의 오른쪽 주머니에 자동 소총을 넣었다. 신기하게도 그녀의 슈트 주머니는 아무리 뭘 쑤셔 넣어도 조금도 부풀어 보이지 않았고, 모양도 일그러지지 않았다. 무슨 특수한 장치가 있는지도 모르겠다. 또는 그냥 잘 만들어 그런지도 모른다.

그다음 그녀는 검은 가죽 표지 수첩의 한가운데쯤을 펼치고, 불빛 아래에서 오래도록 집중해서 노려보았다. 나도 힐끔 그 페이지를 들여다보았지만, 암호처럼 알 수 없는 숫자와 알파벳이 주르륵 쓰여 있을 뿐, 내가 이해할 만한 것은 뭐 하나 쓰여 있지 않았다.

"이건 할아버지 수첩이에요." 그녀가 말했다. "나랑 할아버지만 알 수 있는 암호로 쓰여 있어요. 예정된 일이나 그날 있었던 일이 메모되어 있어요. 할아버지가 당신 신변에 무슨 일이 생기면 이 수첩을 보라고 했거든요. 음, 잠깐만요. 당신은 9월 29일에 자료의 브레인 워시를 끝냈네요."

"그랬지."

"거기에 ①이라고 적혀 있어요. 아마 이게 첫 스텝이겠죠. 그리고 당신은 30일 밤이나 10월 1일 오전에 셔플링을 끝냈어요. 맞아요?"

"맞아."

"그게 ②예요. 제2스텝. 다음은, 음, 10월 2일 정오. 그게 ③. '프로그램 해제'라고 되어 있는데요."

"2일 정오에 박사를 만나기로 했어. 그때 내 안에 입력된 특수한 프로그램을 해제하려고 했겠지. 세계가 끝나지 않도록. 그런데 상황이 변하고 말았군. 박사는 살해당했을 수도 있고, 납치되었을 수도 있어. 지금은 그게 가장 큰 문제야."

"아니, 잠깐만요. 좀 더 볼게요. 암호가 상당히 복잡해요."

그녀가 수첩을 쳐다보고 있는 동안, 나는 백팩 속을 정리하고, 손전등의 전지를 새것으로 갈아 끼웠다. 사물함에 들어 있던 비옷과 고무장화 역시 바닥에 아무렇게나 널브러져 있었지만, 다행히 사용할 수 없을 정도로 손상되지는 않았다. 비옷 없이 폭포를 통과하면 젖어서 뼛속까지 얼어붙고 만다. 몸이 얼면 상처가 또 아프기 시작할 것이다. 그리고 나는 역시 바닥에 나동그라져 있는 그녀의 분홍색 조깅화를 백팩에 넣었다. 손목시계의 디지털 숫자는 자정에 가까운 시간을 가리키고 있었다. 프로그램 해제의 제한 시간까지 앞으로 12시간 남은 셈이다.

"그다음부터는 상당히 전문적인 계산이에요. 전기량이나 용해 속도, 저항치와 오차치, 전혀 모르겠네."

"모르는 건 그냥 넘겨 버려. 시간이 별로 없다고." 하고 나는 말했다. "아는 데만이라도 좋으니까 암호를 해독해 봐."

"해독할 필요는 없어요."

"왜?"

그녀는 내게 수첩을 건네고, 그 부분을 가리켰다. 그 부분에는 암호가 아니라, 거대한 X 표시와 날짜와 시간이 적혀 있을 뿐이었다. 돋보기로 봐야 겨우 읽힐 만큼 자잘한 주변의 글자에 비해 X 표시가 너무 커서, 그 불균형 때문에 불길한 인상이 한층 더했다.

"이게 데드라인이란 뜻인가?" 그녀가 중얼거렸다.

"그럴 수도 있겠군. 그리고 이게 아마 ④겠지. ③에서 프로그램이 해제되면, 이 X 표시는 발생하지 않아. 그러나 무슨 사정으로 해제되지 않았을 경우에는 프로그램이 점점 진행되어서 X 표시에 이른다는 거겠지. 내 생각은 그런데."

"그럼 우리는 어떻게든 2일 정오까지 할아버지를 꼭 만나야 하겠네요."

"내 추측이 정확하다면."

"당신 추측이 정확할까요?"

"아마." 나는 조그만 목소리로 대답했다.

"아무튼, 앞으로 몇 시간 남았어요?" 하고 그녀가 내게 물었다. "세계가 끝나거나, 빅뱅이 발생하는 시간까지."

"36시간." 하고 나는 말했다. 시계를 볼 필요도 없었다. 지구가 한 바퀴 반 자전할 시간이다. 그동안에 아침 신문이 두 번, 저녁 신문이 두 번 배달된다. 자명종은 두 번 울리고, 남자들은 두 번 수염을 깎는다. 운 좋은 인간은 그 사이에 두 번이나 세 번쯤 섹스를 할 수도 있겠다. 36시간이란 그런 정도의 시간이다. 만약 인간이 70년을 산다고 가정하면 인생의 17,033분의 1의 시간이다. 그리고 그 서른여섯 시간이 지난 후에는 무언가가 — 아마도 세계의 끝이 — 도래한다.

"이제 어떻게 할래요?" 하고 그녀가 물었다.

나는 사물함 앞에 나뒹구는 구급용 약상자에서 진통제를 찾아 물통의 물과 함께 삼키고, 백팩을 등에 멨다.

"지하로 내려가야겠지." 하고 나는 말했다.

20 세계의 끝

짐승들의 죽음

짐승들은 벌써 동료를 몇 마리 잃었다. 본격적인 첫눈이 밤새 내리던 다음 날 아침, 겨울이 되어 더욱 하얘진 늙은 몇 마리의 황금빛 몸이 5센티미터쯤 쌓인 눈 속에 묻혀 있었다. 쥐 어뜯긴 것처럼 갈라진 구름 사이로 아침의 태양이 비쳐, 그 얼어붙은 광경이 선명하게 빛났다. 천 마리가 넘는 짐승 떼가 토해 내는 숨이 빛 속에서 하얗게 너울거렸다.

나는 새벽녘에 눈을 뜨고서, 마을이 하얀 눈에 완전히 갇혔다는 걸 알았다. 그것은 정말 멋진 풍경이었다. 하얗게 변한 풍경 속에 시계탑만 검게 솟아 있고, 그 아래로 마치 검은 띠처럼 강물이 흐르고 있었다. 태양은 아직 떠오르지 않았고, 하늘은 두꺼운 구름에 빈틈없이 덮여 있었다. 나는 코트를 걸

328

친 다음 장갑을 끼고, 사람 하나 없는 길을 걸어 마을로 내려 갔다. 눈은 내가 잠들자 소리 없이 내리기 시작해, 내가 눈을 뜨기 조금 전에 그친 듯했다. 눈밭에는 아직 발자국 하나 없었다. 손으로 눈을 떠 보니, 마치 설탕처럼 부드럽고 사르락거리는 감촉이었다. 강가에는 얇게 얼음이 끼었고, 그 위에도 군데군데 눈이 쌓여 있었다.

내가 토해 내는 하얀 숨 외에 마을에는 움직이는 것이 없었다. 바람도 없고, 나는 새조차 보이지 않는다. 신발이 눈을 밟는 소리만, 마치 합성된 효과음처럼 크고 부자연스럽게 집들의 돌벽에 반사되었다.

문 가까이 가자, 광장 앞에 문지기의 모습이 보였다. 문지기는 언젠가 나의 그림자와 함께 수리했던 수레 밑에 기어 들어가서 차축에 기름칠을 하는 중이었다. 짐칸에는 유채 기름을 담는 도기 항아리 몇 개가 쓰러지지 않도록 옆면 판자에 끈으로 단단히 묶여 있었다. 저렇게 많은 기름을 대체 어디다 사용할 생각인지 나는 몹시 의아했다.

문지기가 수레 밑에서 얼굴을 내밀고, 손을 들어 내게 인사했다. 그는 기분이 좋아 보였다.

"이렇게 일찍 무슨 바람이 분 거야."

"눈 구경을 하러 나왔습니다." 하고 나는 말했다. "언덕 위에서 보니까 너무 아름다워서."

문지기는 소리 내어 웃고는, 늘 그렇듯이 내 등에 그 커다란 손을 대었다. 그는 장갑도 끼지 않고 있었다.

"참 별난 사람이군. 앞으로 눈은 지겹도록 볼 텐데, 일부러

구경하러 내려오다니. 참 별난 사람이야."

그리고 그는 스팀 엔진처럼 하얀 숨을 토하면서, 문 언저리를 가만히 바라보았다.

"때맞춰 아주 잘 왔어." 문지기가 말했다. "망루에 올라가 보라고. 흥미로운 광경을 볼 수 있을 거야. 이 겨울 들어서는 처음이야. 잠시 후에 뿔피리를 불 테니까, 바깥 경치를 잘 보라고."

"처음?"

"보면 알아."

나는 영문을 모르는 채 문 옆에 있는 망루로 올라가, 바깥 세계의 풍경을 바라보았다. 사과나무 숲 위에 구름이 그대로 내려앉은 것처럼 눈이 소복하게 쌓여 있었다. 북쪽 능선과 동쪽 능선도 대부분 하얗게 물들어, 튀어나온 바위들만 흉터처럼 남아 있을 뿐이었다.

망루 바로 아래에서는 짐승들이 잠자고 있었다. 다리를 접고 땅에 앉아 몸을 움츠리고, 눈처럼 하얀 뿔을 똑바로 앞을 향한 채 각자 고요한 잠을 탐닉하고 있었다. 짐승들의 등에도 눈이 소복하게 쌓여 있었지만, 그들은 모르는 듯했다. 그들의 잠이 그만큼 깊은 것이다.

곧이어 머리 위에서 조금씩 구름이 갈라지며 태양 빛이 지표면을 비추기 시작했다. 나는 망루에 그대로 서서, 사방의 풍경을 바라보았다. 빛은 스포트라이트처럼 한 부분만 비추고 있었지만, 나는 문지기가 말한 '흥미로운 것'이 무엇인지 확인하고 싶었다.

마침내 문지기가 문을 열고, 늘 하던 대로 뿔피리를 길게 한 번, 짧게 세 번 불었다. 짐승들은 그 첫 소리에 눈을 뜨고, 고개를 들어 소리가 흘러오는 방향으로 향했다. 피어오르는 그 하얀 숨의 양으로 그들의 몸이 새로운 하루의 활동을 시작했다는 걸 알 수 있었다. 잠들어 있을 때면 짐승들은 숨을 아주 조금밖에 쉬지 않는 것이다.

마지막 뿔피리 소리가 대기 속으로 스며들자, 짐승들이 일어났다. 먼저 뭔가를 확인하듯 앞발을 천천히 뻗고, 윗몸을 일으키고, 그다음 뒷다리를 폈다. 그러고는 몇 번인가 뿔을 공중으로 내밀었다가 마지막으로 문득 알아차렸다는 듯이 몸을 푸르르 떨어 몸에 쌓인 눈을 지면에 떨궜다. 그리고 문을 향해 걷기 시작했다.

짐승들이 문 안으로 모두 들어온 다음에야 나는 문지기가 내게 보여 주려고 한 것이 무엇인지 이해할 수 있었다. 잠자는 것처럼 보였던 짐승 중 몇 마리가 잠든 자세 그대로 얼어붙어 죽어 있었다. 그들은 죽었다기보다 마치 중요한 어떤 명제에 대해 깊은 생각에 잠겨 있는 듯 보였다. 그러나 그들에게 해답은 존재하지 않았다. 그들의 코와 입에서는 하얀 숨이 한 줄기도 피어오르지 않았다. 그들의 육체는 활동을 멈췄고, 그들의 의식은 깊은 어둠 속으로 빨려 들어가고 말았다.

다른 짐승들이 문을 향해 사라지고 난 자리에는, 마치 대지에 생긴 조그만 혹 같은 모양으로 몇 마리의 사체만 남았다. 하얀 죽음의 옷이 그들의 몸을 감싸고 있었다. 뿔 하나만 유난히 생생하게 허공을 찌르고 있었다. 살아남은 짐승들 대부분이 그들 옆을 지나갈 때, 더러는 머리를 깊이 숙이고, 더러는 발굽으로 작은 소리를 냈다. 그들도 죽은 이를 추모하는 것이다.

나는 아침 해가 높이 떠올라 벽의 그림자가 앞으로 길게 늘어지고, 그 빛이 소리 없이 대지에 쌓인 눈을 녹이기 시작할 때까지, 그들의 고요한 주검을 바라보았다. 아침 태양이 그들의 죽음마저 녹여, 죽은 것처럼 보였던 짐승들이 불현듯 일어나 여느 때처럼 아침 행진을 할 것처럼 느껴졌기 때문이다.

그러나 그들은 일어나지 않았고, 눈 녹은 물에 젖은 황금빛 털이 햇살을 받아 하염없이 빛날 뿐이었다. 이윽고 눈이 아파 왔다.

나는 망루에서 내려와 강을 건너, 서쪽 언덕으로 올라가 방으로 돌아갔다. 그러고야 내 눈이 아침 햇살에 생각보다 훨씬 심하게 손상되었다는 것을 알았다. 눈을 감자 눈물이 하염없이 흘러나와 무릎 위로 뚝뚝 떨어졌다. 차가운 물로 눈을 씻어 보았지만 효과가 없었다. 나는 무거운 커튼을 닫고 눈을 꼭 감은 채, 거리감이 없는 어둠 속에 떠올랐다가 사라져 가는 기묘한 모양의 선과 도형을 몇 시간이나 바라보았다.

10시가 되자 노인이 커피를 담은 쟁반을 들고 내 방문을 노크했다. 그는 침대에 누워 있는 내 모습을 보자 수건을 물에 적셔 눈두덩을 마사지해 주었다. 귀 뒤가 지끈지끈 아팠지만, 그래도 흐르는 눈물의 양이 다소나마 준 듯했다.

"대체 어떻게 된 일인가?" 노인이 내게 물었다. "아침 햇살은 생각보다 아주 강한데. 특히 눈 쌓인 아침에는 말이야. '꿈 읽기'의 눈이 강한 빛을 견디지 못한다는 건 잘 알고 있을 텐데, 왜 밖에 나간 거야?"

"짐승들을 보러 갔습니다." 하고 나는 말했다. "많이 죽었더 군요. 여덟 마리나 아홉 마리쯤, 아니, 더 될지도 모르겠습니다."

"앞으로 더 많이 죽을 거야. 눈이 내릴 때마다."

"왜 그렇게 쉽게 죽어 버리는 거죠?"

나는 누운 채 수건을 얼굴에서 걷어 내고 노인에게 물었다.

"약한 거지. 추위와 굶주림에. 옛날부터 죽 그랬어."

"죽어서 멸종되는 일은 없나요?"

노인은 고개를 저었다. "짐승들은 지금까지 몇만 년이나 여 기에 살았고, 앞으로도 그럴 거야. 겨울 사이에 많이 죽기는 하지만, 봄이 오면 또 새끼들이 태어나지. 새로운 생명이 묵은 생명을 밀어낼 뿐이야. 이 마을의 초목이 먹여 살릴 수 있는 짐승의 수는 한정되어 있으니 말이지."

"그들은 왜 다른 장소로 옮겨 가지 않죠? 숲에 들어가면 나 무는 얼마든지 있고, 남쪽은 눈도 그렇게 많이 쌓이지 않잖아 요. 여기에 집착할 필요가 없을 것 같은데요."

"그건 나도 몰라요." 노인이 말했다. "그러나 짐승들은 이 마 을을 떠날 수 없어. 그들은 이 마을의 부속물로 잡혀 있는 거 야. 나나 자네처럼 말이지. 그들은 모두 나름의 본능으로 이 마 을에서 벗어날 수 없다는 걸 잘 알고 있어. 혹은 이 마을에서 자라는 나무와 풀밖에 먹을 수 없는 건지도 모르지. 남쪽으로 가는 도중에 펼쳐지는 석회암 벌판을 통과할 수 없는지도 모 르고. 그러나 어찌 되었든, 짐승들은 이곳을 떠날 수 없어."

"시체는 어떻게 되나요?"

"태우지. 문지기가." 노인은 까칠하게 메마른 커다란 손으로 커피 컵을 감싸 쥐고 대답했다. "앞으로 한동안은 그게 문지기 일의 중심이 될 거야. 우선은 죽은 짐승의 머리를 잘라서 뇌와 눈을 꺼낸 다음, 커다란 솥에 담고 끓여서 깨끗한 두개골만 남 기지. 남은 부분은 높이 쌓아서 기름을 붓고 불을 붙여 태워."

"그리고 그 두개골에 오래된 꿈이 담겨 도서관 서고에 진열 되는 거군요?" 나는 눈을 꼭 감은 채 노인에게 물었다. "왜죠? 왜 두개골이죠?"

노인은 아무 대답도 하지 않았다. 그가 걸어서 바닥이 삐걱 거리는 소리만 들렸다. 삐걱거리는 소리는 천천히 침대에서 멀 어지다가 창문 앞에서 멈췄다. 그러고도 침묵은 한참이나 계 속되었다.

"그건 자네가 오래된 꿈이 뭔지를 이해하게 되었을 때 알 수 있을 게야." 노인은 말했다. "왜 오래된 꿈이 두개골 안에 들어 있는지를 말이지. 내가 자네에게 그걸 가르쳐 줄 수는 없 어. 자네는 꿈 읽기야. 그 대답은 자네 자신이 찾아야 하네."

나는 수건으로 눈물을 닦고서 눈을 떴다. 창가에 있는 노 인의 모습이 부옇고 흐릿하게 보였다.

"겨울은 온갖 사물의 모습을 명확하게 해 주지." 노인이 말 을 이었다. "좋든 싫든 상관없이 그렇게 돼. 눈은 계속해 내리 고, 짐승들은 죽어 가고. 아무도 그걸 막을 수 없어. 오후가 되 면 짐승들을 태우는 회색 연기가 오르는 걸 볼 수 있을 거야. 겨울 동안에는 매일 계속되지. 하얀 눈과 회색 연기가 말이야."

21 하드보일드 원더랜드

팔찌, 벤 존슨, 악마

벽장 속에는 전에도 봤던 똑같은 어둠이 펼쳐져 있었지만, 야미쿠로의 존재를 알았기 때문인지 그때보다 더 깊고 서늘하게 느껴졌다. 이렇게까지 완벽한 어둠은 다른 곳에서는 절대 볼 수 없다. 도시의 가로등과 네온사인과 쇼윈도의 조명이 대지에서 어둠을 뜯어내기 전에는 세계가 이렇듯 숨 막히게 완벽한 어둠으로 채워져 있었을 것이다.

그녀가 앞서 사다리를 내려갔다. 그녀는 비옷 주머니 깊숙이 야미쿠로 퇴치 장치를 넣고, 대형 플래시의 끈을 어깨에서 가슴 위로 비스듬히 멘 다음, 혼자서 재빠르게 어둠 속으로 내려갔다. 고무장화에서 저벅거리는 소리가 났다. 한참이 지나자 밑에서 흐르는 물소리에 섞여 "괜찮아요, 내려와요." 하는 소리가 들려왔다. 그리고 노란빛이 흔들렸다. 내 기억보다 그 나락은 훨씬 깊은 듯했다. 손전등을 주머니에 넣고 사다리를 내려가기 시작했다. 사다리는 여전히 눅눅해서, 조심하지 않으면 발이 미끄러질 것 같았다. 사다리를 내려가는 내내 나는 스카이라 인에 탄 남녀와 듀란듀란의 음악을 생각했다. 그들은 전혀 모른다. 내가 주머니에 손전등과 대형 나이프를 넣고, 아픈 상처를 껴안은 채 어둠 속으로 내려가고 있다는 걸. 그들의 머릿속에는 속도계의 숫자와 섹스의 예감이나 기억과 히트 차트에 올랐다가 내려가는 무해한 팝송밖에 없다. 그러나 물론, 나는 그들을 비난할 수 없다. 그들은 그저 아무것도 모를 뿐이다.

나 역시 아무것도 몰랐다면, 이런 짓을 하지 않을 수 있었다. 나는 내가 스카이라인의 운전석에 앉아, 옆자리에 그 여자를 태우고 듀란듀란의 음악과 함께 밤의 도시를 질주하는 모습을 상상해 보았다. 그녀는 섹스를 할 때 왼쪽 손목에 찬 두 줄짜리 가는 은팔찌를 풀까? 풀지 않으면 좋겠는데, 하고 나는 생각했다. 옷을 전부 벗은 다음에도 그 두 줄짜리 팔찌는 그녀 몸의 일부처럼 손목에 감겨 있어야 한다.

그러나 아마, 그녀는 팔찌를 풀 것이다. 왜냐하면 여자들은 샤워를 할 때에 온갖 것을 풀어 놓기 때문이다. 그렇다면, 나는 샤워하기 전의 그녀와 섹스를 할 필요가 있다. 또는 그녀에게 팔찌를 풀지 말라고 부탁하든지. 어느 쪽이 더 좋은지는 나도 모르지만, 어떻게 해서든 팔찌를 한 그녀와 섹스를 한다. 그것이 중요하다.

나는 내가 팔찌를 한 그녀와 자는 모습을 상상해 보았다. 그녀의 얼굴이 거의 기억나지 않는 탓에, 나는 방의 조명을 어둡게 했다. 어두워서 얼굴이 잘 보이지 않는 것이다. 보라색인지 하얀색인지, 아니면 엷은 파란색인지, 매끈거리는 시크한 팬티를 벗기고 나자, 팔찌가 그녀 몸에 걸친 유일한 것이 되었다. 그것은 희미한 빛을 받아 하얗게 반짝거리고, 시트 위에서 가볍고 기분 좋은 소리를 냈다.

그런 상상을 하면서 사다리를 내려가다가 비옷 속에서 페니스가 발기하기 시작하는 걸 느꼈다. 아뿔싸, 하고 나는 생각했다. 왜 하필 이런 곳에서 발기가 시작되는 것일까. 왜 그 도서관 여자 — 위 확장인 그 여자 — 와 침대에 있을 때는 발기하지 않고, 어처구니없게 이런 사다리 중간에서 발기를 한단 말인가. 겨우 두 줄짜리 은팔찌에 무슨 의미가 있다고. 그것도 세계가 끝나려는 이런 때에.

내가 사다리를 다 내려가 암반에 내려서자, 그녀가 불빛을 빙빙 돌리면서 사방의 풍경을 비쳤다.

"야미쿠로가 정말 이 부근에 어정거리고 있네요." 그녀가 말했다. "소리가 들려요."

"소리?" 나는 되물었다.

"지느러미로 지면을 때리는 것처럼 찰싹찰싹하는 소리. 조그맣지만 귀 기울여 들으면 알 수 있어요. 그리고 기척과 냄새."

나는 귀를 기울이고, 또 냄새도 맡아 보았지만 비슷한 소리도 냄새도 감지하지 못했다.

"익숙해져야 알아요." 그녀가 말했다. "익숙해지면 그들이 얘기하는 소리도 조금은 들을 수 있어요. 그래 봐야 음파에 가까운 것이지만. 박쥐 비슷해요. 하지만 박쥐와는 조금 달라서 음파의 일부는 인간이 들을 수 있는 범위 안에 있고, 그들끼리는 의사소통이 충분히 가능해요."

"그럼 기호사들은 어떤 식으로 그들과 접촉했을까? 말을 할 수 없으면 접촉할 방법이 없잖아."

"그런 기계는 만들려고 들면 얼마든지 만들 수 있어요. 그들의 음파를 인간의 음성으로 전환하고, 인간의 언어를 그들의 음파로 전환하는 거죠. 아마 기호사들은 그런 기계를 만들었을걸요. 할아버지도 마음만 먹으면 만들 수 있었지만, 결국 만들지 않았어요."

"어째서?"

"그들과 얘기하고 싶지 않았으니까. 그들은 사악한 생물이고, 그들이 하는 말도 사악해요. 그들은 썩은 고기와 썩은 쓰레기밖에 먹지 않고, 물도 썩은 물밖에 마시지 않아요. 옛날부터 무덤 아래 살면서 죽어서 매장된 인간의 살을 먹었어요. 화장이 일반화되기 전까지는."

"그럼 산 인간은 먹지 않는다는 거네?"

"산 인간을 잡으면 며칠 동안 물에 담가 놓았다가 썩기 시작한 부분부터 차례대로 먹어요."

"아이쿠야." 하고서 나는 한숨을 쉬었다. "뭐가 어떻게 되든 상관없으니까, 이대로 돌아가고 싶군."

그런데도 우리는 흐름을 따라 앞으로 나아갔다. 그녀가 앞서고, 내가 그 뒤를 따랐다. 내가 손전등을 그녀 등에 비추면, 우표 크기만 한 금 귀걸이가 반짝반짝 빛났다.

"그렇게 큰 귀걸이를 늘 하고 다니면 무겁지 않아?" 하고 나는 뒤에서 물어보았다.

"익숙해지면 괜찮아요." 그녀가 대답했다. "페니스도 그렇잖아요. 페니스를 무겁다고 느낀 적 있어요?"

"아니, 딱히. 그런 적 없어."

"그거랑 똑같아요."

우리는 또 한동안 말없이 걸었다. 그녀는 어디를 어떻게 디뎌야 하는지 잘 아는 듯, 플래시로 사방을 비추면서 성큼성큼 걸었다. 나는 일일이 발밑을 확인하면서 고생스럽게 그 뒤를 따랐다.

"저, 샤워를 할 때나 목욕할 때, 그 귀걸이 빼나?" 나는 그녀가 나를 내버려 두고 가지 않게 말을 건넸다. 그녀가 말을 할 때만 걷는 속도를 늦추기 때문이다.

"아니요." 그녀가 대답했다. "알몸일 때도 귀걸이는 하고 있어요. 그런 거, 섹시하지 않나요?"

"글쎄." 나는 당황해서 말했다. "그렇게 말하니까, 그런 것 같기도 하군."

"섹스할 때, 당신은 늘 앞에서 해요? 서로 마주 보고?"

"뭐, 대개는."

"뒤에서 할 때도 있죠?"

"응, 그렇지."

"그 외에도 여러 가지 종류가 있죠? 앉아서 한다거나, 남자가 아래로 간다거나, 의자를 사용하는 것도 그렇고……."

"사람이 다양한 것처럼, 여러 가지 경우가 있겠지."

"섹스에 대해서, 나 잘 몰라요." 그녀가 말했다. "본 적도 없고, 해 본 적도 없고. 아무도 그런 건 가르쳐 주지 않았어요."

"그건 배우는 게 아니라 스스로 알아 가는 거지." 하고 나는 말했다. "너도 애인이 생겨서 그 사람과 자게 되면 자연스럽게 여러 가지로 알게 될 거야."

"난, 그런 건 별로 좋아하지 않아요." 그녀가 말했다. "나는 좀 더…… 뭐랄까, 압도적인 걸 좋아해요. 압도적으로 당하고, 압도적으로 그걸 받아들이고 싶어요. 자연스럽게, 여러 가지로, 뭐 그런 게 아니라."

"나이 많은 사람과 너무 오래 같이 지내서 그런가 보군. 천재적이고 압도적인 자질을 가진 사람과 말이야. 하지만 세상에는 그런 사람만 있는 게 아니야. 모두 평범하고, 암흑 속에서 손을 더듬어 가면서 살고 있다고. 나처럼."

"당신은 달라요. 당신이라면 나는 좋아요. 이 말은 전에 만났을 때도 했죠?"

그러나 아무튼 나는, 내 머릿속에서 성적 이미지를 싹 몰아내자고 결심했다. 나의 페니스는 여전히 발기해 있었지만, 이런 지하의 어둠 속에서 발기해 본들 의미가 없고, 걷는 데도 거치적거린다.

"그 장치가 야미쿠로가 싫어하는 음파를 내보내고 있는 거 맞지?" 나는 화제를 바꿨다.

"그래요. 이 음파를 발신하고 있는 한, 놈들은 우리 주위 15미터 내로는 접근하지 못해요. 그러니까 당신도 내게서 15미터 이상 떨어지지 않도록 해요. 안 그러면 그들이 잡아서 소굴로 데려가 우물에 매달아서, 썩기 시작한 부분부터 먹어 치울 거예요. 당신은 배에 상처가 있으니까 거기부터 썩어 들어가겠죠. 그들의 이와 손톱은 무척 날카로워요. 마치 굵은 송곳을 죽 박아 놓은 것처럼요."

나는 그 말을 듣고는 그녀 뒤로 바짝 다가섰다.

"당신 상처, 아직도 아파요?" 그녀가 물었다.

"약을 먹은 덕분에 조금은 괜찮아졌어. 몸을 심하게 움직이면 욱신욱신 아프지만, 가만히 있으면 그렇게 아프지 않아." 나는 대답했다.

"할아버지를 만나게 되면 아마 통증을 제거해 줄 거예요."

"할아버지가? 어떻게?"

"간단해요. 나도 몇 번 받은 적이 있거든요. 두통이 심할 때요. 의식 속에 아픔을 잊게 하는 신호를 입력하는 거죠. 통증은 사실 몸에 중요한 메시지라서 그러면 안 되는데, 이번은 비상사태니까 괜찮지 않겠어요?"

"그렇게 해 주면 나야 고맙지." 하고 나는 말했다.

"물론 할아버지를 만나야 가능한 얘기지만요." 그녀가 말했다.

그녀는 강력한 불빛을 좌우로 흔들면서 땅속의 강을 상류를 향해 타박타박 올라갔다. 좌우에 치솟은 암벽에는 갈라진 틈새처럼 입을 쩍 벌린 샛길과 으스스한 구멍이 군데군데 뚫려 있었다. 바위 사이사이에서 물이 쪼록쪼록 배어 나와 조그만 개울에 이르고는 그대로 강으로 흘러들었다. 그런 흐름을 따라, 미끈거리는 진흙 같은 이끼가 빽빽하게 끼어 있다. 이끼는 부자연스러울 만큼 선명한 초록색이었다. 광합성을 하지 못하는 땅속 이끼가 어떻게 이런 색일 수 있는지 나는 이해가 안 되었다. 땅속에는 땅속의 섭리가 있는 것이리라.

"저기, 지금 우리들이 이렇게 걸어가는 거 야미쿠로들이 알고 있을까?"

"그럼요." 그녀는 태연한 투로 말했다. "여긴 그들의 세계예요. 그들은 땅속에서 벌어지는 일은 다 알아요. 지금도 우리 주변에서 우리 모습을 가만히 지켜보고 있을걸요. 아까부터 계속 자글거리는 소리가 들렸으니까."

나는 손전등 빛으로 주위의 벽을 훑어보았지만, 울퉁불퉁하게 일그러진 바위와 이끼 외에는 아무것도 보이지 않았다.

"다들 구멍이나 샛길 속에, 빛이 닿지 않는 어둠 속에 숨어 있어요." 그녀가 말했다. "그리고 우리 뒤에서도 따라오고 있을걸요."

"발신기를 켠 후로 몇 분이나 지났지?" 하고 나는 물었다.

그녀는 손목시계를 보고서 "10분." 하고 말했다. "10분 20초. 앞으로 5분이면 폭포에 도착할 수 있으니까, 괜찮아요."

꼭 5분 걸려 우리는 폭포에 도착했다. 소리 뽑기 장치가 아직 작동하고 있는지, 폭포는 전에 왔을 때와 다름없이 거의 소리가 나지 않았다. 우리는 모자를 머리에 푹 뒤집어쓰고 턱 밑에 끈을 묶고서 고글을 끼고 소리 없는 폭포를 지나갔다.

"이상하네." 그녀가 말했다. "소리 뽑기 장치가 작동한다는 건 연구실이 파괴되지 않았다는 뜻인데. 만약 야미쿠로가 이곳을 습격했다면, 놈들이 안을 파괴해서 엉망진창이 되었을 텐데. 그들은 연구실을 엄청나게 증오하거든요."

그녀의 추측을 뒷받침하듯, 연구실 문은 단단히 잠겨 있었다. 만약 야미쿠로가 안으로 침입했다면, 그들은 나오면서 문을 잠그지 않았을 것이다. 야미쿠로가 아닌 누군가가 이곳을 급습한 것이다.

그녀는 한참 걸려서 번호를 맞춘 다음 전자 열쇠로 문을 열었다. 연구실 안은 서늘하고 어둡고, 그리고 커피 냄새가 났다. 그녀는 얼른 문을 닫고 잠근 다음, 문이 열리지 않는 것을 확인하고서야 스위치를 눌러 방의 불을 켰다.

연구실 안 광경은, 위에 있는 사무소나 내 방이 처한 극단적 상황과 거의 비슷했다. 온갖 서류가 바닥에 흩어져 있고, 가구는 뒤집어졌고, 그릇들은 깨지고, 카펫은 뜯겨 나가고, 그 위에 양동이 하나 분량의 커피가 좍 뿌려져 있었다. 박사가 왜 그렇게 많은 커피를 끓였는지 짐작조차 되지 않았다. 아무리 커피를 좋아해도 그렇지, 이렇게 많은 커피는 혼자 마실 수 없다.

그러나 파괴된 연구실 광경은 다른 두 장소의 광경과 근본적으로 다른 점이 있었다. 파괴할 것과 하지 않을 것이 분명하게 구별되어 있다. 파괴한 자들은 파괴해야 할 것은 완벽하게 파괴했지만, 나머지 것들에는 손가락 하나 대지 않았다. 컴퓨터와 통신 장치와 소리 뽑기 장치와 발전 설비 등은 그대로 고스란히 남아 있어, 스위치를 켜자 바로 작동했다. 대형 야미쿠로 퇴치 음파 발신기만 부품이 몇 개 뜯겨 나가 사용할 수 없게 되었지만, 그것도 새 부품을 끼워 넣으면 바로 움직일 수 있는 정도였다.

안쪽 방의 상황도 크게 다르지 않았다. 언뜻 봐서는 대책

없는 카오스 같지만, 모든 것이 꼼꼼하게 계산되어 있었다. 선반에 진열된 두개골은 고스란히 파괴를 면했고, 연구에 필요한 계기류도 온전히 남아 있었다. 다시 살 수 있는 싸구려 기계와 실험 재료만 요란하게 파괴됐다.

그녀가 벽의 금고 앞에 가서 문을 열고 안을 확인했다. 금고 문은 잠겨 있지 않았다. 그녀는 그 안에서 하얀 재와 타다 만 종이를 양손 가득 긁어내 바닥에 뿌렸다.

"비상용 자동 연소 장치가 제대로 작동한 것 같군." 하고 나는 말했다. "놈들은 아무것도 얻어 가지 못했어."

"누구 짓일 것 같아요?"

"인간이 한 짓이지." 하고 나는 말했다. "기호사인지 뭔지가 야미쿠로와 결탁해서 여기까지 찾아와 문을 열고, 사람만 이 안으로 들어와 온 실내를 헤집어 놓은 거야. 중요한 기계류를 그대로 남겨 둔 걸 보면, 나중에 자신들이 여길 사용하려고 한 모양이지. 박사에게 연구를 계속 시키기 위해서겠지만. 그리고 야미쿠로가 건드리지 못하게 다시 문을 잠가 놓은 거겠지."

"그런데 중요한 것은 얻지 못했단 거죠?"

"아마, 그럴 거야." 하고 나는 실내를 빙 돌아보았다. "하지만 아무튼 그들은 너희 할아버지를 손에 넣었어. 가장 중요한 것을 얻은 셈이지. 덕분에 나는 박사가 내게 뭘 하려 했는지 알 길이 없어지고 말았군. 이제 손쓸 방법이 없어."

"아니요." 오동통한 여자가 말했다. "할아버지는 잡히지 않았어요. 안심해요. 이곳을 빠져나가는 비밀 통로가 있어요. 할아버지는 그 통로를 통해 틀림없이 빠져나갔을 거예요. 우리와 같은 야미쿠로 퇴치 발신기를 사용해서요."

"어떻게 알지?"

"확증은 없지만, 난 알아요. 할아버지는 굉장히 조심성이 많은 사람이라 쉽게 잡히지 않아요. 누가 문을 열고 안으로 들어오려 했다면, 반드시 그 통로로 빠져나갔을 거예요."

"그럼 박사는 지금쯤 지상으로 탈출했겠군."

"아니요." 여자가 말했다. "그렇게 간단하지 않아요. 그 통로는 미로처럼 복잡한 데다 야미쿠로 소굴의 중심과 연결되어 있어요. 아무리 서둘러도 빠져나가려면 5시간은 걸려요. 야미쿠로 퇴치 발신기는 30분밖에 지속되지 않으니까, 할아버지는 아직 그 안에 있을 거예요."

"또는 야미쿠로에게 붙잡혔든지."

"그럴 걱정은 없어요. 할아버지는 만에 하나의 경우에 대비해 땅속에서도 절대 야미쿠로가 근접할 수 없는 안전한 피난 장소를 확보해 놓았거든요. 할아버지는 아마 거기에 숨어서 우리가 오기를 꼼짝 않고 기다리고 있을 거예요."

"호, 정말 용의주도한 사람이군." 하고 나는 말했다. "그래서 너는 그 장소를 아는 거야?"

"네, 알 수 있을 거예요. 할아버지가 거기까지 가는 길을 내게도 자세하게 가르쳐 줬거든요. 그리고 이 수첩에도 간단한 지도가 그려져 있어요. 반드시 주의해야 할 위험 포인트도 적혀 있고요."

"가령 어떤 위험이지?"

"당신은 모르는 편이 좋을 것 같은데." 그녀가 말했다. "그런 걸 들으면 필요 이상 예민해지는 사람 같으니까."

나는 한숨을 쉬고, 앞으로 닥칠 위험에 대해서는 그 이상 질문하는 걸 포기했다. 나는 지금도 상당히 예민한 상태다.

"야미쿠로가 접근하지 못한다는 그 장소에 가려면 시간이 얼마나 걸리지?"

"25분에서 30분 정도면 입구에 도착할 거예요. 거기에서 할아버지가 있는 장소까지는 1시간에서 1시간 반. 입구까지만 도착하면 야미쿠로를 걱정할 필요가 없지만, 입구에 도착할 때까지가 문제죠. 엄청 서둘지 않으면, 야미쿠로 퇴치 장치의 배터리가 나가 버릴 테니까요."

"만약 그 발신기의 배터리가 도중에 떨어지면?"

"운에 맡기는 수밖에 없죠." 그녀가 말했다. "손전등을 몸 주위에 빙빙 돌려서 야미쿠로가 다가오지 못하게 하면서 끝까지 가야죠. 야미쿠로는 빛을 싫어하거든요. 하지만 아주 조금이라도 빛에 틈새가 생기면, 야미쿠로는 거기로 손을 내밀어서 당신과 나를 붙잡을 거예요."

"갈수록 태산이군." 나는 힘없이 말했다. "발신기 충전은 끝났나?"

그녀는 발신기의 충전 수치를 확인한 다음 손목시계를 쳐다보았다.

"앞으로 5분이면 끝나요."

"서둘러야겠군." 하고 나는 말했다. "만약 내 추측이 옳다면, 야미쿠로는 우리가 여기 왔다는 걸 기호사에게 통보했을 테고, 그러면 놈들이 바로 되돌아올 테지."

통통한 여자는 비옷과 장화를 벗고, 내가 가져온 미군 전투복을 입고 조깅화를 신었다. "당신도 옷을 갈아입는 게 좋아요. 지금부터 가는 곳은 몸이 가볍지 않으면 빠져나갈 수 없으니까." 그녀가 말했다.

나도 그녀처럼 비옷을 벗고 스웨터 위에 나일론 윈드브레이커를 입고서 턱 밑까지 지퍼를 쭉 올렸다. 그리고 백팩을 멘 다음 장화를 벗고 스니커즈로 바꿔 신었다. 시계는 거의 12시 반을 가리키고 있었다.

여자는 안쪽 방에 가서 벽장 속에 걸린 옷걸이를 빼 바닥에 내던지고 옷걸이를 거는 스테인리스 바를 두 손으로 잡고 빙빙 돌렸다. 잠시 계속해 돌리자, 톱니가 맞춰지는 소리가 찰칵 하고 들렸다. 그런 후에도 같은 방향으로 더 돌리자 벽장 벽의 오른쪽 아래 부분이 획 열렸다. 가로세로 약 70센티미터 크기였다. 들여다보니 그 구멍 속에는 손으로 퍼 올릴 수도 있겠다 싶을 만큼 짙은 암흑이 이어졌다. 방으로 불어 드는 서늘하고 곰팡내 나는 바람도 느낄 수 있었다.

"상당히 잘 만들었죠?" 그녀가 스테인리스 바를 두 손으로 잡은 채 내 쪽을 돌아보고 말했다.

"그래, 정말 잘 만들었어." 하고 나는 말했다. "이런 곳에 탈출구가 있다니, 보통 인간은 생각지도 못할 거야. 그야말로 마니악하군."

"어머나, 마니악하지 않아요. 마니악이란 한 가지 방향이나 경향을 고집하는 사람을 말하는 거잖아요? 할아버지는 그런 게 아니라 모든 방면에 뛰어날 뿐이에요. 천문학에서 유전자학, 이런 유의 대대적인 공사까지도요." 그녀가 말했다. "할아버지 같은 사람은 없어요. 텔레비전이나 잡지 화보에 등장해서 허풍을 떠는 사람은 많지만, 그런 사람은 다 가짜예요. 진정한 천재는 자신의 세계에서 충족을 얻는다고요."

"본인은 충족해도, 주위 사람들은 그렇지 않지. 주위 사람들은 그 충족의 벽을 깨부숴서 어떻게든 재능을 이용하려고 해. 그러니까 이번 같은 사고도 발생하는 것 아니겠어. 그 어떤 천재에게도 그 어떤 바보에게도, 자기 혼자만의 순수한 세계는 존재할 수 없어. 제아무리 지하 깊숙이 틀어박혀도, 아무리 주위에 높은 벽을 쌓아도 말이야. 언젠가는 누가 찾아와 파헤치게 돼 있어. 너희 할아버지도 예외가 아니라고. 덕분에 나는 이렇게 나이프에 찔리고, 세계는 앞으로 35시간 남짓 지나면 끝나고."

"할아버지를 찾으면 모든 게 다 잘 해결될 거예요." 그녀는 내 옆에 다가와서 발돋움을 하고는 귀 아래에 살짝 키스했다. 그녀가 키스를 하자 내 몸이 조금 따스해지고, 상처의 아픔도 다소 물러간 것처럼 느껴졌다. 내 귀 아래에 그런 특수한 포인트가 있는지도 모른다. 또는 단순히, 열일곱 살짜리 여자애가 아주 오랜만에 키스를 해 준 탓인지도 모른다. 전에 열일곱 살짜리 여자애가 내게 키스한 것은 18년이나 옛날 일이다.

"모두 잘될 거라고 믿으면, 세상에 두려운 것은 없어요." 그녀가 말했다.

"나이를 먹으면, 믿는 일이 적어져." 하고 나는 말했다. "이가 닳는 것처럼 말이야. 딱히 시니컬해지는 것도 아니고, 회의적으로 변하는 것도 아니고, 그냥 닮을 뿐이지."

"겁나요?"

"겁나지." 하고 나는 말했다. 그리고 몸을 굽히고 구멍 속을 다시 한번 들여다보았다. "옛날부터 좁고 어두운 걸 싫어했어."

"하지만 이제 뒤로 돌아갈 수 없어요. 앞으로 나아가는 도리밖에 없지 않을까요?"

"이론적으로는 그렇지." 하고 나는 말했다. 나는 내 몸이 점차 내 것이 아닌 듯한 기분이 들기 시작했다. 고등학교에 다닐 때, 농구를 하다 보면 때로 그런 기분이 들곤 했다. 공의 움직임은 너무 빠른데, 거기에 맞춰 몸을 움직이려 하면 의식이 쫓아오지 못한다.

그녀는 발신기 눈금을 잠시 노려보고는, 마침내 "가죠." 하고 내게 말했다. 충전이 끝난 것이다.

아까처럼 그녀가 앞서고 내가 그 뒤를 따랐다. 구멍으로 들어가자 그녀는 뒤돌아, 입구 옆에 있는 핸들을 빙빙 돌려 문을 닫았다. 문이 닫히면서 정사각형 모양으로 새어 들던 빛이 조금씩 가늘어지더니 한 줄기 세로선이 되었다가 마침내 소멸했다. 전보다 한층 완벽한, 지금까지 경험한 적 없는 농밀한 어둠이 내 몸 전체를 뒤덮었다. 손전등 빛도 어둠의 지배를 저지하지 못하고, 그저 그 안에 불안하고 가녀린 빛의 구멍을 뚫을 뿐이었다.

"잘 이해가 안 되는데." 하고 나는 말했다. "왜 너희 할아버지는 굳이 야미쿠로 소굴의 중심을 통과하도록 탈출로를 만들었을까?"

"그래야 가장 안전하기 때문이죠." 그녀는 내 몸을 플래시로 비추면서 말했다. "야미쿠로의 소굴 중심에는 그들이 신성하게 여기는 지역이 있어요. 그들도 거기에는 들어갈 수 없어요."

"종교적인 것인가?"

"아마 그럴 거예요. 나는 본 적이 없는데, 할아버지가 그렇게 말했어요. 신앙이라고 하기에는 너무 끔찍하지만, 종교의 일종은 틀림없다고요. 그들의 신은 물고기예요. 눈 없는 거대한 물고기." 그녀는 그렇게 말하고는 플래시로 앞을 비췄다. "아무튼 가요. 시간이 별로 없으니까."

동굴 천장은 몸을 굽히고 걸어야 할 만큼 낮았다. 바위는 울퉁불퉁하지 않고 대체로 매끈했지만, 그런데도 간혹 툭 튀어나온 바위 모퉁이에 머리를 심하게 부딪히곤 했다. 그러나 머리가 부딪혀도 아프다고 꿈지럭거릴 여유는 없었다. 나는 그녀를 잃어버리지 않게 손전등으로 등을 비추면서 정신없이 앞으로 나아갔다. 그녀는 살이 통통하게 찐 것치고는 움직임이 민첩하고, 발도 빠르고, 지구력도 상당히 좋은 듯했다. 나도 꽤나 튼튼한 편인데, 허리를 엉거주춤하고 걷자니 아랫배의 상처가 욱신욱신 아팠다. 마치 얼음 쐐기를 배에 박는 듯한 아픔이었다. 셔츠가 땀에 푹 젖어 차가운 몸에 들러붙었다. 그러나 그녀를 놓쳐 어둠 속에 혼자 남겨지는 것에 비하면 상처가 아픈 쪽이 훨씬 낫다.

앞으로 나아가면서, 내 몸이 내게 속해 있지 않다는 의식이 점차 강해졌다. 아마 몸이 보이지 않기 때문일 거라고 생각했다. 손바닥을 바로 눈앞에 갖다 대도 보이지 않는다.

자기 몸을 볼 수 없다는 건 왠지 기묘한 감각이었다. 계속 그런 상태로 걷자니, 몸이란 것이 하나의 가설에 불과하지 않나 하는 기분이 들었다. 머리가 천장에 부딪히면 아픔을 느끼고, 배의 상처도 계속 아프다. 발바닥으로는 지면을 느낀다. 그러나 그것은 그저 통증과 감촉일 뿐이다. 말하자면 몸이라는 가설 위에 성립한 일종의 개념에 불과한 것이다. 따라서 이미 몸은 소멸했는데, 개념만 남아서 기능하고 있을 수도 있다. 그것은 마치 수술로 다리를 절단한 사람이, 다리가 잘려 나간 후에도 발가락의 가려움을 기억하고 있는 것과 마찬가지다.

나는 몇 번인가 내 몸에 빛을 비추어 그것이 아직 존재한다는 걸 확인하고 싶었지만, 그녀를 놓칠까 봐 두려워 결국 그러지 못했다. 몸은 아직 틀림없이 존재하고 있어, 하고 나는 속으로 중얼거렸다. 만약 내 몸이 소멸되어 나의 혼이라고 해야 할 것만 존속하고 있다면, 내 몸은 훨씬 더 편해져야 한다. 만약 혼 역시 배의 상처나 위궤양이나 치질을 영원히 끌어안고 있어야 한다면, 과연 어디에 구원이 있단 말인가. 혼이 육체에서 분리된 것이 아니라면, 혼은 과연 그 존재 이유가 어디에 있다는 말인가.

나는 그런 생각을 하면서 통통한 여자가 입은 올리브 그린색 전투복과 그 아래로 보이는 분홍색 타이트 스커트와 분홍색 나이키 조깅화의 뒤를 쫓았다. 그녀의 귀걸이가 빛 속에서 반짝거리며 흔들렸다. 마치 그녀의 목 언저리에서 반딧불 한 쌍이 날아다니는 것처럼 보였다.

그녀는 나를 돌아보지 않고, 입을 꼭 다문 채 앞으로만 나아갔다. 마치 내가 존재한다는 사실 따위는 염두에 없는 것 같았다. 그녀는 플래시로 샛길과 바위 군데군데에 뚫린 구멍을 재빨리 점검하면서 앞으로 나아갔다. 갈림길이 나오면 걸음을 멈추고 가슴 주머니에서 지도를 꺼내고, 플래시를 비춰 어느 길로 가야 하는지 확인했다. 그동안에 나는 그녀를 바짝 뒤쫓을 수 있었다.

"문제없는 거야? 맞는 길이지?" 나는 물어보았다.

"네, 문제없어요. 현재까지는. 맞는 길로 가고 있어요." 그녀는 다부진 목소리로 대답했다.

"어떻게 맞는 길이라는 걸 알지?"

"맞으니까 그렇죠." 하고 그녀는 발밑을 플래시로 비췄다. "봐요, 여기, 이 지면."

나는 허리를 구부리고 불빛에 드러난 원형의 지면을 빤히 노려보았다. 움푹 파인 바위 틈새에 은색으로 빛나는 조그만 것이 몇 개 흩어져 있었다. 손으로 집어 보니, 그것은 금속 페이퍼 클립이었다.

"거봐요." 그녀가 말했다. "할아버지는 이 길을 지나갔어요. 그리고 우리가 나중에 올 걸 알고 표시를 남겨 둔 거예요."

"그렇군." 하고 나는 말했다.

"15분 지났어요. 서둘러요." 그녀가 말했다.

그다음에도 몇 번 갈림길이 나왔지만, 그럴 때마다 페이퍼 클립이 뿌려져 있어, 우리는 길을 헤매지 않고 계속 앞으로 나아갈 수 있었다. 그것만 해도 귀중한 시간을 절약할 수 있었다.

때로 지면에 깊은 구멍이 뻥 뚫려 있기도 했다. 구멍의 위치도 지도에 빨갛게 표시가 되어 있어, 그 부근에 가까워지면 우리는 속도를 약간 늦추고 불빛으로 지면을 단단히 확인하면서 걸었다. 구멍의 지름이 대개 50센티미터에서 70센티미터 정도라서, 뛰어 건너든지 옆으로 돌아 쉽게 통과할 수 있었다. 시험 삼아 근처에 있는 주먹만 한 크기의 돌을 구멍 안에 떨어뜨려 보았지만, 한참을 기다려도 아무 소리도 들리지 않았다. 그대로 브라질이나 아르헨티나로 떨어지지 않았을까 싶었다. 발을 헛디뎌 그런 구멍에 빠지는 상상만 해도 위가 오그라드는 듯했다.

길은 좌우로 뱀처럼 구불구불하고, 몇 차례나 갈림길로 나뉘면서 아래로 뻗어 있었다. 급한 비탈은 없었지만, 길은 계속 내리막이었다. 마치 한 걸음 한 걸음 지표의 밝은 세계가 내 등에서 뜯겨 나가는 듯한 느낌이었다.

도중에 한 번 우리는 서로를 껴안았다. 그녀가 갑자기 걸음을 멈추고 뒤돌아, 플래시를 끄고 내 몸에 두 팔을 감았다. 그리고 손으로 더듬어 내 입술을 찾고는 자신의 입술을 포갰다. 나도 그녀의 몸을 두 팔로 감고 살며시 껴안았다. 캄캄한 어둠 속에서 서로를 껴안는다는 것은 기묘한 일이었다. 스탕달이 암흑 속에서의 포옹에 대해 뭐라고 썼을 텐데, 하고 나는 생각했다. 책 제목은 잊었다. 제목을 기억해 보려 했지만 도무지 기억나지 않았다. 스탕달은 암흑 속에서 여자를 껴안은 적이 있었을까? 만약 살아서 이곳을 나갈 수 있다면, 그리고 그때도 아직 세계가 끝나지 않았다면, 스탕달의 그 책을 찾아보리라고 나는 생각했다.

그녀의 목덜미에서 이제는 멜론 향수 냄새가 나지 않았다. 그 대신 열일곱 살짜리 여자아이의 목덜미 냄새가 났다. 목덜미 아래에서는 나 자신의 냄새가 났다. 미군 전투복에 배어든 내 생활의 냄새다. 내가 만든 요리와 내가 흘린 커피와 내가 흘린 땀의 냄새다. 그런 냄새들이 거기에 밴 채 정착하고 말았다. 지하의 어둠 속에서 열일곱 살짜리 소녀를 껴안고 있자니, 그런 생활이 두 번 다시 돌아오지 않을 환영처럼 느껴졌다. 그 것이 과거에 존재했다는 건 기억할 수 있다. 그러나 내가 그곳으로 돌아간 정경은 떠올릴 수 없었다.

우리는 오래도록 가만히 껴안고 있었다. 시간이 점점 흘렀지만, 그런 것은 별문제가 아닌 것처럼 느껴졌다. 우리는 서로를 껴안음으로서 서로의 공포를 나누는 것이다. 그리고 지금은 그게 가장 중요한 문제다.

마침내 그녀의 유방이 내 가슴을 짓누르면서 그녀 입술이 벌어지고 부드러운 혀가 따스한 숨결과 함께 내 입안으로 파고들어 왔다. 그녀의 혀끝이 내 혀의 주위를 핥고, 손가락은 내 머리카락 속을 더듬었다. 그러나 10초쯤 지나자 키스는 끝나고, 그녀가 갑자기 내게서 몸을 뗐다. 나는 마치 우주 공간에 홀로 남겨진 우주 비행사처럼 한없는 절망감에 휩싸였다.

내가 불을 켜자, 그녀는 거기에 서 있었다. 그녀도 자신의 플래시를 켰다.

"가요." 그녀가 말했다. 그리고 빙글 몸을 돌려 조금 전처럼 걷기 시작했다. 내 입술에는 그녀 입술의 감촉이 남아 있었다. 내 가슴은 여전히 그녀 심장의 고동을 느낄 수 있었다.

"꽤, 괜찮았죠?" 그녀가 돌아보지 않은 채 물었다.

"음, 꽤." 하고 나는 말했다.

"그래도 아직 뭐가 모자라는 거죠?"

"음, 조금." 나는 말했다. "뭔가가 모자라."

"뭐가 모자라는 걸까?"

"모르겠어." 하고 나는 말했다.

그리고 5분 정도 평탄한 길을 내려가자, 우리 앞에 넓고 휑한 장소가 나왔다. 공기의 냄새가 다르고, 발소리도 다르게 울렸다. 손을 마주치자, 한가운데가 쑥 튀어나온 것처럼 일그러진 소리가 메아리쳤다.

그녀가 지도를 꺼내 위치를 확인하는 동안, 나는 손전등으로 사방을 비추어 보았다. 천장은 돔 형태이고, 공간도 거기에 맞춘 것처럼 원형이었다. 명백하게 인위적으로 손을 댄 유려한 원형이다. 벽은 매끈거리고, 움푹 파인 곳도 튀어나온 곳도 없다. 지면의 중심에 1미터 정도의 얕은 구멍이 있고, 구멍 안에 뭔지 모를 미끌미끌한 것이 고여 있었다. 공기 속에 자극적일 정도는 아닌데 시큼해서 입안에 침이 고인 듯 불쾌한 감촉이 떠다니고 있었다.

"여기가 성역의 입구인 것 같아요." 그녀가 말했다. "일단은 살았네요. 야미쿠로는 이제 더는 따라오지 못해요."

"야미쿠로가 따라오지 못하는 건 좋은데, 우리가 여길 빠져나갈 수는 있는 거야?"

"그건 할아버지에게 맡기면 돼요. 할아버지가 어떻게 해 줄 거예요. 그리고 발신기 두 개를 번갈아 사용하면 야미쿠로가 계속해서 접근할 수 없겠죠. 발신기 하나를 사용하는 동안, 다른 하나를 충전하는 거예요. 그러면 두려울 게 없어요. 시간을 걱정할 필요도 없고."

"호오, 그렇군."

"조금은 용기가 생겼나요?"

"조금은." 하고 나는 말했다.

성역으로 들어가는 입구 양옆에는 정교한 부조가 새겨져 있었다. 거대한 물고기 두 마리가 서로 입과 꼬리를 물고 원구를 감싸고 있는 문양이었다. 그냥 보기에도 불가사의한 물고기였다. 머리는 마치 폭격기 앞에 달린 방풍막처럼 둥그렇게 부풀었고, 눈은 없는 대신 길고 굵직한 두 개의 촉수가 식물의 넝쿨처럼 구불구불하게 돋아 있었다. 몸의 크기에 걸맞지 않게 큰 입은 아가미까지 쭉 찢어져 있고, 그 바로 밑에는 어깨에서 절단된 동물의 팔처럼 뭉툭한 기관이 튀어나와 있었다. 처음에는 빨판 같은 역할을 하는 기관인가 했는데, 자세히 보니 그 끝에 날카로운 세 개의 발톱이 붙어 있었다. 발톱이 있는 물고기는 난생처음 본다. 등지느러미는 일그러졌고, 몸에는 가시처럼 생긴 비늘이 돋아 있었다.

"이거 혹시 전설 속 생물일까? 아니면 실제로 존재하는 것일까?" 나는 그녀에게 물어보았다.

"글쎄요." 하고서 그녀는 몸을 굽혀, 지면에서 또 페이퍼 클립을 몇 개 주웠다. "아무튼 우리가 길은 잘못 들지 않은 것 같네요. 빨리 안으로 들어가요."

나는 손전등으로 다시 한번 물고기 부조를 비추어 본 다음 그녀 뒤를 따랐다. 야미쿠로들이 이렇듯 완벽한 어둠 속에서 그렇게 정교한 부조를 새겼다는 사실이 나로서는 좀 충격이었다. 그들이 암흑 속에서도 사물을 볼 수 있다는 걸 이성적으로는 알지만, 그렇다고 실제로 그걸 확인했을 때의 놀람이 덜해지는 것은 아니다. 그리고 지금 이 순간에도 그들은 암흑 속에서 우리를 빤히 보고 있을지도 모른다.

성역으로 들어서자 길은 완만한 오르막길로 바뀌고 천장도 점점 높아져, 마침내는 빛을 비추어도 천장을 알아볼 수 없게 되었다.

"이제 산으로 들어갈 거예요." 그녀가 말했다. "등산 잘해요?"

"옛날에는 일주일에 한 번 산에 올랐어. 어둠 속에서 오른 적은 없지만."

"대수로운 산은 아니에요." 그녀는 지도를 가슴 주머니에 넣으면서 말했다. "산이라고 할 정도의 산도 아니에요. 언덕 정도. 하지만 그들에게는 이게 산이라고, 할아버지가 그랬어요. 땅속에 있는 유일한 산. 성스러운 산."

"그럼 우리가 그야말로 그 성역을 짓밟고 있는 셈이군."

"아니죠. 그 반대예요. 산 자체가 처음부터 더러웠으니까. 모든 더러움이 여기에 집약되어 있어요. 말하자면 이 세계는 지각에 봉인된 판도라의 상자예요. 그리고 우리는 그 중심을 통과하고 있는 거고요."

"거의 지옥이군."

"네, 그래요. 정말 지옥과 비슷할지도 몰라요. 그리고 이곳의 공기는 하수와 갖가지 동굴과 인공적으로 뚫린 구멍을 통해서 지표로 올라가요. 야미쿠로는 지표로 올라갈 수 없지만, 공기는 그럴 수 있는 거죠. 그리고 사람들의 폐 안으로 들어갈 수도 있고요."

"그런 곳으로 들어가는 우리는 살아남을 수 있을까?"

"믿어요. 아까 말했잖아요. 믿으면 두려울 게 없어요. 즐거웠던 기억과 사람을 사랑했던 추억과, 울었던 일, 어렸을 때 일, 앞날의 계획, 좋아하는 음악, 뭐가 되었든 괜찮아요. 그런 생각을 계속하면, 두렵지 않아요."

"벤 존슨을 생각해도 될까?" 나는 물어보았다.

"벤 존슨?"

"존 포드 감독의 옛날 영화에 나오는, 말을 잘 타는 배우야. 정말 아름답게 말을 타지."

그녀는 어둠 속에서 즐거운 듯 킥킥 웃었다. "당신, 멋지네요. 당신이 정말 마음에 들어요."

"나이 차가 너무 심해." 하고 나는 말했다. "게다가 악기 하나 다룰 줄 모르고."

"여기에서 나가면, 승마를 가르쳐 줄게요."

"고마워." 하고 나는 말했다. "그런데 너는 무슨 생각을 하지?"

"당신과의 키스." 그녀가 말했다. "그러려고 아까 키스한 거예요. 몰랐어요?"

"몰랐어."

"할아버지가 여기서 무슨 생각을 했을지 알아요?"

"몰라."

"할아버지는 아무 생각도 안 해요. 그는 머리를 텅 비울 수 있어요. 천재는 그런 거예요. 머리가 텅 비어 있으면, 사악한 공기가 들어올 수 없어요."

"그렇군." 하고 나는 말했다.

그녀가 미리 말했다시피 길은 앞으로 나아갈수록 점차 험악해지고, 끝내는 두 손을 짚고 기어올라야 할 만큼 경사가 심한 벼랑이 되었다. 그동안 나는 줄곧 벤 존슨을 생각했다. 말에 탄 벤 존슨의 모습이다. 「아파치 요새」, 「왜건 마스터」, 「황색 리본을 한 여자」, 「리오 그란데」에서 벤 존슨이 말을 탄 모습을 최대한 머리에 떠올렸다. 황야에는 태양이 이글거리고, 하늘에는 빗자루로 쓱쓱 쓴 모양의 새하얀 구름이 떠 있다. 골짜기에는 버펄로가 떼 지어 있고, 여자들은 문 앞에서 하얀 앞치마에 손을 닦고 있다. 강이 흐르고, 바람이 불어 빛이 아른거리고, 사람들은 노래를 부른다. 그리고 벤 존슨은 그런 풍경 속을 화살처럼 질주한다. 카메라는 레일 위를 한없이 이동하면서 그의 용맹한 모습을 프레임 안에 담고 있다.

나는 바위를 붙잡고 발 디딜 곳을 찾으면서 벤 존슨과 그의 말을 생각했다. 그 때문인지 어떤지는 몰라도, 배의 상처가 거짓말처럼 아프지 않아서 부상을 입었다는 의식에 시달리지 않고 걸을 수 있었다. 그러고 보니, 의식에 어떤 특정한 신호를 입력하면 육체의 고통이 완화된다는 그녀의 말이 전혀 과장은 아닐 수도 있겠다는 생각이 들었다.

등산이라는 관점에서 보면, 그렇게 힘겨운 암벽 등반은 아니었다. 깎아지른 절벽은 아니고, 발 디딜 곳도 충분하게 있고, 손을 뻗으면 잡을 수 있는 바위 틈새도 찾을 수 있었다. 지상의 기준으로 하면 초보자용, 그것도 일요일 아침에 초등학생 혼자서 올라도 위험하지 않을 정도로 손쉬운 루트였다. 그러나 지하의 암흑 속이면 얘기가 달라진다. 우선 첫째로, 말할 필요도 없는 사항이지만 아무것도 보이지 않는다. 앞에 뭐가 있는지, 얼마나 올라가야 하는지, 지금 자신이 어느 위치에 있는지, 발아래에 어떤 위험 요소가 있는지, 자신이 옳은 루트로 나아가고 있는지 ― 그런 걸 전혀 알 수 없다. 시력을 잃는다는 게 이렇듯 겁나는 일인지 나는 몰랐다. 어떤 경우에 그것은 가치 기준이나, 또는 그에 부속되어 존재하는 자존심과 용기 같은 것까지 빼앗아 가 버린다. 사람이 뭔가를 달성하려 할 때는 아주 자연스럽게 세 가지 포인트를 파악한다. 현재 어느 선까지 이루었나? 자신이 지금 어느 위치에 서 있나? 앞으로 어느 정도 하면 달성할 수 있나? 하는 포인트다. 이 세 가지 포인트를 빼앗기면 뒤에는 공포와 자기 불신과 피로만 남는다. 내가 현재 놓여 있는 입장이 딱 그랬다. 기술적인 난이도는 그렇게 문제되지 않는다. 문제는 나 자신을 어디까지 통제할 수 있느냐 하는 것이다.

우리는 암흑 속에서 산을 계속해 올라갔다. 손전등을 손에 든 채 벼랑을 올라갈 수는 없어서, 나는 그걸 바지 뒷주머니에 쑤셔 넣고, 그녀도 끈을 어깨에 비스듬히 메고 플래시를 등 뒤로 돌렸다. 덕분에 우리는 아무것도 볼 수 없었다. 그녀의 허리 위에서 덜렁거리는 플래시가 암흑의 허공을 허망하게 비출 뿐이었다. 나는 그 흔들리는 불빛을 목표로 묵묵히 벼랑을 올라갔다.

내가 뒤처지지는 않는지 확인하기 위해 그녀가 때로 내게 말을 걸었다. "괜찮아요?"라든지 "이제 거의 다 왔어요."라든지, 그런 말이다.

"노래 부르지 않을래요?" 잠시 후에 그녀가 말했다.

"무슨 노래?" 나는 물었다.

"아무 노래나요. 멜로디가 있고 가사가 있으면 되잖아요. 뭐라도 불러 봐요."

"사람들 앞에서는 안 불러."

"불러요. 괜찮으니까."

할 수 없이 나는 「페치카」를 불렀다.

눈 내리는 밤에는 즐거운 페치카
페치카 타올라라 얘기를 나눠요
옛날 그 옛날
타올라라 페치카

그다음 가사는 몰라서 나는 적당히 가사를 붙여 불렀다. 가족이 페치카 앞에 모여 불을 쬐고 있는데 누군가가 문을 두드려 아빠가 나가 보니, 다친 순록이 서 있었다. "배가 고파요. 먹을 걸 좀 주세요." 그래서 복숭아 통조림을 따서 먹인다는 내용이다. 마지막에는 다 같이 페치카 앞에서 노래를 부른다.

"잘 부르네." 그녀가 칭찬해 주었다. "박수를 못 쳐 줘서 미안한데, 노래가 무척 좋아요."

"고마워." 나는 말했다.

"한 곡 더 불러요." 그녀가 재촉했다.

그래서 나는 「화이트 크리스마스」를 불렀다.

꿈속에 보는 화이트 크리스마스

하얗게 눈 내린 풍경

착한 마음과

오랜 꿈이

당신에게 드리는

나의 선물

꿈속에 보는 화이트 크리스마스

지금도 눈 감으면

썰매 방울 소리와

빛나는 눈이

내 가슴에 되살아나네

"정말 좋네요." 그녀가 말했다. "가사는 당신이 지은 거예요?"

"생각나는 대로 불렀을 뿐이야."

"왜 겨울과 눈 노래만 불러요?"

"글쎄. 왜 그럴까? 어둡고 추워서 그렇겠지. 그런 노래밖에 생각나지 않아." 나는 바위 틈새에서 틈새로 몸을 끌어올리면서 말했다. "이제 네가 부를 차례야."

"「자전거 노래」 불러도 돼요?"

"그럼." 하고 나는 말했다.

4월의 아침에
나는 자전거를 타고
낯선 길을 달려
숲으로 갔다
새로 산 자전거
색은 분홍
핸들도 새들도
모두 분홍
브레이크의 고무도
역시 분홍

"어째 너 자신의 노래 같은데." 하고 나는 말했다.
"그래요, 물론. 나 자신의 노래예요." 그녀가 말했다. "마음
에 들어요?"
"마음에 들어."
"계속 듣고 싶어요?"
"물론이지."

4월의 아침에
어울리는 색은 분홍
다른 색은
조금도 어울리지 않아

새로 산 자전거
신발도 분홍
모자도 스웨터도
모두 분홍
바지도 팬티도
역시 분홍

"분홍색에 대한 너의 애착은 잘 알겠으니까. 이제 얘기를 좀
더 하지." 하고 나는 말했다.
"이건 필요한 부분이에요." 그녀가 말했다. "저기, 분홍 선글
라스도 있을까요?"
"엘튼 존이 언젠가 그런 안경을 꼈던 것 같은데."
"아하." 그녀가 말했다. "뭐, 됐어요. 그다음을 부를게요."

길에서 나는
아저씨를 만났다
아저씨의 옷은
모두 파랑
수염을 깜박 깎지 않았는지
그 수염도 파랑
마치 긴 밤 같은
깊은 파랑
긴긴밤은
언제나 파랑

"그건 나를 말하는 건가?" 나는 물어보았다.

"아니, 아니에요. 당신 아니에요. 이 노래에는 당신이 등장하지 않아요."

숲에는
가지 않는 게 좋아, 너
하고 아저씨는 말한다
숲의 규칙은
짐승들을 위한 것
그날이 가령
4월의 아침이라도
물은 반대로
흐르지는 않는 법
4월의 아침에도

그런데도 나는
자전거를 타고 숲으로 간다
분홍색 자전거를 타고
4월의 화창한 아침에
두려운 것도 하나 없고
색은 분홍
자전거에서 내리지 않으면
무섭지 않아
빨강도 파랑도 아니고 갈색도 아니야

완전한 분홍

그녀가 「자전거 노래」를 마저 부르고 난 잠시 후에 이윽고 벼랑을 다 올랐는지, 널찍한 대지 같은 곳이 눈앞에 펼쳐졌다. 우리는 거기에서 한숨 돌리면서 손전등으로 사방을 비추어 보았다. 대지는 상당히 넓었다. 테이블처럼 매끈한 평지가 한없이 계속되었다. 그녀는 대지의 입구 언저리에 잠시 쭈그리고 앉더니, 거기에서 또 반 다스 정도 되는 페이퍼 클립을 발견했다.

"네 할아버지는 대체 어디까지 간 거지?" 하고 나는 물었다.

"이제 다 왔어요. 이 근처. 이 대지 얘기는 할아버지에게 몇 번이나 들어서 대충 알아요."

"그럼 너희 할아버지가 전에도 여기에 왔다는 거야?"

"그럼요. 할아버지는 땅속 지도를 작성하기 위해서 이 부근을 구석구석 돌아다녔어요. 여기에 대해서는 뭐든 다 알아요. 작은 동굴이 어디로 뻗어 있는지, 비밀의 샛길은 어디 있는지, 전부요."

"혼자서 다녔어?"

"네, 물론 그렇죠." 그녀가 말했다. "할아버지는 혼자 행동하는 걸 좋아해요. 원래 사람을 싫어하거나 남을 신뢰하지 않는 사람이 아니라, 그냥 남들이 할아버지를 미처 따라가지 못해서 그런 거지만."

"알 것 같기도 하군." 나는 동의했다. "그런데 이 대지는 대체 뭐지?"

"과거에 이 산에는 야미쿠로의 조상이 살았어요. 바위에 동굴을 파서, 모두 그 안에서 살았죠. 지금 우리가 서 있는 이 평평한 장소는, 그들이 종교 의식을 치렀던 곳이에요. 그러니까 그들의 신이 사는 장소죠. 여기에 사제나 주술사 같은 야미쿠로가 서서, 암흑의 신을 불러내 제물을 바쳤어요."

"신이라면, 발톱 있고 징그럽게 생긴 물고기를 말하는 거지?"

"네. 그들은 그 물고기가 이 암흑의 땅을 지배한다고 믿고 있어요. 이곳의 생태계와 다양한 것들의 생존과 이념과 가치 체계, 삶과 죽음, 그런 것을요. 옛날에 그들의 첫 조상이 그 물고기의 인도로 이곳에 왔대요. 그들의 전설이죠." 그녀는 불빛을 발치로 향해 지면에 파인 깊이 10센티미터, 너비 1미터 정도의 고랑 같은 것을 가리켰다. 그 고랑은 대지의 입구에서 어둠을 향해 일직선으로 뻗어 있었다. "이 길을 죽 따라가면 옛날의 제단에 도착할 거예요. 할아버지는 아마 거기에 숨어 있을 거예요. 왜냐하면, 성역 중에서도 제단은 더욱 신성한 곳이라, 누가 되었든 접근할 수 없거든요. 거기 숨어 있는 한 절대 잡힐 염려가 없어요."

우리는 그 고랑 같은 똑바른 길을 따라 앞으로 나아갔다. 길이 점차 내리막이 되면서 그 양옆의 벽은 점차 높아졌다. 마치 당장이라도 양쪽의 벽이 밀려 나와 우리의 몸을 납작하게 짓뭉개 버리지는 않을까 싶은 기분이 들었지만, 사방은 여전히 우물 속처럼 고요하고, 뭔가 움직이는 기척도 없었다. 나와 그녀의 고무장화가 지면을 밟는 소리만 벽과 벽 사이에 기묘한 리듬을 새기며 울렸다. 나는 걸으면서, 무의식중에 몇 번이나 공중을 올려다보았다. 사람은 어둠 속에 있으면, 아주 자연스럽게 별이나 달빛을 찾게 된다.

그러나 물론 머리 위에는 달도 별도 없었다. 겹겹이 층을 이룬 암흑이 내 몸을 뒤덮고 있을 뿐이었다. 바람도 없고, 공기는 묵직하게 한 장소에 고여 있었다. 나를 둘러싼 모든 것이 예전보다 훨씬 무겁게 느껴졌다. 나 자신의 존재조차 무거워진 듯한 기분이었다. 내쉬는 숨과 발소리의 울림과 올리고 내리는 팔까지 진흙탕처럼 무거워 마치 지표가 끌어당기는 듯했다. 땅속 깊은 곳에 들어왔다기보다, 어딘지 모를 우주의 어느 천체에 내려선 것 같았다. 인력과 공기의 밀도와 시간 감각이, 내가 기억하고 있는 것과는 하나부터 열까지 전부 달랐다.

나는 왼손을 들고 디지털시계의 불을 켜서 시간을 확인했다. 2시 11분이었다. 자정에 땅속으로 내려오기 시작했으니, 겨우 2시간 남짓 어둠 속에 있었을 뿐인데, 나로서는 인생의 사분의 일을 어둠 속에서 보낸 듯한 기분이었다. 디지털시계의 희미한 불빛조차 오래 보고 있자니 눈 속이 따끔따끔 아팠다. 내 눈이 조금씩 어둠에 동화되고 있는 것이리라. 손전등 불빛도 내 눈을 찔렀다. 오래도록 어둠 속에 있으면, 암흑이 원래의 정상적인 상태이고 빛이 오히려 부자연스러운 이물처럼 느껴지는 법이다.

우리는 입을 다문 채, 그 깊고 좁은 고랑 같은 통로를 따라 아래로 아래로 걸었다. 길은 평탄한 외길이고 천장에 머리를 부딪힐 염려도 없어, 나는 손전등 스위치를 끄고 그녀의 장화 소리를 따라 앞으로 걸었다. 그렇게 끝없이 걷다 보니, 눈을 뜨고 있는지 감고 있는지 점점 불확실해졌다. 눈을 뜨고 있을 때의 암흑과 감고 있을 때의 암흑이 완전히 똑같다. 나는 시험 삼아 눈을 떴다 감았다 하면서 걸어 보았지만, 결국에는 어느 쪽이 어느 쪽인지 정확하게 판단할 수 없어졌다. 인간의 어느 한 가지 행위와 그와 반대되는 행위 사이에는 원래 어떤 유의 유효한 차이가 있는 법인데, 그 차이가 없어지고 나면 행위 A와 행위 B를 가르는 벽도 자동적으로 소멸하고 만다.

내가 지금 느낄 수 있는 것은, 내 귀에 울리는 그녀의 발소리뿐이었다. 그녀의 발소리는 지형과 공기와 어둠 탓에 형태가 아주 뒤틀려 있었다. 나는 머릿속으로 그 울림의 형태를 어떻게든 음성화해 보려고 했지만, 그 어떤 음성도 거기에 해당할 것 같지 않았다. 마치 아프리카나 중근동 말처럼 내가 모르는 언어의 울림이었다. 일본어의 음성 범위 안에는 그 소리를 규정할 수 있는 소리가 없는 것이다. 프랑스어나 독일어나 영어라면, 그 울림에 가까운 음성을 표현할 수 있을지도 모르겠다. 나는 일단 영어로 시도해 보기로 했다.

우선 처음에 그 소리는,

Even — through — be — degreed — well

하고 들린 듯했는데, 실제로 그렇게 발음해 보니 발소리의 울림과는 전혀 다르다는 것을 알 수 있었다. 더 정확하게 표현하자,

Efgvén — gthðuv — bge — shpèvg — égvele — wgevl

하는 식이 되었다.

마치 핀란드어 같았지만, 유감스럽게도 핀란드어에 대해서 나는 아무런 지식이 없었다. 언어 자체의 인상으로 하자면 '농

부가 길에서 늙은 악마를 만났다.' 하는 느낌인데, 그건 어디 까지나 인상에 불과하다. 근거는 전혀 없다.

나는 그녀의 발소리를 여러 가지 말과 문장으로 표현하면서 계속 걸었다. 그리고 머릿속에서 그녀의 분홍색 나이키 슈즈가 평탄한 노면을 번갈아 밟는 모습을 그렸다. 오른쪽 발이 지면으로 내려오고, 중심이 앞으로 이동하고, 그것이 지면에서 떨어지기 전에 왼쪽 발이 착지한다. 그 반복이 끝없이 되풀이되었다. 시간이 점점 느리게 흘렀다. 마치 시계태엽이 풀려 바늘이 좀처럼 앞으로 나아가지 못하는 느낌이었다. 분홍색 조깅화가 부연 내 머릿속에서 앞뒤로 오락가락했다.

Efgvén — gthŏuv — bge — shpèvg — égvele — wgevl

Efgvén — gthŏuv — bge — shpèvg — égvele — wgevl

Efgvén — gthŏuv — bge ……

발소리는 그렇게 울렸다.

핀란드의 시골길에서, 늙은 악마가 돌 위에 걸터앉아 있었다. 악마는 만 살이나 2만 살 정도로, 언뜻 봐도 몹시 지쳐 있었고 옷도 신발도 먼지투성이였다. 수염조차 닳아 있었다. "자네, 그렇게 급히 어딜 가는가?" 악마가 농부에게 물었다. "괭이 날이 상해서 갈러 가는 거야." 농부는 대답했다. "서두를 것 없어." 악마가 말했다. "아직 날이 환한데, 그렇게 급히 굴 거 없잖나. 이리 와 여기 앉아서, 내 얘기를 좀 들어 보라고." 농부는 조심조심 악마의 얼굴을 보았다. 악마와 얽혀 봐야 좋은 일은 하나도 없다는 걸 농부는 잘 알고 있었지만, 악마가 너무 초췌하고 지쳐 보였다. 그래서 농부는,

─ 무언가가 내 뺨을 때렸다. 부드럽고 편평한 것이다. 부드럽고 편평하고, 그렇게 크지 않고, 익숙한 것이다. 뭐지? 내가 생각을 정리하는 동안, 그것이 또 내 뺨을 때렸다. 나는 오른손을 들어 그 무언가를 떨쳐 내려 했지만, 잘되지 않았다. 그것이 다시 내 뺨을 때렸다. 내 얼굴 앞에서 번쩍번쩍 빛나는 불쾌한 뭔가가 왔다 갔다 했다. 나는 눈을 떴다. 눈을 뜰 때까지 내가 눈을 감고 있다는 걸 몰랐다. 나는 눈을 감고 있었던 것이다. 내 눈앞에는 그녀의 대형 플래시가 있고, 내 뺨을 때린 것은 그녀의 손이었다.

"하지 마." 나는 고함을 질렀다. "눈이 부시잖아, 아프다고."

"무슨 소리야! 이런 데서 자면 어쩌려고! 똑바로 서요!" 그녀가 외쳤다.

"서?"

나는 손전등을 켜고, 주변을 돌아보았다. 나 자신은 미처 몰랐는데, 나는 지면에 주저앉아 벽에 기대어 있었다. 나도 모르게 잠에 빠진 것이다. 지면도 벽도 물에 젖은 것처럼 물기를 머금고 있었다.

나는 천천히 엉덩이를 들고 일어섰다.

"전혀 모르겠군. 언제 잠이 든 거지? 주저앉은 기억도 없고, 자려고 한 기억도 없는데."

"놈들이 그렇게 조종하고 있는 거라고." 그녀가 말했다. "우리가 여기서 이대로 잠들게."

"놈들?"

"이 산에 살아요. 신인지 악령인지 모르겠지만, 아무튼 그런 존재. 우리를 방해하려는 거라고요."

나는 고개를 마구 저어, 머릿속에 남아 있는 찌꺼기 같은 것을 떨어냈다.

"머리가 멍해서, 눈을 뜨고 있는지 감고 있는지 몰랐어. 게다가 네 발소리가 이상하게 울려서……."

"내 발소리?"

나는 그녀 발소리의 울림에서 어떤 식으로 늙은 악마가 등장했는지 얘기했다.

"그건 다 속임수예요." 그녀가 말했다. "최면술 같은 거라고요. 만약 내가 알아차리지 못했으면 당신은 여기서 그냥 잠들어 버렸을 거예요. 때가 늦도록."

"때가 늦도록?"

"네, 그래요. 때가 늦도록." 그녀는 그렇게 말했지만, 어떤 때에 늦는다는 건지는 가르쳐 주지 않았다. "당신 백팩에, 로프 들어 있죠?"

"응, 5미터 정도 되는 로프인데."

"꺼내요."

나는 등에서 백팩을 내려, 그 안에 손을 밀어 넣고 통조림과 위스키 병과 물통 사이에서 나일론 로프를 끄집어내 그녀에게 건넸다. 그녀는 내 허리띠에 로프 끝을 단단히 묶고, 다른 한끝을 자신의 허리에 묶었다. 그리고 로프를 감아 서로 몸을 끌어당겨 보았다.

"이제 됐네." 그녀가 말했다. "이러면 놓치지 않겠죠."

"둘 다 잠들지 않는다면." 하고 나는 말했다. "너도 잠을 별로 못 잤잖아."

"문제는 틈을 보이지 않는 거예요. 만약 당신이 잠이 부족하다고 해서 당신 자신을 동정하기 시작하면, 나쁜 힘이 거기서부터 헤집고 들어온다고요. 알겠어요?"

"알았어."

"알았으면 빨리 가요. 꾸물댈 시간 없어요."

우리는 서로의 몸을 나일론 로프로 연결한 채 앞으로 걸었다. 나는 가능하면 그녀 발소리에 신경이 쏠리지 않도록 노력했다. 그리고 손전등 빛을 그녀의 등에 비추고, 올리브 그린색 미군 전투복을 쳐다보면서 걸었다. 내가 그 전투복을 산 것은 아마 1971년의 일일 것이다. 베트남에서는 전쟁이 계속되고, 그 불길하게 생긴 리처드 닉슨이 대통령이던 시절이다. 그 당시에는 모두 머리를 길게 늘어뜨리고, 더러운 신발을 신고, 사이키델릭 록을 듣고, 미군에서 흘러나온 등에 피스 마크가 붙은 전투복을 입고는 피터 폰다라도 된 것처럼 행세했다. 공룡이라도 나오지 않을까 싶을 만큼 옛날 옛적의 일이다.

나는 그 당시에 일어난 일을 몇 가지 기억해 보려 했지만, 한 가지도 기억나지 않았다. 그래서 할 수 없이 피터 폰다가 오토바이를 타고 달리는 장면을 떠올려 보았다. 그리고 그 장면에 스테픈울프의 「본 투 비 와일드」를 겹쳐 보았다. 그러나 「본 투 비 와일드」는 어느 틈엔가 마빈 게이의 「아이 허드 잇 스루 더 그레이프바인」으로 바뀌어 버렸다. 아마 도입부가 비슷한 탓일 것이다.

"무슨 생각해요?" 앞쪽에서 오통통한 여자가 물었다.

"딱히, 아무 생각도." 하고 나는 말했다.

"노래라도 부를래요?"

"노래는 이제 됐어."

"그럼, 생각이라도 해요."

"얘기를 하지."

"어떤 얘기?"

"비 얘기는 어때?"

"좋아요."

"너는 어떤 비를 기억해?"

"아빠랑 엄마랑 형제가 죽던 날 저녁에 비가 내렸어요."

"좀 밝은 얘기를 하자고." 하고 나는 말했다.

"괜찮아요. 나는 하고 싶으니까." 그녀가 말했다. "게다가, 당신 외에는 이런 얘기를 할 상대도 없고. ……만약 듣고 싶지 않으면, 물론 안 할게요."

"하고 싶으면 하면 되지." 하고 나는 말했다.

"내리는 건지 안 내리는 건지 모를 비였어요. 아침부터 날씨가 계속 그랬어요. 하늘은 찌뿌둥한 회색에 덮인 채 꼼짝도 하지 않았고요. 나는 병실 침대에 누워서, 그런 하늘만 줄곧 올려다보고 있었어요. 11월 초였고, 창밖에는 커다란 녹나무가 서 있었죠. 커다란 녹나무. 잎이 절반쯤 떨어져서 나뭇가지 사이로 하늘이 보였어요. 나무 바라보는 거 좋아해요?"

"글쎄, 어떤지 잘 모르겠군." 하고 나는 말했다. "뭐, 싫어하는 건 아니지만, 그렇다고 주의 깊게 바라본 적도 없어."

솔직히 말해서 나는 모밀잣밤나무와 녹나무도 구별하지

못한다.

"나는 나무 바라보는 거 무척 좋아해요. 옛날부터 죽 좋아했고, 지금도 그래요. 한가할 때면 나무 아래에 앉아서, 나무 기둥을 쓰다듬고 가지를 올려다보면서 몇 시간이나 멍하게 지내요. 그때 내가 입원한 병원의 정원에도 아름드리 녹나무가 있었어요. 나는 침대에 누워, 아무것도 안 하고 종일 그 녹나무 가지와 하늘만 바라봤어요. 끝에는 나뭇가지 하나하나를 다 기억했을 정도였죠. 왜 철도 마니아가 노선 이름과 역 이름을 전부 외워 버리곤 하잖아요. 그런 것처럼요.

그리고 그 녹나무에는 새들이 많이 날아왔어요. 여러 종류의 새. 참새, 때까치, 찌르레기, 그런 새요. 나머지는 이름 모를 예쁜 새. 가끔은 비둘기도 날아왔어요. 그런 새가 날아와, 나뭇가지에서 잠시 쉬다가 또 어딘가로 날아갔어요. 새들은 비에 아주 민감해요. 알고 있었어요?"

"아니." 하고 나는 말했다.

"비가 내리고 있거나 내릴 것 같으면, 새들은 절대 나뭇가지에 나타나지 않아요. 그런데 비가 그치면 바로 날아와서 재잘재잘 지저귀죠. 마치 비가 그친 걸 다 함께 축복하는 것처럼. 왜 그러는지는 몰라요. 비가 그치면 벌레가 땅 위로 나오기 때문인지도 모르죠. 아니면 그냥 새들은 비가 그치는 걸 좋아하는지도 모르고요. 하지만 그래서 나는 날씨를 미리 짐작할 수 있게 되었어요. 새들이 보이지 않으면 비, 새들이 날아와 재재거리면 비는 그쳐요."

"오래 입원해 있었나?"

"네, 한 달이나 그쯤. 나, 옛날에 심장 판막에 문제가 있어서 수술해서 고쳐야 했어요. 아주 어려운 수술이라고 해서 가족들이 나를 거의 포기하다시피 했죠. 그런데 참 이상하죠. 결국 나만 살아남고 더없이 건강하던 가족들은 모두 죽었잖아요."

그리고 그녀는 침묵한 채 걸어갔다. 나도 그녀의 심장과 녹나무와 새를 생각하며 걸었다.

"가족이 다 죽던 그날이 새들에게는 무척 바쁜 하루였어요. 내리는 건지 안 내리는 건지 모를 비가 내렸다가 그쳤다가 계속 그래서, 새들도 어디서 나타났다가 어디로 숨었다가, 그 반복이었어요. 겨울을 알리는 아주 추운 하루였어요. 병실에는 난방이 들어와서 유리창에 금방 김이 서렸고, 그래서 나는 몇 번이나 창문을 닦아야 했어요. 침대에서 일어나 수건으로 닦은 다음 다시 돌아오고. 사실은 침대를 떠나면 안 되는데, 나는 나무와 새와 하늘과 비가 보고 싶었어요. 오래 병원에 있다 보니까, 그런 것들이 생명 그 자체로 보이더라고요. 입원했던 적 있어요?"

"없어." 하고 나는 말했다. 나는 대체로 봄날의 곰처럼 건강하다.

"날개는 빨갛고 머리는 까만 새가 있었어요. 늘 쌍으로 날아다녔어요. 그에 비하면 찌르레기는 은행원처럼 소박한 차림이에요. 하지만 비가 그치면, 모두 똑같이 나뭇가지로 날아와 지저귀었어요.

그때 나는 이렇게 생각했어요. 세상은 참 신비롭다고요. 세상에는 몇백억, 몇천억이라는 수의 녹나무가 자라고 있고 ─ 물론 녹나무여야 할 필요는 없지만 ─ 거기에 해가 비치고 비가 내리고, 그에 따라 몇백억, 몇천억의 온갖 새들이 날아와 그 나뭇가지에 앉기도 하고 또 날아가기도 하고. 그런 광경을 상상하면, 나는 왠지 무척 슬퍼졌어요."

"어째서?"

"아마 세계가 이루 다 헤아릴 수 없는 나무와 이루 다 헤아릴 수 없는 새들과 이루 다 헤아릴 수 없을 정도의 비로 충만하기 때문이겠죠. 그런데 나는 겨우 한 그루의 녹나무와 겨우 한 가지 비도 이해하지 못할 거라는 기분이 들었어요. 영원히요. 겨우 녹나무 한 그루에 겨우 한 가지 비조차 이해하지 못한 채 나이를 먹어 죽어 가지 않을까 하고요. 그런 생각이 들자, 나는 너무 슬퍼서 혼자 울었어요. 울면서, 누가 꼭 안아 줬으면 좋겠다고 생각했어요. 하지만 꼭 안아 줄 사람은 아무도 없었죠. 그래서 나는 침대에서 홀로 계속 울었어요.

그러다 날이 저물고, 사방이 어두워지고, 새들의 모습도 더는 보이지 않았어요. 그래서 나는 비가 내리는지 안 내리는지 끝내 확인할 수도 없었죠. 그 저녁에 나의 가족은 모두 죽었어요. 나는 훨씬 나중에야 그 사실을 알았고요."

"알았을 때, 무척 괴로웠겠군."

"기억이 별로 없어요. 그때는 아무 느낌도 없지 않았나 싶어요. 기억하는 건, 그 가을의 비 내리는 저녁에 아무도 나를 꼭 안아 주지 않았다는 것뿐. 그건 마치 ─ 내게는 세계의 끝 같은 것이었어요. 어둡고 고통스럽고 외롭고 견딜 수 없어서 누군가가 꼭 안아 줬으면 할 때, 주위에 아무도 자신을 안아 줄 사람이 없다는 게 어떤 것인지, 당신은 알겠어요?"

"알 것 같아." 하고 나는 말했다.

"당신은 사랑하는 사람을 잃어 본 적 있어요?"

"몇 번."

"그래서 지금 외톨이인 거군요?"

"그렇지는 않아." 허리띠에 묶은 나일론 로프를 손으로 바짝 당기면서 나는 말했다. "이 세계에서는 아무도 외톨이가 될수 없어. 모두 어딘가는 조금씩 이어져 있지. 비도 내리고, 새들도 지저귀고. 누가 찾아와 배를 찌르기도 하고, 어둠 속에서 여자아이와 키스를 하는 일도 있고."

"하지만 사랑이 없으면, 세계는 존재하지 않는 거나 다름없어요." 통통한 여자가 말했다. "사랑이 없으면, 그런 세계는 창밖을 지나가는 바람과 똑같아요. 손으로 만질 수도 없고, 냄새를 맡을 수도 없잖아요. 아무리 많은 여자를 돈으로 사도, 어쩌다 만난 아무리 많은 여자와 자도, 그런 건 진짜가 아니에요. 아무도 당신의 몸을 꼭 껴안아 주지 않아요."

"그렇게 자주 여자를 사거나, 어쩌다 만난 여자와 자는 건 아니야." 나는 항의했다.

"똑같은 거예요." 그녀가 말했다.

뭐, 그럴지도 모르지, 하고 나는 생각했다. 누군가가 내 몸을 꼭 껴안아 주지는 않는다. 나 역시 누군가의 몸을 꼭 껴안지는 않는다. 그런 식으로 나는 나이를 먹어 간다. 바닷속 바위에 들러붙은 해삼처럼 나는 홀로 나이를 먹어 간다.

생각에 잠겨 멍하게 걸은 탓에, 앞서 걷는 그녀가 걸음을 멈췄다는 것을 알아차리지 못하고 그만 그 부드러운 등에 부딪치고 말았다.

"아, 미안." 하고 나는 말했다.

"쉿!" 하고서, 그녀가 내 팔을 잡았다. "무슨 소리가 들려요. 잘 들어 봐요!"

우리는 가만히 거기에 선 채, 암흑 속에 퍼지는 울림에 귀를 기울였다. 그 소리는 우리가 걷고 있는 길 저 앞에서 들려왔다. 너무 작아서 집중하지 않으면 모를 소리다. 희미한 땅울림 같기도 하고, 뭔가 묵직한 금속을 비벼 대는 소리 같기도 하다. 그러나 무슨 소리가 되었든, 쉼 없이 계속되고, 시간이 지나면서 조금씩 음량이 커지는 듯했다. 커다란 벌레가 등으로 스멀스멀 기어오르는 것처럼 불길하고 스산한 감촉의 소리였다. 사람 귀의 가청 범위에 들어올까 말까 한 낮은 울림이다.

주위의 공기마저, 그 음파에 맞춰 흔들리기 시작하는 듯했다. 묵직하고 탁한 바람이 물에 떠내려가는 흙탕처럼 우리 몸 주변을 앞에서 뒤로 천천히 이동해 갔다. 공기는 물을 머금은 것처럼 눅눅하고 써늘했다. 그리고 무슨 일이 벌어지고 있다는 예감 같은 것이 사방에 충만해 있었다.

"지진이라도 일어난 건가." 하고 나는 말했다.

"지진이 아니에요." 통통한 여자가 말했다. "지진보다 훨씬 더 끔찍한 거예요."

(2권에서 계속)

세계문학전집 **429**

세계의 끝과 하드보일드 원더랜드 1

1판 1쇄 펴냄 2020년 6월 29일
2판 1쇄 펴냄 2020년 7월 3일
3판 1쇄 펴냄 2023년 10월 20일
3판 4쇄 펴냄 2024년 10월 25일

지은이 무라카미 하루키
옮긴이 김난주
발행인 박근섭, 박상준
펴낸곳 (주)민음사

출판등록 1966. 5. 19. (제 16-490호)
서울특별시 강남구 도산대로1길 62(신사동) 강남출판문화센터 5층 (우편번호 06027)
대표전화 02-515-2000 팩시밀리 02-515-2007
www.minumsa.com

한국어 판 © (주)민음사, 2020, 2023. Printed in Seoul, Korea

ISBN 978-89-374-6429-4 04800
ISBN 978-89-374-6000-5 (세트)

* 잘못 만들어진 책은 구입처에서 교환해 드립니다.

민음사 세계문학전집

세계문학전집 목록

세계문학전집은 계속 간행됩니다.